Kerry Anne King
Flüster mir zu

TINTE & FEDER

Das Buch

Ein kurzer Anruf, ein altes Foto – und plötzlich ist alles anders: Maisey hat eine Zwillingsschwester. Ein schockierendes Geheimnis, das ihre Mutter jahrzehntelang für sich behalten hat.

Während sie alles daransetzt, den Geschehnissen um ihre Familie und ihre wiedergefundene Schwester Marley auf die Spur zu kommen, muss sie weitreichende Entscheidungen für ihre Eltern treffen, denn ihre Mutter liegt im Koma und ihr Vater zeigt Anzeichen von Demenz.

Als Maisey zu begreifen versucht, warum ihre Eltern ihr die Schwester verheimlicht haben, ist sie gezwungen, sich den eigenen dunklen Schatten in ihrer Beziehung zu ihrer Tochter Elle und zu deren Vater zu stellen.

Die Autorin

Kerry Anne King ist die Autorin des internationalen Bestsellers »Closer Home«. Als Krankenschwester und psychologische Beraterin schöpft sie aus ihrer Berufserfahrung, um die Themen Verlust, Trauer und Verwandlung auszuloten, immer mit einem Schuss Hoffnung und Humor.

Die Autorin wohnt in einem kleinen Haus in den großen Wäldern im Nordwesten – zusammen mit ihrem Wikinger, drei Katzen, einem Hund und einem Garten voller wilder Truthähne und Hirsche. Unter dem Namen Kerry Schafer schreibt sie auch Fantasy und Krimis.

KERRY ANNE KING

FLÜSTER MIR ZU

Roman

Aus dem Amerikanischen von Maike Claußnitzer

TINTE & FEDER

Die amerikanische Ausgabe erschien 2018 unter dem Titel »Whisper Me This« bei Lake Union Publishing, Seattle.

Deutsche Erstveröffentlichung bei
Tinte & Feder, Amazon Media EU S.à r.l.
38, avenue John F. Kennedy, L-1855 Luxembourg
Oktober 2019

Die Übersetzung dieses Buches wurde durch Amazon Crossing ermöglicht.

Umschlaggestaltung: semper smile, München, www.sempersmile.de
Umschlagmotiv: © Butterfly Hunter / Shutterstock; © jps / Shutterstock;
© Masaaki Miyazawa / Getty Images
Lektorat und Korrektorat: Media-Agentur Gaby Hoffmann,
www.profi-lektorat.com
Gedruckt durch:
Amazon Distribution GmbH, Amazonstraße 1, 04347 Leipzig /
Canon Deutschland Business Services GmbH, Ferdinand-Jühlke-Str. 7,
99095 Erfurt /
CPI books GmbH, Birkstraße 10, 25917 Leck

ISBN: 978-2-91980-314-9

www.tinte-feder.de

Für David – meinen Partner in allem,
besten Freund und Vertrauten.

Mein liebster Liebling, flüster mir zu
das Lied von Mondschein und sternklarer Ruh.
Flüster mir Wahrheit und Lügen ins Ohr,
vom Winter so warm, Sommerkälte zuvor.
Flüster von Zorn und Regen, mein Herz,
flüster von Blumen und flüster von Schmerz.
Und wenn ich, mein Liebling, einst sterben muss,
dann flüster, was war, und von einem Kuss.
Flüster, ja flüster, ja flüster zum Schluss
von dem, was gewesen, und vom letzten Kuss.

Kapitel 1

Colville, Washington, 1982

Das Schlafzimmer meiner Eltern war schon immer tabu.

Nicht, dass irgendjemand mir je erklärt hätte: »Du darfst dieses Zimmer nur mit meiner Erlaubnis betreten.« An der Tür hängt kein Betreten-verboten-Schild. Auf der Liste mit Regeln, die meine Mutter aufgestellt und mit einem Magneten an den Kühlschrank geheftet hat, steht nichts von »Nicht in mein Schlafzimmer gehen«. Die Schlafzimmerregel ist ein ungeschriebenes Gesetz und wird auch nie ausgesprochen. Aber ich kenne sie so gut, wie ich weiß, dass der Himmel blau ist und das Gras grün. Sie zählt zu den Dingen, die man mir gar nicht sagen müssen sollte.

Marley kennt die Regel ebenso genau wie ich, aber Marley sind Regeln egal. »Es ist das verbotene Königreich«, meint sie und drückt mir die Hand. »Wir müssen tapfer sein.«

Heute spielen wir Entdeckerinnen: Wir sind bereit, auf unserer Suche nach verborgenen Schätzen Kannibalen, Löwen und sogar unserer Mutter die Stirn zu bieten. Marley behauptet, wir seien furchtlose Abenteurerinnen, aber ich habe Angst. Mir schlottern die Knie, und ich höre meinen eigenen Herzschlag. Als ich im Spiegel über der langen, niedrigen Kommode einen

Blick auf mich erhasche, sehe ich wie ein kleines Kind aus, nicht wie eine verkleidete tollkühne Kriegerprinzessin.

»Vielleicht sollten wir irgendein anderes Land erobern«, flüstere ich, aber Marley ist mutiger.

»Was da wohl drin ist?« Sie deutet auf die beiden großen weißen Türen, die fast eine ganze Wand des Zimmers einnehmen.

Ich schnappe nach Luft. »Da dürfen wir nicht rein!«

»Doch, klar. Wir müssen bloß die richtigen Zaubersprüche aufsagen, um den Siegelbann zu brechen. Und komm mir ja nicht mit Abrakadabra oder Simsalabim.«

»Das ist keine gute Idee, Marley.«

Ich werfe einen Blick über meine Schulter. Die Schlafzimmertür ist fest geschlossen, bildet aber keine sichere Barriere zwischen uns und dem elterlichen Zorn. Ich halte den Atem an. Lausche, ob ich Schritte höre. Draußen im Flur summt der elektrische Heizlüfter. Durch die Bäume vor dem Fenster streicht der Wind. Der Fernseher läuft, doch der Ton ist durch die Entfernung gedämpft.

Marley legt furchtlos eine Hand auf die Schranktür. Nichts passiert. Kein elektrischer Schlag. Kein Blitz. Kein Erdbeben.

»Hinter diesen Türen liegt die Höhle der Geheimnisse«, deklamiert sie. »Dort warten Schätze auf uns, die Drachen vor langer Zeit gehortet haben. Wir müssen nur das magische Wort sprechen, dann ist der Schatz unser.«

Ich werde neugierig. Mein Leben lang habe ich lediglich einzelne Blicke in dieses Zimmer erhascht, meist durch die halb offene Tür. Es erinnert mich an die Stelle in der Kirche, an der der Pastor steht, makellos und heilig und für Kinder tabu.

Die dunklen Holzmöbel. Das riesige Bett mit seiner absolut glatten Tagesdecke. Die Vorhänge, die stets zugezogen sind und das Licht aussperren. Meine kleine Gestalt, die vom Spiegel reflektiert wird, ist das Einzige, was nicht hierhergehört.

Im Einbauschrank könnte alles Mögliche sein.

»Dann mach ihn doch auf«, schlage ich vor. All meine Vorsicht löst sich in Luft auf. Was auch immer hinter diesen Türen liegt, ist wichtig und überlebensnotwendig, da bin ich mir sicher.

»Das musst *du* tun.« Marley tritt einen Schritt zurück.

Das nervt mich an Marley: Sie hat immer tolle Ideen, aber wenn sie mich erst einmal überredet hat, mich in Schwierigkeiten zu bringen, überlässt sie es mir, zur Tat zu schreiten. So bin ich diejenige, die Ärger kassiert, während sie – schwuppdiwupp! – nicht mehr zu sehen ist. Und auch ganz bestimmt nicht zu bestrafen.

»Ich weiß das Zauberwort nicht.«

»O doch!«, widerspricht Marley.

Und dann weiß ich es plötzlich doch. Bis eben habe ich an der Tür gestanden, aber jetzt wage ich mich weiter vor. Meine Füße sinken bei jedem Schritt in den Teppich ein. Kleine Büschel aus cremefarbenen und grauen Fasern kitzeln mich zwischen den Zehen. Ich hebe beide Arme hoch, so wie auf dem Bild in meiner Kinderbibel, auf dem Moses das Rote Meer teilt, und verkünde: »Abenteuer! Das Wort lautet ›Abenteuer‹.«

Wieder scheint es, als passiere nichts, aber die Beschwörung wirkt. Als ich die Hand auf die Schranktür lege, gleitet sie fast lautlos auf und offenbart eine geheime Kammer, die für mich eher nach einem Laden als nach einem Königreich voller Kleinodien aussieht.

Reihenweise Kleidungsstücke hängen ordentlich auf Bügeln, alle nach Farben geordnet. Auf einer Seite Hemden und Sakkos. Auf der anderen Kleider und Blusen. Auf dem Boden stehen Schuhe. Kartons, ordentlich gestapelt und alle mit Paketband zugeklebt. Weitere Gegenstände sind auf Regalen über den Kleiderstangen angeordnet, zu hoch, als dass ich sie erreichen oder in den meisten Fällen auch nur klar erkennen könnte. Aber ich entdecke einen Federballschläger. Und da ist auch ein Stapel Geschenke, in buntes Weihnachtspapier verpackt.

Ein würziger Duft kitzelt mich in der Nase.

Marley kniet in der hintersten Ecke der Kleiderseite des Einbauschranks vor einem Koffer.

Es ist nur ein alter brauner Koffer, aber mir wird bei seinem Anblick ganz komisch. Plötzlich will ich nicht mehr spielen. Ich will zurück in die Sicherheit meines eigenen Zimmers rennen und mich unter der Bettdecke verkriechen. Aber ich bin eine tapfere Entdeckerin, also schiebe ich die Tür zu und schleiche mich auf Zehenspitzen zu Marley.

»Mach ihn auf!«, kommandiert sie.

Das komische Kribbeln in meinem Bauch breitet sich bis in meine Hände aus. Ich verschränke sie hinter dem Rücken und schüttele den Kopf. »Das ist ein böser Koffer. Wir sollten ihn in Ruhe lassen.«

Marley bedenkt mich mit einem vernichtenden Blick. »Nun sei nicht so ein Angsthase!«

Also hole ich tief Luft und knie mich neben sie. Mir zittern die Hände, aber es gelingt mir, die Knöpfe an beiden Schnallen zu drücken.

Klick. Klick.

Ich öffne den Deckel.

Nichts springt aus dem Koffer, um mich zu beißen. Oben liegt eine Schicht blaues Seidenpapier, das knistert, als ich es vorsichtig beiseitelege.

Darunter ruht ordentlich gefaltet ein weißes Kleid. Es besteht aus glänzendem glattem Stoff und ist über und über mit Spitzen besetzt.

»Seide«, meint Marley. Sie kennt alle möglichen Wörter, obwohl sie nur sieben Minuten älter ist als ich. »Oder vielleicht Satin.«

Das sind Wörter, die wir beim Vorlesen von Mom gelernt haben.

In der Vorschule bringen sie uns Lesen bei, aber nur leichte Wörter und langweilige Geschichten über Mäuse und Katzen. Wir kennen schon alle Buchstaben und wissen, wie man sie zusammensetzen muss, um Wörter zu bauen. Das verraten wir aber niemandem. Wenn Mom es herausfindet, hört sie vielleicht auf, mir Gute-Nacht-Geschichten vorzulesen, und sagt uns, dass wir selbst lesen sollen.

Die Bettgehzeit ist meine Lieblingszeit mit Mom. Dann ist sie nicht zu beschäftigt, mich in den Arm zu nehmen. Sie hat in diesen Momenten auch keine Liste dabei, womit ich ihr im Haushalt helfen soll, fragt mich keine Ländernamen ab, die ich auswendig lernen muss, lässt mich nicht bis hundert zählen und auch keine Bibelverse aufsagen.

Stattdessen kuschelt sie sich mit mir ins Bett. Wir halten beide das Buch fest, und sie liest mir im Licht meiner Nachttischlampe Geschichten vor. Marley liest sie nie etwas vor, aber trotzdem ist es Marley, die sich an all die Wörter erinnert, sogar an die ganz schwierigen.

Gestern Abend hat Mom mir »Aschenputtel« vorgelesen, aus dem dicken, fetten Buch mit »Grimm« auf dem Buchrücken, nicht aus dem glänzenden Bilderbuch, in dem die Stiefschwestern spitze Nasen haben und Aschenputtel so leichtfüßig aussieht, als könnte sie in den Himmel emporschweben.

Ich kann lediglich einzelne Wörter in dem Buch erkennen. Marley sagt, dass »grimm« ein altes Wort für »düster« sei. Auf den Seiten stehen eindeutig sehr viele düstere Wörter.

»Seide« und »Satin« sind dabei, aber auch »abscheulich«. Und »Waisenkind«.

»Was, wenn wir Waisenkinder wären?«, fragte Marley mich in der Nacht, nachdem Mom mir »Hänsel und Gretel« vorgelesen hatte.

»Die waren keine Waisenkinder«, sagte ich zu ihr. »Ihr Vater war noch am Leben.«

»Vielleicht wären sie als Waisenkinder besser dran gewesen«, überlegte sie, »schließlich wollte er sie ja umbringen und so.«

Ihre Worte lösten in mir ein Gefühl aus wie jetzt. Ich zittere, und mir läuft ein Schauer über den Rücken. Vor der Hexe im Pfefferkuchenhaus habe ich keine Angst – nur davor, dass meine Eltern mich nicht mehr wollen könnten. Wenn ich schreiend aus Albträumen aufwache und Mom kommt, um mich mit Umarmungen und sanften Worten zu trösten, ist es immer derselbe Traum. Sie fragt jedes Mal: »Was hast du geträumt, Kleines? Erzähl mir davon.«

Und ich antworte: »Ich weiß es nicht mehr.«

Das ist jedes Mal gelogen.

Aber jetzt träume ich nicht. Ich bin bei Marley, und wir sind in Sicherheit und im verbotenen Schrank versteckt. Das Kleid sieht überhaupt nicht so aus wie auf den Bildern im »Aschenputtel«-Buch, aber ich finde trotzdem, dass das Wort »Seide« perfekt dazu passt.

»Zieh es an«, sagt Marley. »Du kannst Aschenputtel sein.«

»Ich will nicht Aschenputtel sein.«

»Dann eben Prinzessin Leia. Das ist noch besser.«

Wir haben die Star-Wars-Filme nicht gesehen. Mom findet, dass wir noch zu klein dafür sind. Aber wir haben von anderen Kindern davon gehört. Lacey in der Vorschule hat ein Bilderbuch mit der Geschichte, und wir haben Prinzessin Leia in ihrem weißen Kleid bewundert, wie sie eine Feuerwaffe durchs Raumschiff trägt. Leia ist viel aufregender als Aschenputtel und Bälle und Tanzen.

Trotzdem …

»Wir kriegen Ärger.« Aber ich streiche schon den Stoff glatt.

»Niemand wird etwas erfahren.«

Unter dem Kleid liegen zwei kleine rosafarbene Decken und ein blauer Teddybär. Der Bär ist der Zwilling von dem, der auf meinem Bett sitzt und mich jeden Abend ins Reich der Träume begleitet.

In eine der Decken ist ein Bild eingewickelt. Marley und ich starren es an und versuchen, das Foto zu verstehen. Ein Mädchen hält zwei Babys auf dem Arm, die in rosa Decken eingemummelt sind. Das Mädchen hat das Gesicht meiner Mutter, trägt aber Jeans und ein T-Shirt und hat lange, offene Haare bis fast zur Taille. Sie ist mit viel blauem Lidschatten und dicker Wimperntusche geschminkt.

Das Mädchen sieht wie Mom aus, nur, dass Mom immer ein Kleid oder eine Tuchhose und eine Bluse anhat. Sie hat kurze Haare. Außer Creme und Fettstift schmiert sie sich nie etwas ins Gesicht.

Das Bild sorgt dafür, dass mir flau im Magen wird, also wickele ich es wieder in die Decke. Ich ziehe mir das Kleid über den Kopf. Es raschelt leise und breitet sich um mich auf dem Boden aus, eher wie Aschenputtels Schleppe als wie Leias Gewand. Marley sucht ein Paar hochhackige Schuhe aus. Kurze Zeit später balanciere ich wackelig darin herum und bestaune gerade meine Verwandlung im großen Spiegel, als die Schranktür sich öffnet und die böse Stiefmutter dasteht und mich anstarrt. Sie hat die Hände in die Hüften gestemmt und die Lippen fest zusammengepresst. Dieser Gesichtsausdruck bedeutet, dass ich großen Ärger bekomme.

Denn es ist überhaupt nicht die böse Stiefmutter, und ich bin weder Aschenputtel noch die tapfere Prinzessin Leia, die ein Reich rettet. Meine echte, wahre Mutter hat mich dabei erwischt, wie ich in Dingen herumgeschnüffelt habe, die mir nicht gehören.

»Was machst du da?«

Es ist eine Fangfrage, und ich bin klug genug, um nicht zu antworten. Sie sieht doch, was ich mache.

»Mit wem hast du gesprochen?«

»Mit niemandem.«

Ihr Blick versengt mich. Ich versuche, ihm standzuhalten, aber ich balanciere auf Stöckelschuhen. Mein Fuß rutscht ins vordere Ende ihres Schuhs und dann zur Seite. Ich stolpere und halte mich an einem Armvoll Kleider fest, aber sie rutschen von ihren Bügeln und landen mit mir auf einem Haufen auf dem Boden des Einbauschranks.

Mom stellt sich zwischen mich und den Koffer. Sie schlägt den Deckel zu.

»Steh auf. Zieh es aus!«

Ich beeile mich, ihr zu gehorchen, aber ich verheddere mich in Angst und Stoff, und am Ende reißt sie mir das Kleid über den Kopf.

»Du sollst doch nicht ohne Erlaubnis in mein Zimmer kommen. In diesem Schrank darfst du nie spielen. Verstanden? Sieh mich an, wenn ich mit dir rede.«

Mein Blick wandert zu ihrem Gesicht hoch. Es ist dasselbe Gesicht wie auf dem Foto, nur nicht so weich. Ich kann ihr nicht in die Augen blicken, also mustere ich die Narbe auf ihrer linken Wange, eine schmale weiße Linie, und konzentriere mich darauf. Das Gesicht auf dem Foto hatte diese Narbe nicht, und das finde ich tröstlich. Das Mädchen auf dem Foto kann nicht meine Mutter sein, die zwei Babys in rosa Decken auf dem Arm hält.

»Also noch einmal«, sagt Mom. »Mit wem hast du gesprochen?«

»Marley.« Ich quake den Namen wie ein Frosch. Ich senke den Kopf, um mein Gesicht zu verbergen, aber Mom hält mein Kinn fest und zwingt mich, wieder aufzuschauen.

Ihre Finger sind so hart und unerbittlich wie die der Hexe im Pfefferkuchenhaus. Sie tun mir weh.

»Es gibt keine Marley«, zischt Mom. »Ist das klar? Ich habe dir doch schon einmal gesagt, dass du zu alt für eine ausgedachte Freundin bist.«

»Sie ist nicht ausgedacht.« Ich bin schockiert und entsetzt über meinen eigenen Mut.

»Schau dich um«, fordert Mom. »Siehst du irgendwo eine Marley?«

»Sie versteckt sich.«

Die Finger landen auf meinen Schultern. Beide Hände, beide Schultern. Sie schüttelt mich ein bisschen. »Sie versteckt sich nicht. Sie existiert nur ...« – schüttel – »in ...« – schüttel – »deiner Einbildung.«

Mir tun die Schultern weh, so sehr, dass mir die Tränen kommen, aber ich werde nicht weinen. Das werde ich nicht. Ich weiß gut genug, dass ich jetzt nichts sagen darf, und hebe trotzig das Kinn.

»Versprich mir, dass du mit diesem albernen Spiel aufhörst!«, verlangt Mom. »Versprich es mir. Sofort.«

»Nein.«

Es ist das erste Mal, dass ich ihr trotze. Das eine Wort hängt zwischen uns in der Luft.

»Du verzichtest von nun an auf sie. Auf der Stelle! Mit diesem Unfug ist es jetzt vorbei.« Mom schnappt sich einen von Dads Gürteln von einem Haken im Schrank. Mit der freien Hand umklammert sie mein Handgelenk wie mit einem eisernen Schraubstock und zerrt mich aus dem Einbauschrank zum Bett hinüber.

Ich wehre mich nicht gegen sie. Ich bin zu schockiert, um irgendetwas anderes zu tun, als zuzulassen, dass sie mich übers Knie legt. Als der Riemen mich auf die Rückseite der Beine trifft, beginne ich zu zappeln, aber es ist zu spät. Sie hält mich fest. Der Gürtel saust immer wieder herab, klatscht mir auf den Po, auf die Oberschenkel.

Beim dritten Schlag ist es mit meiner Entschlossenheit, nicht zu weinen, vorbei. Ich höre mich selbst heulen, laut und traurig.

»Was ist hier los?«

Dads Stimme stoppt alles: das Klatschen des Gürtels, Moms Finger, die mich quälend festhalten, das laute Schluchzen, das sich meiner Kehle entringt. Wir erstarren beide und wenden die Köpfe, um zu ihm hochzuschauen.

»Das nehme ich«, sagt er sehr leise und zieht Mom den Gürtel aus der Hand.

»Sie hat im Einbauschrank herumgeschnüffelt«, erklärt Mom. »In meinen Sachen. Hat irgendwelche Fantasiespiele gespielt.«

»Wir haben nicht herumgeschnüffelt«, wimmere ich. »Wir waren Entdeckerinnen. Marley ist echt. Es ist mir egal, was du sagst.«

»Siehst du?«, schimpft Mom. »Sie hat immer noch nicht dazugelernt. Gib mir den Gürtel zurück.«

»Leah«, mahnt er. Diesmal ist sein Tonfall tadelnd, so, wie er auch mit mir redet, wenn ich ins Haus gerannt komme, ohne vorher meine Stiefel voller Matsch auszuziehen.

Mom presst die Finger fester in meine Haut. Bestimmt graben sie sich in mein Fleisch und treffen aufeinander, und dann wird mir ihr Griff die Knochen brechen. Marley flüstert mir ins Ohr, dass Mom vielleicht eine Menschenfresserin und gar nicht meine richtige Mutter ist.

»Das ist doch lächerlich«, faucht die Menschenfresserin. »Dieser Marley-Unsinn muss aufhören!«

»Ich kümmere mich schon darum. Bitte, Leah. Du bist zu wütend.«

Dad sieht aus wie der Held in einem meiner Lieblingsmärchenfilme, der sich dem Drachen im Austausch gegen die Prinzessin anbietet.

Die Finger der Menschenfresserin tun mir jetzt wirklich weh. Ich halte die Zähne zusammengebissen, aber trotzdem entschlüpft mir ein Wimmern.

»Leah.« Dads Stimme ist sehr sanft. Er zaubert irgendwie mit den Augen. Sein Gesicht ist nur Zentimeter von dem der Menschenfresserin entfernt. Er legt die Hände über ihre, und sie lässt meine Schultern los.

Die Dad-Magie bringt etwas in ihr zum Schmelzen. Sie stößt einen erstickten Laut aus, der sie in Mom zurückverwandelt und mir mehr wehtut als vorhin der Gürtel. Dad setzt sich aufs Bett und schlingt die Arme um sie. Mom birgt das Gesicht an seiner Schulter.

»Geh in dein Zimmer, Maisey. Ich komme gleich.« Dads Stimme klingt gedämpft. Er presst die Wange aufs Haar meiner Mutter.

Ich gehe.

Der Po tut mir weh, die Beine tun mir weh und die Geräusche, die meine Mutter macht, tun mir sogar noch mehr weh. Ich lege mich aufs Bett, das Gesicht im Kissen vergraben. Marley ist hier, aber sie sieht durchscheinend aus. Ihre Umrisse verschwimmen.

»Ich muss jetzt weg«, erklärt sie, und sogar ihre Stimme klingt dünn.

»Ich weiß.«

»Vergiss mich nicht.«

Mein Herz wird zu einem Klumpen in meiner Brust, als sie sich in Luft auflöst und mich allein lässt. Mir ist kalt. Mein Zimmer ist kalt. Ich krieche ohne meinen Bären unter die Bettdecke und verstecke mich darunter.

Ich weigere mich, mein Zimmer zum Abendessen zu verlassen.

»Ich habe keinen Hunger«, erkläre ich Dad, als er kommt, um nach mir zu sehen. Aber nachdem er gegangen ist, esse ich die Kekse und trinke die Milch, die er für mich auf die Kommode gestellt hat.

Viel später erscheint Mom, um mir »Gute Nacht« zu sagen. Ich habe schon meinen Schlafanzug an und bin unter der Decke. Ich halte »Grimms Märchen« aufgeschlagen in der Hand. Die Lampe wirft einen Lichtkreis auf die Seiten.

»Es tut mir leid«, entschuldigt sich Mom und setzt sich wie ein Vogel auf meine Bettkante. »Ich bin zu wütend geworden.« Ihre Augen sind rot und verquollen, und sie spricht durch die Nase, als hätte sie Schnupfen.

»Darf ich Marley dann behalten?«

Sie seufzt. »Es gibt keine Marley. Ich bin wütend geworden, das tut mir leid. Aber du musst groß werden. Schluss mit Marley! Na, wollen wir jetzt lesen?«

Ich schaue vom Buch auf. »Ich kann auch allein lesen.« Das ist wahr. Es ist schon lange wahr – es war mir nur selbst nicht klar.

»Ich könnte dir trotzdem etwas vorlesen.« Sie sieht traurig aus, wie sie da so auf meiner Bettkante kauert. Ein Teil von mir will sie in den Arm nehmen. Aber meine Beine brennen noch von der Tracht Prügel, und Marley ist weg. In dem Moment liebe und hasse ich meine Mutter gleichermaßen.

»Nicht nötig«, lehne ich ab und halte den Blick auf die Seite gerichtet, obwohl jetzt gerade kein einziger Buchstabe für mich einen Sinn ergibt. »Aber vielen Dank.«

Sie hebt die Hand, als wolle sie mein Haar streicheln, lässt sie dann aber auf die Decke zwischen uns sinken. Ich tue so, als wäre sie nicht anwesend und ich ganz allein mit dem Buch. Während sie noch einmal seufzt und aufsteht, beiße ich mir auf die Lippen, um mich davon abzuhalten, nach ihr zu rufen. Im nächsten Moment fällt die Tür hinter ihr mit einem kaum hörbaren Klicken zu. Da weiß ich, dass ich sie vielleicht dafür bestraft habe, dass sie mir Marley genommen hat – aber auch, dass ich mich zugleich selbst bestraft habe.

Kapitel 2

Kansas City, Missouri, 2017

Die Zeit verläuft für mich nicht linear. Sie strömt willkürlich in Schleifen und Wirbeln dahin, manchmal auch in riesigen, unverständlichen Sprüngen. Ich habe durchaus schon mit dem Gedanken gespielt, ob ich vielleicht mein ganz persönliches Wurmloch habe, das in eine Parallelzeit führt, wann immer ich mich mit etwas Interessantem beschäftige. Zum Beispiel, wenn ich lese oder mit Farbe herumkleckse.

Heute zum Beispiel könnte ich schwören, dass erst zwei Minuten normaler Menschenzeit verstrichen sind, seit ich mich hingesetzt habe, um mich in dem prallen, dicken, fetten Fantasyroman zu versenken, den ich mir gestern gekauft habe. Mehr als zwei Minuten können es gar nicht sein, aber der Zeiger der Wanduhr ist rätselhafterweise in Fünf- und Zehnminutensprüngen vorgerückt.

Der Speck, den ich in eine Pfanne auf dem Herd gelegt hatte, bevor ich zu dem Buch gegriffen habe, ist nicht mehr kalt und schlaff mit weißen Streifen, sondern schwarz und knusprig und brennt. Ich weiß auch nicht, wie das so schnell passieren konnte. Aber ich kann jetzt nicht über die Wechselfälle des Zeitverlaufs nachgrübeln. Ich muss mich der grellen Realität einer mit Rauch gefüllten Küche stellen. Gewohnt unentschlossen bin ich dazwischen hin- und hergerissen, das Feuer zu löschen, das im brutzelnden Fett ausgebrochen ist, und etwas – was auch immer! – zu unternehmen, um das hirnzerfetzende Schrillen des Rauchmelders über meinem Kopf zu beenden.

Erst das Feuer. Immer.

Überhitzte Ölspritzer treffen wie Nadelstiche auf meine Hände und Arme, als ich sie ausstrecke, um einen Deckel auf die Pfanne zu setzen und den Herd abzustellen. Meine Mutter bekäme einen Anfall. Ich bin neununddreißig, aber ich höre ihre Stimme immer noch so deutlich, als wäre sie im selben Zimmer wie ich. Sehe, wie sie die Hände in die kantigen Hüften stemmt und den Kopf gerade so weit nach rechts neigt, dass ihr Haar ihre Schulter streift. Dann nagelt sie mich mit einem enttäuschten Blick fest.

Du musst lernen, dich zu konzentrieren, Maisey. Eines nach dem anderen. Wenn du kochst, dann koch. Wenn du lernst, dann lerne. Wenn du putzt, dann putz. Du musst dir diese Fähigkeit aneignen, wenn du Erfolg haben willst.

Es ist eine alte Litanei, die so weit in meine Kindheit zurückreicht wie meine Erinnerungen. Und sie ist heute noch so zwecklos wie eh und je. Ich bin unfähig, so hundertprozentig zielstrebig zu sein. Das, was meine Mutter unter Erfolg versteht, ist für mich ebenso ein Buch mit sieben Siegeln wie die Vorstellung einer geraden Linie durch die Zeit.

Meine Tochter dagegen ist schon seit ihrer Geburt praktisch veranlagt. Nie zögerlich, nie zerstreut, nie unentschlossen. Sie kommt wie ein Pfeil in die Küche geschossen, konzentriert und zupackend.

»Schon wieder?«, ruft sie, so laut, dass ich sie über das schrille Heulen hinweg verstehe.

Sie zerrt einen Stuhl quer durch die Küche und klettert darauf. Während sie sich nach dem Rauchmelder reckt, wird mir klar, wie sehr sie gewachsen ist. Als sich dieses Szenario das letzte Mal abgespielt hat, musste sie sich auf die Zehenspitzen stellen, weil ihre Finger das Plastik noch kaum streiften. Wie lange ist das her? Ihr T-Shirt spannt sich straff über ihrem Oberkörper, und ich sehe die unverkennbaren Ansätze von Brüsten.

»Was ist?«, fragt sie in die plötzliche Stille hinein, die Batterie in einer Hand, den Rauchmelder in der anderen.

Mir wird klar, dass ich sie anglotze, erschüttert von der Erkenntnis, dass mein Baby bald ein Teenager sein wird. Nur noch ein paar Monate, dann folgen die Abnabelung und das Streiten. Was wird aus mir, wenn sie mich verlässt, um ihr eigenes Leben zu leben? *Verlass mich nie, Elle. Verlass mich nie.*

Als ich nicht antworte, klettert sie herunter und tut alles, was ich hätte tun sollen.

Öffnet ein Fenster.

Stellt den Abluftventilator an.

Holt einen Lappen sowie das Spülmittel und beginnt, die fettige Schweinerei auf dem Herd zu beseitigen.

»Also echt, Mom! Du kannst wirklich nicht gleichzeitig lesen und kochen. Wie oft haben wir darüber schon gesprochen?«

Sie klingt genau wie meine Mutter. Das erinnert mich mit Verspätung daran, dass ich hier die Mutter bin und Elle noch ein Kind ist.

»Komm, ich mache das.« Ich nehme ihr den Lappen ab und schrubbe die Herdplatte. Jetzt bin ich konzentriert genug. Mit allen Sinnen spüre ich den beißenden Rauch, die verbrannten Stellen auf meinen Armen und den Kloß, den ich im Hals habe.

Elle würgt und reißt die Haustür auf. Frische Luft, die nach Juni duftet, strömt in die Küche und verwirbelt den Rauch.

»Warum brätst du überhaupt Speck?«, will sie wissen. »Was ist aus dem Salat zum Abendessen geworden? Ich dachte, der wäre jetzt normal.«

»Normal ist, dass ich nun auch mal von der Routine abweichen darf.«

»O bitte. Das war früher normal.« Sie schnauft. Es ist ein angewidertes, tadelndes Schnaufen. Im nächsten Augenblick fängt sie unerwartet an, hilflos zu kichern. »Bei dir ist Hopfen und Malz verloren. Und ich liebe dich so, wie du bist.«

Sie tänzelt durch die Küche und umarmt mich. Ihr Kopf passt nicht mehr unter mein Kinn. Sie ist so groß geworden. Noch ein paar Zentimeter, dann kann sie mir direkt in die Augen sehen.

»Wo hast du den Ausdruck gelernt?«, murmele ich in ihr Haar und halte mich an ihr fest, als könnte sie sich in Speckrauch auflösen und mir verloren gehen, ein Gespenst, eine Erinnerung.

»Das hat meine Englischlehrerin unter meinen letzten Aufsatz geschrieben.«

»Oje! Du darfst in Englisch nicht durchfallen, Elle Belle.« Ich entlasse sie aus meiner Umarmung und hebe ihr Kinn an. Sie hat die gleichen wandelbaren haselnussbraunen Augen wie meine Mutter – Mosaikaugen, Pixel in Jadegrün und Mahagonibraun, Augen, die einen flüchtigen Bekannten dazu verleiten könnten, den unbeirrbaren eisernen Willen dahinter zu übersehen. Meine eigenen Augen können je nach Lichteinfall blau oder grün erscheinen. Die Augen meines Vaters sind grau. Meine Gene sind anscheinend so chaotisch wie mein Zeitgefühl.

»Mrs Wilson darf uns einfach nicht mehr so dämliche Aufgaben aufdrücken«, gibt Elle zurück. »Ich verschwende doch nicht meine Zeit damit, über meine Pläne für die Sommerferien zu schreiben.« Sie malt um »meine Pläne für die Sommerferien« Gänsefüßchen in die Luft. Ihre Stimme ahmt spöttisch den Tonfall ihrer Lehrerin nach.

»Was genau hast du geschrieben?«

»Eine Kurzgeschichte. Können wir essen gehen?«

»Na, wer ist jetzt nicht ganz normal?« Sie weicht mir aus, das weiß ich. Mrs Wilson wird mir sicher eine Mail schreiben, um mich wissen zu lassen, dass meine Tochter nach wie vor trotzig ihren eigenen Kopf hat, und einen Scan der unpassenden Geschichte anhängen.

Aber ich weiß auch, dass Elle bald die Nase über die Vorstellung rümpfen wird, mit ihrer Mutter essen zu gehen. Jeder Tag, den sie mit mir verbringen will, ist ein Geschenk.

»Na gut. Gehen wir essen. Mexikanisch?«

»Wolltest du nicht zehn Kilo abnehmen, bevor du vierzig wirst?«

»Ich habe noch einen Monat. Mach das Fenster zu und hol deine Schuhe. Aber wir sollten uns vergewissern, dass der Speck nicht mehr brennt.«

Als mein Telefon klingelt, werfe ich einen Blick darauf, nehme aber nicht ab. Niemand, den ich kenne. Die einzigen Leute, für die ich ans Telefon gehe, sind meine Eltern, und auch dann mache ich es nicht immer.

Elle ist nicht so wie ich.

Sie nimmt schon vor dem zweiten Klingeln ab. »Ja, sie ist hier. Einen Augenblick.«

Sie ignoriert mein übertriebenes Kopfschütteln und die Tatsache, dass ich mit den Lippen lautlos die Worte »Ich bin nicht hier« forme, und hält mir das Telefon hin. »Eine Mrs Carlton«, raunt sie mir zu, und die Welt bricht in sich zusammen, in Zeitlupe, wie bei einem Erdbeben in einem Film.

Einer meiner nackten Füße wird vom Licht beschienen, das durch das Fenster fällt. Der andere bleibt im Schatten. Der Boden zwischen ihnen ist mit winzigen Klumpen Speckfett übersät. Ein Rauchfähnchen kräuselt sich sichtbar über meinem Kopf. Elles Augen funkeln vor Neugier. Ihre Hand, die das Telefon hält, wirkt stark und tüchtig, und der glatte Bogen ihrer Nägel ist derselbe wie bei ihrem Vater.

Ich beobachtete, wie meine eigene Hand nach dem Telefon greift. Die Finger sind länger als Elles und laufen spitzer zu, die Nägel mit schwarzem Glitzerlack überzogen. Eine Verbrennung von einem Fettspritzer ist gleich neben meinem ersten Fingerknöchel. Sie ist an den Rändern gerötet, während sich in der Mitte eine perfekte, mit Flüssigkeit gefüllte Blase bildet. All die kleinen Körperzellen beeilen sich, Schadensbegrenzung zu betreiben. Der Histaminalarm schrillt, während weiße Blutkörperchen angeströmt kommen.

Elle drückt mir das Telefon in die Hand und erinnert mich so daran, dass ich etwas tun muss, statt nur hier herumzustehen. Das Telefon fühlt sich schwerer an, als es ist, und als ich Hallo sage, schwebt meine Stimme nach oben, um sich mit dem Rauch über meinem Kopf zu vermischen, eine Cartoon-Sprechblase mit einer Frage, die keine Antwort erfordert.

Aber ich werde eine Antwort bekommen, ob ich will oder nicht. Eine lange, detaillierte, vernichtende, denn es ist Mrs Carlton, die anruft. Mrs Runter-von-meinem-Rasen-Carlton. Mrs Ich-sage-das-deiner-Mutter-Carlton. Mrs Solltest-du-nicht-deine-Hausaufgaben-machen- und Warum-küsst-dieser-Junge-dich-Carlton.

»Maisey?« Ich erkenne ihre Stimme kaum wieder. Sie ist leise und zittrig geworden. Sie klingt, als wäre sie achtzig. Aber sie war ja auch schon alt, als ich noch sechzehn war. Vielleicht ist sie jetzt wirklich achtzig. Sie könnte sogar schon auf die hundert zugehen.

»Woher haben Sie meine Telefonnummer?«

»Sie hing am Kühlschrank deiner Mutter. Ich rufe an, weil ich glaube, dass dein Vater jetzt nicht allein sein sollte.«

»Warum nicht?« Das ist die erste Frage. Auf sie folgt die entsetzliche und offensichtlichere zweite: Die Frage, die meine Lunge aus einem schwammigen Luftreservoir in massives, undurchdringliches Plastik verwandelt, das nicht in der Lage ist, Sauerstoff aufzunehmen. »Wo ist Mom?« Das ist die zweite Frage, die, auf die ich keine Antwort hören will.

»Der Krankenwagen ist gerade abgefahren. Die Polizei ist noch hier, aber es sieht nicht so aus, als nähme sie ihn fest. Ich kann weiß Gott nicht bei ihm bleiben. Ich habe in meinem eigenen Haus viel zu tun, und außerdem bin ich mir nicht sicher, ob es nicht gefährlich wäre, weißt du?«

Ich weiß es nicht. Ich weiß überhaupt nichts. Dieses Gespräch ergibt nicht den geringsten Sinn.

Ich kann Stimmen im Hintergrund hören. Männer. Gebieterisch. Stimmen mit Antworten.

»Die Polizei ist da?«

»Sie ist zusammen mit dem Krankenwagen gekommen. Vielleicht rufen sie den Sozialdienst an, wenn sie ihn nicht verhaften, aber du solltest wahrscheinlich …«

»Lassen Sie mich mit der Polizei sprechen.«

»Du willst mit der Polizei sprechen?« Sie klingt empört, als hätte ich sie darum gebeten, mich zu jemandem im Hauptquartier des IS durchzustellen.

Schweres Atmen und schlurfende Schritte sind zu hören. Dann ertönt eine andere Stimme durchs Telefon.

»Maisey?«

»Dad? Was um alles in der Welt ist bei euch los?«

»Die Polizei ist hier.«

»Das habe ich schon gehört. Warum? Wieso ist die Polizei da? Was ist mit Mom?«

»Deine Mutter …« Schweigen. Wieder schweres Atmen. »Sie haben sie im Krankenwagen mitgenommen. Sie wollte nicht, Maisey. Und ich suche die …«

»Hier spricht Officer Mendez. Sind Sie die Tochter?«

Eine neue Stimme. Männlich. Selbstbewusst. Ein unmerklicher Hauch von Latinoakzent. Das Fragezeichen dient nur dazu, meine Identität zu bestätigen, und ich weiß, dass ich jetzt mit der Polizei rede.

Die Tochter.

Also die nächste Angehörige. Die jetzt in einer Katastrophe, für die auf der Super-GAU-Skala keine Zahl hoch genug ist, die Verantwortung tragen muss.

»Was ist los? Was ist meiner Mutter zugestoßen?«

»Sie ist am Leben«, erwidert er, aber sein Tonfall spendet mir nicht allzu viel Hoffnung, dass das auch so bleiben wird. »Die Nachbarin – Edna Carlton – hat uns gerufen, nachdem Ihr Vater sich geweigert hatte, sie mit Ihrer Mutter sprechen zu lassen. Sie sagt, sie habe sich Sorgen gemacht, weil drei Tage lang niemand das Haus verlassen oder betreten hat. Sie gibt an, dass Ihr Vater gereizt wirkte und unrasiert und verwirrt war, was bei ihm nicht normal ist. Auf seinem Hemd war getrocknetes Blut …«

»Das ist lächerlich. Edna Carlton ist eine Wichtigtuerin. Sind Sie sicher, dass sie nicht übertreibt?«

Mein Vater hat in seinem ganzen Leben noch nie vergessen, sich zu duschen oder zu rasieren, zumindest nicht, solange ich ihn kenne. Teils, weil er ordentlich ist, und teils, weil meine Mutter ihm das nie durchgehen ließe.

Meine Mutter. Mit dem Krankenwagen abgeholt.

Mendez und ich holen gleichzeitig tief Luft.

»Ihr Vater wirkt wie beschrieben. Er hatte die Tür nicht abgeschlossen. Mrs Carlton, die sich um Ihre Mutter Sorgen machte, betrat das Haus, als er auf ihr Klopfen nicht reagierte. Sie fand Ihre Mutter bewusstlos im Bett. Daraufhin wählte sie den Notruf. Ihre Mutter ist massiv dehydriert. Sie hat einen Schlag auf den Hinterkopf bekommen. Auf dem Küchenfußboden ist Blut.«

Ich stütze mich mit der freien Hand an der Theke hinter mir ab.

»Mom?«, ruft Elle. »Was ist los?«

Ich wende der Angst in ihrem Gesicht den Rücken zu, lehne die Stirn gegen den Küchenschrank und spreche ein letztes Ave Maria des Verleugnens. »Aber es geht ihr doch gut, oder? Nichts, was eine Infusion nicht beheben könnte?«

»Ist jemand bei Ihnen, Maisey? Vielleicht sollten Sie sich hinsetzen.«

Ich hasse diese Stimme mit ihren betonten Vokalen und ihrem zupackenden professionellen Mitgefühl. Ich will nichts hören, was dieser Mann mir zu berichten hat, ganz gleich, in welchen Worten er es ausdrückt.

»Ich bin nicht allein. Ich muss mich nicht hinsetzen.«

Er räuspert sich, und ich presse die Stirn fester gegen den Schrank, spüre, wie die Kante mir eine Falte in die Haut drückt, und konzentriere mich auf den Schmerz. Elle stellt sich hinter mich und nimmt meine Hand. Das Zittern, das meine Muskeln durchläuft, überträgt sich auf ihre. Ich male mir aus, wie dieser Officer Mendez in einem Block Karbonit eingefroren wird, wie Han Solo in Star Wars. Aber ich bin weder Darth Vader noch Jabba der Hutte und noch nicht einmal ein inkompetenter junger Padawan. Mir fehlt jeder Funke der Macht. Mendez redet einfach weiter.

»Sie liegt im Koma«, berichtet er mir. »Höchstwahrscheinlich aufgrund des Schlags auf den Hinterkopf. Ihrem Vater droht eine Anzeige wegen häuslicher Gewalt und unterlassener Hilfeleistung. Womöglich kommen noch andere Vorwürfe hinzu.«

Meine Atmung stellt den Autopiloten ab und wird zu einer mühseligen Verpflichtung.

»Mom?« Elle zupft an meinem Arm. Sie klingt jetzt jünger, nicht mehr so rechthaberisch wie sonst. Ich drücke ihr die Hand. Das erinnert mich daran, dass ich nicht plötzlich in irgendeine alternative Realität geraten bin.

»Hören Sie zu, Officer. Mein Vater betreibt ein Wiederauswilderungsprogramm für Spinnen, Stinkwanzen und Mäuse, die sich im Schrank verlaufen. Er täte ihr nie weh. Vielleicht ist sie hingefallen. Oder hatte einen Schlaganfall oder so.«

»Die Entscheidung darüber obliegt dem Richter …«

»Sie haben gesagt, in der Küche sei Blut. Vielleicht ist sie ausgerutscht. Hat sich den Kopf an der Theke aufgeschlagen. Haben Sie ihn gefragt?«

»Wir haben ihn gefragt. Genau das hat er behauptet: Sie sei gefallen. Er hat ausgesagt, nach ihrem Sturz habe er nicht den Notruf gewählt, denn, ich zitiere: ›Sie wollte sterben.‹ Er gibt an, dass er sie dann ins Schlafzimmer und aufs Bett geschleift habe.«

»Wenn er das gesagt hat, dann ist es auch so passiert.«

Aber das kann einfach alles nicht stimmen. Elle lässt meine Hand los. Ich bekomme das Gefühl, am Rande eines tiefen Abgrunds zu stehen.

»Das sind die Anklagepunkte, mit denen wir es zu tun haben«, konstatiert Mendez. »Häusliche Gewalt. Unterlassene Hilfeleistung. Er hat keinen Krankenwagen gerufen. Drei Tage lang nicht, wenn Ihre Nachbarin sich nicht irrt.«

»Falls es Ihnen nicht aufgefallen ist: Edna Carlton ist alt. Vielleicht ist sie nur verwirrt …«

»Das Blut in der Küche ist trocken, das Blut auf dem Hemd Ihres Vaters auch. Hier sind Fliegen. Niemand hat seit drei Tagen die Zeitung von der Veranda hereingeholt.«

Elle schiebt mir einen Stuhl in die Kniekehlen. Ich sacke darauf zusammen.

»Hat er sie Ihres Wissens je geschlagen?«

»Nein. Mein Gott, nein! Ich habe Ihnen doch gesagt …«

»Was ist mit Ihnen, Ma'am? Hat er Sie je geschlagen?«

Die absurde Vorstellung, dass mein Vater überhaupt jemanden schlagen könnte, schickt meinen Verstand auf eine Schnitzeljagd durch meine Kindheit, auf die Suche nach Ereignissen. Mir begegnet mehrfach die Hand meiner Mutter – ein Klaps auf den Po, eine leichte Ohrfeige … Aber die Hände meines Vaters sind immer sanft.

»Maisey?« Der Polizist reißt mich ins Hier und Jetzt zurück.

»Nein«, betone ich. »Nie.«

»Ist Ihr Vater … in irgendeiner Hinsicht … instabil?«

»Mein Vater ist die freundlichste, sanfteste Seele auf dem Angesicht dieser Erde, und ich kann nicht fassen, dass Sie auch nur …«

»Was ist mit Demenz?«

»Was?«

»Demenz. Alzheimer. Hat er Gedächtnisprobleme? Manchmal gibt es da Stimmungsschwankungen und dramatische Persönlichkeitsveränderungen …«

»Nein. Er leidet nicht an Demenz. Auch nicht an Stimmungsschwankungen. Sie ist hingefallen. Das ist die einfachste …«

»Und er hat keinen Krankenwagen gerufen. Wissen Sie, ob es eine Patientenverfügung gibt? Er behauptet, es sei ihr Wunsch gewesen, nicht ins Krankenhaus zu kommen.«

»Nein, das weiß ich nicht. Wenn sie eine Patientenverfügung aufgesetzt hat, dann hat sie mir nie davon erzählt.«

»Und Sie sind sich sicher, dass er nicht an Demenz leidet?«, beharrt Mendez.

»Ja! Es geht ihm gut. Wir haben gerade erst letzte Woche miteinander gesprochen. Er war bei absolut klarem Verstand.«

»Manchmal können Alzheimerpatienten sich eine Weile zusammenreißen, zumindest für kurze Zeitspannen. Wann waren Sie das letzte Mal hier, um ihn längerfristig zu beobachten?«

Die Worte ziehen einem hoch aufragenden Berg von Schuldgefühlen die Stütze weg. Sie brechen krachend über mich herein und begraben mich bis über beide Ohren. Woher soll ich das wissen? Ich war seit drei Jahren nicht zu Hause. Ich telefoniere jede Woche mit meinen Eltern, aber die Gespräche sind kurz und oberflächlich. Wenn mein Vater geistig nachgelassen hat, dann ist mir das nicht aufgefallen. Aber ich habe mit ihm auch nie über etwas Komplizierteres als über das Wetter und unsere Lieblingsfootballmannschaft, die Seattle Seahawks, geredet. Was meine Mutter angeht, könnte sie sich nie etwas so Erniedrigendem wie Alzheimer ergeben oder zulassen, dass jemand, den sie liebt, daran leidet.

»Sie sind die einzige nahe Angehörige, die wir aufspüren konnten. Gibt es andere Verwandte in der Nähe? Sie sind in Kansas City, nicht wahr?«

»Ja«, bestätige ich. »Ich bin in Kansas City. Nein, ich habe keine Geschwister, und Mom hat keine lebenden Verwandten. Dads einzige Schwester ist schon vor Jahren gestorben.«

»Also wissen Sie nichts über unheilbare Krankheiten oder Vorausplanungen? Wünscht Ihre Mutter lebensverlängernde Maßnahmen, wenn sie erforderlich sind?«

»Nein. Ich weiß es nicht. Vielleicht hätte sie mir gar nichts davon erzählt.«

Ein Bild blitzt vor meinem inneren Auge auf: Meine Mutter liegt ohnmächtig und hilflos da, voller Schläuche wie ein halb lebendiges Nadelkissen. Mein sanfter Vater, der plötzlich rote Augen und einen Buckel hat, beugt sich mit einem blutigen Messer über sie.

»Ich steige ins nächste Flugzeug.«

»Perfekt. Bitte rufen Sie im Krankenhaus an. Ich kann Ihnen die Nummer geben. Haben Sie etwas, um sie aufzuschreiben?«

Ich kann nicht diese Person sein. Ich kann mich doch nicht einmal zwischen Weizen-, Roggen- und Sauerteigbrot entscheiden. Wie zum Teufel soll ich austüfteln, was jetzt mit meinen Eltern geschehen soll?

»Haben Sie einen Stift? Sind Sie bereit?« Officer Mendez ist hartnäckig.

»Elle, hol einen Stift.«

Sie ist im Handumdrehen zurück und schreibt die Ziffern auf, die ich ihr wiederhole. Mendez legt auf.

Meine Welt nimmt eine unwirkliche Atmosphäre an. Diese mit Rauch gefüllte Küche gehört jemand anderem. Das Muster der Fliesen auf dem Fußboden saugt mich in ein geometrisches Labyrinth aus Blau, Beige und gallenfarbenem, fauligem Grün. Stuhlbeine haben tiefe Kratzer darin hinterlassen.

»Wer legt einen Boden bloß mit solchen Fliesen aus?«, wundere ich mich. »Die sind doch mehr als potthässlich.«

»Mom.« Elles Stimme, angespannt vor Nervosität und Frust, lässt mich aufschauen. Jetzt, da ich sitze, ist sie größer als ich. Es ist falsch, so zu ihr hochzusehen. Es verändert ihre Gesichtszüge und lässt sie älter wirken.

Wenn ich auch nur eines der Worte laut ausspreche, macht das alles wahr, was Mendez mir erzählt hat. Ich will nur ein paar Minuten, noch ein bisschen Zeit, um hier in einem behaglichen Kokon des Abstreitens zu sitzen, aber das gesteht Elle mir nicht zu. Also sage ich es ihr. Nicht alles. Nur einen Teil, den Teil, den ich mir mit Müh und Not vorstellen kann.

»Grandma ist im Krankenhaus. Es ist ernst. Ich muss hin, um Grandpa zu helfen.«

Das ist die Untertreibung des Jahrhunderts. Elle ist zu schlau, um mir die Geschichte abzunehmen. »Du hast doch gerade mit der Polizei gesprochen.«

»Grandpa ist etwas … verwirrt. Sie wollen ihn in die Psychiatrie stecken. Oder vielleicht ins Gefängnis.«

Irrationalerweise muss ich lachen, als ich mir Dad im Gefängnis vorstelle. Ich bezweifle sehr, dass mein Vater je auch nur einen Strafzettel bekommen hat.

»Du machst mir Angst«, jammert Elle.

Ihre Stimme dringt wie aus weiter Ferne zu mir, aber diese Worte sind der Schlüssel zu der Kraft, die in meinem Innersten wohnt. Ich bin die Mutter. Ich trage die Verantwortung.

»Das tut mir leid. Hab keine Angst.« Ich lege die Arme um sie und lasse den Kopf an ihrer Brust ruhen. Sie erdet mich. Es gelingt mir, tief ein- und auszuatmen. Damit beginnt auch mein Gehirn wieder zu funktionieren, erst nur mit sporadischer Kohärenz, die von weitläufigen Ozeanen meiner abschweifenden Erinnerungen und Tagtraumängste unterbrochen wird.

»Ich muss einen Flug buchen. Du musst bei deinem Dad bleiben …«

»Kommt nicht infrage.«

»Elle.«

»Ich komme mit.«

»O nein. Du musst zur Schule.«

Sie zuckt die Schultern. »Ich kann eine Woche Schule in einem Tag oder so aufholen. Das weißt du doch. Ich komme mit.«

»Was ist mit Englisch?«

»Ich schreibe Mrs Wilson ihren dummen Ferienaufsatz und schicke ihn ihr. Komm schon, Mom. Es ist ja nicht so, als ob sie mir ein Ungenügend geben würde.«

Wenn Elle glaubt, dass sie recht hat, ist sie so unerschütterlich wie ein Granitblock. Die ganz besondere Härte um ihre Mundwinkel suggeriert mir, dass es wieder einmal so weit ist.

»Ach, Süße, ich werde aber sehr beschäftigt sein.«

»Stimmt. Du brauchst Hilfe.« Sie sieht mich schon nicht mehr an. Ihre Finger hämmern auf ihr Telefon ein. »Wir fliegen nach Spokane, oder? Wow. Wir könnten noch den Flug um zwanzig Uhr erwischen, dann wären wir bis Mitternacht da. Wie lange dauert die Fahrt nach Colville noch mal?«

»Elle.«

»Willst du, dass wir im Hotel übernachten, oder sollen wir gleich nachts hinfahren? Du wirst sicher furchtbar müde sein, aber du kannst ja im Flugzeug schlafen.«

»Elle. Du kannst nicht mit.«

»Warum nicht?«

Darum. Das ist die beste Antwort, die ich habe, und die hat bei diesem Kind noch nie funktioniert. Ich habe keinen logischen Grund, es ihr abzuschlagen. Sie hat recht, was die Schule betrifft. Wenn sie dazu entschlossen ist, kann sie überall glatte Einsen erzielen. Sogar Mrs Wilson wird sie nicht durchfallen lassen, so unglücklich sie auch darüber sein mag, dass Elle Arbeitsanweisungen ignoriert.

Und was die Frage betrifft, wer sich um Elle kümmern soll: In Wirklichkeit ist es wahrscheinlicher, dass sie sich um mich kümmern wird.

Ich will die herzzerreißenden Erlebnisse, die vor mir liegen, nicht durchmachen. Ich will auch nicht, dass Elle sie durchmacht. Also biete ich ihr das Einzige, was ich ihr je habe bieten können: die Wahrheit.

»Ich will, dass du deine Großeltern so in Erinnerung behältst, wie du sie jetzt kennst. Grandma hatte …« Die Worte bleiben mir in der Kehle stecken. Ich hole Luft und versuche es noch einmal. »Grandma hatte einen sehr schweren Unfall. Sie liegt im Koma. Und Grandpa ist offenbar nicht er selbst. Vielleicht wird er senil. Ich will nicht, dass du die beiden so siehst.«

Elle mustert mich mit dem, was ich ihren Alte-Seelen-Blick nenne, einem Ausdruck, in dem neben Mitgefühl mit mir eine Weisheit liegt, die weit über alles hinausgeht, was ein behütetes Kind sich in einem kurzen Leben hätte aneignen sollen.

»Ich will Abschied nehmen«, erklärt sie. »Es ist mir egal, ob es wehtut.«

Das kann ich ihr, wie sie weiß, nicht abschlagen, und sie setzt ihre Suche fort. »Du solltest die Flüge schnell buchen. Und ein Hotel, wenn du eines willst. Wir können am Flughafen ein Auto mieten und morgen mit meinen Lehrern sprechen.«

Ich gebe nach. Sie bei ihrem Vater zu lassen, wäre vielleicht das Richtige, aber ich will sie bei mir haben. »Wir müssen packen«, sage ich zu ihr.

»Ich packe. Gut, dass gestern Waschtag war.«

»Ja, das ist gut. Weißt du, was noch gut ist?«

Sie sieht sich über die Schulter nach mir um. Sie ist schon halb aus dem Zimmer, um ihren Teil der Mission zu erledigen. »Was?«

»Du, Elle. Du bist das Beste überhaupt.«

Kapitel 3

In den fünfzehn Jahren, die er nun bereits als Feuerwehrmann und Notfallsanitäter arbeitet, hat Tony genügend Seltsames, Trauriges und absolut Verstörendes erlebt. Er hat Menschen sterben sehen, infolge von Unfällen oder Gewalttaten, auf grausige Art oder friedlich. Er hat eine Rolle in so vielen Dramen voller Tragik und Rettung gespielt, dass er manchmal glaubt, dass er schon alles gesehen hat. Aber dann geht ihm unerwartet doch wieder irgendein Fall unter die Haut.

Wie dieser hier.

Ein alter Mann, der so gebrechlich wirkt, als könnte der kleinste Windstoß ihn umwerfen, sitzt auf dem Bett neben einer Frau im Koma und hält ihr die Hand. Sie liegt reglos da, totenbleich. Das einzige Lebenszeichen ist das schmerzhafte Röcheln ihres Atems.

Auf der Kommode zeigt eine Reihe von Fotografien die beiden jünger und lebendig. Es gibt Bilder von ihnen als Pärchen, die Arme umeinander gelegt, ihr Kopf an seiner Schulter. Dann sind da auch noch Schulfotos, die das Heranwachsen eines kleinen Mädchens zu einer Frau dokumentieren, und Aufnahmen von ihr mit ihren Eltern.

Tony erkennt die Tochter, aber es dauert eine Weile, bis er sich an ihren Namen erinnert. Maisey. So heißt sie. Er hat sie damals nicht gut gekannt, aber diese rotblonde Lockenmähne vergisst man nicht. Sie war in der Highschool ein Jahr über ihm und in ganz anderen Sphären unterwegs. Nur Begabtenkurse und schlaue Kinder für sie, während man ihn in den Förderunterricht und ins Werken gesteckt hatte. Freunde hatte er damals keine.

Nicht, dass er nicht selbst hochintelligent wäre. Aber ein paar dunkle Jahre in der Mittelstufe lang war ihm einfach alles egal – die Schule und auch der Rest. Er musste die siebte Klasse wiederholen. Das warf ihn schulisch und sozial zurück. Er hatte unentwegt das Gefühl, sich abmühen zu müssen, um aus dem Loch wieder hervorzukommen.

Damals war er ein bisschen neidisch auf Maisey. Dachte, ihr Leben sei einfacher als seines.

Aber der Schein kann trügen, wie Tony nur zu gut weiß.

In diesem Fall erzählt eine Nachbarin mit schriller Stimme eine ganz andere Geschichte als die glücklichen Familienfotos: eine über Streit spät in der Nacht und eine Unterbrechung des Alltagstrotts. Es sei drei Tage her, behauptet sie, dass die Frau, Leah Addington, zuletzt das Haus verlassen habe.

Das Blut auf dem Küchenboden, schwarz und klebrig, und die Fliegen, die um die Reste von irgendetwas Undefinierbarem in einer Bratpfanne auf dem Herd kreisen, untermauern ihre Andeutungen.

Das Blut in der Küche ruft unweigerlich Erinnerungen wach. Tony stählt sich, weil er weiß, dass sie vorbeigehen werden. Das tun sie stets.

Seine Mutter auf den Knien, einen Bluterguss auf der Wange, der immer dunkler wird.

Die erhobene Hand seines Vaters. Seine Stimme, die Flüche und Beleidigungen brüllt.

Das Geräusch von Schlägen. Weinen.

Caras Stimme holt ihn ins Hier und Jetzt zurück. »Sir«, spricht sie den Mann an, »Sir! Wir sind hier, um Ihre Frau zu behandeln.«

Der alte Mann blinzelt angesichts des Eindringens Fremder in seine private Welt. »Wer sind Sie?«

Das sollte offensichtlich sein – sie sind in Uniform und haben eine Trage bei sich. Aber der alte Herr scheint nicht mehr alle Tassen im Schrank zu haben.

»Krankenwagen«, erklärt Tony. »Ihre Nachbarin hat den Notruf gewählt. Wenn ich recht verstehe, ist Ihre Frau krank.«

Das Gesicht des alten Mannes bleibt leer und verständnislos. Er blinzelt noch einmal, wendet sich ab und tätschelt der Frau die Hand.

»Keine Angst, Leah«, murmelt er. »Ich lasse nicht zu, dass sie dich mitnehmen.«

Cara, zehn Jahre jünger als Tony und neu im Job, zieht die Augenbrauen fragend hoch und guckt ihn hilfesuchend an.

Tony holt tief Luft und wünscht sich sofort, er hätte es nicht getan. Das Zimmer stinkt. Ein Wäschekorb neben dem Bett ist mit schmutzigen Handtüchern vollgestopft. Ein Mülleimer quillt vor Inkontinenzeinlagen über.

»Keine Angst«, sagt der alte Mann wieder. Er fährt sich mit der freien Hand durchs Haar und wischt sich dann die Augen. »Sie liegt im Sterben. Hier. Sie möchte genau hier sterben.« Er spricht langsam und schwerfällig.

»Wie lange ist sie schon krank?«, erkundigt sich Tony und geht auf die andere Seite des Betts hinüber.

Der alte Mann folgt ihm mit Blicken. Seine Lippen bewegen sich lautlos, als zähle er. »Ich weiß es nicht«, flüstert er. »Ich habe den Überblick verloren. Leah, wie viele Tage schon?«

Die Frau im Bett wird ganz bestimmt nicht antworten. Ihr röchelnder Atem stockt für einen Moment, als lausche und warte sie. Tonys Adrenalinpegel schnellt in die Höhe. Er ist bereit, mit der Wiederbelebung zu beginnen. Aber in dem Moment seufzt sie und atmet weiter. Jeder einzelne Atemzug klingt angestrengt und mühsam.

»Sir …«, räuspert sich Tony, »gibt es irgendwo eine Patientenverfügung? Hat sie schriftlich festgehalten, was sie will?«

Das Gesicht des alten Mannes hellt sich auf. Zum ersten Mal blicken seine Augen nicht ins Leere. »Ja. Ja, genau. Wie konnte ich das nur vergessen? Sie hat eine aufgesetzt. Wir haben sie beide unterschrieben.«

Erleichterung durchströmt Tony warm wie Sonnenschein. Vielleicht ist diese Frau nicht gestoßen, geschlagen oder vernachlässigt worden. Vielleicht leidet sie an Krebs oder irgendeiner anderen unheilbaren Krankheit. Wenn sie ihre Wünsche für ihr Lebensende niedergeschrieben hat, dann ist dieser verlorene alte Mann genau das, was er zu sein scheint: der liebevolle Wächter über die letzten Stunden seiner Frau.

Die Erleichterung verfliegt so schnell, wie sie gekommen ist.

»Ich weiß nicht, wohin sie sie gelegt hat«, murmelt der alte Mann. »Sie hat es mir gesagt. Ich erinnere mich nicht. Ich habe immer wieder danach gesucht …«

»Ich schaue beim Kühlschrank nach«, verkündet Cara und verschwindet den Flur entlang. Der Kühlschrank ist eine Stelle, an der Leute oft medizinisch relevante Informationen hinterlassen – Patientenverfügungen, ihren letzten Willen, die Telefonnummern von Angehörigen. Tony hat auf dem Weg daran vorbei schon aus dem Augenwinkel nachgeschaut: Kühlschrankmagneten, Fotos. Nichts, das nach einer Patientenverfügung aussieht.

Aber Cara hat recht damit, noch einmal gründlich zu suchen. Tony ist dankbar. Das Letzte, was er will, ist, noch mehr Zeit in dieser Küche zu verbringen.

Eine Sirene heult in der Ferne und kommt näher. Das ist sicher die Polizei. Auch dafür ist er dankbar.

Solange er lebt, wird er nie die Erinnerung daran abschütteln können, wie er einmal mitgeholfen hat, eine Frau wiederzubeleben – nur, um später herauszufinden, dass sie eine Hospizpatientin war, die unheilbar an Krebs erkrankt war. Wenn es keine Patientenverfügung für Leah gibt, können die Polizisten entscheiden, ob sie sie zu ihrem eigenen Schutz in Gewahrsam nehmen, damit sie behandelt werden kann oder nicht.

»Ich habe danach gesucht.« Der alte Mann wird vor Frust laut. »Überall habe ich gesucht. Nichts.«

»Gibt es jemanden, den wir anrufen könnten? Ihre Tochter vielleicht? Maisey, oder?«

Tony streckt die Hand aus, ganz langsam, um den alten Mann nicht aufzuregen, und legt sie der Frau auf die Stirn. Ihre Haut ist trocken und heiß. Sie hat Fieber.

»Fassen Sie sie nicht an. Sie dürfen sie nicht anfassen. Das ist nicht der Plan.«

»Ich tue ihr nichts«, beschwichtigt ihn Tony. »Ich sehe nur nach, wie es ihr geht, okay?«

Er schiebt der Frau die Hand unter den Hinterkopf, ertastet die Schwellung, die Wunde, das blutverklebte Haar. »Wie heißen Sie, Sir?«

»Walter Addington.«

»Also, Walter, wie ich sehe, ist Leah krank. Wie wäre es, wenn wir sie mit ins Krankenhaus nehmen, ihr etwas Flüssigkeit geben …«

Caras Stimme unterbricht ihn: »Keine Patientenverfügung. Nur die Telefonnummer der Tochter.«

Schwere Schritte kündigen die Ankunft eines Polizisten an. Mendez. Er ist ein guter Bulle, und Tony ist froh, ihn zu sehen.

»Was haben wir denn hier?«

»Dehydrierung. Eine Kopfwunde. Wir konnten sie noch nicht genauer untersuchen und behandeln, da Mr Addington hier meint, dass es eine Patientenverfügung gibt, laut der sie zu Hause sterben möchte.«

Er beobachtet, wie Mendez die Puzzleteile zusammensetzt. Der alte Mann, unrasiert und verloren. Die bewusstlose Frau im Bett. Die schmutzigen, stinkenden Handtücher im Wäschekorb. Das Wasserglas mit dem Löffel auf dem Nachttisch.

»Was ist passiert, Mr Addington? In der Küche ist ziemlich viel Blut. Und an Ihnen. Getrocknetes Blut. Können Sie mir das erklären?«

»Sie ist hingefallen«, erläutert Walter. »Sie hat sich den Kopf aufgeschlagen. Ich habe sie hergebracht, damit sie sich ausruht, aber sie wacht einfach nicht auf.« Er rüttelt sehr sanft an der Schulter seiner Frau. »Leah. Wach auf. Sag es ihnen.«

»Ich habe genug gesehen«, entscheidet Mendez. »Nehmen Sie sie mit. Mr Addington, bitte kommen Sie mit.«

»Nein!«, protestiert Walter. »Das dürfen Sie nicht. Sie will nicht weg.« Er beugt sich über das Bett und bedeckt den Körper seiner Frau mit seinem eigenen. »Ich habe es versprochen.«

Übelkeit regt sich in Tonys Magen. Dieses ganze Desaster widert ihn an. Vielleicht studiert er noch einmal, sucht sich einen anderen Job. Einen, in dem er nicht ständig mit Verlust und Verzweiflung konfrontiert ist.

»Kommen Sie, Mr Addington«, bittet Mendez ihn, äußerlich ungerührt und nüchtern. »Machen Sie die Sache nicht schwerer, als sie sein muss.«

Der alte Mann wehrt sich, aber Mendez zieht ihn so mühelos weg, als wäre er ein Kind. »Wenn ich Sie verhaften muss, dann können Sie sie nicht im Krankenhaus besuchen.«

»Ich kann nicht … Sie können nicht …« Walters Widerstand kommt allmählich zum Erliegen. Sein Gehirn ringt mit einem Problem, das ihn blockiert. Mendez schiebt ihn aus dem Zimmer.

Tony und Cara gehen an die Arbeit. Sie sind ein eingespieltes, perfekt aufeinander abgestimmtes Team. EKG. Blutdruck. Cara legt den Zugang für den Tropf – gar nicht so einfach bei dem Blutverlust und der Dehydrierung. Als sie die Trage durch den Flur zum Krankenwagen rollen, folgen Walters Einwände ihnen.

»Hören Sie, Officer. Sie wollte das nicht. Würde es nicht wollen. Bitte! Sie müssen auf mich hören …«

Die Worte und die Verzweiflung in der Stimme des alten Mannes gehen Tony unter die Haut.

Was für ein widerlicher, hässlicher, verfahrener Schlamassel. Er ist froh, das Haus zu verlassen, und wird auch froh sein, Leah Addington ans Personal der Notaufnahme weiterzureichen und zu verschwinden. Aber er weiß, dass er diesen Fall nicht so einfach abschütteln kann. Er spürt, dass sein eigenes Trauma, das sich nie ganz auflöst, ihm heftiger als sonst zu schaffen macht.

Als sein Vorgesetzter anruft, um Tony zu erzählen, dass jemand sich krankgemeldet hat, und ihn fragt, ob er eine Doppelschicht fahren kann, erklärt er sich nur zu gern dazu bereit. Alles ist besser als die Albträume, die ihn erwarten, wenn er heute Nacht zu schlafen versucht.

Kapitel 4

Auf Elles Rat hin rufe ich Greg erst an, als wir am Flughafen sind. Sie meint, es sei einfacher, um Verzeihung als um Erlaubnis zu bitten. Da wir schon durch die Sicherheitskontrolle sind und an unserem Gate warten, kann er nicht viel mehr tun, als mir ein schlechtes Gewissen zu machen.

Linda nimmt ab. Sie klingt, als wäre sie fix und fertig. Das Baby weint in den Hörer, und ich frage mich, wie Greg wohl mit diesem unerwarteten Eindringling in seinem wohlgeordneten Leben zurechtkommt.

»Maisey …« Linda atmet schwer. »Ist mit Elle alles in Ordnung?«

»Elle geht es prima. Ich muss nur eben mit Greg sprechen.«

»Bist du dir sicher? Er hatte einen anstrengenden Tag. Ich möchte ihn nicht stören.«

»Es ist ziemlich wichtig, Linda. Bitte.«

Ich höre das Seufzen und spüre ihre Übermüdung fast durch die Telefonleitung. »Na gut. Ich hole ihn. Greg? Greg! Maisey ist dran. Nein, ich habe keine Ahnung, was sie will.«

»Ihr seid wo?«, staunt Greg, ganz wie erwartet, als ich es ihm mitteile.

Elle grinst mich an, ein kurzes Aufblitzen von verschwörerischem Übermut, das mir leichter ums Herz werden lässt.

»Elle und ich fliegen zu meinen Eltern. Wir gehen in etwa fünfzehn Minuten an Bord. Ich muss mich also kurzfassen.«

Ich höre ihn schnaufen und weiß, dass er sich in den Nasenrücken kneift und die Augen schließt – wie jedes Mal, wenn er frustriert ist.

Als er schließlich wieder spricht, klingt er übertrieben ruhig. »Magst du mir bitte erklären, warum du mit unserer Tochter nach Washington State fliegst, obwohl sie morgen Schule hat?«

Nein, mag ich nicht. Und muss ich auch nicht. Elle schnappt sich mein Handy.

»Hi, Daddy.«

Seine Stimme ist so laut, als wäre die Freisprechfunktion eingeschaltet. »Ich rede mit deiner Mutter.«

»Grandma liegt im Sterben, und Grandpa braucht uns. Mach dir keine Sorgen wegen der Schule. Wir haben alles im Griff.«

Schweigen. Dann: »Elle, gib deiner Mutter das Handy zurück.«

»Schon gut, Daddy. Hab dich lieb. Küss Baby Jay von mir.«

Sie reicht mir das Telefon. Ich nehme es widerstrebend und stähle mich für die Strafpredigt, die ich wahrscheinlich verdient habe. Aber dann zieht mir Gregs unerwartete Freundlichkeit den Boden unter den Füßen weg.

»Alles in Ordnung?«, erkundigt er sich, und die drei Wörter schmelzen den Eispanzer, der mich von meiner Küche bis auf den Flughafen gestützt hat.

Nein, nichts ist in Ordnung. Vielleicht gerät es auch nie mehr in Ordnung. Wenn ich antworte, wird meine Stimme versagen. Mir werden die Tränen kommen. Ich werde als schluchzende Wahnsinnige mitten in diesem überfüllten Terminal sitzen, und alle werden mich angaffen.

»Klar«, stößt er am anderen Ende hervor. »Dumme Frage! Natürlich ist nicht alles in Ordnung. Mein Gott. Du hättest mich anrufen sollen, Maisey. Wenn du nur zuließest, dass ich …« Er verstummt, aber nicht, bevor seine Worte mich in eine so lebhafte Erinnerung stürzen, dass ich wieder die ranzige Bitterkeit des abgestandenen Tankstellenkaffees schmecke, der in einem Pappbecher schnell abkühlt.

An einem Sommerabend vor zwölf Jahren habe ich die erste große Entscheidung meines Lebens selbst gefällt. An dem Abend habe ich Greg verkündet, dass ich ihn nicht heiraten würde, trotz des Babys, das in meinem Bauch wuchs.

»Mein Gott«, wiederholt er, »deine Mom ... Darf die überhaupt krank werden? Du musst dich ja fühlen, als stünde das Universum auf dem Kopf.«

»Es geht mir gut. Ich bin bloß geschockt. Wir melden uns wieder bei dir, wenn wir da sind.«

»Na gut«, erwidert er. »Halt mich auf dem Laufenden. Grüß deine Mutter lieb von mir, ja?«

Wenn ich mich damals anders entschieden hätte, flöge Greg jetzt mit. Er, ich und Elle, wir drei als traditionelle Familie. Ich probiere die Vorstellung an wie ein Kleidungsstück, wie einen Mantel, der nicht passt. Elle ist die ganze Familie, die ich brauche.

* * *

Meine alte Heimatstadt wirkt düster und leer, als wir auf halbem Weg zwischen Mitternacht und Morgengrauen dort eintrudeln. Keine Lichter. Keine Autos. Sogar die Tankstelle am Kreisverkehr ist verlassen. Ein schleppender, trostloser Nieselregen unterstreicht den Eindruck noch.

Die Übermüdung, die Nervosität und der Energydrink, den ich gekauft habe, um die gut hundert Kilometer dunkler, hirschverseuchter Landstraßen zwischen Spokane und Colville zu überstehen, lösen einen Kurzschluss in meinem Gehirn aus.

Es malt sich sofort die Apokalypse aus. Ich stelle mir vor, dass die ganze Stadtbevölkerung von einem Stromstoß zu nichts verschmort oder in ein Raumschiff hochgesaugt worden ist. Nur die Gebäude stehen noch.

Pest.

Zombies.

Vielleicht fahre ich mit Elle in eine Falle. Ich könnte einmal um den Kreisverkehr sausen, damit er das Mietauto wieder auf die Landstraße nach Spokane zurückspuckt.

Kleinstädte schlafen nachts, rufe ich mir ins Gedächtnis. Es ist zwei Uhr morgens, und wir sind nicht mehr in Kansas City. Ich muss mir schon genug Sorgen machen, ohne dass ich auch noch imaginäre Gefahren hinzufüge.

Zum Beispiel um Dad. Seit unserem kurzen, verstörenden Gespräch hat er auf keinen einzigen meiner Anrufe reagiert. Wenigstens sind im Krankenhaus Leute ans Telefon gegangen, um mir zu berichten, dass meine Mutter noch lebt und atmet. Sie können mir auch sagen, dass sie meinen Dad nicht gesehen haben und dass er sie nicht besuchen gekommen ist. Das ist schon an und für sich genommen die unheimlichste Nachricht von allen.

Ich versuche, ein bisschen Feuchtigkeit in meine trockenen Augen zu blinzeln, aber die Lider scheuern wie Schmirgelpapier. Mein Gesicht fühlt sich an, als könnte es Risse bekommen, wenn ich zu gähnen, zu lächeln oder irgendetwas anderes zu tun wage, als die Straße anzustarren. Meine Hände sind mit dem Steuerrad verschweißt. Mein gesamter Körper summt von den Vibrationen der Reifen auf dem Pflaster.

Auf der ganzen Fahrt durch die Stadt klammere ich mich an die Hoffnung, dass alles nur ein riesiges Missverständnis ist. Dad und ich werden uns über Mrs Carlton kaputtlachen, die böse Hexe von nebenan, so wie damals, als ich noch ein Kind war. Jede ihrer spitzen Bemerkungen mir gegenüber und über mich wurde durch die Geschichten, die Dad mir immer erzählte, etwas abgemildert.

Aber dann biege ich in unsere Straße ein, und all meine Fantasievorstellungen zerfallen zu Asche.

Das Haus ist grell erleuchtet wie eine Jahrmarktsattraktion. Jedes Fenster glüht. Rauch quillt aus dem Schornstein – schwarz, dicht und in jeder Hinsicht falsch.

Solange ich mich zurückerinnern kann, sind meine Eltern abends spätestens um zehn ins Bett gegangen. Alle Lichter aus, bis auf das gedämpfte über der Spüle in der Küche, und der Kamin wird nur zu feierlichen Anlässen angezündet. Kleine, dekorative Feuer zu Weihnachten. Dann und wann am Samstagabend auch ein loderndes zu heißem Kakao mit Schlagsahne.

Ich schlittere viel zu schwungvoll in die Einfahrt und trete gerade noch rechtzeitig die Bremse durch, um zu verhindern, dass wir gegen das Garagentor krachen. Elle schießt hoch. Ihre Augen sind weit aufgerissen, aber glasig vor Schlaftrunkenheit und Verwirrung.

Sie folgt mir aus dem Auto und zur Haustür, die abgeschlossen ist.

Ich schlage mit den Fäusten dagegen und rufe: »Dad! Ich bin's, Maisey. Lass mich rein!«

Niemand kommt an die Tür. Beißender Rauchgestank driftet aus dem Schornstein und steigt mir in die Nase. Die Panik lässt mein Gehirn erstarren. Ich brauche viel zu lange, bis ich den künstlichen Stein neben der Tür aufhebe, der jedem Möchtegerndieb sofort ins Auge springt. Mir zittern die Hände. Ich lasse den Schlüssel nicht einmal, sondern zweimal fallen, bevor es mir gelingt, ihn im Schloss zu drehen und die Tür zu öffnen.

Der Flur ist blau vor Rauch.

»Steig wieder ins Auto«, weise ich Elle an. »Wähl den Notruf. Wenn das Haus explodiert, renn weg!«

»Wenn du explodierst, explodiere ich mit«, protestiert sie. »Aber ich rufe an.«

Keine Zeit, um mich mit ihr zu streiten. Ich sause durch den Flur ins Wohnzimmer.

»Dad!«

Eine Rauchwolke hängt unter der Decke, aber Flammen sehe ich nur im Kamin. Dad kniet davor, den Schürhaken in den Händen. Ein Stapel halb verbranntes Papier – teils schwarz und verkohlt, teils brennend – quillt aus dem Kamin hervor. Er schiebt mit dem Schürhaken noch mehr Papier hinein. Es entzündet sich zischend. Heiße Papierasche schwebt ins Zimmer, angesaugt vom Luftzug, der durch die offene Tür strömt. Ein Teil davon landet auf dem Teppich. Dad bekommt einen Funken ins Haar. Er lässt den Schürhaken fallen und schlägt sich auf den Kopf.

Zusammengeknülltes Papier in Flammen, das am Schürhaken hängen geblieben ist, brennt gefährlich nahe neben seinem Hosenbein weiter. Er bemerkt die Gefahr ebenso wenig wie unsere Ankunft.

»Dad! Was um alles in der Welt machst du da?«

Ich stürme durchs Zimmer, trete die Flammen auf dem Papier aus und schmiere Asche in den Teppich meiner Mutter. Der Gestank heißer Chemikalien und versengter Haare steigt mir in die Nase.

Sie bringt mich um, stöhne ich innerlich, bevor mir wieder einfällt, dass sie vielleicht nie erfahren wird, was passiert ist, und dass es sie dann womöglich ohnehin nicht mehr stört. Das ist der Gedanke, der mir einen Pflock in die Brust und durchs Herz treibt.

Dad wendet den Kopf, fürchterlich langsam, und mustert mich. Sein Blick ist leer. Sein Gesicht ist so ausdruckslos, dass ich Angst habe, dass er vielleicht nicht einmal mehr weiß, wer ich bin.

Aber es ist sogar noch schlimmer. Er erkennt mich, aber er freut sich nicht, mich zu sehen.

»Maisey! Ich habe mir schon gedacht, dass du irgendwann auftauchst.« Sein Tonfall zeugt von endgültiger Resignation, nicht von Freude, Dankbarkeit oder Erleichterung. Und im nächsten Augenblick wendet er mir den Rücken zu, hebt den Schürhaken auf und dreht die unverbrannten Papiere im Feuer um.

Ich höre, wie die Stadtsirene heult, ein einsamer, furchterregender Ton, der in mir von jeher das Bedürfnis geweckt hat, mich unter den Möbeln zu verkriechen und mich zu verstecken.

Ich lasse mich neben ihm auf die Knie fallen, ohne auf Ruß und Asche zu achten, und nehme ihm den Schürhaken aus den Händen.

»Es ist hier drinnen doch längst warm genug, findest du nicht? Vielleicht sollten wir das Feuer ausgehen lassen.«

Ein grimmiger Ausdruck huscht durch seine Augen. Ich ertappe mich bei dem Gedanken: *O Gott, gleich bekomme ich mit dem Schürhaken eins übergezogen!*

Plötzlich lassen seine Hände los. Er sackt in sich zusammen, als wäre er aus Wachs und schmölze von der Hitze des Feuers. Seine Schultern sinken nach vorn. Sein Rücken beugt sich. Sein Kinn landet auf seiner Brust.

»Da ist noch mehr«, stammelt er. »Ich weiß, dass da noch mehr ist. Irgendetwas habe ich vergessen.«

Er spricht nicht mit mir.

Mein ganzer Körper fühlt sich steif, seltsam und taub an. Plastik. Ich weiß nicht, wie ich mich verhalten soll, wenn mein Vater vergessen hat, dass er mich lieb hat, wenn meine Mutter nicht hier ist, um uns beiden zu sagen, was wir tun sollen.

Also bleiben wir, wo wir sind, auf den Knien vor dem Kamin, wie Betende vor einem Altar. Draußen heult eine Sirene, rückt immer näher, bis sie fast ohrenbetäubend ist.

»Irgendwo brennt es wohl.« Dad wendet den Kopf dem Geräusch zu.

»Ach, wirklich?«

Ich sehe den Ruß an, der um uns ausgebreitet ist, die Ascheschicht, die sein Haar und seine Schultern überzieht wie Schuppen.

Es ist zu spät, die Feuerwehr abzubestellen. Sie trampelt durch die Haustür herein. Zwei Feuerwehrleute in kompletter Ausrüstung, die Feuerlöscher im Anschlag.

Voller Einsatz, um einen kleinen Kamin dem Erdboden gleichzumachen. Die Übermüdung macht mich albern. Ich halte mir die Hand vor den Mund, um das aufsteigende Gelächter zu unterdrücken, aber es quillt mir zwischen den Fingern hervor in die alles andere als einladende Stille hinein.

»Feuer ist kein Witz, Ma'am«, kritisiert mich eine der Gestalten im Schutzanzug. Er klingt wie mein Grundschulleiter damals, als ich Regenwürmer in Catrina Larsens Schreibtisch versteckt hatte. Sie war so hysterisch, als wären es Schwarze Witwen, Klapperschlangen oder etwas in der Art gewesen.

Mr Myers sprach damals im selben Ton, stand genauso steif und abweisend da. Und ich hatte genauso einen Kicheranfall, für den ich einen Tag lang vom Unterricht ausgeschlossen wurde und von meiner Mutter den Hintern versohlt bekam.

»Telefonstreiche mit der Notrufnummer können mit Gefängnis bestraft werden«, fährt der Feuerwehrmann im selben oberlehrerhaften Ton fort.

Mir wird klar, dass ich, weil ich diejenige bin, die den Schürhaken hält, entweder ins Gefängnis oder in die Hölle wandern werde – oder beides. Aber trotzdem kann ich beim besten Willen nicht aufhören zu lachen.

»Ich habe angerufen«, mischt sich Elle ein. »Da war Rauch. Und brennende Papiere flogen überall im Zimmer herum. Komme ich jetzt ins Gefängnis?«

»Ich glaube nicht, dass das ein Telefonstreich war«, meldet sich der andere Feuerwehrmann zu Wort. Seine Stimme mag ich lieber. Sie hat einen warmen, tröstlichen Klang, der mich an Schokolade oder einen guten Rotwein erinnert. Er stellt seinen Feuerlöscher ab und macht einen Schritt ins Zimmer. »Mr Addington? Geht es Ihnen gut?«

Dad geht es *nicht* gut. Er neigt sich zur Seite, ein schiefer Turm von Pisa in Menschengestalt, nur, dass seine Schieflage sichtlich immer stärker wird. Er hat den Mund aufgerissen und röchelt laut.

Mein Lachen gerinnt mir in der Kehle zu etwas Gallertartigem und Kaltem. Ich kriege keine Luft mehr und kann mich nicht rühren. Ob Dad jetzt auch noch einen Schlaganfall bekommt und meine Eltern beide gleichzeitig dieses Leben verlassen?

»Kann. Nicht. Aufstehen«, keucht Dad. »Brauche Hilfe.«

Der Feuerwehrmann springt schnell als Stütze ein, sodass Dad nicht umfällt. »Sind Sie verletzt? Sollen wir einen Krankenwagen rufen?«

»Nein. Ich bin bloß … hingefallen und kann nicht aufstehen«, ächzt Dad. Ein Röcheln entringt sich ihm. Ich weiß nicht, ob es ein Auflachen ist oder die Atmung eines Sterbenden.

Der Feuerwehrmann zieht die Handschuhe aus und streckt die Arme aus. Er erlaubt Dad respektvoll, ihn als Leiter zu benutzen, um auf die Beine zu kommen, statt ihn hochzuheben wie ein Kind.

»Alte Männer und Fußböden«, stöhnt Dad. »Nicht kompatibel.«

Ich schaue zu den beiden hoch. Der Gedanke, selbst aufstehen zu müssen, macht mir plötzlich Angst.

Mein Feuerwehrmann streckt mir eine rettende Hand hin, während er meinen Vater weiter mit der anderen stützt. Es ist eine große Hand. Kantige Finger, gleichmäßig geschnittene Nägel. Warm, als ich sie ergreife, stark und sanft zugleich. Zwei sehr blaue Augen sehen auf mich herab. Sein Mund ist von Lachfältchen umgeben.

Die Hand hängt an einem muskulösen Arm, der mich mühelos auf die wackligen Beine zieht.

»Maisey, nicht wahr?«

»Woher kennen Sie meinen Namen?«

»Highschool.«

Ich mustere sein Gesicht und versuche, mich zu erinnern, aber mir fällt nichts ein. »Tut mir leid. Ich …«

»Tony«, sagt er. »Keine Sorge. Es wundert mich nicht, dass du dich nicht erinnerst.«

Mein Blick huscht vom Feuerwehrmann zu meinem Vater, der wie ein Betrunkener schwankt. Wie Officer Mendez mir geschildert hat, befindet sich getrocknetes Blut auf dem Hemd. Er hat sich nicht umgezogen. Er hat sich nicht rasiert.

Mir wird klar, dass ich nach wie vor die Hand des Feuerwehrmanns umklammere. Ich lasse ihn los, um meinen Vater am Arm zu stützen.

»Möchtest du dich hinsetzen, Dad?« Er scheint mich nicht zu hören.

Der andere Feuerwehrmann – der selbstgerechte, der sich bestimmt freut, dass sich hier eine echte Krise abspielt – macht endlich einen Schritt in unsere Richtung.

Er ist zu langsam.

Dad bricht von unten nach oben zusammen, wie ein Gebäude, das gesprengt wird. Erst die Knie, dann die Hüften, dann die Wirbelsäule. All seine Knochen und Gelenke werden zu Wackelpudding.

Doch mein Feuerwehrmann steht hinter ihm, hält ihn, lässt sich mit ihm zu Boden sinken, sodass er nicht hinfällt. Der andere Mann alarmiert über Funk einen Krankenwagen.

Und ich? Irgendwie kann ich nicht die angemessene Panik aufbringen. Ich habe früher oft gewitzelt, meine Eltern wären so unzertrennlich, dass sie wahrscheinlich irgendwann gleichzeitig sterben würden.

Das habe ich nicht so gemeint, bete ich stumm, nur für den Fall, dass irgendjemand zuhört – Gott oder die Parzen oder das Universum oder was auch immer das Boot steuert.

Mein Feuerwehrmann, der gegenüber von mir kniet, sodass Dad zwischen uns liegt, tastet nach seinem Puls. »Er atmet frei. Sein Pulsschlag ist etwas beschleunigt, aber stark. Ich bin auch Notfallsanitäter«, erklärt er. Er tätschelt Dad die Wange, rüttelt an seiner Schulter. »Mr Addington. Walter. Hören Sie mich?«

Dad rollt die Augen unter den geschlossenen Lidern und öffnet sie schließlich. Sichtlich benommen schielt er zu dem Feuerwehrmann hoch.

»Da sind Sie ja«, sagt mein Notfallsanitäter. »Wie geht es Ihnen?«

»Es ging mir schon besser«, antwortet Dad. Seine Stimme klingt schwach. Seine Lippen sind trocken und blättern ab. Die Unterlippe ist rissig und blutet ein bisschen. Er ist alt, aber er sollte nicht so greisenhaft aussehen, mit brüchiger Haut, die sich straff über seinen Wangenknochen spannt, und eingesunkenen, blassen Augen. »Wer sind Sie?«

»Ich heiße Tony. Wir haben uns vorhin schon kennengelernt, und hier sind wir wieder.«

Dad blinzelt ihn nur an. Er erinnert sich eindeutig nicht.

»Können Sie die Beine für mich bewegen?«, fragt Tony. »Erst das rechte, dann das linke. Gut. Jetzt die Hände. Können Sie Ihre Nase mit der rechten Hand berühren? Mit der linken?«

Dad vollführt die Bewegungen gehorsam.

Tony sieht zu mir hoch. »Ich glaube nicht, dass es ein Schlaganfall oder Herzinfarkt ist. Ich schätze, er ist dehydriert und hat vermutlich Hunger. Vielleicht hat er nicht mehr gegessen, seit deine Mom krank geworden ist. Kommt der Krankenwagen, Marco?«

»Schon unterwegs. In etwa zehn Minuten müsste er da sein.«

»Brauche keinen Krankenwagen«, murrt Dad. »Helfen Sie mir auf.«

»Du musst hier liegen bleiben und warten«, beruhige ich ihn. »Tu, was der Feuerwehrmann dir sagt.«

»Er ist kein Arzt. Lass mich aufstehen.«

Dads Stimme klingt fester. Er tastet über den Boden und versucht, sich aufzusetzen.

»Ich glaube, das geht.« Tony hilft Dad, sich auf den Boden zu setzen. »Was meinen Sie, Mr Addington, könnten Sie einen Schluck Wasser trinken? Vielleicht ein Aspirin schlucken? Nur für den Fall, dass es doch ein Schlaganfall ist.« Er wendet sich an mich. »Ist Aspirin im Haus?«

»Ich weiß es nicht. Ich bin gerade erst angekommen.«

»Ich sehe nach!«, ruft Elle und saust in die Küche. Wasser rauscht, Schranktüren werden zugeschlagen, dann kehrt sie mit einem kleinen Fläschchen und einem Glas Wasser zurück.

Dad runzelt konzentriert die Stirn, als er die ausgestreckte Hand mit der Tablette anvisiert. Der Blick seiner verquollenen Augen wandert von der Hand den Arm hinauf bis zu Elles Schulter und schließlich in ihr Gesicht.

»Hallo«, sagt er. »Was machst du denn hier?«

Elle lässt sich nicht aus der Ruhe bringen. »Ich hole dir Aspirin, Grandpa.«

»Ihr glaubt alle, dass diese kleine Pille wieder in Ordnung bringt, was mit mir nicht stimmt?« Er schaut von einem Gesicht ins andere. Plötzlich beben seine Schultern von einem trockenen

Lachen, das wie Nägel auf einer Schiefertafel klingt. »Das ist das einzig Witzige, was ich die ganze Woche gehört habe!«

Aber er greift nach der Tablette. Wir warten alle geduldig, während er mit steifen Altmännerfingern unbeholfen danach tastet. Endlich ist sie in seinem Mund, und er hat die Hälfte des Wassers aus dem Glas geschluckt.

Weitere Sirenen ertönen in der Ferne und kommen immer näher. Noch mehr uniformierte Körper trampeln in Stiefeln über den Fußboden meiner Mutter.

Dad, der in den Händen meiner Mutter immer weich wie ein Marshmallow war, hat beschlossen, eine latente widerborstige Ader zu offenbaren.

»Sie können alle nach Hause und wieder ins Bett gehen«, erklärt er voll großer Würde. »Sie bekommen mich nicht in den Krankenwagen.«

»Daddy … Bitte.« Mir zittert die Stimme ein wenig, ein verräterisches kleines Zeichen, das mich überrascht. Ich bin eigentlich nicht so nah am Wasser gebaut. Ich fasse mir unwillkürlich an die Kehle und berühre den Kloß im Hals, der in aller Stille gewachsen ist, seit ich dieses Haus betreten habe.

Er schüttelt den Kopf. »Du bist hier. Du kannst mich im Auge behalten.«

Ich will ihm mitteilen, dass ich mich nicht einmal ansatzweise zur Krankenpflegerin eigne. Dass ich jetzt unbedingt Mom besuchen muss. Dass Eltern dazu da sind, einen zu unterstützen, nicht umgekehrt. Aber kein einziges Wort passt an dem Hindernis vorbei, das an die Stelle meines Kehlkopfs getreten ist.

Tony, der nach wie vor auf dem Boden hockt und meinen Vater stützt, nimmt seinen Feuerwehrhelm ab und legt ihn neben sich. »Vorschlag zur Güte«, sagt er. »Wir ersparen Ihnen den Krankenwagen, aber Sie erklären sich bereit, sich von Ihrer

Tochter in die Notaufnahme fahren und durchchecken zu lassen. Abgemacht?«

Als Dad endlich zustimmend nickt, ist mir schwindlig. Mir wird klar, dass ich den Atem angehalten habe.

Das Krankenwagenteam dreht bei und stapft wieder aus dem Haus.

So viel zum Thema, dass Elle ihren Schlaf bekommen soll. Aber sie wirkt nicht, als ob sie ihn braucht, sondern putzmunter, wie meine Mutter sagen würde. Der Gedanke, dass meine Mutter vielleicht nie wieder etwas sagen wird, huscht durch mein Bewusstsein, und ich verscheuche ihn wie eine lästige Fliege. Ich kann nicht weiter durchhalten, wenn mir solche Gedanken kommen.

Der selbstgerechte Feuerwehrmann verschwindet nach draußen, um im Feuerwehrauto zu warten, während Tony Dad in einen Mantel und Schuhe hilft. Wir stützen ihn gemeinsam und bringen ihn hinaus ins Auto. Elle öffnet und schließt Türen und ist auch sonst das Mädchen für alles.

Als wir alle im Mietwagen sitzen, klopft Tony an meine Scheibe.

»Du hast alle Hände voll zu tun«, sagt er, als ich sie herunterkurbele. Er reicht mir eine Telefonnummer, die er auf die Rückseite eines Walmart-Bons gekritzelt hat. »Wenn du irgendetwas brauchst, inoffiziell, dann klingel bei mir durch.«

Ich nicke. Meine Lachmuskeln sind gelähmt und weigern sich, auch nur der Form halber eine Anstrengung zu unternehmen.

Als ich den Zündschlüssel drehe und den Motor starte, gehe ich im Kopf eine Liste von Erkrankungen durch, die meine Gesichtslähmung ausgelöst haben könnten.

Bell'sche Parese.

Multiple Sklerose.

ALS.

Parkinson.

Gehirntumor.

Wie wäre es mit Trauer und Schock, Maisey? Hast du auch an die Möglichkeiten gedacht? Fragen beginnen, an die Oberfläche zu blubbern, und die erste bricht hervor, obwohl Dads Gesicht so ausdruckslos ist, dass es mich vorwarnen sollte.

»Was ist wirklich mit Mom passiert?«, frage ich ihn.

Er wendet mir den Kopf zu, langsam und knirschend, wie ein Automat, der neue Batterien braucht. Sein Blick ist leer. Er antwortet nicht.

»Dad. Was ist mit Mom passiert?«

Er blinzelt dreimal schnell. Seine Elektroleitungen drohen durchzubrennen. Dann leuchten seine Augen auf, und er sieht mich – mich – wieder.

»Sie ist hingefallen.«

»Vor drei Tagen, meint die Polizei.«

Ich warte darauf, dass er dieser absurden Angabe widerspricht, dass er mir klar und unmissverständlich erklärt, dass Edna Carlton gequirlten Blödsinn erzählt und die Polizei den Verstand verloren hat.

Aber er schluckt nur und erwidert nichts.

»Dad!«

»Sie wollte nicht ins Krankenhaus.« Sein Blick verdüstert sich wieder. Er starrt nicht mich an, sondern an mir vorbei in die Nacht hinaus.

Elle und ich müssen beide mit anpacken, um ihn aus dem Auto in den Anmeldebereich der Notaufnahme zu bugsieren. Zum Glück erwartet die Belegschaft uns nicht nur, sondern kennt auch die Geschichte schon. Wir haben nicht einmal die Zeit, uns zur Anmeldung hinzusetzen, als schon die Tür aufschwingt und ein Pfleger auftaucht, um uns zu holen.

Irgendjemand bringt Elle und mir Snacks aus dem Schwesternzimmer: selbst gebackene Kekse, Cracker und Käse.

Eine Tasse echten Kaffee mit Kondensmilch. Ich bekomme kein Essen hinunter, aber der Kaffee rettet mir das Leben.

»Ich habe gehört, dass Ihre Mom oben auf der Intensivstation liegt«, sagt der Pfleger in tröstlich nüchternem Ton. »Wenn Sie wollen, können Sie sie besuchen, während wir Walter hier durchchecken. Das wird eine Weile dauern. Wir rufen Sie an, sobald wir etwas wissen.«

Dad scheint das noch nicht einmal zu hören. Er befindet sich auf dem Untersuchungstisch, auf den man ihn gelegt hat, und stiert an die Decke. Sein Gesichtsausdruck ist leer. Er wirkt alt und zerbrechlich. Mein Herz fühlt sich geschwollen und krank an. Fiebrig.

»Ich bleibe bei Grandpa«, beschließt Elle.

Beim Klang ihrer Stimme wendet er den Kopf. Die Leere schwindet ein wenig aus seinem Blick. »Was machst du denn hier?«, fragt er wie schon zu Hause. Als hätte er sie gerade zum ersten Mal gesehen.

»Ich warte«, erklärt Elle ihm.

Ich zögere. Sie ist noch ein Kind, und er ist so schrecklich verwirrt.

Elle macht eine Handbewegung, als scheuche sie mich weg.

Ich gehe durch die Tür und nach oben. Unterwegs verliere ich ein Stück von mir nach dem anderen wie eine Spur aus Brotkrumen.

Kapitel 5

Ein Vorhang ist um das Bett meiner Mutter zugezogen.

Auf den ersten Blick scheint sie zu schlafen. Aber ich habe sie schon früher schlafen sehen, und das hier ist anders: eine schreckliche Abwesenheit anstelle des Schlummers. Sie wirkt kleiner, als ich sie in Erinnerung habe. Ihr Körper, der schon immer dünn war, erscheint substanzlos und zeichnet sich winzig wie eine Nackenrolle unter der Krankenhausdecke sowie dem Bettzeug ab. Ein Arm ruht auf der Decke. Eine Infusionspumpe ist mit ihrem Handrücken verbunden. An der Innenseite ihres Ellbogens leuchtet ein blauer Fleck, vermutlich von einer Blutabnahme. Ich ertappe mich bei dem Wunsch, ihn zu verdecken. Mit einem Ärmel. Oder einem Pflaster.

Da ich beides nicht habe, verberge ich den Makel mit der eigenen Hand und bin erschrocken, wie heiß ihre Haut sich anfühlt.

Das Zimmer riecht nach Desinfektionsmittel. Es erinnert mich an aufgeschürfte Knie, das Brennen von Wasserstoffperoxid und die Stimme meiner Mutter, die mir einredet, dass ich tapfer bin, dass ich stark bin, dass ich diesen kurzen Schmerz aushalten kann.

Aber ich bin nicht tapfer und war noch nie stark genug, um die Last des Ehrgeizes sowie der Erwartungen meiner Mutter zu schultern und die Bürde ihrer besessenen Liebe zu tragen.

Schon in meinen ersten Erinnerungen hat Mom immer alles total unter Kontrolle. Sie führte den Haushalt mit absoluter Präzision: Kalender, Stundenpläne, Listen über Listen. Routine war ihre Religion. Wenn ich von der Schule nach Hause kam, gestand sie mir eine halbe Stunde mit selbst gebackenen Keksen und Milch zu, um das zu versüßen, was in meinen Augen ein Verhör über den Schultag war. Was hatte ich gelernt? Wer waren meine Freunde? Was konnte ich morgen besser oder schlauer machen? Darauf folgten die Hausaufgaben, von der ersten Klasse an. Wenn ich nichts aufhatte, gab sie mir etwas auf.

»Du bist klug, Maisey. Dir stehen alle Möglichkeiten offen. Aber ohne Disziplin nützt dir das nichts.«

Mein Vater kam jeden Tag um siebzehn Uhr fünfzehn nach Hause. Wenn er eine Minute zu spät erschien, wurde sie unruhig. Bei zwei Minuten ging sie schon auf und ab. Um siebzehn Uhr zwanzig sah sie aus den Fenstern und stellte sich auf die Veranda. Als Handys in Umlauf kamen, waren sie ein Geschenk Gottes, und meine Mutter stürzte sich begeistert darauf. Wenn mein Handy klingelt und ich abnehme, rechne ich noch heute damit, ihre Stimme zu hören, die fragt: »Wo bist du? Weißt du, wie spät es ist?«

»Wo bist du?«, flüstere ich jetzt, als ich an ihrem Bett sitze. »Weißt du, wie spät es ist?«

Ihr Atem klingt im Zimmer laut – laut genug, um das Surren der Infusionspumpe zu übertönen. Er röchelt und rasselt in ihrer Brust.

Eine Krankenschwester kommt herein, überprüft die Infusion, zieht die Decke über der schmalen Brust meiner Mutter glatt. Ihr Blick huscht über mich und beiseite, als trüge ich eine Tarnkappe. Ich erkenne, dass sie nicht mit mir sprechen will, aber ich brauche Informationen.

»Ist das normal? Ihre Atmung? Und sie fühlt sich für mich heiß an.«

Meine Fragen treffen die Krankenschwester mitten zwischen die Schulterblätter. Ihr Körper dreht sich zu mir um, steif, als bestünde er aus einem einzigen Stück, ohne dass sich eines der Gelenke selbstständig bewegen könnte.

»Nichts davon ist normal.« Ihr Kiefer ist so verkrampft wie der Rest von ihr. Der Blick, den sie plötzlich auf mich richtet, ist eiskalt.

Ich zucke zurück, erschrocken über ihre offene Feindseligkeit. »Können wir irgendetwas dagegen unternehmen? Ich meine, sollte sie vielleicht beatmet werden oder so? Erhält sie Antibiotika?«

»Sie liegt im Sterben«, sagt die Krankenschwester. »Wollen Sie den Prozess wirklich verlängern?«

Ihre Worte treffen mich wie ein Schlag auf den Solarplexus und rauben mir den Atem. Sie hat natürlich recht. Die Ärztin, mit der ich gestern am Telefon gesprochen habe, war viel freundlicher und hat sich nicht so direkt ausgedrückt. Aber die Botschaft war dieselbe.

Meine Mutter verlässt mich.

Die Zimmertür schwingt weit auf, und eine andere Krankenschwester kommt herein. Diese hier ist älter und mit den Jahren füllig geworden. Ihre OP-Kleidung spannt über den Brüsten und Hüften. Sie legt der jüngeren Frau eine Hand auf die Schulter. »Kannst du den Ruf in Zimmer zweihundertfünf annehmen? Ich kümmere mich um das hier.«

Schwester Nummer eins sieht aus, als ob ihr das Gesicht vor Anstrengung gleich platzt, das zurückzuhalten, was ihr auf der Zunge liegt. Aber sie dreht sich auf dem Absatz um und marschiert aus dem Zimmer.

»Ich verstehe das nicht«, flüstere ich ihrem Rücken nach.

»Sie ist noch jung«, entschuldigt die neue Krankenschwester das Verhalten ihrer Kollegin, als erkläre das alles. »Der Tod verletzt sie und macht sie wütend. Sie müssen Maisey sein. Ich bin so froh, dass Sie hier sind.« Ihre Stimme ist warm und einladend. Sie klingt wirklich, als ob sie froh wäre.

Es ist gut, dass jemand froh ist. Ich bin es nicht.

Krankenschwester Nummer zwei runzelt die Stirn, während sie den Atemzügen meiner Mutter lauscht. Sie zieht ein Thermometer aus der Tasche. Ihr Stirnrunzeln vertieft sich, als sie damit über die Stirn meiner Mutter streicht.

»39,2 Grad. Und ihre Sauerstoffsättigung sinkt.«

»Können wir irgendetwas tun?«

»Wir haben sie geröntgt. Sie hat leider eine Lungenentzündung. Das ist keine ungewöhnliche Komplikation bei Leuten, die längere Zeit bewusstlos sind.«

Sie setzt sich auf den Klappstuhl direkt neben meinem, so nahe, dass ihre Schulter und ihr Oberschenkel mich berühren. Normalerweise entzöge ich mich dem Kontakt, aber ihre füllige Wärme fühlt sich gut an. Tröstlich. Wir sitzen da, Seite an Seite, und lauschen dem schrecklichen Röcheln meiner Mutter.

»Leidet sie?« Ich flüstere die Worte nur.

»Oh, meine Liebe, nein. Alles ganz friedlich. Sie schläft tief und fest.« Sie tätschelt mir die Hand. »Es steht mir eigentlich nicht zu, aber ich spreche das Thema jetzt an, da kein Arzt hier ist. Als der Krankenwagen sie abgeholt hat, hat Ihr Vater geäußert, dass sie wollte, dass man sie sterben lässt. Aber er wirkte etwas verwirrt, also frage ich jetzt Sie. Wenn sie … nicht mehr atmet …, wollen Sie dann, dass wir sie wiederbeleben? Herz-Lungen-Reanimation? Ein Beatmungsgerät?«

Panik. Meine Füße und Hände werden eiskalt. Mein fiebriges Herz will aus meinem Brustkorb entkommen und zur Tür hinaus und aus dem Krankenhaus huschen.

»Ich weiß, dass es schwer ist«, bedauert mich die Krankenschwester. »Was würde Ihre Mutter wollen?«

»Ich weiß es nicht«, flüstere ich, aber das ist natürlich eine Lüge.

Meine Mutter würde selbst Entscheidungen fällen wollen. Sie würde die Kontrolle über diese Situation haben wollen, um ihrem Körper und allen anderen im Zimmer zu sagen, was zu tun ist. Das würde sie wollen.

»Laut dem Team des Rettungswagens hat Ihr Vater gemeint, Leah habe eine Patientenverfügung erstellt, in der sie das alles festgelegt habe.«

Warme Erleichterung bricht über mich herein. Ich muss also doch keine Entscheidungen fällen. Auf meine Mutter ist wie immer Verlass: Sie hat alles im Voraus geplant. Natürlich. Das ist genau das, was sie täte.

»Ja? Gut. Dann tun Sie genau das, was in der Patientenverfügung steht.«

Die Krankenschwester seufzt. Vielleicht ist sie über mich oder über die ganze Situation frustriert. »Ich habe gehört, Ihr Vater habe die Patientenverfügung nicht finden können. Also haben wir nur sein Wort dafür. Er ist offenbar nicht in einem Zustand, in dem er Entscheidungen fällen kann.«

»Weil er etwas verwirrt ist?«

»Der psychiatrische Dienst hat ihn gestern Abend besucht, nachdem Ihre Mutter hergekommen ist. Hat man Sie nicht angerufen?«

»Vielleicht haben sie mich nicht erreicht, weil ich auf der Reise hierher war.«

Ich denke schuldbewusst an das Handy in meiner Handtasche. Als ich es herausgeholt habe, um im Krankenhaus anzurufen, wurden fünf entgangene Anrufe angezeigt. Vier davon von Greg. Einer von einer unbekannten Rufnummer. Ich habe keine einzige der Nachrichten abgehört.

»Der psychiatrische Dienst kann nicht feststellen, ob jemand im juristischen Sinne geschäftsfähig ist. Nur, ob Individuen mit psychischen Störungen für sich selbst oder andere eine Gefahr darstellen. Sie hatten den Eindruck, dass es kein Problem wäre,

Ihren Vater ein paar Stunden zu Hause allein zu lassen, bis Sie da sein würden. Aber, nein, er hat bei der Evaluation seiner mentalen Fähigkeiten nicht gut abgeschnitten.«

Die Worte dringen zu mir durch, ganz langsam, unterbrochen von Moms röchelnden Atemzügen. Worte und Atem scheuern auf meiner Haut, drohen, einen Nervenknoten freizulegen, den ich nicht offenbaren darf.

»Sie verstehen das nicht. Ich kann solche Entscheidungen nicht treffen. Entscheidungen sind einfach nichts für mich.«

Die Krankenschwester tätschelt mir noch einmal die Hand. »Das ist sehr, sehr schwer. Vor allem, weil Ihre Mutter noch so jung ist. Hoffen wir, dass Ihnen noch ein paar Stunden bleiben, um darüber nachzudenken. Aber Sie sollten wissen, dass ihre Gehirnblutungen ein solches Ausmaß haben, dass sie sich nicht erholen wird. Wenn sie überlebt, dann wird sie nicht mehr die Frau sein, die Sie einmal kannten.«

Damit stemmt sie sich ächzend vom Stuhl hoch. »Diese Hüfte bringt mich noch mal um«, keucht sie. »Bleiben Sie einfach hier sitzen und denken über alles nach. Ich muss wieder an die Arbeit.«

Und sie lässt mich mit den lauten Atemzügen meiner Mutter und einer Litanei von Schuldgefühlen allein.

Mom wollte, dass ich reich werde und Erfolg habe, dass ich in der Welt Spuren hinterlasse, statt nur über die Oberfläche zu schlittern. Ich hätte eine echte Journalistin werden sollen, am besten die Art perfekt frisierter Frau, die hinter dem Tisch eines großen Nachrichtensenders hervor in die Kameras lächelt und intelligente Interviews mit internationalen Politikern führt. Kein unzuverlässiges Leichtgewicht, das bei Lokalzeitungen von einem Job zum nächsten hüpft und sein Einkommen damit aufbessert, in der Adventszeit im Einkaufszentrum Fotos vom Weihnachtsmann zu machen.

Ich hätte meine Eltern öfter besuchen sollen. Ich hätte wissen sollen, dass mein Vater geistig nachlässt. Ich hätte in dem Augenblick da sein sollen, als meine Mutter krank wurde.

Ich habe auf jede nur erdenkliche Art an ihr versagt, und jetzt muss ich vielleicht sogar entscheiden, ob sie weiterleben oder sterben soll.

Meine allerletzte Hoffnung, doch noch alles wiedergutzumachen, besteht darin, nun die richtige Entscheidung zu fällen.

Ich beuge mich vor und verberge das Gesicht in der kühlen Bettdecke, bemühe mich, meine verkrampfte Wirbelsäule und meine Schultern zu entspannen. Aber sie fühlen sich ungefähr so biegsam an wie eine Spanplatte. Meine Augen weigern sich immer noch zuzufallen. Ich versuche, mich auf die Entscheidung zu konzentrieren, die ich treffen soll, und Pro- und Kontra-Listen zum Thema »lebensverlängernde Maßnahmen« aufzustellen. Doch mein Gehirn hüpft vom bizarren Verhalten meines Vaters und seinem Schwächeanfall zu meiner Mutter, die hier bewusstlos neben mir liegt.

Mein Handy summt. Ich werfe ängstlich einen Blick in die Textnachrichten, aber es ist nur Elle.

Elle: Vampire hier, um Grandpas Blut zu holen.
Maisey: Du meinst das Labor?
Elle: Sei nicht so langweilig. Der hier ist absolut ein Blutsauger. Er glitzert zwar nicht, aber ich wette, er ist trotzdem hundert Jahre alt.
Elle: Infusion beginnt. Grandpa will nach Hause.
Maisey: Sag ihm, er soll bleiben, wo er ist. Muss ich nach unten kommen?
Elle: Er schläft jetzt. Ich langweile mich. Kann ich hochkommen?
Maisey: Grandma schläft auch. Ich langweile mich auch. Bleibt, wo ihr seid. Alle beide.

Plötzlich überkommt mich irrationale Wut. Wie kann mein Vater es wagen, sich so aufzulösen? Er soll sich doch um meine Mutter kümmern. Warum hat er mich nicht angerufen? Wo ist die Patientenverfügung, von der er gesprochen hat?

Warum zum Teufel hat er Papiere im Kamin verbrannt?

Mein Handyakku ist fast leer. Ich scrolle durch die Liste mit verpassten Anrufen und denke daran, die Nachrichten abzuhören, aber dann stecke ich das Telefon einfach wieder in die Handtasche. Nicht jetzt.

Die Uhr an der weißen Wand gegenüber von mir zeigt acht Uhr morgens. Das heißt, dass ich seit vierundzwanzig Stunden nicht geschlafen habe. Meine Augen haben ein ganz neues Stadium der Trockenheit erreicht. Mumifiziert. Steif. Ausgedörrt. Das Salz meiner Tränen hat ihnen nur noch mehr Feuchtigkeit entzogen.

Als das Telefon das nächste Mal klingelt, verschwimmt der Bildschirm wieder und wieder vor meinen Augen. Ich blinzelte fünfmal und kneife die Augen zusammen, um etwas zu erkennen.

Elle: Mom?
Elle: Hier ist ein Polizist.
Elle: Mom?

Kapitel 6

Ich warte nicht erst auf den Fahrstuhl, sondern nehme die Treppe. Das Adrenalin treibt mich an, schneller zu laufen, immer schneller. Mein Gehirn hat mir hilfsbereit ein Bild meines Vaters in Handschellen und der weinenden Elle zur Verfügung gestellt, während im Hintergrund dramatische Begleitmusik läuft. Aber als ich das Zimmer in der Notaufnahme erreiche, schnarcht Dad auf einer Trage. Ein Infusionsschlauch schlängelt sich von einer Pumpe zu seinem Handrücken.

Elle hat die Augen weit aufgerissen und ist ein bisschen außer Atem, aber es sieht eher nach Aufregung als nach Furcht aus.

Ein Polizeibeamter steht auf der anderen Seite des Betts. Sein freundliches Gesicht bildet einen scharfen Kontrast zu seinem Dienstgürtel, an dem er eine Pistole im Holster und einen Taser trägt.

»Wenn es um das Feuer oder den Notruf geht: Ich glaube nicht, dass er versucht hat, das Haus niederzubrennen«, erkläre ich schon, bevor der Polizist irgendetwas äußern kann. »Ich bin diejenige, die angerufen hat. Es tut mir leid, aber mir ist erst danach klar geworden, dass wir das Problem selbst in den Griff bekommen konnten. Es war kein Streich.«

»Ich habe angerufen«, verbessert Elle mich. Auf ihren Wangen leuchtet jeweils ein roter Fleck. Ihre Augen sind völlig gebannt von der Uniform, dem dunklen Haar und den trügerisch einfühlsamen Lippen. Gott steh mir bei!

»Ich weiß nichts von einem Feuer, Ma'am. Ich bin wegen der Vorwürfe der unterlassenen Hilfeleistung und vielleicht auch des versuchten Totschlags hier.«

Meine Lippen fühlen sich zu steif an, um zu antworten. Ich lege die Hand schützend über Dads Finger. Sie zucken. Seine Augen bewegen sich unter seinen Lidern, aber er wacht nicht auf.

»Ich bin Officer Mendez. Ich glaube, wir haben telefoniert. Sie sind Maisey, ja? Walter und Leah Addingtons Tochter?«

Ich nicke. In meiner Lunge scheint kein bisschen Luft zu sein.

»Natürlich will ich ihn nicht festnehmen. Können Sie bei ihm bleiben? Der psychiatrische Dienst hat nicht den Eindruck, dass er gefährlich ist, meint aber, dass er nicht sich selbst überlassen bleiben darf.«

Die Luft strömt zischend in meine Lunge zurück, auf einmal viel zu viel, sodass mir schwindlig wird.

»Er hat sie nicht geschlagen«, protestiere ich. »Er hat sie auch nicht gestoßen. Er hat noch nie jemanden geschlagen.«

»Wir ermitteln gegen ihn wegen unterlassener Hilfeleistung, nicht wegen Körperverletzung. Aber angesichts der neuen Indizien aus den Röntgenbildern …«

»Was für Indizien? Wovon sprechen Sie überhaupt?«

Er tastet in seiner Hemdtasche nach einem kleinen Notizbuch und blättert es durch. »Entschuldigen Sie mich bitte für einen Moment. Ich bin kein Mediziner. Ich muss erst einen Blick in meine Notizen werfen. Folgendes wissen wir: Der Grund für die Hirnblutung ist offen, aber die Ärztin Ihrer Mutter konnte bestätigen, dass vor mehreren Monaten ein Aneurysma in ihrem Gehirn festgestellt worden ist. Nach Meinung der Ärztin ist der wahrscheinlichste Grund für den derzeitigen Zustand Ihrer Mutter eine Ruptur dieses Aneurysmas. Allerdings hat sie sich wahrscheinlich auch den Kopf an der Küchentheke angeschlagen, als sie gestürzt ist.«

Ich starre ihn an. Meine Mutter hatte ein Aneurysma? Eine zum schwachen Ballon verkommene Arterie, die in ihrem Kopf allmählich immer weitergewachsen ist? Und niemand hat sich die Mühe gemacht, mir davon zu erzählen? Nein. Natürlich hätte sie mir so etwas nicht gesagt. Ich hätte ja versuchen können, sie zu überreden, einen Teil der Kontrolle abzugeben und mir eine Kopie dieser mittlerweile legendären Patientenverfügung zu überlassen.

Mendez hustet. »Bisher haben wir nur Walters Wort, dass er sich nach ihren Wünschen gerichtet hat. Und da das Röntgenbild mehrere Knochenbrüche zeigt …«

»Was für Knochenbrüche?«

»Die Ärzte haben den Brustkorb geröntgt, um die Diagnose Lungenentzündung zu bestätigen. Sie haben … lassen Sie mich nachsehen … drei alte Rippenbrüche und ein gebrochenes Schlüsselbein entdeckt. Dann haben sie zusätzliche Röntgenaufnahmen gemacht und einen alten Bruch des Oberarmknochens festgestellt …«

»Und Sie glauben, dass mein Vater das getan hat?«

»Es passt ins Muster häuslicher Gewalt. Es gibt auch noch einen alten Bruch ihrer linken Augenhöhle.«

»Machen Sie sich doch nicht lächerlich! Ich habe es Ihnen am Telefon erklärt: Er ist nicht in der Lage, auch nur einer Fliege etwas zuleide zu tun. Sieht er aus, als könnte er jemanden gezielt verletzen?«

Ich wedele mit den Händen über meinem Vater, der im Augenblick greisenhaft und erbärmlich ausschaut. Die Haare, die er sich immer über die Glatze kämmt, haben sich gelöst.

Lange graue Strähnen ziehen sich über das Kissen. Seine Wangen sind eingefallen. Unter der dünnen Decke wirkt er hager und wie ein Skelett.

»Sie wären überrascht, was bei häuslicher Gewalt alles vorkommen kann, Ma'am. Ich hatte einmal mit einer älteren Frau zu tun, die ihren Mann mit dem Krückstock erschlagen hat – sie hat ihm einfach eins übergezogen.«

»Das denken Sie sich doch nur aus«, wirft Elle ihm vor.

Mendez räuspert sich. Sein Tonfall ist sanfter, fast mitfühlend, als er weiterspricht. »Vielleicht ist er kein gewalttätiger Mann. Alzheimer kann die Persönlichkeit drastisch verändern. Sanfte Menschen werden aggressiv. Wohlanständige Damen fangen plötzlich an zu fluchen.«

Ich schüttele den Kopf, um ihn klar zu bekommen. Nichts davon ergibt irgendeinen Sinn. Ich habe das Gefühl, durch einen Spiegel in eine düsterere Version von Alices Wunderland geraten zu sein. Aber es bleibt Elle überlassen, auf den springenden Punkt zu kommen.

»Grandpa soll ein prügelnder Ehemann sein? Das ist doch Wahnsinn!«

»Wahnsinn« ist noch untertrieben. Allmählich kommen meine Sauerstoffprobleme wieder ins Lot. Allerdings habe ich dafür jetzt wackelige Knie. Ich lasse Dads schlaffe Hand los und umfasse mit beiden Händen die Bettumrandung, drücke so fest zu, wie ich kann, um wieder etwas in den Fingern zu spüren.

»Hören Sie zu, Officer. Ich kann Ihnen schwören, dass es nie häusliche Gewalt gab. Selbst, wenn mein Vater … dement ist. Und das ist er nicht. Meine Mutter kommandiert ihn herum, nicht andersherum. Sie hätte das Problem in den Griff gekriegt. Vertrauen Sie mir.«

»Indizien sind Indizien.« Er wirft noch einen Blick in seine Notizen. »Drei alte Rippenbrüche. Linkes Schlüsselbein. Linker Oberarm. Linke Augenhöhle. Das Muster ist verdächtig.«

»Und ich sage Ihnen, dass niemand meine Mutter geschlagen hat. Vor allem nicht mein Vater.«

»Das freut mich zu hören. Dann vielleicht ein Unfall? Ist sie die Treppe hinuntergefallen? Gegen eine Tür gerannt?«

Wenn ich eine Schlange wäre, würde ich jetzt vorschnellen. Um ihn mitten in die Nase zu beißen. Ich male mir aus, wie ich Gift in seinen Körper pumpe. Wie sein Gesicht lila und schwarz anläuft. Vielleicht ein schöner Krampf oder zwei …

»Ma'am?«

Elle drückt den Arm gegen meinen. Sie weiß aus Erfahrung, dass meine leidige Unentschlossenheit von einem anderen Charakterfehler aufgewogen wird: Ich habe wirklich das Temperament, das man Rothaarigen nachsagt.

Ich schlage alle Warnungen in den Wind, lasse den Zorn zu, sammle ihn.

Hitze durchströmt mich, bis hinunter in meine eben noch kalten Fingerspitzen, und bringt Energie mit. Sogar mein Haar ist energiegeladen: Ich spüre, wie all die kleinen Haarwurzeln in meiner Kopfhaut sich anspannen. Ich stelle mir vor, wie mein Haar als Wolke aus elektrischen Funken um meinen Kopf kreist.

»Ich weiß nicht, was Sie geraucht haben, Mr Mendez, oder warum Sie sich mit dieser Polizeiuniform verkleidet haben, aber das hier ist lächerlich.«

Sein Gesicht läuft rot an. Treffer. Meine Wut reagiert mit einer Aufwallung von Rachsucht. Bevor er etwas erwidern kann, lasse ich mich davon mitreißen.

»Lassen Sie mich raten. Das hier sah für Sie nach einem leichten Job aus, und Sie haben sich freiwillig gemeldet. Niemand sonst wollte herkommen und einen alten Mann verhören, während seine Frau oben im Sterben liegt.«

»Mom«, protestiert Elle und legt mir die Hand auf den Arm.

Ich weiß, dass mein wunderschöner Zorn winzige Risse bekommen wird, wenn ich sie jetzt auch nur anschaue. Ich halte den Blick starr auf Mendez gerichtet.

Eine Ader pulsiert auf seiner Stirn. Er hat die Zähne so fest zusammengebissen, dass die Kiefermuskulatur hervortritt.

»Ms Addington …«

»Versuchen Sie nicht, mich zu beschwichtigen. Haben Sie einen Haftbefehl? Werden Sie ihn festnehmen?«

»Ich ermittele bloß …«

»Bloß? Ich glaube nicht, dass Sie *bloß* etwas tun. Sie stecken die Grenzen Ihrer spezifischen Ermittlung sehr weit. Genau das tun Sie. Gehen Sie doch ein paar Verbrecher bekämpfen, stoppen Sie ein paar Raser oder so etwas. He, ich gebe Ihnen fünf Dollar, dann können Sie sich ein paar Donuts zum Mitnehmen kaufen.«

Ich bin in Fahrt. Irgendwo in mir versucht das dünne Stimmchen des Selbsterhaltungstriebs, sich Gehör zu verschaffen, aber ich weiß, dass das Nächste, was ich sagen werde, das Wort »Schwein« enthalten wird.

Dad rettet mich. Nicht zum ersten Mal.

Er öffnet die Augen. Erstaunen und Verwirrung huschen über sein Gesicht.

»Maisey«, sagt er zitternd und greift nach meiner Hand. »Warum bist du wütend? Was ist hier los?«

Er späht zu Officer Mendez hoch, kneift die Augen zusammen, als müsste er sich konzentrieren. Die Angst trifft mich von Neuem wie ein Schlag auf den Kopf. Dad verstellt sich nicht. Er ist wirklich durcheinander. Wenn das wahr ist, und wenn auch wahr ist, dass meine Mutter oben im Koma liegt, dann könnte alles Mögliche wahr sein. All die schrecklichen Dinge, die der Polizist behauptet, könnten … wahr … sein.

Die Knie geben unter mir nach. Die Bettumrandung prallt gegen meine Rippen, als ich darauf zusammenbreche. Ich habe kein Füllmaterial mehr. In meinen Ohren rauscht es laut. Jemand sollte die Neonröhren reparieren. Sie sind viel zu matt.

»Mom?« Elles Stimme dringt wie aus weiter Ferne zu mir.

Ich bin anscheinend unfähig, den Kopf zu wenden. Der Boden verschwindet unter meinen Füßen, das Rauschen übertönt alle weiteren Worte.

Etwas Festes hinter meinen Knien. Hände drücken mich in eine sitzende Stellung und schieben meinen Kopf nach vorn, sodass ich über die Leere in meinem Bauch gebeugt sitze. Mein eigener Atem wird lauter als das Rauschen in meinen Ohren. Mein Herz schlägt jetzt in meinem Kopf statt in meiner Brust, wo es hingehört. Es hämmert viel zu schnell.

»Sie hat seit Ewigkeiten nicht geschlafen, und ich glaube, sie hat auch nichts gegessen. Außerdem macht sie sich Sorgen.« Elle klingt verängstigt. Ich muss sie trösten, aber ich kann mich nicht rühren.

»Ich kann mir nicht vorstellen, dass es sehr geholfen hat, von der Polizei auf Herz und Nieren geprüft zu werden«, meint eine Frauenstimme. Eine warme Hand ruht auf meiner Schulter, stützend, sanft. Eine zweite Hand gleitet an meinen Hals, tastet nach meinem Puls. »Keine Sorge, Schätzchen«, sagt die Stimme. »Ihr geht es bald wieder gut.«

Mein Herz macht sich auf den Weg in die richtige Richtung, aus meinem Kopf hinaus und zurück in meine Brust. Ich spüre all meine Finger und Zehen – und wachsende Verlegenheit. Ich bin in Versuchung, so zu tun, als wäre ich ohnmächtig, aber das kann ich natürlich nicht.

»Mir geht es gut«, krächze ich. »Tut mir leid.«

»Lassen Sie sich Zeit«, beschwört mich die Stimme. »Keine Eile.« Und dann zu Elle: »Vielleicht könntest du die Krankenschwester fragen, ob sie hier etwas Saft oder so für deine Mom haben?«

Es gelingt mir, die Augen zu öffnen.

Dad ist wieder eingeschlafen. Eine Frau in weißem Kittel steht an seinem Bett, sieht auf die Monitore, setzt ihm dann ein Stethoskop auf die Brust und lauscht. Sie zieht den anderen Besucherstuhl neben meinen, setzt sich hin und streckt die Hand aus. »Sie müssen Maisey sein. Ich habe schon viel von Ihnen gehört.«

Als ich ihre Hand nehme, fühlt sie sich in meiner klein und zerbrechlich an. Vogelknochen. Aber was ich in ihren dunklen Augen lese, gleicht ihre körperliche Zierlichkeit mehr als aus. Das hier ist keine Frau, mit der man sich anlegen möchte.

»Ich bin Eliana Margoni«, stellt sie sich vor. »Ich bin die Ärztin Ihrer Mutter. Die Schwestern haben mir erzählt, dass Sie hier bei Walter sind. Sie haben bestimmt viele Fragen.«

Ihr ruhiges Mitgefühl macht mich völlig fertig. Mir kommen die Tränen, und ich kann sie nicht zurückhalten.

»Wenn es hilft …«, fährt Dr. Margoni fort. »Ich bin mir sicher, dass die Gehirnblutung Ihrer Mutter auf eine Aneurysmenruptur zurückzuführen ist. Wir haben das Aneurysma vor etwa drei Monaten entdeckt und wussten seitdem, dass ihr Tod nur eine Frage der Zeit ist. Die Vorstellung, dass Ihr Vater sie geschlagen oder gestoßen haben könnte, ist lachhaft.«

»Warum haben sie mir nichts davon erzählt?«

Durch meine Tränen ist sie lediglich ein verzerrter Klecks in Schwarz-weiß. Ihr Gesichtsausdruck ist nicht zu deuten.

»Das ist eine Frage, die ich Ihnen leider nicht beantworten kann. Es war eine tickende Zeitbombe. Ihre Mutter hat sich gegen einen Reparaturversuch entschieden, der ihr Gehirn höchstwahrscheinlich geschädigt und zu Behinderungen geführt hätte. Ihr Vater war anderer Meinung. Solange es noch Hoffnung gab, wollte er es versuchen. Aber Sie wissen ja, wie Ihre Mutter ist.«

»Ich weiß.«

Dr. Margoni drückt mir die Hand. »Soweit ich weiß, waren wir nicht in der Lage, ihre Patientenverfügung zu finden. Sie hat mir mitgeteilt, dass eine aufgesetzt worden war und dass sie eine Kopie in die Sprechstunde mitbringen würde. Das ist nie passiert. Aber ich kann bezeugen, dass sie mir gegenüber bekundet hat, sie wolle gern in Frieden zu Hause sterben und sei nicht an lebensverlängernden Maßnahmen interessiert. Ich habe die Äußerung dokumentiert. Ich bräuchte natürlich eine richterliche Anordnung, um sie der Polizei zur Verfügung zu stellen, es sei denn, Leahs nächste Angehörige erteilen mir die Erlaubnis dazu.«

Obwohl ich die nächste Angehörige bin und das bedeutet, dass ich eine Entscheidung fällen muss, durchdringt ein warmer Sonnenstrahl die frostige Kälte in mir. Ihr Ton ist klar und autoritär, stellt die Welt vom Kopf wieder auf die Füße.

»Wenn das hilfreich wäre, dann wäre ich absolut dafür, der Polizei das mitzuteilen. Natürlich.«

Dad stößt ein lauteres Schnarchgeräusch aus und fährt aus dem Schlaf hoch. Sein Blick ist wild und huscht durchs Zimmer, aber bevor ich aufstehen kann, flattern seine Lider schon wieder zu. Er nickt ein.

»Wir haben ihm ein Beruhigungsmittel gegeben«, erläutert Dr. Margoni. »Er war erschöpft. Armer Kerl.«

»Soweit ich weiß, sind Knochenbrüche festgestellt worden«, meldet sich Mendez steif zu Wort. »Können Sie die wegerklären?«

»Wie haben Sie denn davon gehört?« Jetzt klingt Dr. Margoni streng. »Ich bin mir sehr sicher, dass Sie keine richterliche Anordnung haben.«

»Ich habe meine Quellen«, grummelt er. »Kleinstadt. Die Leute reden.«

»›Kleinstadt‹ ist keine Entschuldigung für einen Bruch der Schweigepflicht.«

»Hören Sie zu. Ich habe davon erfahren. Ich ermittle. Das ist mein Job. Glauben Sie etwa, dass ich gern hier sein möchte? Walter hat immer die Steuererklärung meiner Eltern gemacht. Er geht mit meinem Onkel angeln.«

Dr. Margoni sieht ihn böse an und wendet sich dann wieder an mich. »Ich bin hier, weil ich selbst gerade davon gehört habe. Kleinstadtklatsch erreicht eine Ärztin offenbar noch schneller als Röntgenbilder.«

Elle kommt zurück. Sie hat eine Dose Cola dabei. »Automat«, erklärt sie. »Sie ist eiskalt.«

Ich habe keinen Durst, aber ich nehme die Dose, weil Elle sie mir gebracht hat. Die Krümmung der Dose in meiner Hand, ihr Gewicht und die Kälte an meiner Handfläche tragen alle dazu bei, mich zu beruhigen und zu erden. Ich nehme einen Schluck. Das süße Prickeln endet in einem bitteren Nachgeschmack. Ich will, dass Elle das Zimmer wieder verlässt, aber mir fällt kein Vorwand ein.

»Was ist los?«, fragt sie. »Geht es um Grandma? Ihr seht alle aus wie auf einer Beerdigung oder so.«

Dr. Margoni wirft mir einen fragenden Blick zu.

»Elle weiß schon Bescheid«, seufze ich und gebe ihr so die Erlaubnis dazu, das Gespräch fortzusetzen. Ich sehe Mendez finster an, weil er dafür verantwortlich ist, dass sie es weiß. Aber er ignoriert mich und spricht direkt mit der Ärztin.

»Ich habe gehört, dass es zahlreiche alte Knochenbrüche gibt. Das deutet sehr stark auf häusliche Gewalt hin.«

»Wie Sie schon sagten, sind es allesamt alte Knochenbrüche. Verheilt.«

»Aber wie alt ist alt?«, beharrt Mendez. »Sechs Monate? Ein Jahr?«

»Zehn Jahre. Zwanzig. Wenn der Bruch erst einmal einen Knochenkallus gebildet hat, kann man nicht mehr feststellen, wie lange es her ist. Sie ist seit zehn Jahren Patientin in der

Klinik, und in dem Zeitrahmen existieren keine dokumentierten Verletzungen.«

»Woher wollen Sie das wissen?«, fragt Mendez. »Misshandelte Frauen sagen einem das doch oft nicht, habe ich recht? Vielleicht hatten die Verletzungen Zeit, zwischen ihren Arztbesuchen zu heilen.«

»Leah war keine misshandelte Frau«, weist ihn Dr. Margoni abschätzig in die Schranken. »Übrigens hatte sie einen Termin bei mir, um ein POLST-Formular auszufüllen. Das ist ein offizielles Dokument, das ihre Behandlungswünsche festgelegt hätte, Maisey. Nach unseren Gesprächen in der Sprechstunde zu urteilen, halte ich es für sehr wahrscheinlich, dass Walter im Einklang mit ihren Wünschen gehandelt hat, als er keine medizinische Hilfe gerufen hat.«

»Drei Tage lang«, knurrt Officer Mendez. »Das ist eine lange Zeit, um jemanden bewusstlos herumliegen zu lassen.«

»Drei Tage, in denen es ihm, soweit ich weiß, irgendwie gelungen ist, sie in ein Bett zu verfrachten, trotz seiner beträchtlichen Arthritis und seiner Bandscheibenbeschwerden. Drei Tage, in denen er sie gewaschen, ihr Wasser in den Mund gelöffelt und über sie gewacht hat.«

»Es gab schon Serienmörder, die dasselbe für Leichen getan haben.«

Während sie über meine Eltern reden – den Wunsch meiner Mutter zu sterben und meinen Vater als demenzkranken Mörder –, wachsen meine Anspannung und mein Unverständnis immer weiter.

»Ich will nicht, dass sie stirbt«, platze ich heraus und unterbreche so die juristische Diskussion.

»Das will niemand«, pflichtet mir Dr. Margoni bei. »Der Tod hält sich nicht an unsere Wünsche. Ich verstehe, dass Sie sich völlig überfordert fühlen, aber wir müssen entscheiden, was wir tun, wenn sie nicht mehr atmet. Oder wenn ihr Herz zu schlagen aufhört. Sie wollte keine lebensrettenden Maßnahmen; sie wollte nicht einmal ins Krankenhaus.«

Ich betrachte wieder meinen Vater. Er schläft betäubt, ist sich gar nicht bewusst, dass wir da sind. Ein dünner Speichelfaden sickert ihm aus dem offenen Mund übers Kinn. Ich schäme mich dafür, als schaute ich mir etwas an, das ich nicht sehen soll.

Dr. Margoni tätschelt mir die Hand. »Das hier ist schwer, ich weiß, und es kommt sehr plötzlich für Sie. Aber Sie müssen verstehen, dass Ihre Mutter sich davon nicht mehr erholen wird. Das Beste, worauf Sie noch hoffen können, ist, dass sie irgendwann im Rollstuhl sitzen und aus dem Fenster starren kann. Ihre kognitiven Fähigkeiten sind zerstört.«

»Das wissen Sie doch nicht sicher.« Meine Stimme klingt selbst in meinen eigenen Ohren verzweifelt. »Leute erholen sich manchmal. Es gibt all diese Geschichten über Menschen, die, was weiß ich, jahrelang im Koma liegen und plötzlich aufwachen.«

»Maisey.« Sie rutscht mit dem Stuhl seitlich weiter, bis sie direkt vor mir sitzt. »Denken Sie gut nach, bevor Sie eine Entscheidung fällen. Ich stimme Ihnen zu, dass Sie angesichts des derzeitigen Zustands Ihrer Eltern diejenige sind, die früher oder später eine Wahl treffen muss. Aber ich lege Ihnen ans Herz, daran zu denken, was für eine Frau Ihre Mutter war und was sie Ihrer Meinung nach wollte.«

Diese freundliche, kompetente Ärztin möchte, dass ich meine Mutter sterben lasse. Ich spüre den Druck, einen Schraubstock, der mir den Brustkorb zusammenpresst, sich versuchsweise um mein Gehirn legt.

Ich schließe die Augen, um sie auszusperren, und auch meinen Vater und den Polizisten. In meiner Welt ist das Unterste zuoberst gekehrt. Ich habe das Gefühl, über dem Stuhl zu schweben. Mein Gesäß ist taub. Ich muss mit meiner Mutter sprechen. Sie muss ganz einfach hier sein, damit ich mit ihr reden kann. Sie darf nicht sterben. Nicht jetzt. Noch nicht.

Ich weiß, was die Ärztin von mir hören will. Was mein Vater von mir hören will. Und ganz genau, was meine Mutter von mir würde hören wollen.

Dieses eine Mal ist mir egal, was alle anderen von mir erwarten. Ich öffne die Augen und versuche, meiner Stimme Autorität zu verleihen. Sie erklingt als erbärmliches kleines Quietschen. »Halten Sie sie am Leben. Egal, was es erfordert. Mein Gott. Sie ist zu jung dafür.«

Dr. Margoni reibt sich den Nacken. Aus der Nähe sehe ich die zarten Falten um ihre Augen und die dunklen Ringe darunter. Sie sieht älter aus, als ich zuerst dachte. Mindestens in meinem Alter. Vielleicht noch älter.

»Wir haben schon begonnen, ihr Antibiotika und Sauerstoff zu verabreichen, aber ich will, dass Sie gründlich über alles andere nachdenken. Sie ist unfähig, etwas zu essen, und das wird sich höchstwahrscheinlich nicht so bald ändern. Wenn die Antibiotika die Infektion abtöten und sie weiteratmen kann, dann verhungert sie allmählich.«

»Das ist schrecklich«, stöhnt Elle. »Sie können sie doch nicht verhungern lassen.«

Es ist nicht richtig, dass Elle hier ist. Sie sollte nicht einmal über alles Bescheid wissen. Aber ich kann sie nicht auf den Flur schicken.

Dr. Margoni bezieht sie ins Gespräch mit ein, als hätte sie jedes Recht, dabei zu sein.

»Deine Grandma ist bewusstlos, also würde sie nicht leiden. Allerdings können wir einen zentralen Zugang in eine Arterie legen und ihr eine sehr nahrhafte Lösung geben. Das bezeichnet man als parenterale Ernährung. Oder wir können einen Schlauch in ihren Magen einführen und sie so füttern.«

Es lässt sich gar nicht ausdrücken, wie sehr meine Mutter das verabscheuen würde, aber trotzdem bestimme ich: »Machen Sie das mit dem Schlauch. Füttern Sie sie. Lassen Sie sie nicht verhungern.«

»Und falls sie aufhört zu atmen? Wollen Sie, dass wir Sie dann wiederbeleben? Reanimation und Elektroschock ins Herz? Sie intubieren und an ein Beatmungsgerät anschließen?«

Und da weiß ich nicht weiter. Das ist eine Wahl, die ich nicht treffen kann.

»Wir brauchen wirklich eine Entscheidung«, beharrt Dr. Margoni.

Ich will mir die Finger in die Ohren stecken und summen, so wie früher als trotziges kleines Mädchen, wenn ich die Strafpredigten meiner Mutter nicht hören wollte.

Der Magen dreht sich mir um. Mir kommt alles hoch. Ich spüre Säure in meiner Kehle. Ich werde mich übergeben, geradewegs auf die Schuhe dieser netten Ärztin.

»Nein«, schaffe ich zu flüstern. »Wenn sie …, wenn sie stirbt, dann lassen Sie sie … Holen Sie sie nicht zurück.«

Sie tätschelt mir beifällig die Hand. Jetzt bin ich wieder ein braves Mädchen. Ich habe mich gebeugt. Innerlich schreie ich.

Nein. Lassen Sie sie nicht sterben. Her mit allen Schläuchen, allen Geräten, allen Behandlungsansätzen. Ganz gleich, was es erfordert. Lassen Sie nicht zu, dass sie mich im Stich lässt.

Dr. Margoni schiebt ihren Stuhl zurück und steht auf. »Dr. York, der heute Morgen hier in der Notaufnahme Dienst hat, sagt, dass Ihr Vater dehydriert und erschöpft ist. Sein Blutzucker ist viel zu hoch, sein Blutdruck auch. Ich nehme an, angesichts des Zustands Ihrer Mutter war er zu verzweifelt, um zu essen oder seine Medikamente zu nehmen. Dr. York möchte ihn gern ins Krankenhaus einweisen. Ist das ein Problem für Sie, Officer?«

»Die Indizien reichen nicht, um ihn zu verhaften«, sagt Mendez. Er schenkt mir ein menschliches Lächeln von der Art, die es einem schwer macht, ihn zu hassen, und verlässt das Zimmer.

Ein Krankenpfleger kommt geschäftig hereingeeilt. »So, können wir ihn jetzt auf die Station bringen? Könnten Sie bitte hier unterschreiben?«

Er reicht mir ein Klemmbrett nebst einem Stift und redet dabei ununterbrochen weiter. Ich nicke wie betäubt und starre die Papiere an, die er mir hinhält. Alle Worte verschwimmen vor meinen Augen. Ich unterschreibe, ohne auch nur die geringste Vorstellung zu haben, was auf der Seite steht.

Dads Augen bleiben geschlossen. Einen Sekundenbruchteil lang habe ich den Eindruck, dass er nicht mehr atmet, aber irgendwann dringt ein leises Surren, ein Schnarchen, zwischen seinen schlaffen Lippen hervor. Der Pfleger legt ihm eine Hand auf die Schulter und schüttelt ihn sanft. »Mr Addington. Walter.«

Dad reißt die Augen auf. »Wo ist Leah?« Er versucht unbeholfen, sich aufzusetzen, und bewegt Arme und Beine ruckartig und unkoordiniert.

»Ganz ruhig, Walter«, beschwichtigt ihn der Pfleger und drückt seine Schulter wieder hinunter.

Dads Blick huscht durchs Zimmer und bleibt an mir hängen. »Maisey. Mein Gott. Ich muss Leah suchen.«

»Sachte«, sage ich zu ihm. »Wir finden sie gleich.«

Er tastet am Bettgitter herum und hält nach dem Schalter Ausschau, aber ihm zittern die Hände, und seine Finger sind steif. Er rüttelt an den Stäben und schreit: »Fahren Sie dieses verdammte Gitter herunter und lassen Sie mich gehen!«

Im Infusionsschlauch an seinem linken Arm beginnt Blut hochzusteigen. Das Gerät an seinem Finger fällt ab. Ein Alarm piepst los.

Dr. Margoni legt die Hand über seine geballte Faust und sieht ihm direkt in die gehetzten Augen. »Walter, ich bin es, Dr. Margoni. Wir kümmern uns um Leah. Versprochen.«

»Sie stirbt. O Gott.« Er ringt nach Luft. Er löst die rechte Hand vom Gitter und fasst sich ans Herz. Seine Haut sieht grau aus. »Ich kann nicht … Sie ist alles, was ich habe.«

»Dad. Atme. Wir lassen sie nicht sterben. Okay? Ich weiß nicht, was für ein Versprechen sie dir abgenommen hat, aber ich lasse sie nicht sterben.«

»Ich muss bei ihr sein«, wimmert er. »Wo ist sie? Leah? Leah!«

»Daddy. Bitte. Leg dich wieder hin.«

Der Pfleger betätigt einen Knopf, der noch einen Alarm auslöst. Ich packe Dads linke Hand und versuche, sie vom Gitter zu lösen. Ich will sie halten, will die Infusion retten, will unbedingt, dass er sich von diesem wilden Mann in meinen ruhigen und berechenbaren Vater zurückverwandelt.

Eine Frau in OP-Kleidung kommt hereingerannt, gefolgt von einem Mann und noch einer Frau.

»Ich hole das Nitroglyzerin«, sagt eine von ihnen.

»Geben Sie ihm zwei Milligramm Lorazepam«, weist Dr. Margoni sie an. »Und wir müssen ihn fixieren.«

»Schon dabei!« Eine der Krankenschwestern rennt wieder nach draußen.

»Walter. Mr Addington. Sie müssen sich beruhigen.«

Aber Dad ist Vernunftgründen nicht mehr zugänglich. Er holt aus, und Dr. Margoni entgeht dem Schlag nur knapp. Sie ringt mit Dads Arm und wickelt ihn in eine weiche Manschette, die sie dann ans Bettgitter bindet.

»Mr Addington«, sagt Dr. Margoni noch einmal, »hören Sie mir zu.«

Dad wendet den Kopf in ihre Richtung.

Der Pfleger nutzt die Ablenkung, um seine freie Hand vom Gitter zu lösen und ebenfalls zu fixieren.

»Sie schaden Ihrem Herzen. Sie müssen sich beruhigen. Sie müssen für Leah ganz ruhig sein, okay? Sie will, dass Sie atmen und einfach hier auf sie warten.«

Eine Schwester kehrt mit einer Spritze und einem Plastikbecher mit drei winzigen Tabletten zurück. Sie injiziert ein Medikament in seinen Tropf. Binnen weniger Minuten hört er auf, gegen die Fixierung anzukämpfen. Die Augenlider werden ihm schwer.

»Aufmachen!«, kommandiert die Krankenschwester, als wäre er ein Kind. Dad öffnet den Mund, und sie legt ihm eine kleine Tablette unter die Zunge. »Nitroglyzerin«, erklärt sie mir. »Für sein Herz.«

Dad seufzt. Die Augen fallen ihm zu.

»Hat er einen Herzinfarkt?« Ich presse die Hände auf mein eigenes Herz, spüre, dass es hämmert.

Dr. Margoni lächelt mich an. »Ich glaube nicht. Er bekommt Brustschmerzen, wenn sein Herz unter Stress steht wie jetzt. Nitroglyzerin erweitert die Gefäße.«

Ich betrachte den ans Bett gefesselten Mann, der jetzt unter dem Einfluss der Beruhigungsmittel stillliegt. Wenn ich nicht selbst gesehen hätte, wie er Dr. Margoni zu schlagen versucht hat, hätte ich nie gedacht, dass er dazu in der Lage ist.

Die Ärztin scheint meine Gedanken zu lesen. »Es ist erstaunlich, was schon die kleinste Krankheit bei den mentalen Prozessen eines älteren Menschen anrichten kann. Ich vermute, es wird ihm morgen schon sehr viel besser gehen.«

»Mein Gott, das will ich hoffen.«

Ihn so zu sehen ist in mancherlei Hinsicht schlimmer als das, was mit meiner Mutter los ist.

»Sie könnten sich vielleicht umschauen, um festzustellen, ob Sie eine Patientenverfügung für Ihre Mutter oder Ihren Vater finden.«

»Brauche ich einen Anwalt?«

»Das wäre nicht schlecht. Aber für den Augenblick«, meint sie, »brauchen Sie und Ihre Tochter vor allem etwas Erholung.«

Ich will widersprechen. Ich muss nach Mom sehen. Und ich kann doch Dad unter keinen Umständen so alleinlassen, verschnürt wie einen Thanksgiving-Truthahn. Aber dann sehe ich Elle an, die sich auf den Besucherstuhl geflüchtet hat. Sie hat die Knie bis unters Kinn hochgezogen und die Arme darum geschlungen. Tränen laufen ihr still über beide Wangen.

Scheiße.

Ich kann den Kopf nicht mehr über Wasser halten. Das ist noch untertrieben. Ich bin kilometerweit unter der Wasseroberfläche, im tiefsten, dunkelsten Abgrund des Meeresbodens, und ich sitze auch nicht in einer kleinen Spezialtaucherglocke.

Der EKG-Pfleger hat alle Drähte angeschlossen; ein beruhigendes, stetiges Piepsen erfüllt das Zimmer.

Dad ist schon völlig bewusstlos. Was auch immer in der Spritze war, ich will auch etwas davon. Aber natürlich muss ich weiter verantwortungsvoll sein, Elle ins Bett bringen und – Grauen über Grauen! – Greg anrufen, um ihn um seinen juristischen Rat zu bitten.

Kapitel 7

Wie sich herausstellt, muss ich mich gar nicht bei Greg melden. Zwei Minuten vom Krankenhaus entfernt ruft er mich an.

»Was ist los?«, fragt er – oder bellt er vielmehr. Er klingt wie ein Unteroffizier vor einer ganzen Schar neuer Rekruten, die noch feucht hinter den Ohren sind.

»Hallo auch dir.«

»Warum hast du mich nicht angerufen?«

»Ich war etwas zu beschäftigt.«

»Ich verlange ja nicht von dir, ständig am Telefon zu kleben, sondern nur, dass du mich wissen lässt, dass du und meine Tochter heil angekommen seid. Dass euer Flugzeug gelandet ist, dass ihr die Autofahrt überstanden habt, ob alle noch am Leben sind. Es ist bereits Mittag, und ich gehe davon aus, dass euer Flugzeug um Mitternacht gelandet ist. Ich war schon krank vor Sorge.«

Jetzt habe ich zu allem Elend auch noch ein schlechtes Gewissen. Das macht mich aggressiv. Seine Stimme ist so laut, dass ich weiß, dass Elle ihn hören kann. Ich hasse es, mich vor ihr zu streiten.

»Elle geht es gut. Wenn du dir solche Sorgen gemacht hast, warum hast du dann nicht auf ihrem Handy angerufen?«

»Das habe ich. Es hat mich sofort auf die Mailbox geleitet.«

»Ich habe es abgestellt«, sagt Elle kleinlaut. »Im Krankenhaus. Wie es auf dem Schild stand.«

»Hier.« Ich reiche ihr das Handy. »Sag du es ihm.«

In Washington State existieren Gesetze über das Telefonieren am Steuer. Außerdem bin ich erschöpft und abgelenkt, und in Colville gibt es Hirsche. Wir haben auch viele Kreuzungen, an denen noch nicht einmal ein Vorfahrtsschild steht. Es wäre fantastisch, wenn Elle und ich jetzt einen Unfall bauten und auch noch im Krankenhaus landeten. Vielleicht bekämen wir dann ja ein Gruppenzimmer für die ganze Familie.

»Du darfst nicht so streng mit Mom sein«, liest Elle ihrem Vater die Leviten. »Mit dem Feuer und der Polizei und wo doch Grandma und Grandpa beide im Krankenhaus sind … Ich bin mir nicht sicher, es ist etwas kompliziert … Ich gebe sie dir wieder.«

Sie hält mir das Handy hin. »Er will mit dir sprechen.«

Die Erklärung ist unnötig. Ich kann ihn rufen hören, ohne das Telefon auch nur in die Nähe meines Ohrs zu halten. »Gib mir deine Mutter!«

Ich habe vollstes Verständnis dafür, dass er eine Szene macht. Gleichzeitig will ich mich jetzt aber nicht mit ihm abgeben. Als bewegte er sich unabhängig von meiner Aufsicht, fällt mein Daumen ganz von selbst eine Entscheidung und drückt den Knopf, um die Verbindung zu trennen.

Schweigen breitet sich im Auto aus. Meine Hand sinkt herab, immer noch so fest um das Handy gekrampft, dass meine Fingerknöchel weiß hervortreten.

»Du hast einfach aufgelegt.«

»Ich sitze am Steuer.«

»Ich kann trotzdem nicht fassen, dass du das getan hast.«

Ich kann es auch nicht fassen. Ich glaube, ich habe in meinem ganzen Leben noch nie mitten in einem Telefongespräch aufgelegt. Greg wird das nicht gut aufnehmen.

Elle kichert.

»Ich verstehe nicht, was daran so witzig ist.«

Aus irgendeinem unbekannten und unverständlichen Grund gießen meine Worte noch Öl ins Feuer ihrer Heiterkeit. Das Kichern geht in perlendes, köstliches Gelächter über. So hat sie immer gelacht, als sie noch ein Baby war. Es ist ein Geräusch des schieren, erstaunten Entzückens, ungetrübt von Gedanken daran, wer vielleicht zuhört oder ob der Auslöser diese Reaktion wert ist.

Es ist ansteckend.

Als Elles Handy klingelt, lachen wir beide so heftig, dass uns die Tränen über die Wangen laufen.

»Es ist Dad«, verkündet sie mit Blick auf die Rufnummernidentifizierung. Ein Prusten dringt aus ihrer Nase wie bei einem Schwein, und das lässt sie gleich wieder loslachen.

Ich stelle mir Gregs strengste Gerichtssaalmiene vor, die, die er aufsetzt, um der Jury ins Gewissen zu reden. Das entlockt auch mir ein Prusten, was Elle wieder zum Lachen bringt, als sie sich gerade genug gesammelt hat, um Hallo zu sagen. Ich höre den frustrierten Tonfall am anderen Ende der Leitung.

»Hallo? Elle! Hallo? Gib mir deine Mutter.«

Elle setzt ein ernsthaftes Gesicht auf. Sie holt Luft und brüllt erneut vor Lachen.

»Ich kann nicht.« Sie hält mir das Handy hin.

Ich bin mir auch nicht sicher, ob ich kann, aber die Erinnerung daran, wie ich jahrelang Gregs Anweisungen gefolgt bin, ernüchtert mich genug, um an den Straßenrand zu fahren und ans Telefon zu gehen. Mein Hallo ist atemlos und etwas gepresst. Greg ist nicht erfreut.

»Was zum Teufel ist so verdammt komisch?«

Elle presst sich beide Hände auf Nase und Mund, um ihr Gelächter zu unterdrücken, und starrt mich mit großen Augen sowie hochgezogenen Augenbrauen an. Ich drehe mich von ihr weg, um aus dem Fenster zu schauen und Luft zu holen.

»Verdammt, Maisey. Erklär es mir.«

»Nichts ist komisch. Überhaupt nichts. Entweder das, oder alles ist komisch – das ganze große, weite, absurde Universum. Im Moment sind wir uns nicht ganz sicher.«

»Maisey.«

»Es ist ein Lachexperiment. Therapie. Einer meiner Therapeuten stand auf so etwas.«

Er atmet schwer durch die Nase. Ich kenne das Geräusch. Ich habe es im Gerichtssaal gehört. Ich habe es im Schlafzimmer gehört. Es ist das Geräusch eines Streits, der sich zusammenbraut. Ich kenne die Worte, die als Nächstes aus seinem Mund kommen werden, und sage sie für ihn: »Es ist mir ernst, Maisey. Das hier ist ernst. Wann wirst du endlich erwachsen?«

Und nun bin ich zu weit gegangen. Das Schweigen am anderen Ende der Leitung ist ohrenbetäubend.

Elle hat aufgehört zu lachen.

»Du setzt Elle sofort in ein Flugzeug …«

»Hör zu, Greg. Ihr geht es gut. Es tut mir leid. Ich brauche juristischen Rat.«

Wieder Schweigen. Ein tiefes Seufzen. »Was hast du jetzt angestellt?«

»Ich? Nichts. Es geht um Dad.«

»Walter? Wie ist der denn in Konflikt mit dem Gesetz geraten?«

Ich ignoriere die Tatsache, dass Greg überhaupt kein Problem damit hat zu glauben, dass *ich* in Konflikt mit dem Gesetz geraten könnte, und erzähle ihm alles über die Anzeige wegen unterlassener Hilfeleistung, Moms Knochenbrüche und Dads verwirrtes Verhalten. Ich weigere mich, das Wort »Demenz« in den Mund zu nehmen, obwohl es in meinem Gehirn mittlerweile die teuersten Grundstücke beansprucht. Dort hat es sich eingenistet, ein hässlicher Fleck von einem Wort, in Großbuchstaben in Frakturschrift, düster und bedrohlich.

Das juristische Problem lenkt Greg von meinem verantwortungslosen Verhalten ab, und sein Ton schlägt in eine leidenschaftslose, intellektuelle Überlegung um, als wäre ich eine Mandantin und nicht die verrückte Mutter seines Kindes. »Ich schlage vor, dass du so schnell wie möglich eine psychologische Evaluation vornehmen lässt.«

»Mir geht es gut. Wirklich. Ich habe nur vor Anspannung gelacht …«

»Bei deinem Vater, Maisey. Konzentrier dich.«

»Aber er ist im Moment überhaupt nicht vernünftig, Greg. Er hat gegen die Fixierung gekämpft und versucht, über das Gitter eines Krankenhausbetts zu steigen …«

»Genau darum dreht es sich doch, Maisey. Wir wollen, dass er verwirrt ist.«

»Wollen wir das?«

»Wenn du beweisen kannst, dass er nicht in der Verfassung war, richtig und falsch zu unterscheiden, wäre das hilfreich. Und wenn deine Mom wirklich eine Patientenverfügung erstellt hat, dann können wir argumentieren, dass er sich nur ihren Wünschen gebeugt hat. Vielleicht war es keine gute Idee, sie so lange zu Hause zu behalten, aber wenn er verwirrt war und unfähig, Entscheidungen, zu treffen, können sie ihn nicht dafür verurteilen. Sieh zu, ob du eine Demenzdiagnose bekommen kannst.«

Ich bin drauf und dran, mir mit dem Handy gegen die Stirn zu schlagen. Greg hat das Monster losgelassen, indem er seinen Namen laut ausgesprochen hat.

»Maisey?«

Meine Kehle fühlt sich zu zugeschnürt an, um die Worte hindurchzuzwängen, aber es gelingt mir, auch wenn ich fiepsig klinge. »Ich bin noch da.«

»Schlachtplan. Ich mache ihn so einfach, dass sogar du ihm folgen kannst. Allerdings solltest du vielleicht mitschreiben.«

»Okay. Ich schreibe.«

In Wirklichkeit schreibe ich überhaupt nicht.

Greg hat mich daran erinnert, dass ich nicht in der Lage zu konzentriertem, zielstrebigem Handeln bin. Damit hat er meine trotzige Seite geweckt, und in diesem Moment denke ich gar nicht daran, irgendetwas zu tun, das er mir rät.

»Bist du bereit?«, fragt er. »Hast du überhaupt einen Stift?«

»Nenn mir einfach den Scheißplan, Greg. Ich bin nicht völlig dumm.«

»Ich hoffe, du fluchst nicht in Anwesenheit unserer Tochter. Erstens: Such die Patientenverfügung, wenn es eine gibt. Zweitens: Finde einen Psychologen, um deinen Vater testen zu lassen.«

»Der Typ vom psychiatrischen Dienst hat schon einen Kurztest seiner mentalen Fähigkeiten vorgenommen.«

Greg seufzt sein überlegenes Muss-ich-dir-das-wirklich-erklären-Seufzen. »Ein Kurztest seiner mentalen Fähigkeiten reicht nicht aus, um zu beweisen, dass er unzurechnungsfähig ist. Du brauchst eine ganze Batterie von Tests. Von einem Psychologen durchgeführt. Verstanden?«

»Verstanden.«

»Schreib es auf. Psychologe, nicht Psychiater. Es gibt einen Unterschied dazwischen. Drittens, ruf mich sofort an, wenn die Polizei entweder mit dir oder mit Walter spricht. Unverzüglich. Okay? Keine freien Gespräche mehr. Ich glaube, selbst dir ist inzwischen klar, dass das keine gute Idee wäre.«

Der vertraute Regen seines Tadels prasselt auf mich herab. Ich muss die einzelnen Wörter gar nicht hören. Ich kenne die Botschaft, die sich normalerweise auf »all die Arten, auf die Maisey wieder mal Mist gebaut hat« beschränkt. Ich lege mir das Handy auf den Schoß und fahre zurück auf die Straße, während ich auf die Veränderung in seinem Tonfall warte, die anzeigt, dass er das Thema wechselt.

»Maisey? Maisey! Gib mir Elle.«

Ich reiche das Handy weiter. Elle spricht ein paar Minuten lang mit ihm. »Dad sagt, ich soll dich daran erinnern, dein Handy aufzuladen«, erklärt sie, als sie auflegt.

Worte, die ich umso mehr verabscheue, weil er recht hat. Daran hätte ich von allein wirklich nicht gedacht.

* * *

Das Haus meiner Eltern ist ein viel größeres Problem, als ich bewältigen kann.

Zunächst einmal ist es leer. Nicht die Art von Leere, die sich einstellt, wenn Leute nur ein paar Stunden auf einem Ausflug in die Stadt sind. Es ist die gleiche widerhallende Leere, die ich am Bett meiner Mutter empfunden habe, als mir klar geworden ist, dass das, was sie zu meiner Mutter macht, fehlt. Jedes Geräusch, das wir verursachen, kommt mir wie ein Eindringling vor, vom Drehen des Schlüssels im Schloss bis zum Fußabtreten auf der Matte und dem gehorsamen Ausziehen unserer Schuhe in Reaktion auf das kleine Holzschild, auf dem »Schuhe, die an der Tür stehen bleiben, sind gesegnet« steht.

Falls der Wunsch nach diesem Segen im Herzen irgendeines widerborstigen Menschen abwesend sein sollte, gibt es auch noch ein Bild eines kleinen schwarzen Dämons mit Mistgabel, der das verlockende Hinterteil eines Cartoonmännchens beäugt, das mit Schuhen an den Füßen ein Haus betritt.

Sollte der Fluch tatsächlich existieren, drohen meinem freundlichen Feuerwehrmann und einer ganzen Schar von Rettungsassistenten und Gesetzeshütern Mistgabelstiche. In den neuen Teppichboden, auf den Mom so stolz ist, sind matschige Fußabdrücke und Asche getrampelt. Weil ich daran denke, Elle etwas zu essen zu suchen, stecke ich den Kopf in die Küche und ziehe ihn gleich wieder zurück wie eine erschrockene Schildkröte. Noch mehr Fußspuren. Eine getrocknete

Blutlache neben der Kücheninsel. Summende Fliegen über einer Bratpfanne auf dem Herd. Der Gestank nach etwas Verfaultem.

»Ich habe keinen Hunger«, sagt Elle hinter mir.

Mein Magen verkrampft sich und schiebt eine Welle der Übelkeit meine Kehle empor. Ich weiche zurück und atme dabei durch den Mund.

»Du hast nicht gefrühstückt«, erinnere ich sie. Es klingt wie »Duhassnichgefrüsdügt«, und sie lach-prustet wieder. Wir kichern, aber diesmal spüre ich sogar durch das wahnsinnige Gelächter hindurch, wie sich eine Schlinge um meinen Hals zuzieht.

»Zu müde, um zu essen«, meint sie. »Und igittigitt. Was war außer Fliegen noch in der Bratpfanne?«

Ich will es gar nicht wissen. Aber ich weiß sehr gut, dass ich diejenige bin, die alles sauber machen muss. Erst bringe ich Elle ins Bett. Mein altes Bett. Es sieht nicht mehr nach meinem Zimmer aus, und ich bin froh darüber. Mom hat es einem neuen Zweck zugeführt. Unpersönlicher moderner Computerschreibtisch. Ergonomischer Stuhl. Ein Sofa oder Tagesbett, das vielleicht von IKEA stammt. Im Schrank finde ich Decken und ein Kopfkissen. Elle kuschelt sich hin und ist schon fast eingeschlafen, bevor ich das Zimmer verlasse.

Da Elle nun im Land der Träume ist, folgt der nächste Punkt auf meiner Tagesordnung: nach Moms Patientenverfügung suchen, einem Dokument, das mir mittlerweile so mystisch vorkommt wie der Heilige Gral. Doch ich gehe in Dads Arbeitszimmer, das gnädigerweise ordentlich und aufgeräumt ist. Alles ist, wie es sein sollte. Ich setze mich auf seinen Stuhl und ziehe Wärme und Kraft aus meinen Erinnerungen an seine verlässliche, sanfte Gegenwart.

Ein großer Planungskalender liegt mitten auf seinem massiven Holzschreibtisch. Die Felder sind mit Notizen in seiner gestochen scharfen, winzigen Handschrift ausgefüllt. Die Dad-Schrift, so habe ich sie stets genannt. Eine Eintragung für die nächste Woche erregt meine Aufmerksamkeit: Dr. M./POLST.

Alle Wärme verfliegt. Sofern Mom tatsächlich ein POLST-Formular ausfüllen wollte, wie Dr. Margoni gesagt hat, gibt es wahrscheinlich wirklich eine Vorsorgevollmacht irgendwo.

Wenn ich meine Mutter wäre, wo würde ich so etwas aufbewahren?

Die logischste Stelle ist der Aktenschrank mit vier Schubladen, der schon hinter den verschlossenen Türen des begehbaren Schranks in diesem Zimmer steht, solange ich mich zurückerinnern kann. Dad nimmt den Datenschutz für seine Kunden sehr ernst.

Die Schlüssel zu finden ist zu einfach. Die Innenseite der mittleren Schreibtischschublade sieht wie eine Werbeanzeige für eines dieser kleinen Plastiktabletts zur Schreibtischorganisation aus. Alles ist ordentlich eingeräumt. Das komplette Gegenteil von meinem eigenen Schreibtisch, auf dem sich die Gegenstände so hoch stapeln, dass das Plastiktablett schon nicht mehr zu sehen ist.

Aber als ich die Schranktür öffnen will, ist sie schon aufgeschlossen. Dahinter liegen Aktenordner und Papiere kreuz und quer auf dem Boden verstreut. Die oberste Schublade des Aktenschranks steht offen. Sogar das Bild von Jesus mit den kleinen Kindern, das vor dem Safe hängt, liegt auf dem Boden, und die Safetür steht auch offen.

Das Herz prallt mir gegen die Rippen.

Der perverse Anflug von Beschämung, den ich dabei empfunden habe, Speichel über Dads Kinn laufen zu sehen, als er schlief, drängt wieder an die Oberfläche. Ich soll das hier nicht sehen. Es ist eine Art Sakrileg. Mein Vater hat dieses Chaos angerichtet. Er hat den Aktenschrank unverschlossen gelassen. Die Schranktür auch. Der Safe steht offen.

Ich fasse mir mit beiden Händen an den Kopf und presse sie zusammen. Dieses Verhalten sieht meinem Vater gar nicht ähnlich. So etwas tut er einfach nicht. Das täte er nie. Das Wort

»Demenz« kommt wieder in mein Gehirn gekrochen, diesmal als Giftschlange.

Mir fällt keine andere Erklärung dafür ein, dass ein ruhiger, methodischer Mann Papiere im Kamin verbrennen und Akten so verstreuen sollte. Ich möchte mich am liebsten inmitten der herumliegenden Dokumente auf den Boden fallen lassen, um zu wimmern wie ein verängstigtes Kind, aber ich darf nicht. Es gibt zu viel zu tun. Und ich bin die einzige Person, die es tun kann.

Ich beginne, das Durcheinander aufzuräumen, und frage mich dabei die ganze Zeit, wonach er nur gesucht haben kann. Der Safe enthält Pässe, seinen und Moms. Aktien und Wertpapiere. Eine Kopie ihres Testaments, in dem auffälligerweise jede Erwähnung einer Patientenverfügung fehlt. Nichts besonders Interessantes wie Gold, teuren Schmuck oder irgendein fürchterliches Geheimnis.

Die Akten, die auf dem Boden verstreut liegen, sind überwiegend Einkommensteuererklärungen für Klienten. Moms alte Arztunterlagen. Strom- und Wasserrechnungen, Autoreparaturen und Ausgaben rund ums Haus aus dem letzten Jahr. Kassenbons. Nichts, das auf einen Grund dafür hindeutet, Dinge zu verbrennen.

Ein überwältigendes Gefühl der Erschöpfung bricht über mich herein, während ich zu erraten versuche, wohin diese Akten in Dads sorgfältigem Organisationssystem gehören. Und da wird mir klar, dass es keine Rolle spielt. Ich schiebe sie einfach irgendwohin, ganz nach dem Maisey-Organisationssystem, das einfach nur aus »Ich weiß, dass es irgendwo da drin ist« besteht.

Wenn sein Verstand ihn verlassen hat, dann wird ihm das egal sein, sofern er es überhaupt erfährt. Wenn er wieder gesund wird und nach Hause kommt, kann er es selbst in Ordnung bringen.

Jetzt werde ich neugierig und versuche, den ungewöhnlichen Gedankengängen meines Vaters nachzuspüren. Ich taste mich durch die matschige Schweinerei im Wohnzimmer und hocke mich neben den Kamin. Einmal habe ich einen Film gesehen, in dem irgendein Schurke Dokumente verbrannt hatte, die Worte darauf aber noch sichtbar waren. Solch ein Glück habe ich hier nicht. Die Papiere sind zu geschwärzt, als dass ich darauf etwas lesen könnte. Eine Pappmappe, die auf der Kaminumrandung liegt, sieht aus wie jede andere. Beigefarben und nichtssagend.

Was sie von all den anderen beigefarbenen Mappen auf diesem Planeten unterscheidet, ist mein Name. Auf einem Klebeetikett darauf steht »Maisey«.

Ich habe zu Hause eine Mappe, auf der »Elle« steht. Gemäß dem Maisey-Organisationssystem enthält sie alles, was mit Elle zu tun hat. Ihre Geburtsurkunde. Sozialversicherungskarte. Impfpass. Schulauszeichnungen. Ein witziges Foto von ihr, auf dem ihre Haare ganz verwuschelt sind und sie unter eine Decke gekuschelt auf dem Lüftungsgitter der Heizung sitzt, einem ihrer Lieblingsplätze.

Mom organisiert Dinge nicht so wie ich. Das heißt, dass sie sie wirklich organisiert. Sozialversicherungskarten befinden sich in einem Aktenordner, auf dem auch genau das steht. Impfpässe finden sich unter »Impfpässe«, und wahrscheinlich gibt es eine eigene Mappe für jedes Familienmitglied. Ich kann mir nicht vorstellen, was in einer Mappe mit meinem Namen stecken sollte. Vielleicht Kinderzeichnungen und Schulaufsätze.

Die Mappe fühlt sich leer an, aber ich öffne sie trotzdem. Alles, was ich finde, ist ein kleiner Haftnotizzettel mit der Aufschrift: »Vernichte das hier.«

Ein Loch klafft in meiner Brust auf, wo sich eigentlich mein Herz befinden sollte. Das hier – was auch immer es ist – betrifft mich. Meine Mutter hatte Maisey-Geheimnisse und hat meinen Vater angewiesen, sie zu vernichten.

Ich stürme zurück in Dads Büro. Im Aktenvernichter unter dem Schreibtisch steckt ein Papierknäuel so fest, dass ich es nicht herausreißen kann. Ich ziehe den Stecker, um nicht versehentlich meine Finger zu schreddern, klemme mir den Auffangbehälter zwischen die Füße und zerre mit beiden Händen. Kein Glück. Im Schreibtisch liegt eine Schere. Ich hole sie hektisch heraus, um an dem Papier herumzusäbeln und es unmittelbar oberhalb der Aktenvernichterklingen abzuschneiden und abzureißen. Ich halte elf halbe Blätter in der Hand. Die untere Hälfte ist zerstört, die obere noch lesbar. Acht davon sind alte Krankenakten meiner Mutter. Am oberen Ende der Seite stehen nur allgemeine Angaben: ihre Adresse, ihr Geburtsdatum, ihre Allergien, ihre Medikamente. Weshalb sie beim Arzt war, fehlt, und ich blättere weiter.

Seite neun besteht aus anderem Papier und ist kleiner, so, als stammte sie aus einem dieser Kühlschrankblöcke für To-do-Listen. Sie ist pink und hat rechts einen Schmetterling mit einer Blume. Eine süße kleine Überschrift verkündet: »Das Leben ist kurz, tu es jetzt.«

In der gebieterischen Schrift meiner Mutter ist eine Liste aufgestellt. Die Hälfte des Blatts fehlt. Wahrscheinlich steckt sie noch im Schredder. Der Teil, den ich lesen kann, besagt:

> Vergiss nicht, das hier zu vernichten, wenn du fertig bist.
> 1. Die Patientenakten
> 2. Geburtsurkunden

Was Nummer drei sein sollte, werde ich nie herausfinden.

Seite zehn besteht aus noch einem anderen Papier. Ein loses Blatt mit Linien wie von einem Collegeblock. In die Mitte der Seite hat meine Mutter ordentlich zentriert geschrieben:

> Das hier zuerst vernichten.

Kapitel 8

Ich habe einen Kloß im Hals und bekomme keine Luft.

Die Hände zittern mir, als ich zu Seite elf weiterblättere, auf die meine Mutter folgende Worte geschrieben hat:

> Mein armer Walter. Du verdienst Antworten auf all deine Fragen. Ich wünschte um unser beider willen, dass ich sie dir geben könnte. Ich glaube, es wäre tröstlich für dich, die Wahrheit zu kennen. Aber ich glaube nicht, dass du das Geheimnis für dich behalten könntest, und es darf niemals weitererzählt werden.
>
> Und dennoch, je mehr ich mich dem Tode nähere, desto schwerer fällt es mir, Schweigen zu wahren. Ich will über meine Vergangenheit sprechen. Ich muss es tun. Die Erinnerungen lassen mich aus allen Nähten platzen.
>
> Wenn ich alles hier aufschreibe, hilft das vielleicht. Wenn ich es aufschreibe, als erzählte ich es dir doch, schenkt mir das womöglich eine gewisse Absolution für meine Sünden. Ich rede mir hier gerade selbst ein, dass es ungefährlich ist, das Verborgene

niederzuschreiben. Wenn es doch unsicher ist, erscheint es mir wie ein Risiko, das ich eingehen muss, weil Schuldgefühle, Reue und Bedauern innerlich an mir nagen, und das so unentrinnbar, wie dieses verräterische Blutgefäß in meinem Gehirn durch meinen eigenen Blutdruck immer weiter erodiert.

In gewisser Weise ist das gerecht. Das, was Maisey vermutlich Karma nennen würde, obwohl ich nie daran geglaubt habe …

Und damit endet der Text. Keine Seite zwölf. Keine Ahnung, was sie bereuen könnte.

Ein Beben setzt in meinem Bauch ein und breitet sich aus, bis ich am ganzen Körper zittere. Meine Oberschenkel fühlen sich so solide an wie Wackelpudding bei einem Erdstoß. All meine Willenskraft reicht nicht aus, um sie zu stabilisieren. In meiner leeren Brust keimt eine düstere Furcht auf, und mit ihr kommt eine Erinnerung, plötzlich und trostlos.

Ich, wie ich im Einbauschrank meiner Eltern herumschnüffele, und der Zorn meiner Mutter darüber, als sie mich dort ertappt. Ich fühle das scharfe Brennen eines Gürtels, der auf mein Gesäß und die Rückseite meiner Oberschenkel einpeitscht. Trotzige Tränen steigen mir gegen meinen Willen in die Augen. Mom schreit mich an.

Ich habe kleine Erinnerungslücken. Ich habe schon früher einzelne Ereignisse vergessen. Normalerweise kehren sie sanft zu mir zurück, gleiten wieder an ihren Platz, als wären sie nie fort gewesen. Manchmal werden Erinnerungen für eine gewisse Zeit unter anderen Dingen begraben, aber dann verschiebt sich das Leben, und sie kommen als kleiner Hinweis und sonst nichts wieder an die Oberfläche.

Diese Erinnerung ist ganz anders. Sie ist weder dezent noch still; sie prallt mit der Wucht einer Explosion wieder in mein Bewusstsein und jagt meine Welt in die Luft. Sie lässt einen emotionalen Staudamm mitten in mir einstürzen, sodass Worte und Bilder, Empfindungen und Gefühle immer weiter herumwirbeln und sich alle miteinander vermischen.

Mein Atem röchelt mir durch die Kehle. Mein Herz droht, sich den Weg aus meinem Brustkorb frei zu hämmern.

Hatte ich eine Freundin da? Ich habe das Gefühl, dass ich damals nicht allein auf Erkundungstour gegangen bin.

Marley. Mein Gott, wie konnte ich sie vergessen?

Marley war meine ständige Gefährtin, wirklicher für mich als meine richtigen Schulkameradinnen. Wir lasen Bücher und spielten Spiele. An dem schicksalhaften Tag erkundeten wir gemeinsam die verbotene Zone im Schrank meiner Eltern.

Der Tag war Marleys Ende. Nicht wegen der Tracht Prügel, sondern weil ich meine Mutter weinen hörte.

»Dieser Marley-Unsinn muss aufhören«, schluchzte sie und klammerte sich an meinen Vater. »Ich kann es nicht ertragen. Das kann ich einfach nicht.«

Was hatten wir damals getan, was so schrecklich war? Im Schrank Prinzessinnen gespielt. Uns mit etwas verkleidet, das Moms Hochzeitskleid gewesen sein muss. Einen alten Koffer entdeckt …

O mein Gott. Der Koffer. Die beiden rosafarbenen Deckchen. Das Foto.

Der kurze Flur zwischen mir und dem Schlafzimmer meiner Eltern fühlt sich über einen Kilometer lang an. Ich renne, stoße mit der Schulter gegen die Wand, taste unbeholfen nach dem Türgriff.

Eine Mauer aus Gestank fällt mich an, als die Tür aufschwingt. Das Bett ist nicht gemacht. Die Decken sind zu einem zerknüllten Durcheinander zurückgeschlagen. Eine blaue

Inkontinenzunterlage bedeckt das Laken. Ein Mülleimer neben dem Bett quillt vor weiteren Unterlagen über. Ich versuche, mir vorzustellen, wie meine Mutter bewusstlos hier liegt, während mein Vater sie wäscht, ihr die Windeln wechselt. Mein Verstand zuckt zurück und ich schlage mir beide Hände vor Nase und Mund, halte den Atem an und unterdrücke meinen Brechreiz.

Ich versuche, das Bett nicht anzusehen, während ich zum begehbaren Schrank haste. Als ich hineingehe, ziehe ich die Tür hinter mir zu. Der Schrank riecht würzig und nach Geheimnissen – Zedernholz und irgendeine andere unbeschreibliche Duftnote, die aus Moms Parfüm und Dads Eau de Toilette besteht. Aber die Krankheit meiner Mutter ist auch hier eingedrungen. Hier steht ein großer geöffneter Karton, der noch halb voll mit Inkontinenzunterlagen ist. Zwei brandneue Sätze Bettwäsche, noch in Plastik, mit einem Zettel, auf dem in ihrer Handschrift steht: *Die wirst du vielleicht brauchen.*

Später, sage ich mir. Um all das kümmere ich mich später.

Der Koffer steht noch an seinem gewohnten Platz in der hinteren Ecke. Ich falle davor auf die Knie. Das Herz schlägt mir bis zum Hals. Meine zitternden Finger fummeln unbeholfen an den Schließen herum. Ich halte den Atem an, als ich den Deckel öffne.

Die rosa Decken sind noch da, aber sie sind zusammengeknüllt, nicht länger perfekt und präzise zusammengelegt. Das Foto eines jungen Mädchens mit dem Gesicht meiner Mutter, das zwei Babys in rosa Deckchen in den Armen hält, ist nicht mehr da.

All die Jahre hatte ich dieses Bild vergessen. Jetzt kommt es mir wie das Wichtigste auf der Welt vor, viel entscheidender, als in diesem Haus die Ordnung wiederherzustellen oder zu einem Entschluss darüber zu gelangen, was ich mit meinen Eltern anstellen soll. Ich kehre auf dem Weg, auf dem ich gekommen bin, ins Arbeitszimmer zurück und schütte den Auffangbehälter des Aktenvernichters auf dem Boden aus. Die meisten Papiere sind ganz normal weiß. Die Überreste der To-do-Liste haben sich in den Schredderzähnen verfangen.

Und zwischen dem gewöhnlichen Papier liegen die dickeren Stücke einer Fotografie.

Ich sortiere sie aus den anderen heraus, trage sie zu Dads Schreibtisch und setze mich hin. Ich zwinge meine Augen, vor denen alles verschwimmt, dazu, sich zu konzentrieren, während ich das Bild zusammensetze. Ich rechne eigentlich damit, dass es ewig dauern wird, aber es ist einfacher als ein Puzzle. Ohne große Mühe lassen sich die Streifen wieder zusammenfügen.

Meine Erinnerung war zutreffend. Zwei rosa Bündel. Zwei Babys.

Logik, Maisey. Zieh keine voreiligen Schlüsse. Es könnte alle möglichen Erklärungen dafür geben. Vielleicht sind die Babys, die sie hält, nicht ihre eigenen. Sicher, Dad hat das Bild vernichtet, aber er ist nicht bei Verstand. Es muss nichts zu bedeuten haben.

Ich kehre zum Aktenschrank zurück und durchsuche ihn methodisch, eine Akte nach der anderen, nach meiner Geburtsurkunde.

Sie ist nicht da.

Die Erinnerung zeigt mir meinen Vater, wie er Papiere verbrennt. Wenn der Kamin sein letzter Ausweg war, nachdem der Aktenvernichter versagt hatte, ist meine Geburtsurkunde vermutlich zu Asche verbrannt, gemeinsam mit dem Rest dessen, was meine Mutter geschrieben hat.

Aber warum?

In der Hoffnung, dass ein paar Teile dieses Rätsels den Flammen entgangen sind, benutze ich die lächerlich dekorative Kaminschaufel, um die Asche aus dem Kamin in einen Mülleimer zu befördern. Vielleicht, ganz vielleicht, sind ja noch ein paar unbeschädigte Papierstücke dabei, die mir eine Geschichte erzählen.

Aber da ist nichts.

Als der Kamin leer und ausgefegt ist und ich die Asche draußen in die Tonne geschüttet habe, ist mein Körper erschöpft, mein Gehirn jedoch von einer fast fieberhaften Energie besessen. Ich versuche, mich eine Minute lang hinzusetzen, aber ich kann mich nicht ausruhen und gehe daran, den Rest des Hauses zu putzen. Ich sauge den Teppichboden im Wohnzimmer, schrubbe das Blut meiner Mutter vom Küchenboden und entsorge ihre geliebte gusseiserne Bratpfanne, die nach wie vor undefinierbare Rückstände enthält. Vielleicht waren es einmal Schweinekoteletts.

Ein Anruf im Krankenhaus, um mich nach meinen Eltern zu erkundigen, ergibt, dass Dad sediert ist und schläft. Mom geht es wie vorher, weder besser noch schlechter. »Ruhen Sie sich ein bisschen aus«, rät die Krankenschwester. »Sie müssen auf sich aufpassen.«

Ich sehe nach Elle. Sie liegt ausgestreckt auf dem Rücken, einen Arm über dem Kopf, die Handfläche offen, so, wie sie als Baby immer geschlafen hat. Sie regt sich, als spüre sie, dass ich sie beobachte, aber dann sinkt sie wieder in den Schlaf. Ich hatte daran gedacht, neben ihr ins Bett zu krabbeln, aber sie hat sich auf der ganzen Fläche ausgebreitet, und ich will sie nicht stören.

Damit bleibt mir nur noch die Wahl zwischen dem Bett im Schlafzimmer meiner Eltern und dem Sofa. Ich habe das Bett schon abgezogen, den Kopfkissenbezug meiner Mutter in den Müll geworfen und die Wäsche in die Maschine gesteckt. Aber der Gedanke daran, in dem Bett zu schlafen, in dem sie drei lange Tage über bewusstlos und vielleicht im Sterben gelegen hat, weckt den bitteren Geschmack der Übelkeit in meinem Rachen.

Also das Sofa. Ich lege mich hin und schlafe sofort ein.

* * *

Irgendein Geräusch reißt mich aus dem Schlaf. Ich habe geschwitzt. Meine Kleider fühlen sich steif und klamm zugleich an. Mein Mund schmeckt ekelhaft, meine Lippen sind zusammenzementiert. Als ich sie voneinander löse, reißt ein kleines Stück Haut ab, und ich schmecke salziges Blut, sobald ich die brennende Stelle mit der Schmirgelpapierzunge berühre.

Vor dem Wohnzimmerfenster ist es noch hell, aber die Schatten sind lang und schräg. Es ist also später Abend. Ich sollte aufstehen. Nach Elle sehen. Duschen. Versuchen, irgendetwas Essbares für uns aufzutreiben.

Desorientiert und immer noch nur halb wach setze ich mich auf und schwinge die Füße auf den Boden. Mein rechter Knöchel streift etwas Weiches, das unter dem Sofa hervorlugt. Ich bücke mich, um nachzusehen, was es ist, und finde die Stricktasche meiner Mutter.

Nichts Besonderes, nur eine weiche Stofftasche, die über die Jahre und durch ständiges Waschen zu einem matten, nichtssagenden Graugrün verblasst ist. Bestimmt haftet daran noch irgendwie die Essenz meiner Mutter. Sie konnte nie einfach nur still sitzen. All meine Erinnerungen an Filmabende in der Familie oder Besuche von Gästen enthalten als Begleitmusik das leise Klacken ihrer Nadeln.

Das ist endlich ein Talisman, um die Mutter festzuhalten, die ich kenne. Die normale Mutter, die jeden Sonntag in die Kirche geht, den Elternrat in der Schule leitet und alles organisiert. Nicht die Mutter, die mehrere Knochenbrüche verschweigt, die meinem Vater sagt, dass er Papiere vernichten soll, ein heimliches Tagebuch führt und rosa Decken im Schrank versteckt.

Aber sogar mit der harmlosen Stricktasche läuft alles schief. Ich drücke sie an mein Herz, will meine Mutter näher zu mir holen, und spüre, wie ein stumpfes Gewicht gegen meine Rippen schwingt. Vielleicht ein Buch, sage ich mir. Viele Leute tragen mit ihrem Strickzeug auch einen Roman spazieren. Mom hat das zwar nie getan, aber solche Gewohnheiten können sich ja leicht ändern. Neugierig stelle ich die Tasche auf meinen Schoß und tastete mich an mehreren Wollknäueln vorbei, bis meine Finger auf etwas treffen, das ganz eindeutig kein Buch ist.

Glatt. Kalt. Metallisch.

Das kann doch nicht das sein, wofür ich es halte. Vielleicht ist es eine seltsam geformte Taschenlampe. Ein Scherzartikel.

Aber als ich es ans Licht halte, kann absolut kein Zweifel daran bestehen, dass ich eine Pistole in der Hand habe.

Sie ist schwarz. Geschmeidig.

Tödlich.

Und passt absolut nicht ins Bild.

Gewalt in jedweder Form war sowohl in unserem Haus als auch außerhalb davon verboten. Sogar während meiner Highschooljahre untersagte Mom mir noch, Thriller oder Krimiserien im Fernsehen zu sehen. Ich schmuggelte Krimis, beispielsweise von Agatha Christie, in Schulbuchstapeln ins Haus und versteckte sie unter meiner Matratze, wie andere Jugendliche Zigaretten oder Pornos verstecken. Als ich fünfzehn war, verbot sie mir einen Monat lang, mich mit meiner besten Freundin zu treffen, nachdem wir uns ins Kino geschlichen hatten, um »Pulp Fiction« anzuschauen.

Jetzt, da ich Elle habe, kann ich Mom das mit »Pulp Fiction« nicht mehr zum Vorwurf machen. Ich will meine Tochter vor all der Dunkelheit auf der Welt behüten, in Filmen wie im echten Leben. Aber worum es eigentlich geht: Ich habe noch nie mit eigenen Augen eine Pistole gesehen. Ganz zu schweigen davon, dass ich je eine in der Hand gehalten oder abgefeuert hätte. Ich weiß nicht, ob die hier geladen ist. Was, wenn Elle sie entdeckt? Elle würde bestimmt nicht mit einer Pistole spielen, aber es gibt Geschichten über Leute, die versehentlich eine Waffe abfeuern. Was, wenn Dad sie im Zustand geistiger Umnachtung findet und jemanden erschießt, ohne es zu wollen?

Mein Herz versucht, ein Loch in meinen Brustkorb zu hämmern.

Ich sitze mit der Pistole in den klammen Händen auf der Couch, das gefährliche Ende von mir weg gerichtet.

Ich weiß nicht, was ich tun soll. Ich könnte sie irgendwo verstauen. Sie ganz unten in Moms Zedernholztruhe legen. Aufs oberste Regal im Einbauschrank. Aber mir geht einfach nicht aus dem Kopf, wie wahnwitzig Dad im Krankenhaus an der Fixierung gezerrt hat. Ich kann nicht aufhören, mich zu fragen, was wäre, wenn Elle von einem Schuss getroffen wird. Ich kenne genug Filme, um zu wissen, dass ich die Pistole nicht einfach in ein Gebüsch werfen kann. Ein Kind könnte sie finden. Oder ein Verbrecher.

Der Bon mit der Telefonnummer, den der Feuerwehrmann mir gegeben hat, steckt noch immer zusammengeknüllt in meiner Jeanstasche. Ich ziehe ihn heraus und sehe ihn an. Tony Medina. Ich bemühe mich, eine Erinnerung an ihn aus Highschoolzeiten heraufzubeschwören, aber wieder gelingt es mir nicht. Er kam mir ganz nett vor. Wenn er schon die ganze Zeit in Colville lebt und bei der Feuerwehr sowie als Notfallsanitäter arbeitet, dann ist er bestimmt kein Verrückter oder Serienkiller oder so.

Ich bin mit niemandem von zu Hause in Kontakt geblieben, abgesehen von Greg. Ich weiß nicht einmal, wer noch hier lebt, und ich habe ganz gewiss keine Ahnung, wen ich sonst anrufen soll.

Bevor ich Zeit habe, wie üblich in Unentschlossenheit zu erstarren, schnappe ich mir mein Handy und versuche zu wählen.

Das Ding ist tot. Ich habe vergessen, es aufzuladen, obwohl Greg mich dazu aufgefordert hat. Ich starre es ausdruckslos an. Meine Gedanken bewegen sich ungefähr so schnell wie Nacktschnecken in einer Badewanne voller Salz.

Ich muss mich irgendwie zusammenreißen, um zumindest so gut zu funktionieren, dass ich Hilfe rufen kann.

Sehr vorsichtig und mit angehaltenem Atem, um das Ding nicht versehentlich abzufeuern, stecke ich die Pistole in meine Handtasche. Anschließend nehme ich Handtasche und Pistole zur Sicherheit mit ins Bad, als ich dusche. Ich putze mir die Zähne. Befeuchte mir die Augen mit Augentropfen.

Als mir die Ideen und Ausreden ausgehen, greife ich zum Hörer des Festnetztelefons meiner Eltern.

Es ist zwanzig Uhr. Ich hoffe, das ist nicht zu spät, um anzurufen. Ein Teil von mir – ein großer Teil sogar – hofft, dass sich ein Anrufbeantworter meldet. Dann werde ich auflegen. Vielleicht hinterlasse ich eine Nachricht. Vielleicht auch nicht.

»Hallo, wer ist da?« Es ist eine Frauenstimme, und es schwingt ein Hauch von Lachen mit, der die scheinbare Unhöflichkeit der Begrüßung Lügen straft. Im Hintergrund läuft ein Fernseher. Stimmen, Musik.

Trotzdem. Es ist eine Frau. Ich spüre, wie mein Gesicht heiß wird, und weiß, dass es rot vor Scham sein wird, wenn ich in den Spiegel sehe. Ich habe einen begehrenswerten Mann angerufen, damit er mir hilft, und er hat eine Freundin. Oder eine Frau. Natürlich. Was habe ich mir bloß gedacht?

Mein Daumen schwebt über dem Knopf zum Auflegen, aber ihre Stimme hält mich auf. »Warten Sie. Legen Sie nicht auf. Scheiße. Ich wette, das ist ein beruflicher Anruf. Sie wollen Tony sprechen, stimmt's? Ich kann ihn holen. Besonders, wenn es um die Arbeit geht. Nicht auflegen! Ich wiederhole, legen Sie nicht auf. Ich zaubere Tony sofort herbei. Abrakadabra und Simsalabim!«

Schlurfen, gedämpfte Stimmen, dann meldet sich ein Mann. Er klingt vertraut, obwohl ich inzwischen so durcheinander bin, dass ich mir nicht sicher sein kann. »Hallo? Wenn Sie noch nicht in eine weit, weit entfernte Galaxie geflüchtet sind, sprechen Sie bitte mit mir.«

»Wenn es gerade nicht passt …«

»Es passt perfekt.«

»Hier ist Maisey. Von dem Brand, der keiner war.«

»Ich weiß, wer du bist.«

»Woher um alles in der Welt weißt du das?«

»Ich erkenne deine Stimme. Wie geht es deinen Eltern?«

»Sie haben ihn dabehalten. Meinen Dad. Im Krankenhaus. Er ist völlig verwirrt.«

Tonys Stimme klingt ruhig und mitfühlend. »Er hat viel durchgemacht. Unvorstellbar. Wie lange sind deine Eltern schon verheiratet?«

Ehrlich gesagt weiß ich die Antwort auf die Frage nicht. »Seit einer Ewigkeit. Hör zu. Meine Eltern sind nicht der Grund dafür, dass ich anrufe. Ich meine, irgendwie schon, aber nicht direkt.«

»Wie kann ich helfen?«

Einfach so. Geradeheraus. Keine gewundenen Umwege und Schlenker, nur eine Frage, die eine Antwort verlangt.

Also sage ich es ihm. Mein Gesicht ist rot vor Verlegenheit, ich sitze auf dem Waschtisch im Badezimmer voller Dampf und fühle mich hilflos und dumm und fast so, als wäre ich nicht in meinem Körper.

»Ich komme sofort«, verspricht er. Dieser Mann hat keine Schwierigkeiten damit, Entscheidungen zu fällen.

»Hör zu, ich weiß, dass du bei deiner Familie bist. Wahrscheinlich möchtest du nicht …«

»Nein, schon gut. Ich wollte ohnehin gerade ein bisschen aus dem Haus. Ich bin gleich da.«

Er legt auf.

Ich stehe nach wie vor mit dem Telefon in der Hand da und bin entsetzt über das, was ich gerade getan habe, als das verdammte Ding klingelt. Es jagt mir einen Heidenschreck ein und rutscht mir aus der Hand ins Waschbecken. Als ich danach greife, ist es nass genug, mir noch zweimal zu entgleiten, bevor ich es erwischen kann und mit beiden Händen zupacke.

Ich denke mir, dass es wahrscheinlich Tony ist, der zurückruft, um abzusagen, nachdem seine Freundin ihm die Hölle heißgemacht hat, aber es ist Greg.

»Hast du die Patientenverfügung gefunden?« Er fragt nicht einmal nach Mom und Dad. Er ist der Anwalt Greg, und ich bin jetzt seine Mandantin.

»He, ich war gerade unter der Dusche …«

»Nein, oder?«, schneidet er mir das Wort ab. »Du hast nicht einmal gesucht.«

»Dad hat Papiere verbrannt, Greg. Und andere in den Aktenvernichter gesteckt. Warum sollte er das tun?«

Mom hat ihm gesagt, dass er es tun soll. Den Teil – diese seltsame, absurde Einzelheit – erzähle ich Greg nicht. Ich verrate ihm auch nichts von den rosa Decken oder den beiden Babys oder meiner plötzlichen Erinnerung an meine imaginäre Kindheitsfreundin.

»Nach allem, was du mir über seinen derzeitigen Geisteszustand mitgeteilt hast, kommt ein Warum mir nicht wie eine passende Frage vor. Glaubst du, er hat die Patientenverfügung verbrannt?«

»Kann sein. Ich habe den ganzen Aktenschrank durchsucht und sie nirgendwo gesehen.«

Greg sagt nichts. Ich sage nichts. Wir sagen beide so lange nichts, dass ich mich frage, ob er vielleicht eingeschlafen ist. Aber er denkt nur nach.

»Und die Nachbarin?«

»Was ist mit ihr?«

»Was sagt sie über deinen Dad? Erzählt sie immer noch etwas von häuslicher Gewalt? Glaubt sie, dass er an Demenz leidet? Was genau hat sie der Polizei mitgeteilt?«

»Mit der Nachbarin habe ich noch nicht gesprochen.«

»Rede mit ihr. Lad sie zum Kaffee ein.«

»Du machst Witze, oder?«

»Maisey. Hier geht es nicht um deine Bequemlichkeit. Du willst deinen Dad heraushauen, oder?«

Ich seufze. Es wäre mir lieb, wenn es um meine Bequemlichkeit ginge, aber das ist bei den meisten Dingen im Leben nicht so. »Ich will meinen Dad heraushauen.«

»Gut. Morgen früh. Kaffee mit der Nachbarin. Und such nach dieser Patientenverfügung – wirklich gründlich!«

»Sie ist nicht hier, Greg.«

»Versuch es bei der Bank.«

»Was?«

»Manche Leute bewahren wichtige Unterlagen in einem Bankschließfach auf.«

»Bei welcher Bank? Und brauche ich nicht irgendein Dokument, um Zugang zu einem Schließfach zu bekommen? Eine Vollmacht oder so?«

»Ich schicke dir per Mail ein Formular. Druck es aus und bring Walter dazu, es zu unterschreiben.«

»Ich kann nicht fassen, dass du das gerade vorgeschlagen hast. Wie kann das überhaupt legal sein?«

Er seufzt so tief, dass ich schwören könnte, den Luftzug zu spüren, der durchs Telefon bis in mein Ohr streicht. »Wir wollen doch verhindern, dass er im Knast landet, oder? Und um sich gut um deine Mutter zu kümmern. Es ist ja nicht so, als ob du jemanden um Geld betrügst.«

Abstufungen der Wahrheit. Das Justizsystem in Aktion. Es gefällt mir nicht, ich will daran keinen Anteil haben. Aber die Türklingel rettet mich davor, mich auf irgendetwas einzulassen.

»Ich muss auflegen, es ist jemand an der Tür.«

»Wenn das die Nachbarin ist …«

Aber es ist nicht die Nachbarin.

Es ist meine Rettung in Form eines unbestreitbar attraktiven Notfallsanitäters und Feuerwehrmanns namens Tony.

Leahs Tagebuch

Ich habe nie etwas davon gehalten, Tagebuch zu führen, und übrigens auch nichts davon, einen Therapeuten aufzusuchen. Es ist eines, ein Kind zur Therapie zu schicken, aber etwas ganz anderes, selbst hinzugehen. Ich habe dir nichts von meiner Therapiestunde erzählt, genauso, wie ich dir nichts von so vielen anderen Dingen erzählt habe. Ich war nur dieses eine Mal da. Es hatte keinen Zweck, wieder hinzugehen – die Worte haben sich zu fest in meiner Brust verkeilt, als dass ich sie Fremden gegenüber aussprechen könnte. Obwohl ich ganz genau weiß, dass du das hier nie lesen wirst, ist es deshalb leichter, wenn ich so tue, als schriebe ich es für dich.

Sterben ist nicht so einfach, das zeigt sich jetzt. Nicht, dass ich gedacht hätte, es wäre einfach, aber ich habe nicht mit diesem Lärmen alter Geister gerechnet, die an ihren Käfigen rütteln und Aufmerksamkeit einfordern. Habe ich das Richtige getan? Gab es einen besseren Weg? Ich muss mich diesen

Fragen und den Antworten darauf stellen, wenn ich in irgendeiner Form von Frieden sterben möchte.

Als ich der Therapeutin sagte, ich käme nicht wieder, schlug sie mir vor, es mit einem Tagebuch zu probieren. Ich lachte darüber, aber jetzt lassen die Erinnerungen mich Tag und Nacht nicht los. Ich muss irgendetwas unternehmen, um sie zu begraben. Du wirst nie erfahren, wie sehr ich mich danach sehne, sie dir anzuvertrauen. Den Mut dazu habe ich jedoch nicht. Ich habe mich selbst gefragt, ob ich dich vielleicht bitten könnte, die Geschichte zu lesen, sobald sie niedergeschrieben ist, aber sogar das übersteigt meine Kräfte.

Nein. Mein erster Plan ist der beste. Wenn ich damit fertig bin, meine Dämonen auszutreiben – wenn das überhaupt möglich ist! –, müssen diese Seiten vernichtet werden.

Allerdings finde ich die Vorstellung tröstlich, dass du mir über die Schulter siehst und mitliest.

Meine Vergangenheit ist schon so lange vollkommen weggesperrt, dass sie sich allmählich anfühlt, als wäre es gar nicht meine. Als wären meine Erinnerungen nicht relevanter für mich als ein Buch, das ich gelesen, oder ein Film, den ich gesehen und längst wieder vergessen habe.

Schluss damit. Emotionen wallen in den seltsamsten Augenblicken in mir auf, so mächtig und frisch, als wären sie brandneu. Du bist meine einzige Verteidigung dagegen, abgesehen von schierem, trotzigem Starrsinn. Ich kann dir nicht davon erzählen, und meine Willenskraft lässt anscheinend nach.

Wie soll ich verhindern, dass ich dir gegenüber mit allem herausplatze? Kann ich dir einreden, dass es nur Trauer um meinen bevorstehenden frühen Tod ist oder dass es an den Kopfschmerzen liegt? Vielleicht ist es eine Methode der Schadensbegrenzung, alles hier aufzuschreiben.

Doch ich weiche dem aus, was ich festhalten muss. Siehst du? Ich rede um den heißen Brei herum. Unterschlage die Wahrheit. Denn wenn ich davon spreche, wenn ich irgendetwas davon erwähne, dann gibt es zwei Möglichkeiten: Entweder bricht die Katastrophe, die mein Schweigen bisher verhindert hat, plötzlich über uns herein. Über Maisey. Oder nichts passiert, und mein gebrochenes Herz war ganz umsonst.

Ich bin mir nicht sicher, welches Schicksal schlimmer wäre.

Kapitel 9

Tony fürchtet nur drei Dinge im Leben: Schusswaffen, Frauen und die Albträume, die ihn aus dem Schlaf reißen.

Jetzt steht er auf der Veranda der Addingtons in der Noch-nicht-ganz-Sommer-Dämmerung und wartet auf eine Konfrontation mit gleich zweien dieser Listeneinträge. Er verspürt den lächerlichen Drang, zurück zu seinem Pick-up zu rennen und mit quietschenden Reifen davonzurasen. Aber seine Mutter hat ihm beigebracht, dass man Versprechen hält und dass man Menschen in Not helfen muss. Ein bisschen Nervosität wird ihn nicht davon abhalten, seine Pflicht zu tun.

Maisey ist nur für ein oder zwei Wochen in der Stadt, um nach ihren Eltern zu sehen, ruft er sich ins Gedächtnis. Zum Teufel, sie hat ein Kind und ist wahrscheinlich verheiratet. Was die Pistole betrifft: Er ist ein guter Schütze und Experte in Sachen Waffensicherheit. Er wird das schon schaffen.

Aber als die Tür aufschwingt und Maisey zu ihm heraussieht, beschleunigt sich sein Herzschlag. Ihr üppiges Haar ist wild und offen. Es umrahmt ihr Gesicht mit den wandelbaren blaugrünen Augen. Obwohl eine kühle Brise weht, ist die Rückseite seines T-Shirts plötzlich schweißnass.

Du schaffst das schon. Geh es ganz locker an. Die Waffe entladen. Höflich sein. Und dann sofort abhauen.

»Der Waffenmeister meldet sich zum Dienst.« Er tut, als würde er salutieren, und berührt mit den Fingerspitzen den Schirm seiner Mütze. »Wo ist die Waffe des Anstoßes?«

Maisey zögert kurz, kreuzt die Arme vor dem Bauch und mustert ihn fragend von oben bis unten. Nervös, findet er. Wahrscheinlich ist sie sich nicht mehr sicher, ob es eine gute Idee ist, ihn hereinzubitten, da er jetzt nicht mehr offiziell im Dienst ist. Er lächelt sie an und versucht, seine kräftigen eins zweiundneunzig klein und harmlos wirken zu lassen.

»Ich kann hier warten, wenn du sie holen möchtest.«

Ein unerwartetes Lächeln – richtig schelmisch – erhellt ihr Gesicht. »Das wäre ein gefundenes Fressen für Mrs Carlton. Sie beobachtet uns schon von ihrem Fenster aus. Komm herein. Was wir vorhaben, wird ihr den Tag sicher ungemein versüßen.«

Sie tritt beiseite, um ihn hereinzulassen, und führt ihn ins Wohnzimmer.

»Warte kurz, ich hole sie.«

Witzig, wie eine Uniform und eine Krise alles verändern können. Jetzt trägt er keine Uniform mehr und hat hier keine offizielle Aufgabe. Es fühlt sich seltsam und falsch für ihn an, dass er den Grundriss des Hauses kennt, im Elternschlafzimmer war und das Blut in der Küche gesehen hat. Er ist auf Maiseys Einladung hin hergekommen, ruft er sich ins Gedächtnis. Er ist hier, um ihr einen Gefallen zu tun. Das ist wirklich nur eine Kleinigkeit, und er verabscheut es, wie die unvermeidliche Nervosität sich schleichend in seinem Körper ausbreitet.

Maisey ist dankenswert schnell. Sie ist in weniger als einer Minute mit einer unförmigen Lederhandtasche zurück. Sie hält sie mit spitzen Fingern in den ausgestreckten Händen. »Sie ist hier drin.«

»Hast du nicht gesagt, dass sie im Strickbeutel deiner Mom ist?«

»Da war sie auch. Ich konnte sie einfach nicht dort lassen.« Sie drückt ihm die Handtasche an die Brust. Er kann nichts anderes tun, als sie festzuhalten. Die Hände beginnen ihm zu zittern. Er spürt es, auch wenn es Gott sei Dank noch nicht sichtbar ist.

Er wendet ihr den Rücken zu, trägt die Tasche zum Sofa und stellt sie ab. Fahrig tastet er sich durch das Durcheinander von Gegenständen darin zur Pistole vor. Er weiß, dass sie bis ganz nach unten gesunken sein muss.

»Meine Mutter hat mich dabei erwischt, wie ich die Handtasche meiner Schwester durchwühlt habe, als ich sechs war«, erzählt er, um seine Reaktion zu erklären. Die Geschichte ist wahr, aber zugleich weit von der Wahrheit entfernt. »Das hat mir eine Tracht Prügel eingebracht. Sie sagte, die Handtasche einer Frau sei privat, und ein Mann solle die Finger davonlassen.«

»Das muss eine ziemlich eindrucksvolle Tracht Prügel gewesen sein.«

»Könnte man meinen, nicht wahr? Irrtum. Jessica hat mich später noch einmal dabei erwischt, in ihrer Handtasche zu schnüffeln. He, ich war neugierig, was Frauen anging! Jess fühlte sich aber keinerlei mütterlichen Prinzipien verantwortungsvoller Züchtigung verpflichtet. Sie hat mich zusammengeschlagen. Blutige Nase. Blaues Auge. Als ich sie bei meiner Mom verpetzt habe, hat die mich nur angesehen. ›Wetten, das tust du nie wieder?‹, hat sie gesagt, und sie hatte recht. Und jetzt, dreißig Jahre später, zwingst du mich, die Festung zu stürmen. Ich habe eine Heidenangst.«

Er zieht die Pistole aus der Handtasche und hält die Mündung nach unten gerichtet, während er das Magazin entfernt und Neun-Millimeter-Munition aus der Kammer holt.

»Mit deiner Mom ist nicht zu spaßen. Die Pistole war voll geladen, mit einer Patrone im Lauf.«

»Nein.«

Maiseys Ton lässt ihn aufschauen. Ihre vor Panik weit aufgerissenen Augen dominieren ihr Gesicht. Sie schüttelt mit Nachdruck den Kopf. »Meine Mom ist die Königin der Gemeindebüfetts und des Elternrats. Sie hat sich immer absolut gegen Schusswaffen ausgesprochen. Als ich klein war, hat sie versucht, einen Verein von Müttern gegen Feuerwaffen zu gründen. Hier in Colville ist das nicht gut gelaufen, aber ich kann mir nicht vorstellen, was einen solchen Sinneswandel bei ihr bewirkt haben könnte.«

»Vielleicht gehört die Pistole deinem Dad? Viele Frauen entscheiden sich für Kaliber Zweiundzwanzig. Das hier ist eine Glock mit leistungsstarkem Magazin. Eine ziemlich große Waffe.«

Sie prustet vor Lachen. »Mein Dad? Der ist alles andere als ein Revolverheld.«

»Sie muss aber deinen Eltern gehören«, beharrt Tony. »Sonst lebt doch niemand hier, oder?«

Bei seinen Worten verzieht Maisey das Gesicht und erstickt fast an einem Geräusch auf halbem Weg zwischen einem Lachen und einem Schluchzen. »Ich kann beide nicht fragen«, flüstert sie.

Verflucht!

Er will sie trösten, sie wieder zum Lachen bringen, aber dafür ist er nicht hier. Die Waffe sichern, sich vergewissern, dass alle wohlauf sind, wieder gehen. Das ist der Plan.

Er legt die entladene Pistole auf den Sofatisch und klopft mit dem Daumen die Munition aus dem Magazin. »Vielleicht kannst du deinen Dad morgen fragen. Ich habe schon erlebt, dass Leute über Nacht wieder klar im Kopf geworden sind, nachdem sie genug Ruhe und Flüssigkeit bekommen hatten.«

»Vielleicht.« Sie wirkt wie ein trotziges Kind, die Hände zu Fäusten geballt, während sie gegen eine Tränenflut anblinzelt. Ein ersticktes Schluchzen entringt sich ihr, dann noch eines.

Plötzlich erinnert sie ihn an seine kleine Schwester Mia, und seine Entschlossenheit löst sich in Luft auf. »He«, sagt er. »He.«

Er legt ihr die Hand auf die Schulter. Ihr Körper versteift sich, und er glaubt, er hätte einen Fehler gemacht. Aber in dem Moment weicht alle Anspannung aus ihr, und sie lässt die Stirn gegen seine Brust sinken. Tony streichelt ihr das Haar und murmelt: »Ganz ruhig, es wird alles gut«, als wäre sie ein Kind.

Sie schließt die Arme um ihn und birgt das Gesicht in seinem Shirt. Ihr Körper bebt vor Schluchzern.

Er hält sie. Es ist so, als tröste er eine seiner Schwestern, redet er sich ein. Aber es ist nicht so. Nicht einmal ansatzweise. Ihr Haar ist nicht glatt und schwarz. Es ist weich und fein wie Seide. Eine rotgoldene Locke bleibt an seiner Hand hängen und windet sich um seine Finger. Ihr Rücken ist ein langer Schwung glatter Muskeln, und sein Körper reagiert gegen seinen Willen mit einer unwillkommenen Erektion darauf.

Verzweifelte Gedanken an kalte Duschen und Unfallorte helfen nicht sehr dagegen.

Als ihre Tränen langsam versiegen und sie zitternd Atem holt, lässt er die Hände mit einer Mischung aus Erleichterung und Bedauern sinken. Nun wartet er auf das Donnerwetter. »Sei jetzt bitte nicht sauer.«

Maisey wischt sich mit beiden Handflächen die Tränen aus dem Gesicht und blinzelt zu ihm hoch. »Was? Warum sollte ich sauer sein?«

»Ich habe Schwestern, schon vergessen? Sie werden immer zickig, wenn ich sie weinen sehe. Besonders, wenn ich nett bin.« Er grinst sie an und versucht, wie ein großer Bruder und ganz lässig zu wirken. Er hat keine Ahnung, ob es ihm gelingt oder nicht.

Sie prustet. Eine kleine Rotzblase quillt ihr aus der Nase.

»O Gott«, murmelt sie und schlägt sich beide Hände vors Gesicht.

Tony lacht. Trotz der Forderungen seines Körpers, trotz der Pistole, die auf dem Sofatisch wartet, trotz allem ist es ein echtes, klares, entzücktes Lachen. Er holt die Taschentuchschachtel, die auf dem Beistelltisch an der Couch steht, und bringt sie Maisey.

»Tränen sind immer eine verdammte Schweinerei«, erklärt er.

Sie schnappt sich eine Handvoll Taschentücher und wendet ihm den Rücken zu, um sich die Nase zu putzen und sich das Gesicht abzutrocknen.

»Wie viele Schwestern?«, fragt sie.

»Fünf.«

Das reißt sie aus ihrer Verlegenheit. Sie wirbelt herum und starrt aus großen Augen zu ihm hoch. »Fünf? Fünf Schwestern?«

»Ja, gnädige Frau. Vier ältere, eine jüngere. Kein einziger Bruder dabei. Und du?«

»Ich bin Einzelkind.«

»Glück gehabt.«

»Wirklich? Es wäre vielleicht schön gewesen, Schwestern zu haben.« In ihrer Stimme liegt ein Hauch von Melancholie.

»Na ja …« Er fragt sich, wie es wohl gewesen wäre, allein aufzuwachsen, ohne die ganze Mädchenschar, die ihn abwechselnd geärgert und bemuttert hat. »Schwestern sind ein gemischtes Vergnügen. Glaub mir. Übrigens war das am Telefon, als du angerufen hast, meine kleine Schwester. Mia. Wir leben im selben Haus.«

Maisey öffnet den Mund und schließt ihn rasch wieder. Ein langsames Erröten lässt ihre Wangen, die schon vom Weinen rot sind, noch dunkler werden.

»Was?«, erkundigt er sich.

»Ich dachte, sie wäre deine Freundin.«

Sie sagt es, als wäre es ihr vielleicht wichtig, ob er eine Freundin hat oder nicht. Sein Herz setzt einen Schlag aus. Er bringt es schnell wieder unter Kontrolle. »Freundin? Ha! Ich habe schon zu viele Frauen in meinem Leben. Ernsthaft. Mia ist nett, aber ich sollte dich vorwarnen, dass sie dich jetzt bestimmt kennenlernen will. Bist du sicher, dass du nicht sauer bist?«

»Nicht einmal ein klitzekleines bisschen. Ich bin etwas verlegen. Und sehr dankbar. Wegen der Pistole, aber auch wegen ... Kannst du sie für mich aufbewahren? Die Pistole? Ich weiß nicht, was ich damit anstellen soll.«

Tonys Herz macht einen Satz zur Seite. Sein Bauch verkrampft sich. Ganz gleich, was er heute Abend tut, er wird die Pistole nicht mitnehmen. Er braucht eine Lösung – und das sofort.

»Vorschlag zur Güte: Du behältst die Pistole. Ich nehme das hier mit.« Er schiebt das Magazin in die vordere Tasche seiner Jeans. »So kann sie niemandem schaden. Kannst du mir einen Druckverschlussbeutel für die Munition geben?« Er schaut fragend zu ihr auf.

Ihr Blick ist unverwandt auf die Pistole gerichtet. Sie runzelt besorgt die Stirn. Aber schließlich holt sie tief Luft, und ihr Gesicht hellt sich auf. »Abgemacht.« Sie hebt die Waffe mit den Fingerspitzen hoch und lässt sie wieder in ihre Handtasche fallen. Eine Minute lang steht sie einfach nur da, als wüsste sie nicht, was sie als Nächstes tun soll, dann sackt sie irgendwie aufs Sofa.

»Geht es dir gut?«, sorgt er sich.

»Erschöpft.« Sie lässt sich weiter hinuntergleiten, um den Kopf anlehnen zu können. »Ich fühle mich, als hätte ich keine Knochen mehr.«

»Wann hast du zuletzt etwas gegessen?« Er hört die Worte aus seinem Mund kommen und will sie zurückrufen. *Was machst du bloß, du Idiot? Verschwinde aus diesem Haus. Hau ab.*

»Ich weiß es nicht«, murmelt sie. »Gestern? Vielleicht auch vorgestern.«

»Es könnte helfen, wenn du etwas in den Bauch bekommst.«

Sie lacht auf eine Art, die gefährlich nahe an einem neuen Aufschluchzen ist. »In diesem Haus gibt es nichts, was essenswert wäre. Bis auf Cornflakes. Die Milch ist schlecht geworden.«

»Na gut«, sagt Tony. »Ich bestelle eine Pizza.«

»Ich weiß nicht …«

»Du musst etwas essen. Deine Tochter muss etwas essen. Ich kann mir nicht vorstellen, dass auch nur eine von euch Lust hat, hier zu kochen. Und wenn ich das so sagen darf … Ich habe immer Hunger. Also bestelle ich jetzt Pizza, und wenn du mich wegschickst, nehme ich ein Stück für unterwegs mit.«

Ihm wird klar, dass er den Atem anhält, als er auf ihre Antwort wartet. So viel scheint von dieser Pizza abzuhängen. Vielleicht sagt sie Nein. Vielleicht dankt sie ihm für seine Unterstützung und komplimentiert ihn höflich hinaus. Das ist die sichere Lösung, das, was passieren sollte.

Aber stattdessen unterdrückt Maisey ein Gähnen und schenkt ihm ein kleines halbes Lächeln. »Lass mich Elle wecken gehen. Wenn ich sie eine Pizza verschlafen lasse, verzeiht sie mir das nie. Aber erst einmal hole ich eine Tüte für das da.« Sie deutet auf den Patronenhaufen auf dem Sofatisch.

Wie aus weiter Ferne beobachtet Tony sich dabei, wie er die Hand ausstreckt, um ihr von der Couch hochzuhelfen. Ihre Hand ist im Vergleich zu seiner so klein und hell. Ein ungewohntes Gefühl breitet sich in seiner Brust aus. Er fühlt sich als Beschützer seiner Mutter und seiner Schwestern, aber die Empfindung verblasst im Vergleich zu dieser hier. Er hat sich schon in viele Frauen verguckt, aber auch das Gefühl ist etwas ganz anderes.

Er sieht ihr nach, als sie das Zimmer verlässt – das prächtige Haar, die schlanken Hüften, die Leichtigkeit, mit der sie geht, obwohl sie sichtlich erschöpft ist –, und weiß, dass er die Tür zu einem ganzen Haufen Ärger aufgestoßen hat.

Kapitel 10

Erschöpft, wie ich bin, lauert der Schlaf unmittelbar außerhalb der Grenzen meines Bewusstseins und weigert sich, näherzukommen. Das alte Sofa hat eine harte Stelle direkt unter meinem Schulterblatt und ist zwei Zentimeter zu kurz, als dass ich mich auf volle Länge ausstrecken könnte.

Wach fühle ich mich, als würde ich an der Kante eines Steilhangs voller Geheimnisse stehen. Ein winziger falscher Schritt, und ich werde von einer Geröllawine nach unten gerissen. Die Wahrheit wird mich wahrscheinlich eher umbringen als befreien. Mein Unterbewusstsein nimmt dieses Thema auf, und immer, wenn es mir gelingt einzuschlafen, wache ich erschrocken wieder auf und habe das Gefühl abzustürzen.

Mein Gehirn wälzt wieder und wieder all die Probleme, die ich lösen muss. Mein Dad, so verloren und verwirrt und unvorstellbarer Grausamkeiten beschuldigt. Meine Mutter. Ihre Verletzungen, ihre fehlende Patientenverfügung, ihre Pistole. Die mich zu Tony führt. Ich kann mich nicht entscheiden, ob er als Problem oder als Lösung einzustufen ist. Auf alle Fälle trägt die Erinnerung an mein an seinen Oberkörper voller fester Muskeln geschmiegtes Gesicht und an seine Hände, die meinen Rücken streicheln, nicht dazu bei, mich so zu entspannen, dass ich einschlafen kann.

Beim ersten Anzeichen der nahenden Morgendämmerung kapituliere ich und stehe auf. Das Frühstück besteht aus Pizzaresten, kalt und direkt aus dem Karton.

Ich nehme einen Bissen, aber der geronnene Käse und der schlaffe Teigrand bringen mich zum Würgen. Ich mache mir zu viele Sorgen, um etwas zu essen.

Ich habe schon im Krankenhaus angerufen. Mein Vater ruht sich beschwerdefrei aus, was auch immer das im Medizinerjargon zu bedeuten hat, und meine Mutter ist stabil. Keine der beiden Formulierungen beruhigt mich sonderlich.

»Können wir bitte in den Supermarkt fahren?«, fragt Elle. »Nicht, dass ich etwas gegen Pizza hätte. Aber vielleicht sollten wir zum Mittagessen etwas Gemüse essen.«

»Da hast du recht.« Mein Gehirn quält sich weiterhin mit Moms fehlender Patientenverfügung und der Frage, ob ich sie wirklich finden will oder nicht. Wenn ja, wo ist sie dann, und wie soll ich an ihr Schließfach kommen? Aber ein Zwischenstopp im Supermarkt ist unmittelbar vielleicht wichtiger.

Als das Festnetztelefon klingelt, gehe ich davon aus, dass es wieder einmal Greg ist, und gehe nicht ran. Aber Elle nimmt ab.

»Hallo«, zwitschert sie, »kennen wir uns?«

Das ist ihre Standardfrage bei Werbeanrufen. Was danach passiert, hängt von ihrer Laune ab. Manchmal führt sie ihre Gesprächspartner in die Irre, indem sie so tut, als wäre sie ich und sehr interessiert an dem Angebot. Gelegentlich stellt sie aber auch Fragen, die einen Prediger in die Flucht schlagen würden.

Hören Sie zu, Steve, meine Mom will mir das einfach nicht erklären, aber da ich Sie gerade am Telefon habe … Können Sie mir sagen, warum Frauen in der Bibel gesteinigt wurden, wenn ein Mann während ihrer Monatsblutung mit ihnen geschlafen hat?

Also höre ich nur mit halbem Ohr zu, bevor mir klar wird, dass sie mit irgendeinem unbekannten Anrufer Pläne schmiedet.

»Klar, das wäre toll. Um zehn? Ja, bleib dran, ich frage sie.« Sie schaltet das Telefon stumm. »He, Mom, kann ich mit Mia zum Sport gehen? Und dann vielleicht einkaufen und nachmittags ins Kino?«

Ich starre meine Tochter fassungslos an. Sie war die ganze Zeit, die wir schon hier sind, bei mir. Trotzdem hat sie es irgendwie geschafft, sich mit jemandem anzufreunden.

»Mit wem?«

»Mia, Tonys Schwester. Hier, du kannst mit ihr reden.« Sie schaltet das Telefon wieder laut. »Hier ist meine Mom.«

»Hi«, sagt eine Frauenstimme so lässig, als wären wir schon ewig beste Freundinnen. »Wie geht's dir heute Morgen so? Das mit gestern Abend tut mir übrigens leid. Tony hat gesagt, dass du mich für seine Freundin gehalten hast. Das ist der größte Witz aller Zeiten!« Und sie lacht, als ob sie das ernst meint, und hört plötzlich genauso abrupt damit auf. »O Gott, ich tue es schon wieder, nicht wahr? Ich kann einfach nicht anders. Du hast noch kein Wort gesagt, und ich quassele trotzdem weiter. Du bist doch wirklich da, oder? Hallo?«

»Ja. Hi. Ich bin hier.«

»Cool. Na gut, wenn ich dir jetzt noch keine Heidenangst eingejagt habe: Ich bin nicht verrückt, versprochen. Du kannst Tony fragen. Ich rede bloß. Viel. Jedenfalls möchte ich helfen, wenn ich kann. Also dachte ich, dass es dir vielleicht ganz lieb wäre, wenn ich Elle abhole und sie heute beschäftigt halte, damit du dich um den Familienkram kümmern kannst.«

»Äh …«

»Ich kann mit Kindern umgehen. Ich bin in zwanzig Minuten da, okay? Sie ist in guten Händen, versprochen. Ich bin keine Gefahr für den Straßenverkehr. Und ich habe ein blitzsauberes Führungszeugnis. Das heißt … Ich gestehe das wohl besser gleich: Es gab mal eine Anzeige wegen Ladendiebstahls, als ich elf war, aber das liegt hinter mir. Pfadfinderehrenwort.«

Sie macht eine Pause, um Luft zu holen, und ich werfe ein: »Hör mal, ich …«

»Abgemacht? So ist es viel besser. Und keine Sorge – mir macht das Spaß. Ich habe ohnehin den Tag frei und keine Pläne. Colville ist um diese Jahreszeit stinklangweilig. Wir sehen uns gleich.«

»Hör mal, Mia, ich glaube nicht, dass …« Aber sie hat schon aufgelegt, und ich rede mit der toten Leitung.

Elle kneift die Augen zusammen und rümpft die Nase. »Sieh mich nicht so an, Mom. Ich weiß, was du denkst. Willst du mich wirklich die ganze Zeit mitschleppen, während du langweiligen Kram machst, obwohl ich stattdessen Spaß haben könnte?«

»Elle, wir kennen diese Frau doch überhaupt nicht.«

»Sie ist Tonys Schwester.« Diese Aussage betont sie, als wäre Tony seit dreißig Jahren unser guter Bekannter und nicht erst seit ein paar Stunden.

»Ja. Und Tony hat unseren Notruf entgegengenommen und uns Pizza gekauft. Das heißt nicht, dass er ungefährlich ist. Er könnte ein Serienkiller sein. Wir wissen es nicht.«

Ein verdammt attraktiver Serienkiller, füge ich im Stillen hinzu.

»Mom. Bitte. Du siehst viel zu viel fern. Vielleicht könnte sie mit mir zu Nana gehen. Ich sollte sie doch besuchen, oder?«

Schon wieder Schuldgefühle.

Ich mag Gregs Mutter nicht, und sie mag mich nicht, aber sie ist trotzdem Elles Großmutter. Sie sehen einander nicht oft. Ich habe noch nicht einmal daran gedacht, dass Elle sie vielleicht besuchen möchte. Und ich habe wirklich einiges zu tun, das sich besser ohne die Unterstützung eines zwölfjährigen Sherlock Holmes erledigen lässt.

»Na ja«, sage ich nachdenklich, und Elle weiß, dass sie gewonnen hat.

Sie umarmt mich – ein schnelles, stürmisches Zudrücken. »Du machst dir zu viele Sorgen. Es passiert schon nichts.«

Mia braucht das Doppelte ihrer geschätzten zwanzig Minuten, um aufzutauchen. Sie ist außer Atem und entschuldigt sich vielmals. »Es tut mir so leid. Ich konnte meine Schuhe nicht finden. Und dann habe ich mein Handy zu Hause vergessen und musste noch einmal umkehren. Es war viel Verkehr. Unglaublich, oder? Als ob es in Colville je Stau gäbe! Bloß heute.«

Sie sieht aus wie Tony, abzüglich der schiefen Nase. Sie hat riesige blaue Augen, die sie mit schwarzem Eyeliner und schimmerndem Lidschatten betont. Das fast schwarze Haar fällt ihr in Wellen über die Schultern, und ihr ausdrucksvolles Gesicht spiegelt jede Stimmungsschwankung wider, die sich in ihrem schnellen Redeschwall ankündigt. Ich bin erleichtert, dass sie weder ein Modepüppchen noch Goth oder Punk ist. Die bunten Perlenarmbänder an ihren Handgelenken und der große Quarzkristall, der an einer Kette um ihren Hals baumelt, deuten allerdings auf irgendwelche Voodoo-Esoterik hin. Das wird Elle wohl nicht schaden.

»Ich bin bereit«, tönt meine Tochter, als hätte sie diesen Zustand der Bereitschaft gerade erst erreicht, statt die letzten zwanzig Minuten nervös an der Tür von einem Fuß auf den anderen zu treten. Sie drückt mir einen Kuss auf die Wange. »Grüß Grandma und Grandpa von mir«, ruft sie. Schwups ist sie aus der Tür.

Mia bleibt noch stehen. »Ich passe gut auf sie auf, versprochen. Ich bin verantwortungsbewusster, als du mir das vermutlich zutraust. Ehrlich. Hier ist meine Handynummer. Aber du weißt ja bestimmt, dass man hier draußen oft in ein Funkloch gerät. In dem Fall hinterlass mir einfach eine Nachricht, und ich rufe so schnell wie möglich zurück.«

Sie reicht mir eine Visitenkarte. Ehe ich noch etwas einwenden kann, verschwinden die beiden den Gehweg entlang und steigen in einen Jeep unbestimmbaren Alters. Als Mia den Motor startet, rülpst er eine schwarze Rauchwolke aus. Ich stehe mit einem Fuß auf der Veranda, drauf und dran, hinter den beiden herzurennen. Aber das Auto hat sich schon in Bewegung gesetzt. Elle winkt begeistert.

Mia fährt vorsichtig und blinkt, obwohl die Straße leer ist. Ich hole tief Luft und versuche, meine Besorgnis loszulassen. Die Visitenkarte ist professionell gedruckt und wirbt für Mias Dienste als Massage- und Reikitherapeutin. Vielleicht muss ich mir einen Termin bei ihr geben lassen. Ich könnte weiß Gott eine Massage und einen Energieabgleich gebrauchen. Beide in astronomischem Ausmaß.

Bevor ich zum Krankenhaus fahre, um nach meinen Eltern zu sehen, schaue ich bei der Bank vorbei. Der Supermarkt kann warten. Am Schalter steht eine kurze Schlange, die mir gerade genug Zeit verschafft, schweißnasse Handflächen und einen beschleunigten Herzschlag zu entwickeln.

Die Bankangestellte muss zweimal nach mir rufen. Als ich an ihr Fenster trete, ist mein erster Gedanke, dass sie noch auf der Highschool sein sollte. Kurze Igelfrisur, bunter Lidschatten und ein kleiner Diamant im linken Nasenflügel. Ihre Wange wölbt sich leicht, und ich habe den Verdacht, dass sie dort ein Kaugummi versteckt, so, wie Elle das manchmal macht.

Als ich ihr mitteile, was ich brauche, starrt sie mich eine Weile an. Daraufhin nimmt sie ihr Telefon und spricht hinein. Als sie auflegt, deutet sie auf eine Büronische hinter mir. »Bethany kann Ihnen helfen. Ich darf nicht an die Schließfächer.«

Bethany ist nicht mehr auf der Highschool. Sie ist nämlich mit mir zur Schule gegangen. Sie war vor mir Gregs

Freundin. Damit haben wir viel zu viel gemeinsam. Obwohl wir Erzfeindinnen waren, als wir uns das letzte Mal gesehen haben, umarmt sie mich voller Begeisterung.

»O mein Gott. Du bist es, Maisey! Wie lange ist das her? Du siehst toll aus!«

Ich weiß ganz genau, dass ich alles andere als toll aussehe. Ich habe geduscht und saubere Kleidung angezogen, aber auf Make-up habe ich verzichtet. Der emotionale Wetterbericht kündigt für heute Tränen an, und dann wäre die Schminke doch nur im Gesicht verschmiert. Mir ist sehr bewusst, dass ich blass und schlapp bin, dass meine Augen rot und verquollen sind. Bethany dagegen sieht wirklich fantastisch aus. Ich versuche abzuschätzen, was sie hat machen lassen – sie hat sich die Zähne richten lassen, vielleicht ist auch etwas Botox mit im Spiel. Aber da nimmt ihr Gesicht plötzlich einen mitfühlenden Ausdruck an.

»Ich habe das mit deiner Mutter gehört. Wie geht es ihr?« Sie legt den Kopf so weit schief, dass einer ihrer baumelnden Ohrringe ihre Schulter streift. Sie hebt die nachgezogenen Augenbrauen zu den Fragen, die sie erst noch stellen muss. In ihren Augen liegt ein Funkeln, das etwas zu gierig für ein Gespräch über Schließfächer ist. Ich kann mir vorstellen, was für Geschichten im Moment über meine Eltern die Runde machen.

»Sie liegt auf der Intensivstation. Sie ist immer noch bewusstlos. Sie hat Lungenentzündung.«

»O nein. Ich kann es gar nicht fassen! Sie war erst vor zwei Wochen hier. Sie wirkte so gesund. Aber man weiß ja nie, nicht wahr?«

Mir gefällt es nicht, in dieses »man« eingeschlossen zu sein. Mir gefällt auch das ganze Gespräch nicht. Ich will ja noch nicht einmal hier sein.

»Hör zu. Ich muss einen Blick ins Schließfach meiner Eltern werfen. Darf ich das?«

»Lass mal sehen … Hast du den Schlüssel?«

Ich ziehe einen Schlüssel aus der Tasche. Ich hoffe, dass es der richtige ist. Er lag in einem Umschlag in Dads Aktenschrank unter »wichtige Finanzdokumente«. Der Name der Bank stand in Moms Handschrift darauf, nicht seiner.

Bethany nickt beifällig zu dem Schlüssel und legt ihn zwischen uns auf den Schreibtisch, während sie mit rot lackierten Fingernägeln am Computer tippt. »Da wären wir«, sagt sie, was vielversprechend klingt. Aber plötzlich bildet sich eine Falte zwischen ihren Augenbrauen, als sie nach unten scrollt, und die sieht überhaupt nicht vielversprechend aus.

»Oje«, stöhnt sie. »Du bist nicht als Zugangsberechtigte aufgelistet. Nur deine Eltern.«

»Was genau heißt das?«

»Von Rechts wegen bekommst du erst Zugriff auf das Schließfach, wenn deine Eltern beide sterben und du den Schlüssel sowie den Totenschein vorlegst.«

Ich starre sie an. »Nein. Es muss eine andere Möglichkeit geben.«

»Bring deinen Dad dazu, dir eine Vollmacht zu unterschreiben. Ich gebe dir ein Formular mit.« Sie sieht meinen Gesichtsausdruck, beugt sich vor und senkt die Stimme. »Wenn er nicht in der Lage ist zu unterschreiben, kannst du vielleicht einen Gerichtsbeschluss erwirken.«

»Nein. Du verstehst das nicht. Wir haben keine Zeit dafür. Ich suche nach Moms Patientenverfügung. Wir brauchen sie besser gestern. Oder letzte Woche. Wenn wir warten, bis sie tot ist, läuft das dem Sinn und Zweck einer Patientenverfügung völlig zuwider.«

»Oje.« Bethany starrt mich an. Diesmal steht Mitleid in ihren Augen. »Na ja … Vielleicht kannst du deinen Dad mitbringen?« Aber ihr Tonfall macht klar, dass sie all die Gerüchte über Dad gehört hat.

»Er liegt im Krankenhaus.« Ein verräterisches Zittern schleicht sich in meine Stimme, und ich grabe die Fingernägel in meine Handflächen, um mich zu sammeln. Wenn ich jetzt weine, wird jeder Bankkunde den Rest des Tages über davon erfahren. Die Geschichten sind einfach zu gut, um sie nicht weiterzutratschen. Andererseits muss ich wirklich an das Schließfach kommen, und wenn ich Bethany leidtue, spielt sie vielleicht die großmütige Heldin und hilft mir.

Also tupfe ich mir mit den Fingerspitzen die Augen und unterdrücke das Zittern nicht. »Er ist völlig verwirrt. Er kann mir nichts sagen, und ich kann ihn nicht herbringen. Was soll ich bloß tun?«

Ich schaue aus tränennassen Augen zu ihr auf.

So, wie sie mir die Hand auf den Arm legt, um ihn mir zu tätscheln, könnte man glauben, wir seien beste Freundinnen, die sich ewig nicht gesehen haben. Sie beugt sich vor und flüstert: »Ach, zum Teufel. Weil du es bist. Wir sind doch Freundinnen, oder? Aber du musst mir versprechen, es niemandem zu verraten.«

»Natürlich.«

Kaum, dass die Entscheidung gefallen ist, verwandelt sie sich in eine eifrige Hobbydetektivin. »Her mit dem Schlüssel! Wir sehen einfach nach, okay? Und wenn die Patientenverfügung da ist, kopieren wir sie, und du kannst behaupten, dass du sie zu Hause gefunden hast.«

»Klar. In Dads Aktenschrank. Unter ›Juristische Dokumente‹. Zusammen mit dem Testament.«

Bethany nickt. »Komm mit.«

Ich folge ihr zur Seite der Bank durch eine offene Stahltür, die wie ein riesiger Safe aussieht. Wir bleiben in einem kleinen Raum stehen, der auf allen Seiten von abschließbaren, silberfarbenen Klappen gesäumt ist. Mir kribbelt die Haut, als ich an all die Geheimnisse denke, die hier verwahrt sind. Wer weiß schon, was die Leute hier außer Sichtweite verstecken? Aber ich habe keine Zeit für Tagträume.

Bethany geht direkt zu Schließfach Nummer fünfundvierzig. Sie steckt den Schlüssel ins Schloss, zögert aber, lässt die Hand sinken und sagt: »Mach du das. Es geht mich ja eigentlich nichts an, was darin ist.«

Angesichts dessen, wie sehr das Detektivfieber in ihren Augen brennt, ist das geradezu heroisch von ihr. Ich drehe den Schlüssel um und ziehe das Fach heraus. Es fühlt sich in meinen Händen so kalt und fremd an wie die Pistole meiner Mutter. Ein Tisch, auf den man das Fach legen kann, solange es offen ist, steht bereit. Bethany stellt sich hinter mich, als ich den Deckel öffne. Ihre Bereitschaft zum Martyrium ist ihrer Neugier nicht gewachsen. Ich sehe sie nur an, die Hände auf dem Deckel, bis sie den Blick senkt und mir den Rücken zuwendet.

Ich rechne damit, nichts zu finden, und zuerst glaube ich auch, genau das gefunden zu haben.

Ein paar Aktien und Pfandbriefe. Kopien der Testamente meiner Eltern. Ein brauner Umschlag im passenden Format für juristische Dokumente. Zugeklebt. Ich nehme ihn und halte ihn fest, aber die Tatsache, dass meine Eltern ihn versiegelt und hier hinterlegt haben, lässt mich zögern. All die Vorträge aus meiner Kindheit und Jugend bis hinein ins Erwachsenenleben fallen mir wieder ein. »Kümmere dich um deine eigenen Angelegenheiten, Maisey. Wer schnüffelt, klemmt sich nur den Finger in der Mausefalle ein.«

»Machst du ihn auf?« Bethany mustert mich über ihre Schulter. »Wahrscheinlich ist sie das.«

Sie hat recht. Gewöhnliche Regeln greifen hier nicht. Ich habe keine Schere und keinen Brieföffner, und mich überläuft ein Schaudern, weil es mir wie eine Grenzüberschreitung vorkommt, den Umschlag aufzureißen.

Darin stecken zwei Blätter Papier. Ich sehe sofort, dass das hier keine Patientenverfügung ist, aber ich ziehe sie trotzdem heraus und wende Bethany den Rücken zu, um meine Geburtsurkunde vor ihr abzuschirmen. Wenn ich adoptiert bin, weiß sonst die ganze Stadt bis heute Abend Bescheid.

Aber es ist nicht meine Geburtsurkunde, die ich in den Händen halte. Oder sie haben meinen Namen geändert. Darauf steht »Marley«, nicht »Maisey«. Moms Name ist ebenfalls darauf. Das ist die einzige Information, die ich wiedererkenne.

»Was ist das?« Bethany verrenkt sich hinter mir den Hals.

»Nichts. Nur eine Geburtsurkunde.« Meine Stimme klingt in meinen eigenen Ohren falsch, als würde sie jemand anderem gehören. Ich kann noch vernünftig genug denken, um zu wissen, dass Bethany dieses Dokument nicht lesen darf. Sie darf nichts davon erfahren. Ich schiebe es hinter das andere Blatt Papier. Auch eine Geburtsurkunde. Die hier ist meine. Ich stiere sie blind an, zur Statue erstarrt. Mein inneres Warnsystem lässt eine Alarmglocke nach der anderen schrillen. Verstecken. Vernichten. Zurück in den Umschlag stecken.

Meine Finger weigern sich zu reagieren.

»Das ist alles?«, bohrt Bethany nach. »Nur eine Geburtsurkunde?«

»Ja.« Meine Stimme klingt blechern und immer noch falsch, aber das Sprechen bringt das wieder in Ordnung, was mit meiner Hirn-Muskel-Koordination nicht stimmt, und meine Hände schieben die Dokumente zurück in den Umschlag. »Wie es aussieht, ist die Patientenverfügung nicht hier.«

»Mist«, sagt sie. »Na ja, einen Versuch war es wert, oder?«

»Ja.«

Ich muss hier raus. Panik kratzt hektisch an meinem Brustkorb. Mein Herz fühlt sich an, als würde es vibrieren, weil es so schnell schlägt. Ich bekomme nicht genug Sauerstoff.

Irgendwie gelingt es mir, den Umschlag zurück ins Fach zu befördern und mit dem kleinen Schlüssel abzuschließen. Bethany schiebt den ganzen Kasten voller Geheimnisse zurück an seinen Platz. Ich habe nicht mehr das Gefühl, als gehörte mein Körper mir, aber die beiden Beine, die ich mir geliehen zu haben scheine, sind der Herausforderung gewachsen und tragen mich aus der erstickenden Enge hinaus in den offenen Bereich der Bank.

Jedes Auge im Raum scheint allein auf mich gerichtet zu sein, als wären sich alle des Zusammenbruchs bewusst, der sich eben abgespielt hat.

»Tut mir leid, dass es nicht geklappt hat«, bedauert mich Bethany. Sie klingt, als meinte sie es ernst, und zieht mich in eine Umarmung.

Meine Arme fühlen sich viel zu schwer und taub an, als hätte man mir Novocain gespritzt, und ich erwidere die Umarmung nicht. Ich muss etwas äußern. Das automatische »Vielen Dank für deine Hilfe«, das mir über die Lippen kommt, stammt geradewegs aus Moms Indoktrination in Sachen Höflichkeit und Manieren. Das ist das einzig Gute an einer gründlich gelernten Lektion: Sie verlangt einem kein Mitdenken mehr ab. Zum Glück wartet schon der nächste Kunde auf Bethanys Dienste, und als sie sich abwendet, nutze ich die Gelegenheit und flüchte.

Nachdem ich die Tür durchquert habe, bleibe ich in Bewegung. Bürgersteig unter meinen fremden Füßen, Sandkörner und Schotter knirschen. Erstaunlich, dass diese Füße – meine Füße, obwohl sie sich so unbeholfen und taub anfühlen – genau wissen, was zu tun ist. Ich kann nicht denken. Kann nicht fühlen. Instinktiv gehe ich immer weiter, fort von Bethanys Mitleid und der Last ihrer Neugier. Der Sonnenschein ist grell und blendend, aber ich spüre keine Wärme. Spüre gar nichts.

Ich vergesse, mich umzusehen, bevor ich auf den Zebrastreifen trete, und eine Hupe ertönt.

Das weckt mich genug auf, um bewusst Atem zu holen. Mit diesem bewussten Atemzug und dem nächsten kehren auch meine Empfindungen zurück. Meine Füße und meine Hände kribbeln. Mir wird klar, dass ich hyperventiliert habe. Ich gehe langsamer, zähle die Atemzüge im Kopf und koordiniere sie mit meinen Schritten.

Das ist nicht meine erste Panikattacke, nicht das einzige Mal, dass ich mich so gefühlt habe, als hätte sich das gesamte Gewebe der Realität aufgelöst und mich schwebend und verängstigt zurückgelassen. Es ist nur das erste Mal, dass es einen legitimen, eindeutigen Grund dafür gibt.

Normalerweise kommt und geht dieser Zustand unvorhersehbar. Mom hat ihn immer meine »Anfälle von Nervosität« genannt, als wäre er nicht mehr als kindlicher Trotz beim Schlafengehen oder wegen einer verweigerten Süßigkeit. Die Riege von Therapeuten, die ich deswegen aufgesucht habe, hat mir eine Vielzahl von Erklärungen dafür gegeben. Am besten gefällt mir die, dass der Körper manchmal grundlos irgendwelche Dinge tut und meine Angst keine Basis in meiner Psyche hat.

Während ich weitergehe und mich ganz auf meine Atmung sowie meine Füße konzentriere, gehört mein Körper allmählich wieder ganz mir. Und jeder feste Schritt, jeder bewusste Atemzug zementiert die neue Realität.

Ich bin kein Einzelkind, und all die falschen Erinnerungen sind doch nicht falsch.

Marley.

Der Name lässt mich mitten auf dem Bürgersteig stehen bleiben.

Meine Mutter hat mich angelogen. Absichtlich. Wiederholt. Sie hat mir eingeredet, Marley sei das Produkt meiner überschäumenden Fantasie. Hat mich zu einem Therapeuten geschickt, damit der mir einreden konnte, ich litte an Wahnvorstellungen. »Du suchst jetzt nicht mehr nach Marley«, bestimmte Mom. »Du fragst auch nicht länger nach ihr und erzählst keine Geschichten mehr über sie. Marley ist nicht echt, Maisey. Werde erwachsen und lass diesen kindischen Kram hinter dir.«

Aber die Geburtsurkunden lügen nicht, und im Haus meiner Eltern habe ich das geschredderte Foto meiner Mutter, die zwei Babys hält. Ich muss keine Kopien in der Hand haben, um die Details noch einmal durchzugehen. Mein Gehirn hat die Indizien gespeichert. Ich sehe den Behördenstempel und die wichtige Information in dreidimensionaler Schrift.

Mutter: Leah Lenore Garrison
Vater: Alexander Lloyd Garrison

Das heißt nicht nur, dass es Marley wirklich gab, sondern auch, dass mein Vater nicht mein Vater ist. Wie ist es möglich, neununddreißig Jahre auf diesem Planeten zu leben und nie auch nur zu ahnen, dass die eigenen Eltern Geheimnisse dieser Tragweite vor einem haben?

Die erste klare Emotion, die ich empfinde, ist Zorn. Kein langsam aufkeimender Ärger, der sich stetig weiter steigert, sondern eine massive Wand aus Wut, die mich wie ein Vorschlaghammer erwischt und fast umreißt.

Wie können meine Eltern es wagen, mich so zu belügen? Und gleich beide, nicht nur meine überkontrollierende Mutter, sondern auch mein geliebter Vater! Denn jetzt habe ich ein Geheimnis, ein Geheimnis, das ich nicht will und um das ich nie gebeten habe. Mein ganzes bürgerliches Aufwachsen war eine Lüge, und die Menschen, die ich damit konfrontieren muss, stehen für eine Befragung nicht zur Verfügung.

Leahs Tagebuch

Lass mich mit dem kleinsten meiner Kümmernisse beginnen, und das, mein allerliebster Walter, bist du.

Als ich dich damals traf, ja sogar noch, als ich dich heiratete, liebte ich dich nicht, das muss ich gestehen. Ich habe mich in dein Leben und in dein Herz gefressen wie ein Parasit in einen Apfel, und das überwiegend aus den gleichen Gründen. Von der ersten Minute an, als ich in deinem Büro saß und dein freundliches Gesicht mit den ehrlichen Augen sah, die hinter den mit Fingerabdrücken übersäten Gläsern der Altmännerbrille verschwammen, die du damals immer trugst, wusste ich vor allem eines: Du warst ungefährlich.

Und vor allem danach war ich auf der Suche. Nach einem Schutzschild. Einer neuen Identität. Einem Vater für Maisey.

Und nach jemandem, den ich dahin gehend manipulieren konnte, mir meine Geheimnisse zu lassen.

Jegliche Schuldgefühle, die ich angesichts dieser alten Ränke empfinde, sind klein und flüchtig, denn ich habe mich später doch noch in dich verliebt, weit über meine Erwartungen und Absichten hinaus. Du – wir – die Liebe, die wir gemeinsam gefunden haben … Das war eine Überraschung, mein lieber Walter. Der Rest meines Lebens ist wohl bis heute rigoros durchgeplant. Maisey hält mich für unnachgiebig und besessen. Sie drückt es zurückhaltender aus, aber ich höre den Tonfall hinter ihren Worten. Ich sah es in ihren Augen, als sie das letzte Mal zu Besuch bei uns war. Ich weiß, warum sie fast nie nach Hause kommt.

Die Wahrheit ist, dass ich mich einfach nicht darauf verstehe, anders zu sein.

Ich dachte immer, du hättest nie gewusst, dass ich zersplittert und wieder zusammengeklebt worden war, aber mittlerweile überlege ich, ob ich dich nicht unterschätzt habe. Ich werde nicht danach fragen. Wir sind nach all diesen Jahren, was wir sind.

Manche Dinge sollte man ruhen lassen, ohne sie aufzustören.

Kapitel 11

Als ich ins Krankenhaus komme, stürme ich gleich nach oben in Moms Zimmer. Ich habe ihr so einiges zu sagen.

Sie liegt da, die Augen geschlossen, eine Sauerstoffmaske über Nase und Mund. Ihr Atem rasselt in ihrer Brust. Sie sieht winzig und verschrumpelt aus, wie eine ausgegrabene Mumie, und mein besseres Ich bereut den Schmerz, den ich ihr verursacht habe, indem ich sie am Leben gehalten habe.

Mein besseres Ich ist klein und schwach und Trauer, Enttäuschung und Wut vollkommen unterlegen. Ich beuge mich nahe an ihr Ohr und flüstere: »Wie konntest du mich nur so anlügen? Was ist aus meiner Schwester geworden? Was hast du mit Marley gemacht?«

Sie regt sich zum ersten Mal, seit ich das Zimmer betreten habe. Ihr Kopf wendet sich im Bett hin und her. Sie hebt die rechte Hand ein paar Zentimeter über die Decke.

Eine unfassbare Hoffnung keimt in mir auf. Sie wird aufwachen, einfach so, und mit mir reden.

Aber dann stockt ihr der Atem. Ein entsetzliches Gurgeln ertönt aus ihrem Rachen.

Und alles hört auf.

Ihre Hand fällt zurück aufs Bett. Ihr Kopf bleibt liegen, wo er ist, mir zugewandt, sodass ich die geschlossenen Augen und ihren schlaffen Mund betrachten kann.

Sie atmet nicht aus.

Ich halte selbst den Atem an, warte auf sie, versuche, sie mit schierer Willenskraft wieder in Gang zu bringen. Sie kann doch nicht einfach daliegen wie ein Aufziehspielzeug, das mitten in der Bewegung stehen geblieben ist.

Eine Uhr tickt.

Nichts passiert.

Ich schieße von meinem Stuhl hoch, stürme auf den Flur und suche nach jemandem – irgendjemandem! –, der helfen kann. Es gibt einen Knopf oder so, den ich hätte drücken sollen, aber ich habe vergessen, wo er ist, und ich gehe jetzt nicht zurück.

»Helfen Sie mir! Sie atmet nicht mehr!«

Ein dünner Mann mit schütterem Haar, der auf dem Flur einen Mopp schwingt, schaut zu mir hoch. »Welches Zimmer?«

»Ich weiß es nicht. Ich kann nicht denken. Holen Sie einfach jemanden!«

»Ich bin sofort wieder da«, verspricht er. »Halten Sie durch.«

Er verschwindet um die Ecke. Ich renne in Moms Zimmer zurück, und hoffe, hoffe, hoffe, dass das alles nur ein Streich ist, den meine Fantasie mir gespielt hat, und dass sie wieder atmet.

Sie hat sich nicht gerührt.

Ihre Haut hat eine mattblaue Färbung angenommen.

Ich packe ihre Hand, die sich schon kälter anfühlt, und stammele unzusammenhängend auf sie ein: »Ich habe es nicht so gemeint. Es tut mir leid. Stirb bitte nicht jetzt, nicht so. Gib mir eine Chance, alles wiedergutzumachen …«

Scharfe Stimmen ertönen aus den Lautsprechern auf dem Flur. »Code Blau, Intensivstation.«

Eine Krankenschwester prescht im Laufschritt herein. Meine Krankenschwester, die zugehört und mir die Hand getätschelt hat. Sie stellt sich neben Moms Bett und tastet an ihrem Hals nach ihrem Puls. Danach beugt sie sich über sie, um sie mit dem Stethoskop abzuhören.

»Worauf warten Sie?«, keuche ich. »Sie atmet nicht mehr.«

Die Krankenschwester richtet sich auf und sieht mir in die Augen. »Ihr Herz schlägt nicht.«

»Wollen Sie sie nicht wiederbeleben? Worauf warten Sie?« Ich sitze in einem Horrorfilm fest, in dem nichts einen Sinn ergibt. Ich lege selbst die Hände auf Moms Brust, wie um eine Herzdruckmassage durchzuführen, nur, dass ich keine Ahnung habe, was ich tun soll.

»Sie soll nicht wiederbelebt werden, Liebes«, sagt die Krankenschwester und spricht jedes einzelne Wort deutlich aus. »Sie haben dem zugestimmt. Es steht in den ärztlichen Anweisungen und hängt über ihrem Bett.«

Ich schüttelte den Kopf. »Nein. Egal, was ich vorher festgelegt habe, es war falsch. Sie müssen sie zurückholen. Ich bin nicht bereit …«

Rennende Füße trommeln auf dem Flur. Ein Rasseln.

Drei Krankenhausmitarbeiter kommen ins Zimmer gestürmt. Einer schiebt einen Wagen.

Meine Krankenschwester hebt mahnend die Hand. »Sie soll nicht wiederbelebt werden.«

»Nein«, widerspreche ich. »Gott sei Dank sind Sie hier.«

Der Mann sieht zwischen der Krankenschwester und mir hin und her, dann zu dem Nicht-Wiederbeleben-Schild über Moms Bett.

»Ich bin ihre Tochter. Ich habe allem zugestimmt, aber ich wusste nicht … Das heißt … Ich habe es mir anders überlegt. Bitte helfen Sie ihr.«

»Wunsch der Familie«, bemerkt der Mann zu der Schwester. »Keine Zeit zum Streiten. Ja oder nein?«

»Trifft sie die Entscheidungen?«, mischt sich eine andere Krankenschwester ein.

Meine Krankenschwester nickt, und die drei gehen sofort ans Werk. Ich ziehe mich in eine Zimmerecke zurück, vergessen und aus dem Weg. Der Pfleger kniet sich auf Moms Bett, setzt die Hände in die Mitte ihres Brustkorbs und beginnt mit der Herzdruckmassage. Ihr Körper fliegt hoch wie eine Lumpenpuppe.

Eine der Krankenschwestern reißt Mom das Nachthemd herunter, klatscht Elektroden auf ihre Brust und schließt sie an eine Maschine an. Eine andere gibt mit einer Spritze ein Medikament in ihren Tropf. Jemand anders hält ihr eine Maske, die an einem Sack befestigt ist, über Nase und Mund und pumpt ihr Luft in die Lunge.

Ich kann sie überhaupt nicht mehr sehen, weil sie von so vielen Leuten umgeben ist.

Genau wie im Fernsehen ruft jemand im nächsten Moment: »Abstand halten!« Der Mann, der die Herzdruckmassage vorgenommen hat, hebt die Hände. Alles hört auf. Moms Körper zuckt. Dann warten alle.

Und es geht von vorn los.

Eine Hand packt meine. Ich schaue in blaue Augen auf, die vor Mitgefühl leuchten. »Kommen Sie weg. Sie müssen dabei nicht zusehen.«

Ich bin in Versuchung, mich von dieser freundlichen Person wegbringen zu lassen, aber ich entziehe mich ihr und schüttelte den Kopf. Das hier ist meine Schuld, all dieser Lärm und dieses Chaos. Ich habe darauf bestanden zu versuchen, Mom zurückzuholen. Wenn sie wiederzukommen beschließt, ist es das Mindeste, was ich tun kann, hier zu sein, wenn es passiert. Um zu lauschen, ob sie wie durch ein Wunder letzte

Worte spricht. Um ihr, falls sie das Bewusstsein zurückerlangt, zu sagen, dass es mir leidtut.

Doch trotz der überwältigenden Trauer, der Angst und des Verlusts ist mein Zorn ein ständig präsenter Dämon. Verflochten mit allen anderen Emotionen raubt er meiner Liebe die Süße, vergiftet meine Furcht. Ich sehe von der Tür aus zu, bis endlich alles zum Erliegen kommt.

»Ich breche jetzt ab«, erklärt jemand. »Es ist neun Uhr sechsundfünfzig.«

Schultern sacken herab. Köpfe werden gesenkt. Aber nur für einen Augenblick. Sogleich werden Handschuhe und Hemden abgestreift. Leitungen werden ausgestöpselt. Geräte werden abgestellt. Jemand schiebt den Wagen aus dem Zimmer.

Ein Augenpaar findet meines. Der Mann, der eben den Befehl zum Abbruch gegeben hat. »Mein Gott. Was tut *sie* hier?«, keift er eine Krankenschwester an, die gerade ein Bettlaken über meine Mutter zieht.

Aber niemand hält mich auf, als ich aus meiner Ecke zum Bett hinüberdrifte. Unter dem hastig hochgezogenen Laken ist Mom nackt. Ein Schlauch wurde ihr an den Mund geklebt. Sie hat Tropfzugänge in beiden Armen. Die Elektroden haften noch auf ihrer Brust. Die Haare auf ihrem Kopf stehen wild zu Berge.

Es ist totenstill im Zimmer.

»Kein Angehöriger sollte so etwas mit ansehen müssen«, schimpft der Mann. »Lassen Sie sie uns zurechtmachen, dann können Sie zurückkommen und Abschied nehmen.«

»Ich bin diejenige, die das hier wollte.« Die Stimme bricht mir bei einem Schluchzen. Tränen fließen. Es fühlt sich an, als kämen sie nicht aus meinen Augen, sondern tief aus meiner Mitte, wo ein lebenswichtiger Teil von mir zerbrochen ist. Ich krümme mich über die schadhafte Stelle, die Arme über dem Bauch verschränkt, und versuche, Luft einzusaugen. Meine Atmung weigert sich mitzuspielen. Ich bin innerlich zu gebrochen. Schwärze umrahmt den Rand meines Gesichtsfelds. Ein lautes Rauschen füllt meine Ohren aus. Die Knie werden mir weich. Ich bin kurz davor zusammenzuklappen, als endlich Atem in meine nach Sauerstoff hungernde Lunge zurückströmt.

Mein Körper stößt ein Geräusch aus, von dem ich gar nicht wusste, dass ich dazu in der Lage bin, ein lautes Klagegeheul des Verlusts und der Enttäuschung. »Nein. Nein, nein, nein, nein, nein.«

Stimmen raten mir zu atmen. Hände schieben und zerren, drängen mich von der stillen Gestalt meiner Mutter auf dem Bett weg. Fort von der schrecklichen Stille, die eingetreten ist, weil sie nicht mehr atmet. Ich bin mir nicht genau bewusst, wohin wir gehen, bevor ich mich an einem schwach beleuchteten und ruhigen Ort wiederfinde. Ich sitze. All die Stimmen sind weg.

Als ich wieder klar genug sehe, um etwas zu erkennen, habe ich direkt einen Engel vor Augen. Weiße Flügel, ausgestreckte Hände, ein Gesicht voller Güte und Mitgefühl.

Nur eine Statue. Ich bin froh, dass er nicht echt ist. Jeder Engel, der jetzt zu mir käme, wäre ein Geschöpf der Rache. Meine letzten Worte an meine Mutter waren voller Wut und Vorwürfe, und dann habe ich einen Wirbelwind der Qual über sie gebracht.

Ich bin darüber genauso schockiert wie über die Plötzlichkeit ihres Todes, der Art, wie sie eben noch atmete und im nächsten Augenblick nicht mehr.

Hier.

Nicht mehr da.

Meine Mutter.

Eine Fremde mit einem ganzen Leben voller Geheimnisse.

Diese widersprüchlichen Wahrheiten sitzen Seite an Seite. Ich kann keine emotionale Verbindung zu auch nur einer von ihnen aufbauen.

»Hier. Trinken Sie das.«

Nicht der Engel spricht mit mir, sondern einfach nur ein Mensch, eher Junge als Mann mit einem noch knabenhaften Bart. Er bietet mir ein Glas Wasser und ein mitfühlendes Lächeln an. Auf mich wirkt das Lächeln geheuchelt. Eine liebenswürdige Maske, die er irgendwo gelernt und aufgesetzt hat.

Tröstlicher Gesichtsausdruck Nummer drei, für eine Trauernde unter Schock.

Er drückt mir das Glas Wasser in die kraftlosen Hände. »Trinken Sie etwas. Wirklich. Das ist gut gegen den Schock.«

Schock. Ist es einer? Ich fühle mich, als wäre ich in einen Eispanzer eingeschlossen. Sobald ich mich bewege, wenn ich das Wasser trinke, das er mir hinstreckt, wird das Eis Risse bekommen, und ich … werde etwas fühlen. Ich bin mir nicht sicher, ob ich das möchte, aber meine Hände bewegen sich wie von selbst, nehmen das Glas an und führen es an meine Lippen.

Er hat recht.

Das Gefühl, wie mir eiskaltes Wasser die Kehle hinab in den Magen fließt, weckt den Rest meines Körpers. Meine Arme und Beine sind bleischwer; ein Elefant sitzt auf meiner Brust.

»Besser?«, erkundigt sich der Mann.

Ich nicke, ohne schon etwas zu sagen, und nehme noch einen Schluck.

»Ich bin Klinikseelsorger Ross. Wäre es in Ordnung, wenn ich für Sie bete?«

Es ist als Frage formuliert, aber nicht so gemeint. Er ist wild entschlossen zu beten. Das spüre ich. Und im Moment stehe ich zu Gott nicht in einem Verhältnis, in dem das eine tröstliche Vorstellung ist. Aber mein Kindheitsglaube lässt sich nicht so einfach abschütteln, und zu sagen, dass ich sein Gebet nicht will, käme mir wie ein Sakrileg vor.

Er tätschelt mir die Hand. Seine ist klamm. Er riecht nach Schweiß, nervös. Wenn ich ein besserer Mensch wäre, könnte ich vielleicht etwas Freundlichkeit ihm gegenüber aufbringen. Aber so ist das erste Gefühl, das mich hier in der Kapelle wirklich überkommt, Gereiztheit.

»Ich weiß, dass es Ihnen das Herz gebrochen hat«, säuselt er und tätschelt weiter, »aber ich versichere Ihnen, dass man in Gott Trost findet.«

»Wie alt sind Sie?«, will ich von ihm wissen.

Er blinzelt schnell. Seine Augen sind rosa gerändert, die Wimpern so blass, dass man sie kaum sieht.

»Ich glaube nicht, dass das relevant ist …«

»O doch. Sie wollen mir von Gottes Trost erzählen. Ich möchte wissen, ob Sie alt genug sind, je Trost benötigt zu haben.«

»Das Alter hat sehr wenig Einfluss darauf, ob man Gott braucht.« Er formuliert es relativ höflich, aber mit einem scharfen Unterton, der tadelnd klingt. Er hat nicht unrecht. Ich weiß nichts über sein Leben. Vielleicht war er ein missbrauchtes, geprügeltes Kind. Vielleicht hat ein betrunkener Autofahrer seine ganze Familie ausgelöscht, als er sechs war.

Ich weiß es nicht. Ich will es auch nicht wissen.

»Was ist Ihre Glaubensgrundlage?«, will er wissen.

»Ich verstehe nicht, was Sie meinen.«

»Besuchen Sie eine Kirche?«

Nein. Ich war seit Jahren nicht in der Kirche. »Dann bin ich wohl Lutheranerin«, sage ich, nenne ihm die Kirche meiner Kindheit, die meine Eltern immer noch besuchen. Oder besucht haben.

»Vater unser …«, stimmt Seelsorger Ross an. Seine Stimme gewinnt ein seelenvolles Timbre. »Wir wissen, dass du der Quell des Trosts für alle Trauernden bist. Unser Helfer, unser Fels in der Brandung, unser Tröster …«

Wenn er sich für ein aufrichtiges, tief empfundenes Bitte-segne-Maisey-Gebet entschieden hätte, wäre ich vielleicht geblieben. Hier in der Kapelle ist es ruhig und friedlich. Aber ich werde nicht hier herumhängen und diesem eben erst flügge gewordenen Knabenmann dabei zuhören, wie er ein Gebet als Gelegenheit nutzt, um Gott zu erzählen, was er längst weiß.

Ohne Entschuldigung stehe ich auf und husche davon. Der Seelsorger betet mit fest geschlossenen Augen weiter. Vielleicht tut es ihm ja gut. Für mich dagegen besteht kaum noch Hoffnung.

Leahs Tagebuch

Um mir selbst und meinen Entscheidungen Gerechtigkeit widerfahren zu lassen, nehme ich mir die Freiheit, meine Kindheit zur Verteidigung anzuführen. Ist es seltsam, dass ich meine Eltern nicht vermisse? Sie haben mir nie gefehlt. Seit ich aus meinem alten Leben geflohen bin, um mir dieses neue zu basteln, war ich kein einziges Mal in Versuchung, Kontakt zu ihnen aufzunehmen. Wahrscheinlich sind sie inzwischen tot.

Macht mich das zu einem schlechten Menschen, Walter? Ich sehe geradezu den bekümmerten Gesichtsausdruck vor mir, den du hättest, wenn ich dir das erzählen würde. Du verurteilst einen nie – wirklich nie! –, aber trotzdem. Tief in deinen Augen würde sich ein Wandel deiner Meinung über mich abzeichnen. Bei dir, der du nie jemanden im Stich ließest.

Du hast dich um deine Eltern gekümmert, bis beide gestorben sind. Deine Schwester während ihrer Krebserkrankung unterstützt, jeden Tag mit ihr gesprochen, ohne je vor ihrem Schmerz zurückzuscheuen. Wie anders wäre mein Leben verlaufen, wenn ich mehr wie du wäre. Aber ich bin, die ich bin, und habe getan, was ich getan habe.

Hilft es, wenn ich sage, dass meine Mutter und mein Vater in meiner Kindheit beide nur oberflächlich präsent waren und weniger Einfluss auf mich hatten als meine Lieblingsbücher? Dad war Alkoholiker, und Mom war eine leere Hülle bar jeder Hoffnung. Ich mache ihnen dafür keine Vorwürfe, o nein. Beide führten nur überkommene Familientraditionen fort. Ich nehme an, ihnen fiel gar nicht ein, dass es auch eine andere Daseinsform geben könnte.

Keiner von beiden hat mich je geschlagen oder auch nur harte Worte gebraucht. Dafür hatten sie keine Energie übrig. Ich war ihnen für solchen Einsatz nicht wichtig genug. Ich erinnere mich vage, dass Mom vielleicht einmal gearbeitet hat, als ich klein war, bevor mein jüngerer Bruder kam, nur um von einem sinnlosen plötzlichen Kindstod wieder dahingerafft zu werden. Danach tat sie nichts anderes mehr, als fernzusehen und endlos zu rauchen. Sie kauften abwechselnd Lebensmittel, zumindest, bis ich alt genug war, in den Laden geschickt zu werden. Niemand putzte je in bedeutsamem Ausmaß das Haus.

Meine Großmutter, die Mutter meines Vaters, war in meiner Kindheit meine Rettung. Alles, was ich an Umarmungen, Geschichten und Geborgenheit in Erinnerung habe, kam von ihr. Ich erinnere mich an ihre Wohnung, überheizt und vollgestopft, aber sauber. Das Apartment roch nach Zitrone und Vanille, nicht nach Tabak und Whiskey. Sie buk Kekse für mich. Sie rührte den Teig an, und wir legten die Kekse gemeinsam aufs Backblech. Ihre knorrigen alten Hände und meine jungen arbeiteten Seite an Seite.

Sie starb, als ich vierzehn war, und die klaffende Lücke, die sie in meiner Welt hinterließ, war das Portal zu dem, was als Nächstes geschah.

Kapitel 12

Der Eingang von Dads Krankenhauszimmer hält mich auf wie ein Energiefeld. Ich bleibe in der Tür stehen und beobachte ihn. Mein Körper und meine Emotionen versuchen, diese neue Verschiebung in der Realität zu verarbeiten.

Walter Addington. Der Mann, den ich mein Leben lang Dad genannt habe und dem ich immer nähergestanden habe als meiner Mutter.

Ob er nun wirklich mein Vater ist oder nicht, ob er mich belogen hat oder nicht, meine Liebe zu ihm ist tief verwurzelt. Jetzt ist es meine Aufgabe, ihm zu verkünden, dass Mom uns beide verlassen hat.

Er sitzt heute auf einem Stuhl und ist nicht mehr ans Bett gefesselt. Sein Haar ist gekämmt. Aber er sieht immer noch gebrechlich, alt und so fürchterlich allein aus. Eine Welle der Trauer bricht über mich herein. Wie kann ich das tun? Wie kann ich diejenige sein, die hineingeht und es ihm mitteilt?

Ich ertappe mich bei der Hoffnung, dass er immer noch verwirrt ist, dass er gar nicht begreifen kann, dass Mom wirklich tot ist.

Sein Blick, der bis eben auf den Fernseher über seinem Bett konzentriert war, richtet sich auf mich. Ich muss die Worte gar nicht aussprechen.

»Also ist es vorbei«, sagt er. »War es friedlich?«

Nein, es war nicht friedlich. Es war eine letzte Machtprobe zwischen ihr und mir, und ich habe wieder einmal verloren. Scham mischt sich in meinen ohnehin schon giftigen Cocktail aus Trauer, Zorn und Enttäuschung. Vielleicht bin ich feige. Vielleicht ist es mein besseres Ich, das versucht, ihn zu beschützen, aber ich kann ihm nicht die Wahrheit beichten.

»Es war friedlich«, behaupte ich. »Sie ist im Schlaf gestorben.«

»Ach, Maisey«, stöhnt er und breitet für mich die Arme aus.

Es ist nicht der richtige Zeitpunkt, ihm zu sagen, was ich weiß, Fragen zu stellen, meine Enttäuschung zum Ausdruck zu bringen. Diese eine kleine Geste von ihm verwandelt mich in ein verängstigtes, verletztes Kind. Ich falle auf die Knie, schlinge die Arme um ihn und lasse den Kopf an seiner Brust ruhen.

Lange Zeit hält er mich so und streichelt mir das Haar. Ich sinke gegen ihn, das Ohr auf seine Brust gepresst, lausche seinem Herzschlag und rede mir ein, dass er stark ist, dass er sich um mich kümmern wird.

»Ich muss nach Hause. Bitte, Maisey. Bring mich nach Hause.« Er sieht verloren aus, eher wie ein ängstliches Kind als wie ein alter Mann, trotz der Falten, die sich in sein Gesicht gegraben haben, und seines schütteren Haars.

»Wir müssen erst mit dem Arzt sprechen.«

Er hebt beide Hände an die Schläfen, als hätte er Kopfschmerzen, und drückt zu. »Ich kann nicht denken. Aber ich muss nachdenken. Sie hat eine Liste aufgestellt.«

»Dad.«

Seine blutunterlaufenen Augen richten sich auf mich. Er schließt die Hände so fest um meine, dass ich keuche, als meine Ringe mir schmerzhaft ins Fleisch dringen.

»Wo ist sie, Maisey? Was haben sie mit ihr gemacht?«

Ich glaube, dass er es schon vergessen hat, und jetzt muss ich es doch aussprechen. »Sie ist gestorben, Daddy. Ich war wütend auf sie, und dann ist sie gestorben.«

Bitte. Bitte hör mir zu. Bitte sei für mich da. Bitte versteh, was ich brauche. Und dann kannst du mir vielleicht alles über dieses gewaltige Märchen erzählen, das Mom und du euch ausgedacht habt. Vielleicht kannst du mir erklären, warum und zu welchem Zweck.

Die Knie tun mir vom Druck des harten Bodens weh. Mein Körper fühlt sich an, als hätte man ihn mit dem Fleischhammer weich geklopft. Alles schmerzt, von den Haarwurzeln bis zur Spitze meines kleinsten Zehennagels.

»Sie wollte sterben«, flüstert er und lockert seinen Griff um meine Hände. »Aber wo ist sie? Wohin hat man sie gebracht?«

»Ich weiß es nicht. Es ist einfach passiert. Ich habe sie nach Marley gefragt, da ist sie gestorben.«

Sein Körper erstarrt. Seine Hände erschlaffen. Ich glaube, dass er mich gehört hat, dass er antworten wird, dass er mir trotz seiner Trauer und Verwirrung vielleicht die Wahrheit sagt. Aber stattdessen zittert ihm das Kinn. Tränen steigen ihm in die Augen und laufen ihm über die Wangen.

»Wo ist Leah?«, flüstert er. »Was haben sie mit ihr gemacht?«

»Hi«, grüßt eine andere Stimme hinter mir. »Ich habe es schon gehört. Wie geht es Ihnen?« Dr. Margoni legt mir eine kühle Hand auf die Schulter. »Wie geht es Ihren Knien? Ich hole Ihnen lieber einen Stuhl.«

»Maisey«, spricht Dad mich wieder an. »Wo ist deine Mutter?«

»Daddy, ich habe es dir doch schon gesagt. Bitte zwing mich nicht, es noch einmal auszusprechen.«

»Drehen Sie sich im Kreis?«, fragt Dr. Margoni. Sie stellt einen Besucherstuhl neben Dad und streckt die Hand aus, um mir aufzuhelfen.

»Es ist wie ›Und täglich grüßt das Murmeltier‹, nur noch schlimmer.«

»Ich mag ›Und täglich grüßt das Murmeltier‹«, meint Dad. »Wie heißt der Schauspieler doch gleich? Und Andie. Sie ist wunderbar. Leah wird immer eifersüchtig darauf, wie sehr mir Andie gefällt. Aber, he, auch ein alter Mann hat noch Augen im Kopf.«

»Bill Murray«, antwortet Dr. Margoni. »Ich mag die Stelle mit der Pfütze. Ich bin auf dem Weg hierher in eine Pfütze getreten. Es wäre schön gewesen, im Voraus zu wissen, dass sie da war.«

»Happy End«, philosophiert Dad. »Das Ende ist gut.«

Dieses Ende hier nicht, will ich ihm entgegnen. Dieses Ende ist wirklich beschissen. Aber er sieht ohnehin schon traurig aus, und ich kann ihm das mit Mom nicht schon wieder vorhalten.

Dr. Margoni scheint meine Gedanken zu lesen. »Das hier ist noch nicht das Ende«, widerspricht sie leise. »Wir sind im chaotischen Mittelteil.«

Junge, Junge, da hat sie verdammt recht. Sie hat keine Ahnung, wie chaotisch.

»Also müssen Sie eine Entscheidung fällen«, erinnert sie mich, nachdem wir alle eine Minute still waren, und ruft mir ins Gedächtnis, dass ich jetzt die verantwortungsvolle Erwachsene in der Familie bin. Es stehen reichlich Entscheidungen an. Mein Gott, an die Beerdigung hatte ich noch gar nicht gedacht. Wenn meine lang verlorene Schwester hier wäre, könnte sie mir vielleicht dabei helfen, die Trauerfeier zu planen.

Aber Dr. Margoni meint nicht die Beerdigung. »Was werden Sie tun, wenn Ihr Vater aus dem Krankenhaus entlassen wird?«

»Was? Oh. So weit hatte ich noch gar nicht gedacht.«

Dad ist uns völlig entglitten. Er hat die Augen geschlossen. Das Kinn ist ihm auf die Brust gesackt.

»Ich behalte ihn noch einen Tag hier. Laut Medicare-Bestimmungen können wir ihn direkt in eine andere Einrichtung verlegen, wenn er drei Tage am Stück im Krankenhaus war.«

Nein, nein, nein. Ich muss sie missverstanden haben. »Sie meinen ein Altersheim?«

»Ich dachte eher an betreutes Wohnen. Dort hätte er mehr Privatsphäre und Autonomie als in einem Altersheim. Ich weiß, dass es schwer ist«, fährt sie fort. »Aber er kann nicht hierbleiben. Er ist ganz gewiss nicht in der Lage, zu Hause für sich zu sorgen. Sein veränderter Geisteszustand resultiert vielleicht aus der Trauer und daraus, dass er seine Medikamente lange nicht genommen hat. Aber selbst wenn dem so ist, wäre es ziemlich schwierig für ihn, allein zurechtzukommen.«

Eine Erinnerung überkommt mich: Daran, wie Dad eine ganze Nacht lang an meinem Bett gesessen hat, als ich unter einer Mittelohrentzündung litt. Die Arztpraxis hatte geschlossen, und Mom war nicht bereit, für die Notaufnahme zu zahlen. Sie gab mir Paracetamol und schickte mich ins Bett. Es war Dad, der mich um Mitternacht vor Schmerz schluchzen hörte und zu mir kam, um mich zu trösten. Die ganze lange Nacht hindurch saß er an meinem Bett, hielt meinen fiebrigen Kopf auf dem Schoß, streichelte mir das Haar, lenkte mich mit lustigen Geschichten ab und fütterte mich alle vier Stunden rund um die Uhr mit neuem Paracetamol.

»Aber er erholt sich doch wieder, oder? Das liegt nur an der Trauer, am Schock und daran, dass er seine Medikamente nicht genommen hat.«

»Möglicherweise«, lenkt Dr. Margoni ein, aber in der Art, wie sie das Wort ausspricht, schwingt zu viel Zögern mit. »Das lässt sich nicht vorhersagen. Manchmal dauert es bei einem älteren Menschen Wochen, bis er sich von einer Erkrankung erholt.«

Dad fährt aus dem Schlaf hoch und bringt mein Herz zum Galoppieren. »Leah«, keucht er. »Wir müssen es Maisey sagen. Du kannst nicht …« Und dann fällt sein Blick auf mich. »Oje. Verdammt! Du weißt Bescheid?«

Wo ist er in der Zeit, welche Frage stellt er gerade? Geht es um das Aneurysma im Gehirn meiner Mutter? Ihr früheres Leben? Marley?

»Ja, ich weiß Bescheid«, erwidere ich. »Ich weiß alles. Schon gut.« Ich tätschele ihm immer weiter die Hand, während mein Herz im freien Fall ist, wieder und wieder, ohne dass ein Sicherheitsnetz es auffängt. Nichts ist in Ordnung. Ihm geht es nicht gut. Manche Wunden kann die Zeit nicht heilen.

»Ich habe ihr gesagt, dass wir es dir erzählen sollten«, erklärt er. »Wieder und wieder habe ich es ihr gesagt. ›Ruf sie einfach an, Leah. Oder lass mich bei ihr anrufen. Lass sie herkommen, um Abschied zu nehmen.‹«

»Ich war hier, Daddy. Ich war bei ihr, als sie gestorben ist.«

»Ich muss sie sehen. Bring mich zu ihr.«

Er stützt sich mit beiden Händen auf die Stuhllehnen und beugt sich nach vorn. Aber er zittert am ganzen Körper. Diesmal kommt er, als er aufzustehen versucht, nur ein paar Zentimeter weit, bevor er wieder auf den Stuhl fällt. Das hält ihn nicht auf. Er probiert es noch einmal.

Ein lebhaftes Bild von meiner Mutter – so, wie ich sie zurückgelassen habe – bringt mich dazu, ihn zu stoppen.

»Das ist keine gute Idee. Nicht jetzt.«

»Es hilft ihm vielleicht«, meint Dr. Margoni sehr sanft, »ihre Leiche zu sehen. Dann prägt sich die Endgültigkeit ein und er kann sie loslassen.«

Ich schüttelte den Kopf, aber ich kann nicht sprechen. Wenn ich den Mund öffne, werde ich mich übergeben. Ich presse die Lippen fest zusammen und atme tief durch die Nase ein, um die stürmische See in meinem Bauch zu beruhigen.

»Lassen Sie mich nachsehen, ob man sie zurechtgemacht hat«, schlägt Dr. Margoni vor. Sie drückt mir sacht die Schulter und verlässt das Zimmer.

»Wir gehen gleich hin, okay? Warte einfach noch eine Minute. Wir gehen zu ihr.«

Es scheint länger als eine Minute zu dauern, bis Dr. Margoni wieder auftaucht, diesmal mit einem Rollstuhl. »Fahren wir los«, ermuntert sie uns. Ihr ruhiges, professionelles Mitgefühl unterstützt mich dabei, meinen eigenen Körper zu beruhigen. Wir beide helfen Dad auf die wackligen Beine und in den Rollstuhl. Aber mein Widerwille dagegen, zu diesem Schlachtfeld von einem Zimmer zurückzukehren und mich dem Leichnam meiner Mutter zu stellen, ist überwältigend, nachdem ich ihren Wünschen getrotzt und sie zum Leben zu zwingen versucht habe, nach den Dingen, die ich zu ihr gesagt habe, und im Wissen um die Lügen, die sie mir erzählt hat.

Ich sinke auf Dads Stuhl, der noch warm von seiner Körperwärme ist. »Besser, ich warte hier.«

»Vielleicht finden Sie es hilfreich, sie noch ein letztes Mal zu sehen«, entgegnet Dr. Margoni. »Sonst bleibt Ihnen dieser letzte Anblick erhalten.«

Ich presse mir die Hände auf die Augen, bis schwarze Punkte davor tanzen, aber ich kann die Erinnerung nicht aussperren.

»Ich brauche dich.« Dad streckt eine zitternde Hand aus. »Bleib bei mir, Maisey.«

Das gibt natürlich den Ausschlag. Ich habe meine Mutter und meinen Bezug zur Realität verloren. Er hat die Frau verloren, deren Geheimnisse er seit fast vierzig Jahren bewahrt, wer auch immer sie war. Also stehe ich auf und folge dem Rollstuhl den Flur entlang. Wir gehen in einen anderen Raum. Dafür bin ich dankbar. Es ist ein Eckzimmer mit Fenstern auf zwei Seiten, die Sonnenlicht und eine Erinnerung daran hereinlassen, dass es draußen den blauen Himmel und die zeitlosen Berge gibt.

Mom liegt in einem Krankenhausbett. Ein Laken ist über ihre Brust gezogen. Ihre Hände sind darauf gefaltet. Sie trägt ein sauberes Krankenhausnachthemd. Ihr Haar ist ordentlich gekämmt, ihr Gesicht gewaschen. Der schreckliche Schlauch ist aus ihrem Mund entfernt. Abgesehen von ihrer Hautfarbe, die auf jede nur erdenkliche Weise falsch ist, sieht sie fast so aus, als schliefe sie.

Dennoch bleibe ich an der Tür stehen, als Dr. Margoni Dad zum Bett rollt.

»Leah«, flüstert er und berührt ihre Hand. »Oh, Leah. Es hätte mich treffen sollen.«

Ich stähle mich für einen Sturm der Gefühle, aber er tritt nicht ein. Dad sitzt einfach da, fast so still wie sie. Als er sich hochstemmt, um aufzustehen, hält Dr. Margoni ihn nicht davon ab. Dad streicht Mom das Haar glatt, berührt ihre Wange und beugt sich vor, um sie auf den Mund zu küssen.

»Bald«, flüstert er. »Es dauert nicht mehr lange.« Er stößt ein lang gezogenes, bebendes Seufzen aus, das ihn kleiner, älter und gebrechlicher zurücklässt, wenn das denn möglich ist. Danach lässt er sich wieder in den Rollstuhl fallen.

Dr. Margoni sieht mich an, die Augenbrauen fragend hochgezogen.

Die Antwort lautet nein. Nein, nein, tausendmal nein. Mom sieht von dort, wo ich stehe, recht friedlich aus, aber aus größerer Nähe wird ihr Tod mich mit einer schallenden Ohrfeige erwischen. Ich will ihn nicht an ihr riechen. Will ihre Haut jetzt, da ihre Seele fort ist, nicht mehr berühren. Will nicht riskieren, dass sie die Augen aufschlägt, den Finger hebt, um auf mich zu zeigen, und den Mund öffnet, um zu krächzen: »Maisey Dawn Addington, du bekommst großen Ärger!«

Ich kann es nicht gebrauchen, dass sie mir ein noch schlechteres Gewissen macht.

Also bleibe ich, wo ich bin, die Füße fest auf den Boden gepflanzt, das Rückgrat steif vor Trotz und Angst. Aber die Tränen verraten mich, laufen mir über die Wangen, warm und lebendig, während der Rest von mir sich so kalt und tot anfühlt, wie meine Mutter aussieht.

Dr. Margoni durchquert das Zimmer, nimmt meine rechte Hand und biegt die Finger auseinander, die ich zur Faust geballt habe. Sie zieht sanft an mir. Meine Füße gehorchen, tragen mich ans Bett, zu meiner Mutter.

Ihre Haut ist so kalt wie erwartet, als ich ihre Hand berühre, und ihr Gesicht wirkt leicht verändert, wie bei einer Wachsfigur im Museum. Ich erschauere bei dem Gedanken, dass sie vielleicht schmilzt, wenn ich sie berühre.

»Sagen Sie ihr einfach Lebewohl.«

Ich will ihr nicht Lebewohl sagen. Ich bin nicht bereit, sie gehen zu lassen. Noch nicht, nicht so. Aber ich fühle mich gezwungen, ihr etwas zu sagen. Ich beuge mich nach unten und presse die Wange gegen ihre kalte. Ich will ihr eigentlich erzählen, dass ich sie lieb habe. Dass es mir leidtut, dass meine letzten Worte an sie voller Zorn waren. Aber das Flüstern, das zwischen meinen Lippen hervordringt, ist nicht das, was ich eigentlich aussprechen wollte. Diesmal sind es keine bösen Worte, sondern verlorene, untröstliche, mit der Fassungslosigkeit eines Kinds gestammelte.

»Was ist mit meiner Schwester passiert?«

Leahs Tagebuch

Da sind wir nun. Am Wendepunkt dieser Geschichte, bei meinem Sündenfall, beim Erscheinen des Mannes, der einen Schatten über den Rest meines Lebens wirft.

Ich will nicht von ihm sprechen. Ich will seinen Namen nicht erwähnen. Es fühlt sich an, als würde ich den Teufel heraufbeschwören.

Hier sitze ich. Fünf Minuten, nachdem ich diese ersten Zeilen geschrieben habe, zittern mir immer noch die Hände. Mein Herz rast. Ich will diese Seite verbrennen, sie in winzige Fetzen reißen, die Tinte auslöschen. Dabei habe ich noch nicht einmal seinen Namen niedergeschrieben.

Mein rationaler Verstand sagt mir, dass du das hier nicht lesen wirst, Walter. Er wird es auch nicht lesen. Niemand wird es lesen, und im Gegensatz zu dem, was meine Fantasie mir einzureden versucht, hat er keine magischen Kräfte, die ihm zeigen könnten, was ich hier aufschreibe.

Er ist kein Teufel oder Gott. Er ist nicht allwissend oder allmächtig.

Alexander Garrison. Der Vater meiner Kinder. Spitzname: Boots.

So, nun habe ich es getan. Die Welt steht noch. Wäre es nicht ironisch, wenn mein Aneurysma ausgerechnet davon geplatzt wäre, dass ich mich meiner Angst und meiner Vergangenheit stelle? Aber das ist nicht passiert. Und ich mache weiter.

»Boots« klingt wie ein niedlicher Spitzname, nicht wahr? So könnte man eine Katze oder einen Hamster nennen.

An ihm war nichts Niedliches. Er war für niemanden ein Schmusetier, noch nicht einmal für seine Mutter. Er war von jeher gefährlich, darin lag schon die Hälfte seiner Attraktivität. Dieses Haar, eine rotgoldene Mähne, die ihm über die Schultern fiel. Grüne Augen. Das allein wäre genug gewesen, um uns Mädchen alle schwach werden zu lassen. Aber dann war da ja noch die Musik. Wenn man ihm eine Gitarre in die Hand drückte, war er nicht mehr nur zum Dahinschmelzen, sondern ein junger Gott.

Ich war für ihn zuerst unsichtbar. Vier Jahre jünger versteckte ich mich in der Schule immer in den Schatten. Ich war etwas klüger, als mir guttat. Etwas zu arm, etwas zu verunsichert.

Ich fiel ihm das erste Mal beim Schulball auf. Ich war fünfzehn und in der zehnten Klasse. Er war neunzehn und in der Abschlussklasse.

Ich hatte mir ein Kleid von einer Freundin geliehen. Geld gespart, um Kaufhaus-Make-up zu kaufen. Ich hatte mein erstes Date mit einem Jungen, der genauso unscheinbar war wie ich. Gott steh mir bei, ich kann mich nicht einmal an seinen Namen erinnern. Und auch kaum an sein Gesicht.

Boots kam spät hereinstolziert, ein Rebell. Ewig ein Rebell. Alle anderen waren fein herausgeputzt, in Smokings und Ballkleidern, aber er erschien in einem schwarzen T-Shirt, ausgeblichenen Levi's und den glänzenden Cowboystiefeln aus Leder, denen er seinen Spitznamen verdankte.

Ich hatte ihn natürlich schon früher gesehen, auf den Fluren der Schule, und hatte Getuschel und Gerüchte gehört.

Aber an dem Abend war ich vor Ehrfurcht überwältigt. Ich gebe es zu. Ich begehrte die Art, wie er ging, wie diese Stiefel niedersausten, als ob ihm der Boden gehörte, über den sie schritten. Die Kühnheit, mit der sein Blick über die Menge schweifte. Sein schief gelegtes Kinn, sein kleines überlegenes Grinsen, das signalisierte, dass er sehr gut wusste, dass er besser als wir anderen war.

An dem Abend fiel der Blick jener Augen auf mich, als ich allein am Snacktisch stand.

Ich wünschte bei Gott, ich hätte woanders gestanden. Ich wünschte, ich wäre klüger oder weniger verletzlich gewesen oder hätte Eltern gehabt, die in das hätten eingreifen können, was kommen sollte. Aber welchen Zweck hat es schon, sich das zu wünschen? Was geschehen ist, ist geschehen, und es gibt kein Zurück.

Beim Schreiben heute fühle ich die Last seines starren Blicks, als könnte er mich aus so vielen Jahren und Kilometern Entfernung immer noch sehen. Ich kann das Gefühl nicht abschütteln, dass er weiß, dass ich das hier schreibe. Seine Augen sagen, dass ich mein Versprechen gebrochen habe und dass es ihm jetzt freisteht, auch seines zu brechen. Natürlich kann er es beim besten Willen nicht wissen. Ich bin nur feige und sitze zwischen dem Tod und der Erinnerung in der Klemme. Dächtest du schlechter von mir, wenn ich dir gestünde, dass der Tod mir wie die freundlichere Alternative erscheint?

Anscheinend bin ich schwach geworden. Das hier ist für mich heute Abend zu viel. Morgen raffe ich die Fetzen meines Muts zusammen, um weiterzumachen, aber für den Augenblick verrate ich nur eines: Sein Blick fiel auf mich. Und jung und dumm, wie ich war, hieß ich das willkommen. Hieß ihn willkommen. Bot ihm eine Zigarette aus dem Päckchen an, das ich aus Moms Handtasche stibitzt hatte, obwohl ich selbst nicht rauchte. Cool zu wirken war alles.

Also bot ich ihm etwas zu rauchen an. Und er bot mir …

Morgen, morgen. Ich schreibe es morgen auf. Nach all den Jahren bin ich immer noch ein Feigling.

Kapitel 13

Ich sage Elle, dass ich nur kurz nach nebenan gehe, um zu sehen, ob ich mir ein paar Eier für ein spätes Frühstück leihen kann. In Wirklichkeit habe ich vor, Mrs Carlton Informationen abzuzapfen.

Elle hat einen sechsten Sinn, wenn es um Ausreden geht, und lässt mir das nicht durchgehen.

»Ich komme mit«, sagt sie.

»Warte hier. Es dauert nur eine Sekunde.«

»Mom ...«

»Elle, hör bitte dieses eine Mal auf mich. Sie ist keine nette Nachbarin. Bleib hier. Ich bin gleich wieder da.«

Ich schließe die Tür fest zwischen uns. Die Luft ist kalt. Regen fällt schräg aus einem grauen Himmel. Ich sollte zurück ins Haus gehen, um mir eine Jacke zu holen, aber dann würde der Streit mit Elle wieder von vorn beginnen.

Ich ziehe den Kopf ein und renne über den nassen Rasen. Dicke Wassertropfen prallen von meinem Kopf ab. Die Stufen zur Veranda der Carltons hängen durch. Spinnennetze umschlingen die Stützpfeiler.

Die Farbe an der Haustür, früher ein unverkennbares Stockentengrün, ist ausgeblichen und pellt ab. Als ich klopfe, löst sich ein Stück davon und segelt auf meine Zehen hinunter.

Ein Reisigbesen lehnt neben der Tür, aber nach der kleinen Wehe aus Schmutz und Unrat zu urteilen, die sich an ihm abgelagert hat, ist schon seit einer Weile nicht mehr gefegt worden.

»Ist sie eine Hexe?«, fragt Elle.

Ich wirbele herum und stoße mir den Ellbogen am Türrahmen. »Ich habe dir doch gesagt, dass du im Haus bleiben sollst.«

»Aber was, wenn du nicht zurückkommst? Wenn sie dich in den Ofen steckt oder so?« Sie spricht in scherzhaftem Ton, aber ihre Hand stiehlt sich in meine wie früher, als sie noch ein kleines Mädchen war.

Eine Erinnerung bricht über mich herein. Mom, die mir »Hänsel und Gretel« vorliest. Marley, die Angst vor der Hexe hat und sich fragt, ob Mrs Carlton einen Ofen hat, der groß genug ist, um ein kleines Mädchen darin zu braten. Nicht wirklich Marley, rufe ich mir ins Gedächtnis. Ich habe sie mir nur vorgestellt.

Bevor ich Elle von mir losmachen und zurückschicken kann, schwingt die Tür auf und lässt einen wahren Giftgasangriff von Bleichmittelduft auf die Veranda los.

Edna Carlton ist schon alt, so lange ich mich erinnern kann, aber der Rollator ist neu. Der straffe graue Dutt, der mit schwarzen Haarnadeln gespickt ist, sieht noch so aus wie früher, genauso wie die Flecken von rosa Kopfhaut oben auf ihrem Schädel. Ihre Augen, schwarz und schlau wie die einer Krähe, funkeln so scharf wie eh und je. Ich bin verlegen und fühle mich, als wäre ich wieder zehn Jahre alt. Ich kann mich nur mit Mühe davon abhalten, mit den Füßen zu scharren und den Saum meines T-Shirts um meine Finger zu wickeln.

»Mrs Carlton. Hi. Guten Morgen.«

»Maisey Dawn Addington. Das hat ja lange genug gedauert. Eine Frau sollte ihre alternden Eltern besuchen, sage ich immer. Das hätte vielleicht sogar die derzeitige Katastrophe verhindert.« Ihr Blick verlagert sich auf Elle. »Sieh an, sieh an. Schon fast groß. Sie kommt mehr nach dir als nach ihrem Vater, finde ich.«

»Hören Sie, Mrs Carlton, ich bin bloß hier, um Ihnen mitzuteilen, dass meine Mutter … gestern … von uns gegangen ist.« Ich verabscheue die Formulierung, noch während ich sie ausspreche. Was soll »von uns gegangen« überhaupt bedeuten? Eine Art Wandertour ins Jenseits?

Der Gesichtsausdruck der alten Frau lässt sich nicht deuten, als sie die Nachricht verdaut. Sie legt den Kopf schief. »Und wo ist dein Vater? Unter Mordverdacht im Gefängnis? O ja. Ich habe die Polizei reden hören. Schreckliche Sache. Unglaublich.«

Elles Finger schließen sich fester um meine. Ich drücke kräftig zu, halb zum Trost, halb zur Mahnung, nicht darauf einzugehen. »Dad liegt im Krankenhaus. Er war sehr dehydriert und krank. Wir können wirklich nicht lange bleiben. Ich habe mich nur gefragt …«

»… ob ich mithelfe, die Beerdigung zu planen. Natürlich. Deine Mutter war eine wunderbare, gottesfürchtige Frau, und sie sollte einen genauso wunderbaren Abschied bekommen. Du hast ja sicher keine Ahnung, wer ihre Freundinnen sind und wer in den Gottesdienst eingebunden werden sollte. Ich bin so froh, dass du wenigstens vernünftig genug bist, mich zu fragen.«

Noch mehr Schuldgefühle. Mrs Carlton hat natürlich recht. Ich weiß nicht, wen ich fragen soll. Ich weiß noch nicht einmal, wie eine kirchliche Beerdigung abläuft.

»Wollt ihr denn nicht hereinkommen? Die Heizung wird auch nicht billiger«, reißt Mrs Carlton mich aus meinen Gedanken. Ich sauge einen letzten Atemzug der kühlen, regenfrischen Luft ein und betrete das Haus. Elle folgt mir auf dem Fuß. Das Bleichmittel lässt mir die Augen tränen und brennt mir in der Nase. Es ist so heiß wie in einer Sauna, was den Effekt noch verstärkt und eine Art Bleichmittel-Zerstäuber erzeugt, der mir die Lunge versengt. Elle niest laut. Das bringt ihr einen bösen Blick von Mrs Carlton ein, die ein Taschentuch aus einer ihrer Taschen zieht und es meiner Tochter in die widerstrebende Hand drückt.

»Kommt kurz herein und setzt euch.« Mrs Carlton wendet uns den Rücken zu und schlurft den Flur entlang.

Elle hält das Taschentuch zwischen den Spitzen von Daumen und Zeigefinger. Das Igittigitt ist ihr unübersehbar vom Gesicht abzulesen. Ich gestikuliere wie wild, damit sie das Taschentuch einfach einsteckt.

Edna bemerkt nichts von Elles Sperenzchen. Zumindest hoffe ich das. Sie bleibt auf Kurs und dreht sich nicht um. Sie scheint sich nicht auf den Rollator zu stützen. Als wir ihr den makellos sauberen Flur entlang folgen, ertappe ich sie dabei, das Ding kurz anzuheben und ein oder zwei Schritte weit zu tragen, bevor ihr wieder einfällt, dass sie sich daran festhalten soll, statt es als modisches Accessoire zu benutzen.

Das Wohnzimmer hat sich seit meiner Kindheit überhaupt nicht verändert. Die Jalousien sind fest geschlossen, um die Sonne davon abzuhalten, den Teppich oder die Möbel auszubleichen. Dieselbe steife alte Couch, dieselben Sessel, dieselben mattbeigefarbenen Lampenschirme, allesamt noch in Plastikhüllen, um den Schmutz abzuhalten.

Elle und ich lassen uns behutsam auf dem Sofa nieder und setzen die Füße fest auf den Boden, um nicht von der glatten Oberfläche abzurutschen.

»Ich war die Babysitterin deiner Mutter«, sagt Mrs Carlton zu Elle. Ihre Stimme ist rau und harsch. Sie passt überhaupt nicht zu ihrem winzigen Körper, der so aerodynamisch ist, dass er über dem Sessel zu schweben scheint, während sie sich weiter an den Gehwagen klammert, um nicht davonzufliegen. Ich schaue immer wieder diskret nach, ob ihr Hintern die Sitzfläche überhaupt berührt.

»Das weiß ich noch.«

Mrs Carlton war für meine Mutter nicht die erste Wahl als Babysitterin, aber sie hatte keine Einwände dagegen, praktischerweise eine Kinderbetreuung gleich nebenan zu haben, und auch nicht gegen den Preis (es war umsonst). An manchen Tagen, besonders während der Steuersaison, blieben meine Eltern beide lange im Büro. Dann machte ich, nachdem der Schulbus mich abgesetzt hatte, meine Hausaufgaben an Mrs Carltons Küchentisch, während der giftige Klatsch sich über mich ergoss und mir zu für ein Kind völlig ungeeigneten Einsichten in das Verhalten sämtlicher Nachbarn verhalf.

Ich erinnere mich an Abendessen, die nach nichts schmeckten, und das Elend, danach die Teller abzuspülen und sie nie sauber genug zu bekommen, um Mrs Carlton zufriedenzustellen.

»Das wird dir nicht schaden«, meinte Mom, wann immer ich mich beschwerte. »Das Leben besteht nicht nur aus Spaß und Spiel, Maisey.«

»Du warst noch ein ganz winziges Ding, als deine Eltern hier eingezogen sind«, erinnert sich Mrs Carlton jetzt. »Vielleicht drei, aber so etwas von frühreif. Du warst ganz aufmerksam. Große Augen! Und du hattest so eine Art, geradezu unsichtbar zu werden. Du hast ganz ruhig dagesessen, und die Erwachsenen haben dich einfach vergessen. Bei einem Kind in dem Alter fand ich das sehr merkwürdig.«

Ich spitze die Ohren. Das ist genau die Richtung, in die ich dieses Gespräch lenken möchte. Wenn irgendjemand die Geheimnisse kennt, die meine Eltern hatten, dann bestimmt Edna Carlton.

»Das Leben ist wirklich ein Jammertal. Deine Mutter war viel zu jung. Wie alt war sie doch gleich? Sie kann höchstens zwanzig gewesen sein, als sie mit deinem Vater hier eingezogen ist. Als ich sie gefragt habe, ob ihre Mutter wüsste, dass sie mit einem älteren Mann zusammenlebte, hätte sie mir fast eins übergezogen. Eine wahre Schreckschraube, das kann ich dir flüstern! Hat mich davon in Kenntnis gesetzt, dass sie volljährig sei, vielen Dank, und dass es ihre Mutter nichts anginge, wen sie heiratet, und mich ganz gewiss nicht. Dann hat sie mir die Tür vor der Nase zugeschlagen. Es hat zwei Wochen gedauert, bis sie sich herabgelassen hat, wieder mit mir zu sprechen. Und das auch nur, weil sie eine Babysitterin brauchte.«

»Sie war krank«, werfe ich ein, sobald ich ein paar Wörter in ihren Redefluss quetschen kann. »Das hat sie Ihnen wohl nicht erzählt?«

»Hmmmpf.« Edna sagt das wirklich, sie spricht all die Laute aus. Ich dachte bisher, wenn in Büchern »hmmmpf« steht, sei das eine Übertreibung eines Seufzens oder eines »Hmmm«. Nichts da. Es ist sogar Speichel mit im Spiel. Ein vorwitziger Sonnenstrahl, der sich an der geschlossenen Jalousie vorbeischleicht, beleuchtet die winzigen Tröpfchen und verwandelt sie in Regenbogen.

»Was starrst du da so an, Maisey? Du warst von jeher ein seltsames Kind, hast in die Luft geguckt, als könntest du die Toten umherspazieren sehen. Kannst du das?«

Aus meinen Grübeleien über Regenbogen und Spucke gerissen, gaffe ich sie an und suche hilflos nach der richtigen Antwort auf die Frage.

»Ob ich was kann?«

»Tote Leute sehen.«

Ich blinzele gegen eine Vision der Leiche meiner Mutter an, wie ich sie gesehen habe, bevor sie gewaschen und zurechtgemacht war. Wenn sie bei mir herumspuken würde, dann so, rachsüchtig und mit Tropfschläuchen sowie EKG-Drähten im Schlepptau. Ich wünschte, ich hätte sie in Frieden sterben lassen. Ich wünschte, ich könnte in diesen Augenblick zurückkehren und eine andere Entscheidung fällen. Reue lastet wie ein Felsbrocken dort, wo früher einmal mein Magen war.

»Sie meint Gespenster«, erläutert mir Elle hilfsbereit, lässt die Füße über den perfekten Teppich schleifen und fängt sich, als sie von dem glatten Plastiküberzug zu rutschen droht. »Natürlich kannst du tote Leute sehen.«

»Klar.« Ich reibe mir mit dem Ärmel die Augen und schlucke, um meine Kehle zu beruhigen. »Nein. Ich sehe keine Gespenster. Ich habe vermutlich nur vor mich hingeträumt. Ja, genau.«

»Du schaust aus, als ob du es immer noch tust.«

Unwillkürlich balle ich die rechte Hand zur Faust. Ich zwinge mich, sie wieder zu entspannen, und schiebe sie mir unter den Hintern, wo sie sich benehmen wird. Ich bleibe ruhig. Ganz ruhig. Ich lasse mich nicht provozieren.

»Ist Ihnen aufgefallen, ob bei meinen Eltern in den letzten Monaten irgendetwas anders als sonst war?«, versuche ich, das Gespräch auf das zu lenken, was ich wirklich wissen will.

»Abgesehen davon, dass er ihr eins über den Schädel gezogen hat, um sie daraufhin drei Tage liegen zu lassen, ohne Hilfe zu holen? Wenn ich nicht rübergekommen wäre, um nach ihr zu sehen, wäre die Arme noch da in ihrem Bett gestorben.«

»Sie hatte ein Aneurysma. Sie ist hingefallen.«

»Oder er hat sie umgestoßen.«

Das reicht. Meine Toleranz ist aufgebraucht. Mir ist es egal, dass sie eine alte Frau ist. Mir ist es auch egal, dass mein Vater genau genommen gar nicht mein Vater ist. Mir ist es egal, dass ich eigentlich geplant hatte, ihr geschickt Informationen über meine Eltern zu entlocken und herauszufinden, ob sie etwas über Marley weiß.

Ich bin auf den Beinen. Die Luft um mich herum knistert, als ob ich gleich in Flammen aufginge.

»Nennen Sie mir einen Grund dafür, dass Sie glauben, mein Vater würde ihr wehtun. Nur einen einzigen!«

Edna zuckt vor mir zurück, beide Hände vors Gesicht gerissen, als dächte sie, dass ich sie wirklich schlagen würde. Sie ist winzig und uralt und verbittert. Beschämung sickert in meinen Zorn ein, aber ich mache keinen Rückzieher. Noch nicht.

»Nun?«

»Ich habe doch nur spekuliert«, beteuert sie mit zitternder Stimme. »Männer sind nun einmal so.«

»Nicht alle Männer. Dieser hier nicht.« Noch eine Kindheitserinnerung steigt aus der Tiefe auf, heraufbeschworen von ihren Worten. Edna hatte früher einen Mann. Er ist schon lange tot, aber ich habe ihn als hager, sehnig und seltsam gelb in Erinnerung. Ich fragte meine Mutter nach seiner Hautfarbe, nach dem vergilbten Weißen seiner Augen.

»Zu viel Bier«, antwortete sie, und das war alles. In dem Alter stellte ich mir vor, dass das Bier sich direkt in seiner Haut und seinen Augen ablagerte, und fragte mich, warum es ihn nicht braun werden ließ. Als ich Edna jetzt angesichts meines Ärgers zusammengekauert vor mir zittern sehe, überlege ich, ob die Geschichte, die sie sich über meine Eltern ausgedacht hat, ihrer eigenen entspringt.

»Willst du die Wahrheit wissen? Ich erzähle sie dir. Sie hat ihn angeschrien. Ich habe ein paar Mal Geschrei gehört, so laut, dass es durch die geschlossenen Fenster bis in mein Haus drang. Auch wenn man über die Toten nichts Schlechtes sagen soll …«

»Was hat sie geschrien?«

Edna setzt eine ruhige, wohlanständige Miene auf und faltet die Hände im Schoß. »Ich lausche nicht.« Ja, ja, und Vögel fliegen nicht.

In den seltenen Fällen, in denen ich meine Eltern habe streiten hören, lag es jedes Mal daran, dass Dad sich weigerte, irgendeiner Anweisung zu folgen. Trotz seines stillen Charakters und seiner Scheu vor zu viel Aufhebens und Gefühlsausbrüchen sagte er es meiner Mutter immer, wenn er mit etwas nicht einverstanden war. Er gab in den meisten Belangen nach, aber dann und wann sah sie sich mit einem Schuss Eisen in ihm konfrontiert, an dem sie sich die Zähne ausbiss. Und in solchen Fällen sprühten Funken, bis sie sich ins Unvermeidliche schickte und entweder einen Weg um ihn herum fand oder zugab, dass er recht hatte.

Vielleicht ist es Demenz, aber die für ihn untypischen Dinge, die Dad in letzter Zeit getan hat – Papiere zu verbrennen, keinen Krankenwagen zu rufen –, könnten auch das Resultat der Planung meiner Mutter sein. Dad hätte ihr erst widersprochen und schließlich doch nachgegeben, denn was soll man sonst tun, wenn die Frau, die man liebt, bald sterben wird? Und sofern Dad erst einmal ein Versprechen gegeben hat, hält er es auch.

»Konnten Sie hören, worüber sie gestritten haben?«

»Ich konnte größtenteils die einzelnen Wörter nicht verstehen. Aber einmal stand ich ganz zufällig auf dem Rasen, da hörte ich ihn sagen: ›Verdammt, Leah, zwing mich nicht, das zu tun!‹ Genau wie es jeder Abschaum für gewöhnlich sagt, der seine Frau misshandelt und ihr dann die Schuld daran gibt. Und daraufhin erwiderte sie: ›Und wenn ich erst tot bin, wie fühlst du dich dann?‹«

Der Magen dreht sich mir unentwegt um. Ich habe eine andere Interpretation für diese Äußerungen als die, die Mrs Carlton sich aus ihrer Perspektive zurechtgelegt hat. Ich stelle mir meinen Vater vor, bis an seine Grenzen getrieben, während meine Mutter mit einer Kombination aus Logik und Manipulation weiter auf ihn einhämmert, um ihn mit dieser letzten meisterlichen Schuldzuweisung endgültig zur Strecke zu bringen.

»Na ja«, sage ich, »das haben Sie bestimmt den Polizisten berichtet, oder? Deshalb glauben sie, dass er sie schlägt. Haben Sie sie je verletzt gesehen? Hatte sie ein blaues Auge?«

»Ich bin nicht dumm«, kontert Mrs Carlton und bestätigt meinen Verdacht, indem sie unwillkürlich die blau geäderten Arme um ihren Brustkorb schlingt. »Männer schlagen einen dort, wo niemand die blauen Flecken wahrnimmt.«

Ich zähle stumm bis zehn und versuche, mein Temperament zu zügeln, aber ich habe Elle vergessen.

Sie schießt vom Sofa hoch und fällt unerwartet über mich her statt über Mrs Carlton. »Ernsthaft, Mom? Du willst sie einfach diesen Scheiß erzählen lassen? Grandpa würde Grandma nie schlagen. Oder? Sag ihr das!«

»Elle …«

»Was? Das ist alles so dumm! Und da halten sie Grandpa für verrückt.« Sie bricht in Tränen aus und rennt aus dem Zimmer. In dem verblüfften Schweigen, das ihrem Abgang folgt, klingt das Zuschlagen der Tür laut und deutlich.

»Also wirklich«, ruft Edna, aber es liegt kein Gift in ihren Worten.

»Entschuldigen Sie mich bitte. Ich komme später noch einmal wegen der Beerdigung vorbei«, bringe ich hervor. Im nächsten Moment bin ich schon den Flur entlang und durch die Tür, renne meiner Tochter nach. Ich hole sie ein, bevor sie den Rasen überquert hat.

»Elle.« Ich packe sie am Arm, aber sie reißt sich los.

Tränen laufen ihr über die Wangen. »Wie konntest du sie das alles sagen lassen? Diesen … Scheiß? Sie ist eine schreckliche alte Frau. Ich hasse sie!«

»Elle. Elle!«

Hocherhobenen Hauptes marschiert sie die Stufen hinauf und ins Haus. Ich folge ihr den ganzen Flur entlang bis in mein altes Zimmer, wo sie sich bäuchlings aufs Bett wirft und sich vollkommen ihrem theatralischen Kummer hingibt.

Erinnerungen an die tausendundeins Male, die ich auch so etwas getan habe, entlocken mir ein Lächeln, obwohl ich selbst ein gebrochenes Herz habe und verwirrt bin. Es hat nie geholfen, wenn Mom mir gefolgt ist und versucht hat, mir meinen Verzweiflungsanfall auszureden. Also setze ich mich stattdessen einfach hin und streichle Elles Haar.

Sie lässt es zu. Das ist ein gutes Zeichen, und nach ein paar Minuten fragt sie: »Glaubst du diesen Blödsinn wirklich?« Ihre Stimme wird vom Kissen gedämpft, aber ich bin gut darin, das Richtige herauszuhören.

»Ich glaube ihn nicht. Nein.«

»Wie konntest du es dann bloß zulassen?« Sie wälzt sich herum und blickt zu mir hoch, rot im Gesicht, tränennass und wunderschön in ihrer Empörung.

Die Entscheidung, es ihr zu verraten, fällt sich von selbst. Im ersten Moment versuche ich noch, mir eine ausweichende Halbwahrheit einfallen zu lassen, aber im nächsten bewegt sich mein Mund schon.

»Ich habe Informationen gesammelt. Wie ein Spion. So wollte ich sie am Reden halten.«

»Was für Informationen?« Die Neugier gewinnt die Oberhand über ihre Trauer. Ich erkenne ihren Tonfall. Wie schon zigmal grübele ich darüber nach, ob ich sie nach Hause zu ihrem Vater schicken soll. Aber dann denke ich: Was soll's? Sie weiß schon die Hälfte und setzt den Rest der Puzzlestücke bestimmt ganz von allein zusammen, wenn ich sie nicht ins Vertrauen ziehe.

Also erzähle ich ihr, was ich in der Bank erfahren habe. Dass mein Vater offenbar nicht mein Vater ist. Als ich fertig bin, thront sie im Schneidersitz auf dem Bett und sieht aus, als hätte sie noch nie im Leben auch nur eine einzige Träne vergossen. Ihre Augen leuchten vor Begeisterung und Neugier.

»Wir müssen es herausfinden«, kreischt sie und hüpft ein bisschen auf der Matratze.

»Grandpa ist im Moment nicht gerade eine gute Informationsquelle.«

»Google«, ruft sie, springt vom Bett und wühlt in ihrem Rucksack herum. »Wie hieß deine Schwester noch einmal?«

»Marley.«

»Nachname.«

»Garrison. Aber ich glaube kaum, dass wir einfach ein paar Namen eingeben und, voilà, magisch Leute finden können, die vermutlich seit Jahren tot sind.«

Elle lässt sich mit ihrem iPad auf dem Schoß wieder aufs Bett fallen. »Ich verstehe ja, warum sie dir nichts von deinem Vater erzählt haben. Wenn Grandma ihn verlassen hat, hatte sie bestimmt ihre Gründe, oder? Und ich verstehe auch, warum sie darüber nicht reden wollte. Aber warum hat sie dir nichts von deiner Schwester erzählt?«

Das ist eine sehr gute Frage. Elle beschränkt sich nicht darauf, Fragen zu stellen. Sie ist schon auf der Jagd nach Antworten.

»Haben wir WLAN? Ach, schon gut, da ist es ja: *WalterUndLeah*. Nicht gerade einfallsreich. Wie lautet das Passwort?«

»A12345.«

Sie starrt mich an. »Du machst Witze.«

»Das ist das Passwort, seit sie damals WLAN bekommen haben. Keiner von beiden ist – war – sehr kreativ. Das habe ich dir doch schon immer gesagt.«

»Alle Nachbarn surfen wahrscheinlich kostenlos bei ihnen mit«, meint sie, während sie tippt.

»Vor allem Mrs Carlton.«

Elle kichert. »Wahrscheinlich nutzt sie das, um Pornos zu sehen.«

»Elle!« Mein Tadel wird von meinem eigenen Lachen ruiniert. Die Vorstellung ist einfach so hanebüchen.

»Heiliger Strohsack«, flüstert Elle und starrt den Bildschirm an. »Ich habe mir zwar gleich gedacht, dass wir etwas finden … Aber das hier?«

»Was? Zeig her!«

Ich krabbele neben sie aufs Bett, und sie dreht das Tablet so, dass ich etwas sehen kann. Keine traurige alte Todesanzeige für ein Baby, sondern Werbung für eine Country- und Westernband namens Forsaken. Drei Männer mit Gitarren und eine Frau, die eine Geige in der Hand hält. Das Bild ist vor einer verfallenen Scheune aufgenommen. Im Hintergrund leuchtet ein roter Sonnenuntergang. Der Effekt ist apokalyptisch und verstörend.

»Was hat das mit allem anderen zu tun?«

Elle zeigt mit dem Finger auf die Frau mit der Geige. »Darf ich vorstellen? Marley Garrison.«

»Ach, komm schon, Elle. Das ist viel zu einfach. Wie viele Marley Garrisons gibt es auf der Welt?«

»Sie wohnt im Staat Washington. An einem Ort namens … Finley. Wo ist Finley?«

»Gleich hinter Pasco. Du spinnst doch, Elle.«

»Warte. Lass sie uns vergrößern, damit wir sehen können, ob sie dir ähnelt.« Sie bewegt die Finger auseinander. Apple wirkt seine Magie und vergrößert das Gesicht der Frau. »Wow. Krass.«

»Was? Lass mal sehen.«

Elle hält sich das Tablet dicht vors Gesicht, kneift erst ein Auge zu, dann das andere. »Diese Marley sieht Grandma ähnlicher als dir. Sie könnte Grandma sein. Na ja – wenn Grandma nicht tot wäre, meine ich.«

Das Wort »tot« ergießt sich über mich wie ein Eimer Eiswasser über den Kopf, durchbricht die dumpfe Betäubung meines Schocks und weckt einen schrecklichen, leeren Schmerz mitten in meiner Brust, wo mein Herz nicht mehr schlägt. Ich kann weder ein- noch ausatmen. Einen unendlichen Moment lang glaube ich, dass ich wohl hier und jetzt sterben werde.

Die Wärme strömt in mich zurück, und mit ihr ein Atemzug in meine Lunge. Mein Herz holt die verlorene Zeit auf, indem es viel zu schnell hämmert.

»Sieh doch!« Elle dreht das Tablet um. Sie hat das Foto der Frau so vergrößert, dass ihr Gesicht den Bildschirm ausfüllt. Ich habe den Eindruck, ein Gespenst vor mir zu haben.

Das ist das Gesicht meiner Mutter. Die gleichen Lippen, die gleichen Wangenknochen – sogar die Art, wie das Haar in einer geschmeidigen Welle aus der Stirn hochwirbelt. Die Haare sind blond und lockig, nicht dunkel und glatt, aber vermutlich hat Marley eine Dauerwelle und verwendet Bleichmittel.

Was mir am meisten zusetzt, ist, meine Augen im Gesicht meiner Mutter zu sehen, und das mit einem Ausdruck, der nie meiner sein könnte. Es sind dieselben weit auseinanderstehenden, blaugrünen Augen, die mich jeden Tag aus dem Spiegel anschauen. Aber während meine immer wirken, als stellten sie Fragen, haben ihre alle Antworten.

Der Bildschirm wackelt, und mir wird klar, dass mir die Hände zittern. Ich schließe die Augen, um den Bann zu brechen, um dieses Gesicht auszusperren, und sehe sofort die kindliche Version, meine imaginäre Freundin Marley. Ich verstehe nicht einmal ansatzweise, was hier passiert ist. Wie meine überverantwortungsbewusste, eifrige Helikoptermutter irgendwie ein Kind vergessen konnte.

Schwindelgefühl brandet in Wellen über mich hinweg. Elle rettet in letzter Sekunde das Tablet davor, auf dem Boden zu landen. Ich lasse mich hintenüber aufs Bett fallen und starre an die Decke.

»Wir müssen sie besuchen«, schlägt Elle vor. »Wir können uns die Band anhören. Und hinterher kannst du mit ihr reden.«

Meine Lippen sind taub, meine Stimme klingt in meinen eigenen Ohren fremd. »Wir können jetzt nirgendwohin reisen, Elle Belle. Wir müssen Grandmas Beerdigung planen. Und wir müssen überlegen, was wir mit Grandpa machen.«

»Wir müssen nirgendwohin reisen. Sie kommen her. Na ja, fast hierher. Sie sind am, warte, Freitagabend im Northern Ales in Kettle Falls. ›Familienfreundlich‹ steht da, also denk nicht einmal daran, mich nicht mitzunehmen.«

»Elle. Wir können da nicht hin.«

Ich sage es voller Überzeugung, aber ich bin hin- und hergerissen. Marley. Nach all den Jahren. Die Möglichkeit, sie zu sehen, eine Verbindung zu knüpfen, etwas gegen diese zerfetzten Fäden unvollständiger Erinnerungen zu unternehmen, die meine jetzige Realität ständig wieder rissig werden lassen und mich in die Vergangenheit ziehen, ist höchst verlockend.

»Warum nicht?«, bohrt Elle.

»Wegen Grandma. Man geht nicht in ein Konzert, wenn gerade jemand gestorben ist.«

»Ich verstehe nicht, warum.« Ihr Gesicht verschwindet aus meinem Blickfeld und lässt mich mit der Decke allein. Da oben ist eine winzige Spinne, die in Spinnenangelegenheiten herumwuselt. Ich hefte meinen Blick auf sie, ein kleines schwarzes Pünktchen auf einer weißen oder fast weißen Fläche. Mir kommt der Gedanke, dass ich, wenn Dad in ein Altersheim muss, gezwungen sein werde, dieses Haus zu verkaufen, um das zu finanzieren. Und dann lasse ich mich dazu hinreißen, darüber nachzudenken, wie ich nur alles regeln kann, was hier erledigt werden muss, während ich gleichzeitig meine Wohnung in Kansas City behalte. Ich kann es mir nicht leisten, hin- und herzufliegen. Ich habe meine Kreditkarte schon bis ans Limit belastet, um diese Reise zu bezahlen. Ich kann mir nicht noch mehr Urlaub nehmen.

Ehrlich gesagt wird die Zeit, die ich mir schon freigenommen habe, es mir so gut wie unmöglich machen, diesen Monat meine Rechnungen zu bezahlen. Ich lebe viel zu sehr von der Hand in den Mund. Die Zeitarbeitsfirma, bei der ich im Moment angestellt bin, zahlt keine Arbeitgeberleistungen, also bekomme ich kein Urlaubsgeld. Meine einzigen Ersparnisse liegen auf dem Konto, auf das Greg den Unterhalt für Elle überweist. Darauf greife ich nur zurück, wenn Elle etwas braucht, das ich ihr anders nicht bieten kann. Ein vertrautes Gewirr aus Sorge und Unentschlossenheit verankert mich in der gewohnten Realität. Die individuellen Sorgen sind andere als sonst, aber das Gefühl ist dasselbe. Ich bin immer noch ich, auch wenn meine Mutter nicht die ist, für die ich sie mein Leben lang gehalten habe. Das ist seltsam tröstlich. Meine Atmung entspannt sich, mein Herzschlag wird langsamer. Mir werden die Augenlider schwer, und ich bin stark in Versuchung einzuschlafen. Elle merkt nichts davon. Sie liefert weiter den Hintergrundkommentar. Ihre Finger bewegen sich unermüdlich.

»Wie heißt der Vater? Auf der Geburtsurkunde?«

»Alexander Garrison.«

»Hmmm. Es gibt eine Menge Alexander Garrisons. Wer weiß schon, welcher es ist? Aber vielleicht könnte Marley dir von ihm erzählen. Wir gehen doch hin, oder? Zum Konzert?«

Ich muss Nein sagen. Nein, wir gehen nicht hin. Aber ich bin mittlerweile so schläfrig, dass es mir schwerfällt, Worte zu formen. Elles Geplapper ist vertraut und tröstlich. Ich lasse es seine Kreise um mich ziehen, nur den Tonfall und die Melodie, genieße ihren Enthusiasmus, ohne mich an der Bedeutung festzubeißen. Um Marley und das Konzert kann ich mir später noch Sorgen machen.

Das Nächste, was ich bewusst wahrnehme, ist, wie Elle mich an der Schulter rüttelt. Ich murmele etwas und versuche, mich umzudrehen. Meine Zunge fühlt sich heiß und trocken an und klebt mir am Gaumen.

»Es ist Besuch da. Du musst aufwachen!«

»Was für Besuch?« Wenigstens will ich das sagen, aber heraus kommt nur: »Mmh?«

»Du hast stundenlang geschlafen. Und ich habe Hunger, und wir haben keine Pizza mehr. Mom!«

Diesmal ist das Rütteln an meiner Schulter so energisch, dass es wehtut. Ich öffne blinzelnd die Augen und kneife sie gegen das Licht direkt über mir zusammen. Ich hebe den Unterarm, um mich dagegen zu beschirmen. In meinem ganzen Leben hatte ich nur ein einziges Mal einen Kater. Es ist absolut unfair, dass ich mich jetzt genauso fühle, aber keinen einzigen Drink hatte. Die Inventur, die ich in meinem Körper mache, fällt nicht vielversprechend aus.

Mund: pelzig.

Magen: aufmüpfig.

Gehirn: lahm.

Kopf: pocht.

»Mom. Also wirklich. Du musst aufstehen. Im Wohnzimmer sind Kirchendamen. Sie stellen furchtbar viele Fragen.«

Ich wälze mich auf die Seite, stemme mich in eine sitzende Stellung hoch und blinzele Elle an. Sie wird klar und verschwimmt wieder, aber ihre Gereiztheit ist nicht zu übersehen. Wie sie die Hände in die Luft wirft und den Kopf schüttelt, ist unmissverständlich.

Als sie aus dem Zimmer stolziert, lasse ich den schmerzenden Kopf in die Hände sinken, stütze die Ellbogen auf die Knie und versuche, mein eigensinniges Gehirn unter Kontrolle zu bekommen.

So gern ich durchs Schlafzimmerfenster flüchten würde, ich muss die Sache anpacken.

Elle kehrt, weiterhin steif vor Missbilligung, mit meiner Haarbürste und einem tropfnassen Waschlappen zurück. Sie hält mir den Lappen hin. Während ich mir das Gesicht abwische, bürstet sie mir die wirren Haare.

»Du bist ein gutes Kind«, murmele ich, und das ist wahr. Sie ist sogar ein tolles Kind. Solch eine Tochter habe ich nicht verdient. »Okay. Also sollte ich wohl den Sprung ins kalte Wasser wagen.«

»Kleider.«

»Elle. Das geht schon so. Wie kommst du darauf, dass es Damen aus der Kirche sind?«

»Das haben sie gesagt. Sie haben Aufläufe mitgebracht. Und sie haben um Kaffee gebeten.«

»O Gott.« Ich ziehe mir eine saubere Jeans und ein schickes Shirt an. Es ist noch vom Koffer zerknittert, aber da kann ich nichts machen. Im Wohnzimmer sind die beiden Sessel von Elles Kirchendamen besetzt. Eine von ihnen ist dünn, perfekt frisiert und in einen maßgeschneiderten Blazer und eine graue Stoffhose gekleidet. Die andere trägt eine Schirmmütze über schulterlangem Haar, ein T-Shirt und Jeans mit Grasflecken.

Schließfach-Bethany hockt auf dem Rand der Couch. Sobald sie mich sieht, ist sie auf den Beinen und klappert auf High Heels über den Boden, um mich in eine Umarmung zu ziehen. »Du verrätst es doch niemandem, oder?«, flüstert sie mir ins Ohr. »Dass ich bei dem Fach gegen die Regeln verstoßen habe?«

»Unser kleines Geheimnis«, flüsterte ich zurück und danke der Göttin des Schweigens. Ich kann es nicht gebrauchen, dass irgendjemand über Moms Patientenverfügung oder alles, was sonst noch in dem Schließfach gewesen sein mag, spekuliert.

Die Frau mit der Schirmmütze wartet darauf, mit dem Umarmen an die Reihe zu kommen. Zuerst kann ich sie nicht einordnen. Es dauert eine Weile, bis ich mich durch die Schichten der Erinnerung gearbeitet habe und sie jünger, schlanker und für die Kirche fein gemacht vor mir sehe. Alison Baldwin. Sie hat früher immer im Gottesdienst Klavier gespielt. Sonntagsschulunterricht gegeben.

Alisons Umarmung ist knochig, kommt aber von Herzen. Sie riecht nach Schweiß, frisch gemähtem Rasen und Benzin.

»Du Arme! Wie tragisch. Konntest du dich noch verabschieden? Bist du rechtzeitig hergekommen?«

»Ja, ich war bei ihr, als sie gestorben ist.«

So viel zum Thema ausweichende Antworten. Ich war in der Tat bei ihr. Verabschiedet habe ich mich aber nicht gerade.

»Entschuldige bitte meinen Aufzug«, sagt Alison. »Ich habe gerade den Rasen gemäht, als Nancy mich abholen gekommen ist. Ich hatte die Zeit völlig aus den Augen verloren.«

Nancy muss die andere Frau sein. Ich kann bisher noch keine Erinnerung an sie heraufbeschwören. Ihr Gesicht und ihr Stil sind zeitlos. Wahrscheinlich hat sie einen Rock zum Blazer getragen, seit sie zwölf war.

»Deine Mutter war eine bewundernswerte Frau«, schwärmt Nancy, steht sehr viel langsamer aus ihrem Sessel auf und versucht nicht, mich zu umarmen. »Eine fromme Christin und solch eine starke und großzügige Person. Wir wissen noch gar nicht, wie wir ohne sie zurechtkommen sollen. Sie ist unersetzlich.«

»Genau«, pflichtet Alison ihr bei. »Chefin der Kleiderkammer. Mitglied des Kirchenrats. Vor Kurzem hatte sie angefangen, für den Chor Klavier zu spielen. Apropos: Wie machen wir das nun? Das Konzert zum Unabhängigkeitstag steht doch unmittelbar bevor. Wir müssen jemanden finden, der einspringt.« Ihr Blick bleibt an mir haften, und ihre Miene hellt sich auf. »Wie wäre es mit dir? Du hattest doch Klavierunterricht.«

Ja, ich hatte Klavierunterricht, aber selbst meiner Mutter wurde irgendwann klar, dass es verlorene Liebesmüh war, und so war es ein kurzes Vergnügen.

Ich pruste los. Das will ich eigentlich nicht, aber es passiert einfach. Es ist ein alles andere als damenhaftes Schweinegrunzen. Alle Augen im Zimmer richten sich sofort auf mich. Auf meiner Oberlippe unter meinem linken Nasenloch spüre ich ein bisschen Feuchtigkeit. Ich bete zu dem Gott, an den ich nicht so recht glaube, dass ich mir keinen Rotz dorthin geschnaubt habe. Ich durchquere den Raum, um mir ein Taschentuch zu holen. Das gibt mir Gelegenheit, mein Gesicht zu verstecken.

»Ich bin völlig unmusikalisch, tut mir leid. Wie ist es mit dir, Bethany? Du hast immer viel besser Klavier gespielt als ich.«

»Oh, ich könnte unmöglich … Es ist Jahre her, und …«

»Ich wusste ja gar nicht, dass du Klavier spielst!«, frohlockt Alison. »Was für eine kostbare Gabe des Herrn! Warum hast du nie etwas davon erzählt?«

»Wie gesagt, ich habe noch nicht einmal ein Klavier, und …«

»Du könntest in der Kirche üben«, mischt Nancy sich ein. »Das Klavier da wird ohnehin nicht oft genug gespielt.«

»Wie geht es deinem Dad?«, wechselt Bethany ein bisschen verzweifelt das Thema.

Ihre List geht auf. »Ja, erzähl uns von deinem armen Vater«, bittet Alison. »Wie gut hält er sich? Das muss alles so schwierig für ihn sein.«

»Das Leben ist wirklich ein Jammertal.« Nancy schüttelt den perfekt frisierten Kopf, aber ihre Augen sind scharf vor Neugier, nicht weich vor Trauer. Ich bin auf der Hut.

»Wie wäre es, wenn ich uns etwas Kaffee koche und die Aufläufe in den Kühlschrank stelle?«, schlägt Bethany munter vor und verschwindet, bevor irgendjemand die Chance hat, zu widersprechen oder das Klavier noch einmal zu erwähnen.

»Wo ist dein Vater überhaupt?« Nancy lässt den Blick durchs Zimmer schweifen, als rechne sie damit, ihn in einem Versteck hinter dem Liegesessel oder den Vorhängen zu erspähen.

»Im Krankenhaus. Er ist sehr ... verwirrt ... seit Mom gestorben ist. Die Ärztin will ihn in ein Heim einweisen.«

»Aber nicht doch!«, stoßen beide Frauen zugleich hervor.

»Zwei Dumme, ein Gedanke«, wispert Elle, aber entweder hören sie es gar nicht, oder sie verstehen nicht, was sie meint.

»Ich habe gehört ... Entschuldige bitte, das ist sicher schwer für dich, aber ich habe gehört, dass die Polizei hinzugezogen wurde?« Alisons Augen funkeln so gierig vor Sensationslust, dass mein höflicher Gesprächsstromkreis einen Kurzschluss erleidet.

»Mrs Carlton von nebenan hat die Polizei gerufen. Sie hat euch doch sicher schon alles darüber erzählt.«

Die Röte, die Alison plötzlich in die Wangen schießt, verrät mir, dass ich richtig geraten habe. Vermutungen und Klatsch müssen sich in der Kirche ausgebreitet haben wie ein Buschfeuer bei Dürre. Anschließend sind sie auf den Rest der Stadt übergeschwappt. Ich frage mich, ob sie alle die Geschichten über Dad glauben oder ob inzwischen ein Strom mitleidiger Kirchendamen in sein Krankenhauszimmer fließt.

»Na ja ... Es ist einfach sehr bedauerlich«, findet Alison. »Er hat immer wie solch ein netter Mann gewirkt. Ich habe keinerlei Symptome der Verwirrung bei ihm bemerkt. Du etwa, Nancy?«

Nancy schüttelt langsam den Kopf. »Er kam mir immer gesund vor, auch wenn ich ihn selten gesehen habe. Er ist kein so eifriger Kirchgänger wie Leah. Aber erinnerst du dich noch an Don Plummer? Der hatte jahrelang schwerste Demenz, und wir haben es nie gemerkt. Er konnte einem ja nach wie vor die Hand schütteln und ›Guten Morgen. Gott segne dich‹ sagen.«

Alison kann sich nicht zurückhalten. »Kommt er nun ... ins Gefängnis?«

»Es ist keine Anklage gegen ihn erhoben worden. Nur, damit das klar ist: Es war bekannt, dass Mom an einem Aneurysma litt. Sie ist hingefallen. Er wusste, dass sie nicht künstlich am Leben gehalten werden wollte. Deshalb hat er sie nicht ins Krankenhaus gebracht.«

Alison keucht. Nancy blinzelt. »Ich kann mir nicht vorstellen, warum sie uns das nicht erzählt hätte. Wir hätten auf so viele Arten helfen können.«

Genau das ist der Grund dafür, dass sie euch nichts gesagt hat, denke ich, spreche es aber nicht laut aus. Denn sie hätte eure Anteilnahme, euer Mitleid und eure Hilfe verabscheut.

»Was wird denn nun aus deinem Dad?«, will Bethany wissen, als sie aus der Küche zurückkommt. »Du kannst dich ja nicht um ihn kümmern. Ich meine, du wohnst nicht einmal hier. Hast du in Kansas City Platz für ihn? Wenn er nicht mehr allein zu Hause leben kann, führt kein Weg am Heim vorbei. Meine Mom ist in Parkview. Sie fühlt sich sehr wohl dort.«

»Ich habe mich noch nicht entschieden.«

»Natürlich nicht«, nimmt Nancy das Gespräch in die Hand und lenkt es wieder in die richtigen Bahnen. »Du hast sehr viel zu bedenken. Wir sind hier, um über die Pläne für die Beerdigung zu sprechen, wenn du dich dazu in der Lage fühlst. Edna hat uns angerufen, damit wir helfen, und wir brauchen ein paar biografische Daten für den Nachruf.«

»Wir müssen auch einen Termin festlegen. Wir hatten an nächsten Samstag gedacht, falls dir das recht ist. Natürlich findet die Trauerfeier in der Kirche statt.«

Alison sagt das, als gäbe es nur eine Kirche in der Stadt. Was meine Mutter betrifft, stimmt das wohl auch. Und wenn sie die Beerdigung planen wollen, ist mir das ebenfalls recht. Moms Nachruf, ihr Grabstein … All das sollte zu der Frau passen, für die die Kirche und die ganze Stadt sie halten.

Alle zusätzlichen biografischen Informationen, die ich aufgetrieben habe oder in den nächsten Tagen noch entdecke, müssen unter Verschluss bleiben.

Ich habe noch mit niemandem außer Mrs Carlton über die Planung der Trauerfeier gesprochen, aber ich möchte wetten, dass ich eine Nachricht darüber auf dem Handy habe, ganz abgesehen von mehreren Nachrichten von Greg. Ich taste nach dem verdammten Ding. Na klar: sechsmal Greg.

Ich sehe meine Tochter an. »Hast du heute schon mit deinem Vater gesprochen?«

»Er hat angerufen.«

Ich erkenne diesen Ton. »Hast du abgenommen?«

Sie presst die Lippen zur Linie des sturen Widerstands zusammen.

»Ach du heiliger Kackscheiß! Der rastet bestimmt völlig aus.«

Mein Ausruf wird von einem hörbaren Keuchen von Nancy unterbrochen. Alison zieht sich den Mützenschirm tiefer über die Augen, als wolle sie meinen Anblick aussperren. Vielleicht glaubt sie auch, sie könne sich so die Ohren zuhalten. Bethany zwinkert, als wäre meine Ausdrucksweise ein Teil unseres Geheimnisses.

Wenigstens hat mein Mangel an Feingefühl die Blockade durchbrochen. Die drei driften allmählich Richtung Tür.

»Vergiss die Aufläufe nicht«, mahnt Nancy und dreht sich heroisch noch einmal um, als lohne es sich, ein paar Dämonen die Stirn zu bieten, wenn nur ja das Essen gerettet wird.

»Ganz herzlichen Dank dafür. Warum nehmt ihr nicht einfach wegen der Beerdigung Kontakt zu Edna auf? Ich bespreche alle Details dann mit ihr.« Ich rede einfach weiter, während ich sie zur Tür führe. »Ich sage Dad, dass ihr ihn grüßen lasst.«

»Richte ihm aus, dass wir für ihn beten.«

»Natürlich.«

»Und für dich. Und für deine Tochter.«

»Ja. Vielen Dank.«

Die Tür schließt sich zwischen ihnen und mir. Ich lehne mich mit der Stirn dagegen und atme einfach nur durch. Ein Teil von mir – wenn auch nur ein kleiner – ist schockiert über mein Verhalten. Vor allem bin ich dankbar, das alles aus dem Weg zu haben. Sie können mich als die Abtrünnige abschreiben, die ich bin. Vielleicht lassen sie mich dann ja in Ruhe.

Elle kichert manisch. »Ich kann nicht fassen, dass du vor der Frau des Pastors ›Kackscheiß‹ gesagt hast!«

»Elle. Du kannst doch nicht …«

»Was ist das überhaupt für ein Wort?«

»Ich bin ein schlechter Mensch und eine fürchterliche Mutter.«

»Nein, bist du nicht. Du bist nur … einfach unverbesserlich.« Und schon kichert sie wieder los.

Ihr Lachen ist unwiderstehlich. Ich ertappe mich bei einem Lächeln, trotz meiner Verwirrung, meiner Trauer, meiner Wut und allem. Gelächter folgt, und ich lasse es geschehen, als es aufwallt und die emotionalen Gifte ausschwemmt. Ein paar echte Tränen folgen den Lachtränen, aber das ist nicht schlimm. Ich hole noch ein Taschentuch und wische mir die Augen ab.

»Die Kirchendamen sind gute Menschen«, erkläre ich meiner Tochter. »Sie meinen es nicht böse. Ich will nicht, dass du denkst …«

Sie umarmt mich. »Ich weiß, Mom. Ich weiß.«

Leahs Tagebuch

Jetzt weißt du also von Marley. Die Information solltest du nie erhalten, und du hast sie nicht einmal aus diesem Tagebuch bekommen. Vielleicht höre ich jetzt mit dem Schreiben auf und verbrenne das ganze Ding, denn es hat ganz eindeutig nicht seinen Zweck erfüllt, mir zu helfen, den Mund zu halten. All die Jahre habe ich das Geheimnis bewahrt, aber ich hätte nie damit gerechnet, dass ich ihren Namen im Schlaf ausplaudern könnte.

Und als du mich mitten in der Nacht fragtest, als ich noch von meinem Albtraum zitterte: »Wer ist Marley?«, da habe ich dir die Wahrheit über sie gebeichtet. Ja, Marley gibt es wirklich. Sie ist keine fiktive Ausgeburt von Maiseys überschäumender Fantasie. Sie war mein Kind. Ist mein Kind. Maiseys Zwillingsschwester. Und, ja, ich habe sie zurückgelassen.

Jetzt, da du das weißt, denkst du anders über mich. Ich sehe es. Du liebst mich immer noch, mein Walter, weil du ein liebevoller

Mann bist. Du willst Entschuldigungen für mein Verhalten finden, aber ich weigere mich, dir irgendein Material zu geben, aus dem du sie zusammenschustern kannst. Das ist eine Qual für dich, und ich weiß es, aber es gibt nichts, was ich tun kann.

Du willst, dass ich sie suche, Kontakt zu ihr aufnehme. Wir haben uns sogar darüber gestritten – obwohl du dich doch noch nie wirklich über irgendetwas mit mir gestritten hast. O Gott! Du kannst nicht wissen, wie sehr mich das zerreißt. Weißt du, wie gern ich das Mädchen sehen möchte? Um zu versuchen, ihr zu erklären, was passiert ist und wie eine Mutter etwas derart Verabscheuungswürdiges tun konnte? Aber ich kann es nicht. Ich kann es nicht einmal mir selbst oder dir angemessen erklären.

Gott sei Dank sind Maisey und Elle weit weg. Ich sterbe ohnehin bald, also ist meine Sicherheit von geringer Bedeutung. Aber du, Walter. Ich lasse nicht zu, dass meine Vergangenheit dir wehtut, wenn ich es verhindern kann.

Deshalb bin ich heute in die Stadt gegangen und habe eine Pistole gekauft. Wer hätte gedacht, dass das so einfach wäre? Der nette Mann im Leihhaus hat mir gezeigt, wie man sie benutzt. Wie man sie lädt und entlädt. Wie man zielt. Morgen, wenn du bei der Arbeit bist, gehe ich auf den Schießplatz und suche mir jemanden, der mich unterrichtet.

Kapitel 14

Tony steht auf dem Schießplatz, die Ohrenschützer aufgesetzt, seine Sig locker in beiden Händen. Er schießt nicht. Noch nicht.

Er wartet darauf, dass die Erinnerung zuschlägt und wieder verfliegt, bevor er mit dem Training beginnt. Sie wird kommen. Sie kommt immer. Manchmal ganz allmählich. Dann denkt er, dass sie weg ist und nicht kommen wird. Das ist etwas, wovor er mehr Angst hat als vor der Erinnerung an sich.

Die Erinnerung ist seine Strafe, Fegefeuer und Erlösung zugleich. Sie sorgt dafür, dass er nicht vom rechten Weg abweicht. Erinnert ihn an den Preis, den zu zahlen er geschworen hat, und die Richtung, die er eingeschlagen hat. Wenn die Erinnerung ihn nicht hart genug trifft, seine Eingeweide zu zerfleischen und ihn fast niederzustrecken, dann ist er in Gefahr, das weiß er.

Jeden Sonntagnachmittag kommt er auf den Schießplatz, um dieses Ritual durchzuspielen. Jetzt schon zehn Jahre lang jede Woche, zweiundfünfzig Mal im Jahr. All die anderen Stammgäste kennen seine Routine. Sie gehen davon aus, dass er meditiert, bevor er zu schießen beginnt. Sie halten ihn deshalb für einen harten Hund, einen Scharfschützen. Einige von ihnen glauben, er sei Heckenschütze im Irak gewesen.

Niemand kennt den wahren Grund dafür, dass er herkommt, regelmäßig, jede Woche. Niemand fragt danach.

Einmal war da ein neuer Angestellter, etwas zu neugierig, der gleich Fragen stellte.

»He, Kumpel. Was machst du denn da? Betest du, dass du das Ziel nicht verfehlst?«

»Ich liste meine Sünden auf«, antwortete Tony. »Schließe Frieden mit meinen Toten.«

Und der Bursche lachte, als wäre das ein toller Witz und Tony ein Spaßvogel. Aber als Tony in der Woche danach zu seinem Ritual herkam, spazierte der Besitzer zu ihm und berichtete ihm, der Junge sei gefeuert worden. »Das hier ist kein Ort, um Fragen zu stellen«, sagte er. »Ich entschuldige mich.«

Heute erfolgt der freie Fall in die Erinnerung zeitversetzt. Tony denkt stattdessen an eine andere Pistole und an ein großes Augenpaar, weder ganz blau noch ganz grün, als könne es sich nicht entscheiden, welche Farbe es haben soll. *Gott sei mir gnädig.* Er hat in seinem Leben keinen Platz dafür, dass schon der kleinste Gedanke an Maisey seinen Herzschlag beschleunigt und sein Blut an Stellen strömen lässt, wo es nichts zu suchen hat. Und jetzt folgt sein Gehirn. Er zwingt es zurück.

Hier. Jetzt. Die Pistole in seinen Händen.

Als wüsste sie um seine schwankende Aufmerksamkeit, überfällt ihn die Erinnerung aus dem Hinterhalt und streckt ihn fast nieder. Ein bebender Atemzug entschlüpft ihm, bevor er die Kontrolle wiedergewinnt, denn das ist ein Teil dieser Übung.

Sich von dem Anprall in den Tag, in die Stunde, die Minute, die Sekunde zurückversetzen zu lassen, als sein Finger einen Abzug betätigt hat. Es ist seine Strafe für sich selbst, den Augenblick wieder zu durchleben, vollständig und komplett, einmal die Woche für den Rest seines Lebens.

Sein Bewusstsein ist plötzlich zweigeteilt zwischen dem Mann, der hier auf dem Schießplatz steht, und dem Kind, das er an einem anderen Ort fern von hier war.

Für sein Kinder-Ich ist die Pistole schwer, ein unvertrautes Gewicht. Ihm zittern die Hände, sein Herz hämmert, aber er weiß, was er tut. Weiß, was folgen wird, wenn er den Abzug drückt.

Und dennoch. Sein Finger spannt sich an, krümmt sich Richtung Daumen. Es gibt einen Rückstoß. Ein lautes Krachen, das ihm in den Ohren wehtut. Er hat die Augen zugekniffen, also weiß er nur, was sein Körper spürt und was seine anderen Sinne ihm verraten. Schrille Schreie. Ein Keuchen. Stöhnen. Ein schweres Gewicht, das zu Boden stürzt.

Hände, die versuchen, seinen verkrampften Fingern die Pistole zu entwinden. Fingernägel, die ihm die Haut aufreißen. Hektisch. Fieberhaft. Die Stimme seiner Mutter.

»Gib mir die Pistole, Tony. Gib sie mir. Lass los. Es ist vorbei.«

Die röchelnden, wimmernden, erbarmenswerten, heulenden Atemzüge eines sterbenden Mannes. Der Gestank nach Schießpulver, der nicht ganz den durchdringenden Geruch von Blut und die fauligen Ausdünstungen von Scheiße und Pisse überdeckt.

Ich habe das getan, ruft er sich ins Gedächtnis. Ich habe den Abzug gedrückt. Die Kugel hat ihn getroffen. Er ist tot.

Das Ritual ist vollendet, das Schuldgefühl- und Vergeltungsprogramm wieder fest installiert. Tony reißt sich von der Erinnerung los. Er kennt die Routine. Auf das konzentrieren, was ist. Die Art, wie sich der Boden unter seinen Füßen anfühlt. Den Pulvergeruch des Schießplatzes. Das unaufhörliche Gewitter von Schnellfeuerschüssen. Um sich zu sammeln, saugt er in tiefen Atemzügen Luft in seine Lunge und stößt sie wieder aus.

Erst danach öffnet er die Augen, fixiert sein Ziel und beginnt zu schießen. Wie stets treffen seine Kugeln die Zielscheibe in dichten Grüppchen an Kopf und Herz. Er ist ein tödlicher Schütze. Und genau deshalb kann und will er keine Pistole tragen oder auch nur im Haus haben. Deshalb konnte er Maisey die Pistole nicht abnehmen.

Man darf ihm Frauen genauso wenig anvertrauen wie Pistolen.

Auf dem Weg nach draußen sichert er die Waffe in dem Schließfach, das er zu dem Zweck gemietet hat, und sagt beiläufig zu Brent am Tresen: »Ich habe gehört, dass Leah Addington gestorben ist. Weißt du schon irgendetwas über die Beerdigung?«

»Hab mich schon gefragt, wo sie steckt«, meint Brent. »Verdammt. Sie wurde gerade richtig gut. Es ist doch hoffentlich nichts Schlimmes passiert?«

»Ein Schlaganfall oder so«, antwortet Tony. »Möge sie in Frieden ruhen.«

Er hat die Frage aus dem Bauchgefühl heraus gestellt, dass eine Frau mit solch einer Pistole, geladen und schussbereit, vielleicht auch wissen wollte, wie man damit schießt. Er würde gern auch noch fragen, wie lange sie schon zum Schießplatz gekommen ist, ist jedoch klug genug, sich die Neugier nicht anmerken zu lassen. Aber er hat ein paar wichtige Informationsbruchstücke gesammelt. Leah Addington hat nicht ihr Leben lang mit Pistolen geschossen, und Brent hat allen Grund anzunehmen, dass ihr Tod keine natürlichen Ursachen hatte.

Tony ist sich nicht sicher, ob er es Maisey erzählen soll – zu welchem Zweck? Sie war doch offensichtlich schon erschüttert, dass ihre Mutter eine Pistole besaß. Was er wissen will, ist, warum eine Frau wie Leah Addington überhaupt bewaffnet war.

»Ihre Tochter und Enkelin sind im Haus«, erzählt Tony. »Steht aus irgendeinem Grund zu befürchten, dass sie in Gefahr sind?«

»Nichts Spezifisches. Hör zu, weil sie tot ist, kann ich es dir ja verraten: Sie ist vor ein paar Monaten hergekommen und hat gefragt, ob jemand ihr das Schießen beibringen könnte. Wild entschlossene kleine Frau. Hat nicht viel geredet. Sah eigentlich nicht wie die typische Waffenbesitzerin aus. Aber irgendetwas hatte sie nervös gemacht. Wollte wissen, wie man schießt, um zu töten.«

»Danke. Dann halte ich die Augen offen.«

Als er zu seinem Auto geht, ist er nachdenklich. Was für eine Bedrohung könnte aus heiterem Himmel auftauchen und eine Frau wie Leah aus der Ruhe bringen? Kurz zieht er in Erwägung, dass Walter vielleicht die Gefahr ist, aber er verwirft den Gedanken genauso schnell wieder. Wie seine Tochter ihn behandelt, verrät viel über einen Mann.

Tony wird die Familie im Auge behalten, nur für den Fall. Bei dem Gedanken, Zeit mit Maisey zu verbringen, überkommt ihn ein wohliges Gefühl. Er ist in Versuchung, weiter daran zu denken, es zu rechtfertigen, sich einzureden, dass es schon nicht schaden wird. Aber das glaubt er nicht. Nicht wirklich.

Eine echte Beziehung ist etwas, das er nicht zulassen darf. Er wird ihr helfen, als wäre sie eine seiner Schwestern, aber damit hat es sich.

Kapitel 15

Dad sitzt auf einem Stuhl und starrt leer Richtung Fenster. Er hat sich unverkennbar in sich selbst zurückgezogen. Als wir hereinkommen, richtet er den Blick auf uns, aber in seinen Augen steht kein Licht. Elle umarmt ihn, setzt sich auf die Kante seines Stuhls und legt mit der Art Geplapper los, zu der nur ein zwölfjähriges Mädchen in der Lage ist. Jedes Wort lockt ihn näher zu uns, fort aus der gedankenfreien Zone, durch die er sich hat treiben lassen.

Als eine Pflegerin ein Tablett mit dem Abendessen bringt und es vor ihm abstellt, isst er sogar einen Großteil davon. Jedes Mal, wenn seine Hände vergessen, was sie tun, ruft Elle es ihm ins Gedächtnis.

Es ist der Nachtisch, der uns zum Verhängnis wird.

Dad nimmt einen Bissen vom Krankenhausapfelkuchen und verzieht das Gesicht. »Was soll das denn sein?«

»Kuchen«, sagt Elle und stupst mit der Gabel die gummiartige Kruste und die trockenen Apfelstücke an. »Zumindest glaube ich, dass es einer ist.«

»Das ist kein Kuchen«, protestiert er. »Wir bitten Leah, dir einen richtigen zu backen, sobald ich von hier wegkomme.«

Die Kuchen meiner Mutter sind legendär. Bei seinen Worten schmecke ich einen berauschenden Bissen aus salziger, zarter Kruste, säuerlichen, aber butterweichen Äpfeln, Zimt und braunem Zucker. Er schmilzt in meinem Mund und bleibt mir in der Kehle stecken.

Es wird keinen Kuchen mehr geben. Keinen einzigen. Zumindest nicht solch einen. Niemand sonst auf der ganzen Welt backt Kuchen so, wie meine Mutter ihn gebacken hat.

Dad sieht es. Ich beobachte, wie das Wissen seinem Gesicht noch einen Teil der Kraft raubt, als würden die Knochen seiner Wangen und seines Kiefers von der Abwesenheit meiner Mutter aufgezehrt.

»Ich backe dir einen Kuchen, Grandpa«, plappert Elle in das erstickende Schweigen hinein, das seinen Worten folgt.

Sein Blick folgt ihrer Stimme, bleibt auf ihr ruhen und findet schließlich mich.

»Ich will nach Hause«, jammert er und klingt wie ein Kind, das sich verlaufen hat.

Ich muss ihm erklären, dass ich in Kansas wohne und keinen Platz für ihn habe. Ich muss ihm klarmachen, dass ich das Haus verkaufen werde. Dass es kein Zuhause mehr gibt, in das er heimkehren kann.

Aber die Worte bleiben mir in der Kehle stecken wie ein riesiger, stachliger Kaktus. Das Herz tut mir weh, wirklich körperlich. Die Intensität des Schmerzes macht mir Angst.

Ein langes Schweigen senkt sich herab. Tränen laufen ihm über die Wangen, aber er schluchzt nicht. Seine stille Qual setzt meinem eigenen Herzen noch viel mehr zu. Ich kann ihn in seiner Trauer nicht einmal ansatzweise trösten. Sie ist zu gewaltig, als dass ich es auch nur wagen dürfte, sie anzurühren.

Elle hat keine solchen Hemmungen. Sie setzt sich auf seinen Schoß, legt ihm die Arme um den Hals und lehnt den Kopf an seine Brust. »Ich habe dich lieb, Grandpa.« Ihre Worte rütteln sowohl meinen Schmerz als auch seinen wach. Bevor ich weiß, wie mir geschieht, krümme ich mich schon, von einem Schluchzen geschüttelt, das ich nicht mehr zurückhalten kann.

Ich gehe zu Dad hinüber, knie mich vor seinen Stuhl und berge das Gesicht an seinen Knien. Sein Weinen und meines bilden einen Rhythmus, zwei Teile eines Ganzen. Das dritte und letzte Stück fehlt, wird immer fehlen. Aber in dem Moment beginnen wir, um den Verlust herum zu heilen, und holen Elle mit hinzu, um den Kreis zu schließen.

Stück für Stück lässt die Heftigkeit meiner Trauer nach. Mein Schluchzen wird leiser und langsamer. Ich höre, wie die Atmung meines Vaters dem gleichen Muster folgt. Bald nehme ich nur noch unseren Atem wahr – meinen, Elles und den meines Vaters.

Ich stoße mich ab, setze mich auf den Boden, wische mir das Gesicht mit dem Ärmel und sehe mich nach einigen dringend benötigten Taschentüchern um. Dad hat die Arme um Elle geschlungen. Seine Wange ruht auf ihrem Kopf. Sein Gesicht ist nass, seine Augen sind gerötet. Auch sie ist verweint. Wenn mein Herz nicht gerade erst leer geworden wäre, würde es angesichts der Last des Wissens und der Reife, die ich ihr ansehe, einen neuerlichen Stich empfinden.

Zu spät frage ich mich, ob ich sie davor hätte behüten sollen. Greg hätte es getan. Meine Mutter auch. Aber da fühle ich den warmen Sog der Verbundenheit zwischen ihrem Herzen und meinem, meinem und Dads, und zum ersten Mal in meinem Leben kommt mir der Gedanke, dass meine eigene sonderbare Daseinsart vielleicht doch richtig ist.

Ich grübele noch darüber nach, als die Tür aufschwingt und Dr. Margoni hereinkommt. Sie lässt den Blick über uns drei schweifen. Ihre Miene verurteilt uns nicht. Wenn überhaupt, dann wird ihr Gesichtsausdruck weicher. Sie schenkt uns ein sanftes Lächeln und reicht mir die Hand.

»Sie sehen aus, als wüssten Sie nicht weiter«, meint sie.

Ihre Finger sind schlank und kühl, aber sie ist stark. Ich lasse mir von ihr wieder auf die Beine helfen. Mein Körper fühlt sich anders an, als hätte sich etwas verschoben. Ein anderer Schwerpunkt, der dafür sorgt, dass ich mich nicht belastet, aber geerdet fühle. Als ob ich nicht wegzufliegen drohe, wenn mich die nächste Windböe oder Emotion trifft.

»Also«, sagt sie, sobald ich auf den Beinen bin und meinen Weg zu den Taschentüchern und dann zum Waschbecken gefunden habe, um mir die Hände zu waschen. Sie reicht die Taschentuchschachtel an Elle weiter, die sich still die Augen abtupft, dann an Dad, der sich laut schnäuzt, räuspert und schließlich ruhelos auf dem Stuhl hin- und herrutscht.

»Walter, Ihre Blutwerte sind viel besser. Ihr Blutzucker ist unter Kontrolle. Sie sind nicht mehr dehydriert. Ihr Blutdruck ist gesunken. Wie fühlen Sie sich?«

»Ich fühle mich, als ob meine Frau gerade gestorben ist.« In seinem Ton liegt keine Bitterkeit oder Ironie, nur schlichte Akzeptanz der Tatsache.

Dr. Margoni nickt. »Natürlich. In gewisser Weise ist das gut und genau, wie es sein sollte. Das heißt, dass Ihre Emotionen funktionieren. Wissen Sie, welcher Tag heute ist?«

Sie führt ihn durch einen Katalog grundlegender Realität. Wo und wann wir sind. Welcher Präsident im Moment im Weißen Haus regiert. Sie lässt ihn eine Zeichnung kopieren, einen Zettel hochheben und zusammenfalten, die Namen dreier Gegenstände wiederholen.

Heute weiß er einige der Antworten. Er erwischt den richtigen Monat, aber nicht den Tag. Er weiß, dass er im Krankenhaus ist, aber nicht, in welchem. Er hebt ihren Anweisungen entsprechend einen Zettel hoch, vergisst aber, ihn zu falten. Als sie ihn bittet, in Siebenerschritten von Hundert aus rückwärts zu zählen, weigert er sich, es auch nur zu versuchen.

Ich habe vollstes Verständnis dafür. Ich kann nur in Siebenerschritten zurück zählen, wenn ich einen Taschenrechner habe. Aber Dad war immer ein Mathegenie, besonders im Kopfrechnen. Wir haben einmal einen Wettbewerb zwischen seinem Gehirn und meinem Taschenrechner veranstaltet. Er hat gewonnen.

Ich beobachte sein Gesicht, als ihm klar wird, dass er mehr und mehr Fehler macht. Am Ende der Belastungsprobe zittern ihm die Hände.

Dr. Margoni wirkt ernst, als sie etwas auf ihrem Klemmbrett notiert. Schließlich legt sie es beiseite und mustert einen nach dem anderen von uns genau. »Also … Es gibt keinen Grund, Sie länger hierzubehalten. Die Frage, die sich stellt, lautet jetzt: Was nun?«

Das ist der Punkt, an dem ich mit meinem Plan, ihn ins betreute Wohnen einzuweisen, ins Spiel komme.

Ich kann nicht.

Die Worte auszusprechen, ist physisch unmöglich. In einem Augenblick plötzlicher Erleuchtung wird mir klar, dass mein Leben nie mehr sein wird wie zuvor. Ob Walter nun mein leiblicher Vater ist oder nicht, er ist schon mein Vater, so lange ich zurückdenken kann. Er hat meine Mutter verloren. Ich will nicht daran schuld sein, dass er nun auch noch alles andere verliert.

»Er kommt nach Hause«, erkläre ich.

Dr. Margoni schaut verblüfft zu mir auf. Sie zieht die Augenbrauen fragend zu glatten Bögen hoch. »Mit Ihnen? Nach Kansas City?«

Ich schüttelte den Kopf. »Nein. In sein eigenes Haus. Hier.«

»Das verstehe ich nicht«, staunt sie, und dann: »Lassen Sie mich das klarstellen. Ich weiß, dass er nach Hause möchte und dass auch Sie das für ihn wollen. Aber er wird viel Hilfe brauchen, zumindest für eine Weile.«

Ich sehe meinen Vater an und versuche, ihn mir als einen dieser verlassen wirkenden alten Menschen im Rollstuhl vorzustellen, die vor dem Fernseher in einem Altersheim dösen. So sehr ich mir auch einrede, dass sie nicht wirklich verlassen sind, dass betreutes Wohnen kein Altersheim ist und dass er vielleicht glücklicher damit wäre, eine Gruppe alter Leute um sich zu haben, als zu Hause zu trauern, kommt es mir undenkbar vor.

Aber dass Mom tot ist, ist genauso undenkbar.

Dad sagt nichts. Das muss er auch nicht. Seine Bitte, nach Hause kommen zu dürfen, klingt mir noch in den Ohren. Er sieht klein und schutzlos aus, als ob ihm jeder Halt fehlt. Eine Seite aus einem der Bücher meiner Kindheit blitzt vor meinem inneren Auge auf, eine Zaubergeschichte von Dr. Seuss darüber, dass Dankbarkeit keine verlorene Socke sein darf, die man versehentlich in einer dunklen Höhle zurücklässt.

Dad sieht so aus wie das Bild von der verlorenen Socke. Schlaff. Vergessen. Dazu verdammt, sich aufzulösen und aufzuribbeln, Faden um langsamen, einsamen Faden. Ohne meine Mutter. Ohne sein Zuhause.

Greg und meine Mutter haben stets moniert, ich müsse anfangen, mit dem Kopf zu denken statt mit dem Herzen. Mein Kopf ist bereit, alle möglichen guten Gründe zu liefern, warum Dad nicht nach Hause kann. Mein Herz raunt mir etwas ganz anderes zu. Ich habe nicht getan, was meine Mutter wollte und brauchte. Wenn ich denselben Fehler bei meinem Vater mache, kann ich bestimmt nicht mit der Reue leben.

»Ich nehme ihn mit nach Hause. Wir lassen uns etwas einfallen.«

Dr. Margoni schenkt mir ein strahlendes Lächeln, das all meine dunklen und staubigen Ecken erhellt. »Sie sollten wissen, dass es schwieriger sein kann, einen Platz für ihn zu finden, wenn Sie ihn jetzt mit nach Hause nehmen und dann zu dem Schluss kommen, dass Sie der Sache nicht gewachsen sind«, erklärt sie. »Aber er kann heute noch nach Hause, wenn Sie sich sicher sind, dass Sie das wollen.«

»Ich bin mir sicher.«

»In dem Fall lassen Sie mich die Entlassungspapiere ausstellen. Gleich kommt eine Schwester, um mit Ihnen die Formalitäten zu regeln.«

Sobald Dr. Margoni aus der Tür ist, rennt Elle durchs Zimmer und umarmt mich wie eine Bärin, bis ich keine Luft mehr bekomme. »Genau darum liebe ich dich«, verkündet sie. Daraufhin lacht sie und drückt mich noch einmal. »Na ja, zumindest ist das einer der Gründe. Wie lange können wir bleiben?«

»Daran hatte ich nicht gedacht«, sagt Dad sehr leise. »Das bringt dein Leben viel zu sehr durcheinander.«

»Ich habe gar kein Leben, das sehr durcheinandergeraten könnte«, erkläre ich ihm. Während ich noch spreche, wird mir klar, dass es wahr ist. Mein Job ist austauschbar. Der Mietvertrag für meine Wohnung läuft nächsten Monat aus. Ich habe keine Beziehung. Keine meiner Freundinnen wird mich sehr vermissen. Und was noch wichtiger ist: Ich werde sie nicht vermissen. Abgesehen davon, dass ich Elle eine Mutter war, bin ich bisher nur auf der Oberfläche des Teichs des Lebens entlanggeglitten.

Und jetzt ist mein Boot konfisziert worden. Ich habe keine Schwimmweste. Ich werde ohne weitere Umstände ins tiefe Wasser gestoßen. Jetzt sollte ich wohl besser schwimmen lernen.

Leahs Tagebuch

Boots. Er ist der Grund – all die Gründe – dafür, dass ich wollte, dass Maisey Greg heiratet, der alles ist, wonach ich nicht zu suchen verstand. Wie hätte ich es auch wissen sollen? Du hast mir beigebracht, wie ein guter Mann ist, Walter. Verantwortungsbewusst. Höflich. Erfolgreich. Freundlich.

Boots war nichts von alledem. Seine Verachtung für die Gesellschaft und für Autorität war mit Händen zu greifen. Was machte er mit neunzehn noch auf der Schule? Die Frage habe ich mir gestellt. Die Antwort lautet wohl, dass er es lustig fand, die Lehrer zu quälen, genauso, wie er gern kleine Lebewesen quälte. Außerdem hatte er eine Schule voller Mädchen, in deren Augen Sterne standen, wann immer sie ihn ansahen, und voller Jungen, die ihn nachzuahmen versuchten.

In der Schule war er ein Gott. Im wahren Leben war er bloß ein Möchtegerngott. Das machte ihn zu einem gefährlichen Mann.

An dem Abend auf dem Ball kam er spät hereinstolziert, in Lederjacke und Levi's. Sein Blick schweifte durch die Turnhalle – über die tanzenden Paare, das kleine Grüppchen von plaudernden Mädchen, die Lehrer, die die Aufsicht führten – und blieb aus irgendeinem Grund an mir hängen. Der Junge, mit dem ich ausgegangen war, befand sich woanders. Versteckte sich vielleicht im Waschraum oder hatte sich durch die Seitentür davongeschlichen. Ich lag zwar nicht gerade im Streit mit den anderen Mädchen, aber wir waren auch nicht befreundet, insofern war ich sehr allein.

Leichte Beute. Das ist mir heute klar.

Aber als er die Halle durchquerte und zu mir kam, diese prachtvollen Augen unverwandt auf meine gerichtet, war ich begeistert. Boots hatte mich auserwählt. Sich entschlossen, mit mir zu sprechen. Ich erinnere mich nicht einmal, was er als Erstes von sich gab. Das Staunen über seine Aufmerksamkeit überflutete mein Herz, und mein Gehirn erlitt einen Kurzschluss nach dem anderen.

Er tätschelte seine Tasche und sagte: »Scheiße. Ich habe meine Kippen vergessen.« Da konnte ich ihm helfen. Ich wollte ihm nur eine Zigarette geben. Das wäre von einem bescheidenen sterblichen Mädchen wie mir schon genug gewesen.

Aber er lächelte, als wäre ich plötzlich die Schönste im ganzen Raum.

»Na, dann komm mit!« Und unversehens packte er meine Hand. Einfach so. Vor den Lehrern und Schülern, am Büfett, erhob er Anspruch auf mich.

Mich.

Er führte mich hinaus in die warme Dunkelheit, hinter die Schule, meine Hand von seiner umschlossen. Wir rauchten gemeinsam eine Zigarette. Er ließ die Finger nicht von mir, berührte mein Haar, meine Schulter, legte mir den Arm um die Taille. Er küsste mich nicht. Noch nicht. Ich hätte es zugelassen, denn ich war schon völlig hin und weg, aber dafür war er zu klug.

Er führte mich zurück in die Turnhalle und besiegelte alles, indem er mit mir tanzte. Mein gesellschaftliches Ansehen schoss binnen eines einzigen Abends durch die Decke. Bevor die Nacht um war, hatten mich schon Leute, die bis dahin nichts von meiner Existenz gewusst hatten, auf Partys eingeladen.

Ich war verliebt. Und er war … Wer weiß schon, was er war? Warum ich, von allen Mädchen, die ihm zur Verfügung standen? Was sah er in mir, das ihn dazu brachte, mich zu erwählen? Ich fragte es mich damals. Ich frage es mich jetzt. Es spielt vermutlich keine Rolle. Wichtig ist nur, dass er es tat und dass ich glücklich darüber war, erwählt zu werden.

Und das, lieber Walter, ist die erste meiner vielen Sünden.

Kapitel 16

Nachdem wir ihn nach Hause gebracht haben, wandert Dad durch alle Zimmer wie ein Geist, der zu Besuch kommt: substanzlos und auf der Suche nach etwas, das nicht mehr existiert. Er stiert den Kamin an, der jetzt gereinigt und frei von Asche ist. Er schlurft in die Küche und sieht die Stelle an, an der Mom gestürzt ist, fährt mit dem Finger über die Kante der Kücheninsel, an der sie sich den Kopf aufgeschlagen hat.

Ich fülle ein Glas mit Wasser und reiche es ihm. Er nimmt es, trinkt jedoch nicht, sondern blickt zwischen dem Glas und mir hin und her, als wüsste er nicht, wozu es dient oder was er damit tun soll.

Ruckartig setzt er sich wieder in Bewegung. Diesmal marschiert er in sein Arbeitszimmer. Er setzt sich an den Schreibtisch und stellt vorsichtig das Glas ab, aber ihm zittert die Hand. Wasser schwappt über den Rand und bildet eine Pfütze, die er gar nicht zu registrieren scheint. Er öffnet und schließt die mittlere Schublade, ohne irgendetwas anzurühren. Steht auf und öffnet den Einbauschrank, der die Aktenschränke enthält. Ich habe sie wieder abgeschlossen, und er rüttelt an den Schubladen, scheint aber zufrieden damit zu sein, zu wissen, dass sie gesichert sind.

Wortlos drängt er sich an mir vorbei. Geht den Flur entlang zu dem Schlafzimmer, das er sich ein halbes Leben lang mit Mom geteilt hat. In der Tür bleibt er stehen, holt bebend Atem und schwankt wie ein Baum im Wind. Elle und ich eilen ihm beide zu Hilfe, bereit, ihn aufzufangen, wenn er umfällt. Aber er findet das Gleichgewicht wieder, bevor wir ihn erreichen. Ein leiser, mitleiderregender Laut entringt sich seiner zugeschnürten Kehle. Er schlurft zum Bett, schlägt die Decke zurück und steigt hinein, ohne sich die Mühe zu machen, die Schuhe auszuziehen.

Mir fällt auf, dass er Moms Seite gewählt hat, nicht seine eigene, und dass er sich umdreht und das Gesicht in ihrem Kissen birgt. Plötzlich komme ich mir wie ein Eindringling vor. Ich verlasse das Zimmer wieder und schließe die Tür hinter mir. Elles Augen sind glasig vor Tränen.

»Ist alles in Ordnung mit ihm?«, flüstert sie.

Ich habe keine bessere Antwort als ein Schulterzucken. »Er fühlt sich nur … verloren, glaube ich. Hat keine Ahnung, wie er ohne sie zurechtkommen soll.«

Ich erinnere mich, dass ich mich selbst so gefühlt habe, als ich damals von zu Hause ausgezogen bin. So inbrünstig ich mich auch nach Unabhängigkeit sehnte, nach dem Recht, ich selbst zu sein und die Grenzen meines eigenen Lebens abzustecken, meine Mutter hatte in jeder Ecke, bei jedem Stück meines persönlichen Kuchens die kompetenten Finger im Spiel. Das Leben allein erstreckte sich drohend vor mir wie eine unerforschte Wildnis. Meine Rettung war damals wie heute das Land namens Elle.

»Wir brauchen einen Plan«, sage ich zu ihr. »Hol einen Stift.«

Sie flitzt auf der Suche nach Stift und Papier davon. Elle liebt Listen. Ich brauche sie nicht, aber es hat dennoch etwas Tröstliches, Dinge schwarz auf weiß aufzuschreiben. Natürlich sind ihre Listen sehr detailliert, während meine nur beliebige Stichpunkte enthalten, aber wir stellen sie schon gemeinsam auf, seit sie gelernt hat, die ersten Wörter in Druckschrift zu schreiben.

Als ich am Küchentisch ankomme, ist sie bereits da. Vor ihr sind mehrere Gegenstände geometrisch arrangiert: ein Notizblock, ein Stift, zwei Gläser Wasser, ein Kalender, den sie irgendwo aufgetrieben hat, und unsere beiden Handys. Handys sind bei diesen Planungssitzungen nützlich, weil sie unsere Kalender, unsere Adressbücher und alle anderen Apps enthalten, die das Leben einfach und komplizierter zugleich machen.

»Bereit«, verkündet sie. »Ich schlage vor, wir machen einen Maslow.«

Falls ich vergessen hätte, dass Elle viel zu klug ist, wäre das hier eine Erinnerung daran. Natürlich bin ich an Maslow zum Teil selbst schuld. Ich habe ihn einmal erwähnt, als sie vier war. Eigentlich habe ich mit mir selbst gesprochen.

Zu dem Zeitpunkt dachte ich in meinem Streben nach Selbstverwirklichung daran, einen Collegekurs zu besuchen. Ich hatte mich schon dafür angemeldet und alles. Gleichzeitig war kaum genug Essen im Kühlschrank, um uns durch die Woche zu bringen, und ich war mit der Miete einen Monat im Rückstand.

»Wer ist Maslow?«, fragte Elle damals, ließ ihren kräftigen, warmen, kleinen Körper auf meinen Schoß fallen und starrte meinen Computerbildschirm an. »Ist er ein Computerspiel?«

Ich stellte mir Maslow vor, wie er sich wie Pac-Man über den Bildschirm bewegte und Selbstverwirklichungsdiamanten verschlang. Erst fand ich das lächerlich. Dann kam ich darauf, dass es vielleicht genial war. Wahrscheinlich kommt irgendwann einmal jemand auf die Idee und verdient damit ein Heidengeld.

»Maslow ist tot«, erklärte ich meiner Tochter, völlig unvorbereitet auf feuchte Wimpern und eine zitternde Lippe.

»Wie Goldflosse?«

»Ja, wie Goldflosse.« Elles allererster Goldfisch war in der Vorwoche gestorben. Sie hatte die Endgültigkeit des Todes sofort und gründlich begriffen. Das hatte zu einer Reihe von Albträumen geführt, die gerade erst allmählich abklangen.

»Hat jemand ihn die Toilette hinuntergespült?«

»Was? Nein. Nein, er ist begraben worden. Lange, bevor du geboren worden bist. In Kalifornien, weit, weit weg von hier.«

»Kanntest du ihn?« Sie war die Neugier in Person, was unendlich viel besser war als untröstliche Kindertrauer. Also erzählte ich ihr von Abraham Maslow und seiner Bedürfnispyramide.

»Er war berühmt«, erklärte ich ihr, »weil er etwas erkannt hatte, was eigentlich ganz einfach ist. Wir brauchen zuallererst Essen und ein Dach über dem Kopf, bevor wir irgendetwas anderes benötigen, denn ohne diese Dinge sterben wir. Als Nächstes brauchen wir Leute, die wir lieben können. Wenn wir Leute haben, die wir lieben, können wir lernen, uns selbst zu lieben, und auf die Dinge hinarbeiten, in denen wir gut sind. Die Dinge, die uns glücklich machen.«

»Ich liebe dich«, verkündete sie und küsste mich auf die Nase. »Und du liebst mich. Also können wir jetzt glückliche Dinge tun.« Und dann rannte sie singend davon, um irgendein Fantasiespiel zu spielen, das all ihre Kuscheltiere und einen Karton Legosteine mit einbezog.

Seitdem tun wir immer das, was Elle »einen Maslow machen« nennt, wenn wir ein Problem zu lösen haben.

»Essen«, überlegt sie und schreibt es in ordentlichen Blockbuchstaben auf. »Wir verhungern alle, wenn wir nicht etwas zu essen in dieses Haus holen.«

»Der Kühlschrank ist voller Aufläufe. Oder du könntest Haferflocken essen. Ich habe welche in der Speisekammer gesehen.«

Elle würgt, streckt mir die Zunge heraus und lässt den Kopf auf ihre Schulter sinken, als wäre sie tot. »Linsen, Mom. Und ich schwöre, in einem davon ist auch noch Tofu.«

Ich sollte darauf bestehen, dass wir die Aufläufe als Nahrung nutzen. Sie waren ein freundliches Geschenk. Sie aufzuessen, ist das Mindeste, was wir tun können. Aber ich habe auch einen Blick in den Kühlschrank geworfen und war genauso wenig begeistert über die Linsen und ein anderes Gericht mit blassen, unförmigen Klumpen, die gewackelt haben, als ich die Auflaufform herausgezogen habe, um sie mir näher anzusehen.

»Das ist ein Argument. Aufgabe Nummer eins ist also, Lebensmittel zu beschaffen. Verstanden. Nächster Punkt: ein Dach über dem Kopf. Und das wird nicht ganz so einfach, Elle Belle.«

»Was ist daran so schwierig? Wir wohnen hier. Mit Grandpa. Dach. Erledigt.«

»Süße.«

»Fang gar nicht erst damit an, Mom.«

Und damit sind wir schon mitten im Herzen der Probleme. Maslow hat mit seiner ordentlichen kleinen Pyramide alles ganz falsch verstanden, denn die Ebenen sind auf vielerlei Art miteinander vermischt und verwoben. In diesem Fall hat die Unterkunft viel mit Liebe und Zugehörigkeit zu tun, also mit dem Tauziehen um Elle zwischen Greg und mir.

»Du musst zur Schule. Sogar kluge Kinder können nicht unbegrenzt schwänzen.«

»In einer Woche oder so sind ohnehin Ferien.«

»Das hier ist vielleicht eine Sache für immer, Elle. Er könnte sehr lange krank sein.«

»Dann kann ich hier zur Schule gehen. Oder – ich weiß es! Du könntest mich zu Hause unterrichten.« Ihr Gesicht hellt sich auf, als sie es ausspricht, und strahlt wie eine Mini-Sonne. Sie setzt mir zu, ihr Heimunterricht zu erteilen, seit sie damals in der ersten Klasse gemerkt hat, dass sie einen Großteil des Stoffs bereits kannte.

Es ist ja auch nicht so, dass ich etwas gegen Homeschooling hätte. Mir stößt allerdings die lächerliche Vorstellung sauer auf, ich könnte irgendjemanden unterrichten. Außerdem müsste ich mit Greg darum kämpfen, der schon seit damals auf Begabtenförderung dringt. Auf sein Insistieren hin war ich bei einer Informationsveranstaltung, die voller ehrgeiziger Mütter war, die mich zu sehr an meine eigene erinnerten. Daraufhin habe ich mich strikt geweigert.

Greg hat sich bis jetzt gefügt, solange ich mich daran halte, das zu betreiben, was er »Anreicherung« nennt. Ich nenne es »Spaß mit meiner Tochter haben«. Wir gehen auf Abenteuertour ins Museum. Führen kleine chemische Experimente durch. Backen Kekse, was absolut als Matheaufgabe zählt. Gehen in den Zoo und unterhalten uns mit den Tierpflegern. Wir haben schon beobachtet, wie Raupen sich in Schmetterlinge verwandeln, haben Gottesanbeterinnen und Kaulquappen großgezogen und sogar ein Rinderherz aus der Schlachterei seziert.

Vielleicht wäre ich besser als Hauslehrerin, als ich es mir je zugetraut habe, aber ich schüttele den Kopf. »Dazu hätte ich keine Zeit. Ich muss einen Job finden, Elle. Setz das als Teil von ›Unterkunft‹ auf die Liste.«

»Und wer soll auf Grandpa aufpassen, während du arbeitest? Siehst du? Es ist perfekt. Ich lerne zu Hause und kümmere mich um ihn. Du gehst zur Arbeit. Es ist doch nicht so, dass *du* mir etwas beibringen musst – es gibt Onlinekurse.«

»Da spielt dein Vater niemals mit.«

»Wir könnten ihn fragen.«

Das ist keine neue Debatte, und wir gehen beide sofort in Kampfstellung, Schilde erhoben, Waffen gezogen.

Elle legt beide Hände flach auf den Tisch. Jede Linie ihres Körpers summt vor konzentrierter Energie. Ihre Augen sind unverwandt auf meine gerichtet wie auf eine Zielscheibe. Ich kontere mit meiner entspannten, selbstbewussten Mom-Haltung, die signalisieren soll, dass es gar kein Problem zu lösen gibt.

Weitergehen, hier gibt es nichts zu sehen.

Nicht, dass das je funktioniert hätte. Aber ich versuche es.

»Was ist mit deinen Freundinnen?«

Sie zuckt mit einer Schulter, auf die Art, die verrät, dass sie Gefühle verbirgt.

Mir fällt auf, dass es Wochen her ist, seit jemand bei uns zu Besuch war oder Elle mich gebeten hat, sich irgendwo mit anderen treffen zu dürfen.

»Elle?«

Sie seufzt. »Erica zieht nach Kalifornien. Und Jaimie redet schon seit einem Jahr über nichts außer Jungs.«

»Du hast andere Freundinnen.«

»Na ja, hier habe ich Mia.«

»Ich meine Mädchen in deinem Alter.«

»Warum? Ich mag Mia. Sie spricht über andere Sachen als Jungs und Fernsehen. Außerdem ist es doch nicht so, als ob es nur in Kansas City junge Leute gäbe.«

Und damit bröckelt all mein Widerstand. Es ist ein Zusammenbruch epischen Ausmaßes und fühlt sich an wie eines dieser Videos, in denen ein großes Gebäude gesprengt wird. Ich erinnere mich noch sehr gut daran, dass ich mich in ihrem Alter auch gefühlt habe, als passte ich zu niemandem, und wie anstrengend es war, mich durch die Freundschaften mit den anderen Mädchen zu lavieren.

Außerdem muss ich Elle bei mir haben, so egoistisch das auch sein mag.

»Okay.« Ich nicke ihr zu.

Ihr Mund klappt auf. Sie ringt nach Luft wie ein gestrandeter Fisch. »Warte mal … Wie bitte?«

Plötzlich ganz aufgekratzt, grinse ich sie an. »Tolle Idee. Löst alle möglichen Probleme. Setz auf die Liste, dass wir uns über Online-Heimunterricht informieren müssen. Und über Homeschool-Unterstützergruppen in Colville. Oh, und über die Richtlinien des Staats Washington zum Heimunterricht. Alles, was wir brauchen, um deinem Vater überzeugende Argumente zu präsentieren.«

Elle macht den Mund zu. Ihr kommen die Tränen. Sie sackt auf ihrem Stuhl zusammen. Ihre Arme landen auf dem Tisch. Sie birgt das Gesicht in ihnen. Ihre Schultern zittern vor Schluchzern.

Ich erstarre. Ein Elektroschock trifft mich geradewegs ins Herz. Ganze Absätze aus den Erziehungsratgebern, die ich gelesen habe, ziehen gestochen scharf vor meinem inneren Auge vorbei. Kinder brauchen Stabilität. Struktur. Grenzen. Sie wollen eigentlich keine Veränderungen. Sie versuchen, Grenzen zu überschreiten, wollen aber eigentlich nicht, dass sie wegfallen. Ich hätte für Elle die Grenze aufrechterhalten müssen. Stattdessen habe ich unsere ganze Weltordnung umgemodelt.

»Elle, Süße. Wir müssen das nicht unbedingt machen. Ich dachte, du wolltest es.«

Sie schießt wie eine Rakete von ihrem Stuhl hoch, sodass er rückwärts über die Fliesen schlittert. »Natürlich will ich es.« Sie wirft sich auf meinen Schoß, derart schwungvoll, dass mein Stuhl beinahe nach hinten umkippt. Sie schlingt mir so fest beide Arme um den Hals, dass ich kaum noch Luft bekomme. »Danke. Du weißt ja gar nicht …« Ihr versagt die Stimme. Sie schluchzt schon wieder.

Ich ziehe sie weiter auf meinen Schoß, obwohl sie fast so groß wie ich ist, und wiege sie wie früher, als sie noch ein kleines Mädchen war.

»Süße, häng dein Herz noch nicht zu sehr daran. Wir müssen erst einmal an deinem Vater vorbei.«

Sie schnieft und reibt das nasse Gesicht an meiner Schulter. »Du bist doch die Erziehungsberechtigte.«

»Und er ist Anwalt. Wir wollen ihn nicht zu weit treiben.«

Sie setzt sich auf und sieht mich an. Ihr ausdrucksvolles Gesicht schwankt zwischen Freude, Tränen, Angst und Empörung.

»Er würde doch nicht juristisch gegen dich vorgehen. Oder?«

»Er hat es nie getan, aber ich möchte ihn nicht dazu treiben. Er könnte gewinnen, Elle. Wenn es zu einem Sorgerechtsstreit käme.«

»Also willst du einfach einknicken? Du willst es nicht einmal versuchen? Heimunterricht ist mein größter Traum, und du nimmst ihn mir einfach weg, bevor er die Chance hat, Wirklichkeit zu werden.«

Diese Zeilen deklamiert sie voll echter Theatralik, eine Hand auf ihrem Herzen. Die Vorstellung ist jeder alten Stummfilmheldin würdig, die auf die Eisenbahnschienen gefesselt wird. Unterschiedliche Teile von mir wollen lächeln, weinen und ihr einen Klaps geben.

»Nein, wir müssen wasserdichte Argumente finden und sie ihm schmackhaft machen. Das ist deine Aufgabe.«

»Geht klar.« Sie legt mir wieder die Arme um den Hals und drückt mich an sich. »Ich habe dich lieb.«

»Ich dich auch, Kleines. So, schreibst du jetzt weiter? Denn wir sind noch nicht fertig mit Maslow.«

Sie wischt sich das Gesicht an meinem Shirt ab und hinterlässt nasse Flecken. In der nächsten Sekunde grinst sie mich an, schelmisch und unverwüstlich. »Ja, aber beeil dich. Ich muss schließlich noch einen juristischen Schriftsatz verfassen.«

»Gott steh mir bei«, murmele ich. »Okay. Wir werden also hier leben und uns von Grandpa Kost und Logis bezahlen lassen. Der Mietvertrag für unsere Wohnung läuft nächsten

Monat aus, auf die verzichten wir einfach. Aber ich brauche immer noch einen Job.«

Pflichtschuldigst schreibt sie: *Einen Job für Mom finden.*

Meine Aussichten, in einer kleinen Stadt eine Stelle aufzutreiben, sind ziemlich verzweifelt, aber wenn wir hier bei Dad leben, haben wir nur wenige laufende Unkosten. Greg zahlt ordentlichen Unterhalt für Elle, genug, um alles abzudecken, was sie braucht. Aber meine Mutter wird sich im Noch-nicht-ganz-Grab umdrehen, wenn ich einen Job bei McDonald's oder einer anderen Fast-Food-Kette annehme.

»Das ist unter deinem Niveau, Maisey.« Das war ihre Reaktion auf jeden Job, den ich je hatte. Natürlich hat sie recht. In der Adventszeit im Einkaufszentrum Fotos mit dem Weihnachtsmann zu schießen, macht sich nicht gerade gut im Lebenslauf. Aber mir hat jede Minute davon Freude bereitet. Jeder Job, auf den ich mich eingelassen habe, war lehrreich, ein Abenteuer oder einfach nur großer Spaß. Sogar die Stelle als Reporterin, die mich nach Kansas City geführt hat, war lustig, bis mein Chefredakteur in den Ruhestand ging und von einem seelenverschlingenden Armleuchter ersetzt wurde, der die Karriereleiter mit einem einzigen Satz erklimmen wollte.

Als er erst zwei Wochen im Amt war, kündigte ich und nahm einen Job bei einer Zeitarbeitsfirma an, über die ich schon alles Mögliche gemacht habe, vom Telefondienst in der Tierarztpraxis bis zum Schreiben von Lokalartikeln für kleine Zeitungen. Mir gefällt die Abwechslung, obwohl ich weiß, dass das eine Phase ist, aus der ich wohl schon vor etwa zwanzig Jahren hätte herauswachsen sollen. Ich warte weiterhin darauf, dass sich irgendein großer Sinn des Lebens vor mir erhebt und sich mir offenbart. Aber ich scheine für Größe nicht geschaffen zu sein.

Elle starrt mich an und klopft mit dem Stift auf den Tisch.

»Was?«

»Du warst in einem Tagtraum. Willst du die Kirchendamen wirklich Grandmas Beerdigung planen lassen? Einfach so?«

»Ja. Was ist der nächste Punkt?«

Sie grinst. »Tony.«

»Ich kann dir nicht ganz folgen.«

»Wir haben Sicherheit, Grundbedürfnisse und Unterkunft abgedeckt. Nun kommen Liebe und Zugehörigkeit.«

»Könnten wir das überspringen und direkt zur Selbstverwirklichung übergehen? Außerdem habe ich doch dich und Grandpa. Alle Liebe, die ich je brauchen könnte.«

Elle schnauft verächtlich. »Das ist nicht dasselbe. Tony ist süß. Findest du nicht?«

»Süß« ist nicht der Ausdruck, den ich für Tony verwenden würde. Überhaupt nicht. Zu maskulin. Zu viele Muskeln. Zu viele Schatten unter seinem Grinsen und seiner sanften Art. Aber die Gedanken will ich meiner Tochter nicht anvertrauen.

»Können wir jetzt wieder an die Arbeit gehen?«, frage ich sie. »Ich habe keine Zeit für Jungs.«

Aber das rettet mich nicht.

»Na gut«, sagt sie. »Dann also Tante Marley. Die gehört eindeutig zu Liebe und Zugehörigkeit. Vermisst du sie nicht? Wir können zum Konzert gehen, nicht wahr?«

Marley.

Ich habe sie nur als imaginäre Freundin in Erinnerung, dennoch steht ihr Name im Zentrum von allem – diesem ganzen Rätsel. Es ist zugleich das Herz des Bruchs zwischen meiner Mutter und mir. Mein Wunsch, meine Schwester zu finden, wird von dem gleich starken Bedürfnis konterkariert, so weit wie möglich von ihr entfernt zu bleiben.

Ich hole Luft, krümme die Zehen, trommele mit den Fingern auf meinen Oberschenkeln herum. Einer meiner Therapeuten hat mir diesen Trick beigebracht, um mich zu erden – einer der Therapeuten, die die ständigen Behauptungen meiner Mutter bekräftigt haben, Marley sei nur meiner Fantasie entsprungen und ich müsse echte Freundinnen finden und in der realen Welt leben.

Elle wartet auf eine Antwort. Ich gebe ihr eine ausweichende.

»Also ist sie jetzt plötzlich ›Tante Marley‹? Einfach so?«

»Sie ist doch meine Tante, oder? Wie sollte ich sie denn sonst nennen?«

Ich lasse den Kopf in die Hände sinken und reibe mir die Schläfen. »Elle, das wird keine freudige Familienzusammenführung. Vielleicht will sie uns gar nicht kennenlernen. Womöglich ist sie ein schrecklicher Mensch, und wir wollen *sie* nicht kennenlernen. Wenn wir überhaupt zu dem Konzert gehen. Wenn.«

»Sie gehört zur Familie«, weist Elle meine Einwände ab, als wäre das die Antwort auf alles. »Es spielt keine Rolle, was für ein Mensch sie ist. Sie gehört trotzdem zur Familie.«

Leahs Tagebuch

Ich heiratete Boots, als ich sechzehn war. Es war eine Blitzehe reinsten Wassers. Mein Vater wurde lange genug nüchtern, um empört zu sein und ein paar leere Drohungen auszustoßen. Boots musste nicht erst bedroht werden. Er stand auf mich und liebte die Vorstellung, Vater zu werden und sich nach seinem eigenen Bild neu zu erschaffen. Er wollte mich die ganze Zeit an seiner Seite haben, überall. Ich liebte die Art, wie er mich ganz für sich haben wollte.

»Wir brauchen niemanden sonst«, sagte er immer. Ich war seiner Meinung. Meine wenigen Freundschaften lösten sich nach und nach auf.

Mom war einfach zu niedergeschlagen und zu müde, um Theater zu machen.

Sie versuchte es. Das muss ich zu ihrer Ehre sagen.

»Du musst das nicht tun«, meinte sie zu mir. »Schwanger zu sein ist nicht das Ende der Welt. Bekomm das Baby und gib es zur

Adoption frei. Du bist ein kluges Mädchen. Du solltest deinen Schulabschluss machen.«

Ich fand den Rat dumm. Sie hatte das doch auch nicht getan. Warum sollte ich es also machen?

Logik existiert für eine Sechzehnjährige nicht unbedingt. Ich hätte damals erkennen sollen, wohin ihre eigene Blitzehe sie geführt hatte. Zu mir und einem Alkoholiker als Mann ohne irgendeine Art von echtem Leben. Aber ich war wahnsinnig verliebt.

Zu dem Zeitpunkt hatte ich noch keine Ahnung, dass ich Zwillinge erwartete. Der Gedanke an ein Baby (geschweige denn zwei!) war irgendwie nebulös und unwirklich. Mein Körper hatte sich noch nicht sehr verändert. Abgesehen von ein bisschen Morgenübelkeit ging es mir noch nicht einmal schlecht. Boots kam mir wie ein Fluchtweg vor. Wie die Erlösung und ein Traum. Er würde Rockstar werden. Und er hatte mich erwählt – mich! Wir würden in einem hochherrschaftlichen Haus leben und ein Schloss in Frankreich haben. Quer durchs Land reisen, wo er vor begeisterten Fans auftreten würde.

Und ich? Natürlich würde ich ihn auf seinen Reisen begleiten. Mit meinem Baby. Eine glückliche Familie.

Es war keine kirchliche Hochzeit. Der Pastor unserer Kirche weigerte sich, die Trauung durchzuführen. Damals dachte ich, er verurteilte uns, weil ich schwanger war. Jetzt frage ich mich, ob das sein Versuch war, mich zu retten, oder zumindest seine Weigerung, an dem Pakt beteiligt zu sein, den ich mit dem Teufel schloss.

Also heirateten wir auf dem Standesamt vor einem Friedensrichter. Ich konnte mir kein Hochzeitskleid leisten, und Boots hatte weiß Gott nicht das Geld, mir eines zu kaufen. Er sagte mir, ich solle mir keine Sorgen darum machen.

»Wir sind doch keine Leute, die sich herausputzen müssen, du und ich«, beruhigte er mich. Also trug ich meine gewohnten Bluejeans und dazu ein langes Hemd, um den Knopf zu verdecken, den ich nicht mehr zubekam.

Ich hatte keine Freundin, die meine Trauzeugin sein konnte. Erstens waren sie alle zu jung, um volljährig zu sein. Und zweitens war ich seit dem ersten Abend so vollständig in Boots aufgegangen, dass ich keine Freundinnen mehr hatte, die Interesse daran gehabt hätten.

Meine Mutter unterschrieb für mich.

Boots brachte zwei seiner Bandmitglieder als Zeugen mit. Eines war sein Kumpel, Irv Sowieso. Ich wusste seinen Nachnamen wirklich nie. Das andere war ein Mädchen, Jolene Avery. Ihren Namen kannte ich nur allzu gut. Boots redete viel von ihr. Davon, was für eine fantastische Sängerin sie war. Von ihrer zuvorkommenden Art (um meinen sturen Eigensinn zu unterstreichen). Davon, wie schlank, wie sportlich, wie sexy sie war.

An unserem Hochzeitstag kaufte Boots mir Blumen. Einen Strauß echter roter Rosen. Niemand hatte das je zuvor getan. Er sagte mir, ich sei das schönste Mädchen auf der Welt und wir würden über alle Maßen glücklich sein. An dem Tag sah er Jolene nicht einmal an. Er hatte ausschließlich Augen für mich.

Kapitel 17

Natürlich gehen wir zu Marleys Konzert am Freitagabend, obwohl Moms Beerdigung für Samstag angesetzt ist. Wie kann ich mir die Gelegenheit entgehen lassen, mit meiner *Schwester* zu reden? Endlich herauszufinden, was passiert ist? Festzustellen, ob sie der Marley, die meine Fantasie in meiner Kindheit für mich heraufbeschworen hat, auch nur im Geringsten ähnelt?

Aber es kommt mir so falsch vor, jetzt zu einem Konzert in einer Brauereigaststätte zu fahren, egal, aus welchen Gründen. Ich frage mich, was die Leute denken sollen. Ich empfinde gleichermaßen Schuldgefühle und Vorfreude.

Was Elle betrifft, so arrangiert sie einfach nach wie vor alles, und ich lasse es weiterhin zu. Zu den Dingen, die sie ohne mein Wissen eingefädelt hat, zählt auch, dass Tony und Mia uns begleiten.

»Das machst du gut«, findet Mia und hüllt mich in eine warme Umarmung ein, als sie vorbeikommt, um uns abzuholen. »Viele Leute gehen so steif mit Trauer um. Aber das Leben endet nicht, wenn jemand stirbt. Ich finde es super, dass du versuchst, etwas zu unternehmen, das Spaß macht.«

Sogar Tonys Mutter, die sich freiwillig gemeldet hat, um auf Dad aufzupassen, solange wir unterwegs sind, ist voll und ganz von den Plänen überzeugt. Sie kommt geschäftig hereingeeilt und strahlt Tüchtigkeit, Freundlichkeit und guten Willen aus. Sie hat auch einen Auflauf dabei. Dieser hier duftet so himmlisch nach Tomaten und Käse, dass mir das Wasser im Munde zusammenläuft. Sie stellt sich als Hannah vor, aber ich kann mich einfach nicht dazu zwingen, sie anders als »Mrs Medina« zu nennen.

Das Erste, was sie tut, nachdem sie sich vorgestellt hat, ist, Dad einen Teller Essen aufzufüllen. Er versucht, ihr zu sagen, dass er keinen Hunger hat. Aber davon will sie nichts hören. Sie braucht nur fünf Minuten, um ihn zu überreden, sich auf seinen Stuhl am Tisch zu setzen, wo der Teller voller Essen für ihn bereitsteht.

Also muss ich mir keine Sorgen um Dad machen. Ich habe trotzdem reichlich Bedenken, was unseren Ausflug angeht.

Wenn man schon am Tag vor der Beerdigung der eigenen Mutter in einer Kleinstadt, in der jeder jeden kennt, zu einem Konzert gehen muss, ist das Letzte, was man will, mit einem großen, dunkelhaarigen, brennend heißen Feuerwehrmann loszuziehen. In seiner schwarzen Lederjacke und seinen gut sitzenden Bluejeans sieht er aus, als würde er in einen dieser Sexy-Feuerwehrleute-Kalender gehören, die man kaufen kann. Wahrscheinlich nackt und mit einer Katze auf dem Arm. Die Vorstellung tut meiner Fantasie und meinem Körper Dinge an, die absolut nicht jugendfrei sind.

Die Brauerei liegt in einem Lagerhaus. Es gibt zwei Stockwerke, aber der Raum erstreckt sich über beide bis unters Dach. Oben liegt nur eine Art mit Geländern umschlossenes Zwischengeschoss. Unten, wo die Bühne aufgebaut ist, gibt es lange Biertische und Stühle. Als ich ankomme, sind erst ein paar Tische besetzt, zum Glück von niemandem, den ich kenne. Eine Gruppe Teenager spielt Billard und achtet gar nicht auf uns.

Ich wähle einen Tisch oben, nahe am Geländer, weil ich davon ausgehe, dass ich von hier einen guten Blick auf Marley haben werde, ohne direkt in ihrem Blickfeld zu sitzen.

»Bist du sicher, dass du hier oben sitzen willst?«, erkundigt sich Mia. »Wir sind früh dran. Wir könnten noch ganz vorn in der ersten Reihe sitzen.«

Tony rettet mich. »Ich finde, sie macht ihre Sache schon sehr gut damit, dass sie überhaupt ausgeht. Vielleicht ist die erste Reihe für heute Abend nicht die beste Idee.«

Ich widerspreche nicht. Es stimmt ja auch. Allein der Gedanke an laute Musik und Gelächter lässt mich schon körperlich zusammenzucken. Und ich will auch vermeiden, von irgendjemandem aus der Stadt gesehen zu werden, der mich erkennen könnte. Aber der wahre Grund dafür, dass ich genau diesen Platz ausgewählt habe, ist der, dass ich Marley beobachten will, ohne von ihr entdeckt zu werden.

»Ich wäre gern näher dran«, murrt Elle. »Wahrscheinlich. Vielleicht sollten wir sie uns wirklich erst einmal anhören. Kann ja sein, dass sie beschissen sind.«

Das sind sie nicht. Elle lässt schon die ganze Woche YouTube-Videos laufen. Ich bin kein großer Fan von Countrymusik, aber soweit ich es einschätzen kann, spielt diese Band gekonnt und geläufig. Und Marley hat eine Stimme, die man als rauchig und sinnlich beschreiben könnte. Eine Whiskeystimme. Die Art Stimme, die Emotionen im Bauch aufwirbelt, als würde man mit einem Löffel Sahne in einer Kaffeetasse rühren. Aber vielleicht empfinde ich es auch nur so, weil sie meine Schwester ist.

Die Kellnerin, die zu uns kommt, ist offenbar eine frühere Schulkameradin von Mia. Die beiden plaudern darüber, dass die Band vorhin aufgebaut und einen Soundcheck gemacht hat. Danach sind sie abgehauen und woanders etwas essen gegangen. Sie haben ihren Tonmeister hiergelassen, um das Equipment zu bewachen. Sie zeigt auf ihn, einen Mann, der links am Geländer lehnt.

Ich werfe einen Blick in seine Richtung und versuche, ihn nicht anzugaffen. Kahl geschorener Kopf. Hervortretender Bizeps und Brustmuskeln, über denen sich ein schwarzes T-Shirt mit Totenschädel bis an die Belastungsgrenze spannt. Beide Arme komplett tätowiert. Ich frage mich, was das über Marley aussagt. Ist er ein Teil ihres Lebens oder bloß ein bezahlter Helfer, der zufällig gut in seinem Job ist? Tony bestellt uns Pizza und einen Krug Bier, außerdem Kräuterlimonade für Elle.

»Will jemand Billard spielen?«, fragt Mia. »Wir müssen ja ohnehin noch warten.«

»Ich!« Elle springt auf, als wäre ihr Stuhl ein Schleudersitz. »Ich wollte schon immer mal Billard spielen. Kannst du es mir beibringen?«

»Na klar. Ich spiele unschlagbar gut Billard. Sonst noch jemand? Maisey?«

Ihre dunklen Augen funkeln, und sie streckt mir die Hand hin. Es ist eine aufrichtige Einladung. Irgendwo, unter all den Schichten aus Schock und Trauer und Nervosität, bin ich gerührt und will darauf eingehen.

Aber ich schüttele den Kopf. Es ist schlimm genug, überhaupt hier zu sein, und ich glaube, mir würden die Knie weich, wenn ich jetzt zu gehen versuchte. Das Bier ist wahrscheinlich auch keine gute Idee, aber die Kellnerin kommt genau in diesem Moment zurück und stellt einen Krug mit schäumendem bernsteinfarbenem Ale auf den Tisch. Sie schenkt mir einen Humpen ein und lädt ein Glas Wasser vor Tony ab.

»Danke, Cass«, sagt er.

»Gern geschehen, Süßer.« Sie streicht sich die Haare glatt, während sie ihn anlächelt. Dann tänzelt sie mit einem Hüftschwung davon, der mir verrät, dass sie nicht übersehen hat, wie sexy er ist. Zum Teufel, sie kennen einander. Vielleicht waren sie mal zusammen. Vielleicht sind sie es noch.

Und warum sollte das für mich eine Rolle spielen? Dennoch sticht mir ein kleiner Splitter Neid ins Herz, als ich sie beobachte. Ich wünschte, ich wäre mit solchen Kurven geboren worden, mit der Fähigkeit, entspannt zu lächeln und zu plaudern und amüsant zu sein.

Tony hebt sein Glas. »Prost!«

»Sie hat dir gar kein Bierglas gebracht.« Ich deute auf den Krug und sein halb leeres Wasserglas.

»Sie hat sich genau richtig erinnert.« Er sagt es leichthin, aber in seinem Ton schwingt eine ausdruckslose Endgültigkeit mit, die anzeigt, dass dieses Thema für das Gespräch tabu ist.

Ich frage dennoch: »Trinkst du keinen Alkohol?«

»Nicht viel.« Er lächelt, aber diesmal ist es nicht echt. Er senkt den Blick auf den Tisch, schnappt sich eine Handvoll Erdnüsse und beginnt, sie zu schälen. Er baut einen kleinen Haufen Schalen auf der einen Seite und legt die Erdnüsse auf die andere.

Ich greife auch nach einer Erdnuss, drehe sie dann aber nur wieder und wieder zwischen den Fingern. Die Schwingung zwischen uns hat eine misstönende Molltonart angenommen. Meine Schuld. Ich hätte die neugierige Frage nicht stellen sollen. Ich rede mir immer wieder ein, dass es egal ist, ob ich ihn verärgert habe oder nicht, und warum er nichts trinkt. Aber alle überzeugten Antialkoholiker, die ich kenne, sind entweder ehemalige Trinker oder streng religiös. Wenn ich Tony in Elles Nähe lasse, sage ich mir, ist es wichtig, darüber Bescheid zu wissen. Um Elles willen. Nicht, dass es für mich eine Rolle spielt.

»Mein Vater war Trinker«, unterbricht Tony das Schweigen, schaut auf und begegnet meinem Blick mit leuchtend blauen Augen. »Ein sehr guter Trinker. Das heißt, er konnte regelmäßig mehr konsumieren, als sein Temperament verkraftete. Deshalb schreckt mich das Zeug bis heute irgendwie ab.«

»Tut mir leid.« Ich bin mir nicht ganz sicher, ob ich mich dafür entschuldige, dass ich gefragt habe, ob ich bedaure, dass sein Vater ein jähzorniger Säufer war, oder ob ich den chaotischen Gesamtzustand des Universums beklage.

Und plötzlich spielt es keine Rolle mehr, weil die Tür unten aufschwingt und mehrere Leute hereinkommen, die Instrumente tragen.

Die Band ist da.

Ich bin schon auf den Beinen und beuge mich übers Geländer, bevor mir klar wird, dass mein Körper von sich aus einen Ortswechsel vollzogen hat. Es sind zwei Männer dabei. Einem hängt ein dunkler Pferdeschwanz bis auf die halbe Höhe des Rückens, der andere trägt eine Schirmmütze. Aber ich habe nur Augen für die Frau.

Ich erhaschte lediglich einen kurzen Blick auf ihr Gesicht, bevor sie die Treppe zur Bühne hinaufrauscht. Sie geht wie meine Mutter, mit denselben schnellen, selbstbewussten Schritten. Es ist sofort klar, dass sie der Boss ist. Die Männer beugen sich ihr, hören auf sie, orientieren sich an ihr, wie Sonnenblumen der Sonne folgen.

Marley winkt dem tätowierten Typen am Mischpult zu. Ein Lächeln verwandelt ihn im Handumdrehen von einem Schläger in einen Liebhaber. Und dann wendet sie den Kopf. Ihr Blick schweift lässig prüfend über den Rest des Rangs.

Was, wenn sie mich erkennt? Was, wenn sie es nicht tut? Ich halte den Atem an und warte, aber ihr Blick schwebt über mich hinweg, als wäre ich unsichtbar. Sie sagt etwas zu ihrem Begleiter. Er lacht und öffnet den Gitarrenkoffer. Meine Beine sind zu Wackelpudding geworden. Meine Finger haben im Geländer Wurzeln geschlagen. Ich kann mich nicht rühren. Kann nicht atmen. Kann gar nichts.

Und da spüre ich Tony neben mir. Atme den Duft von Leder und Shampoo und einem Hauch Holzrauch ein. »Aufgeregt?«, erkundigt er sich. »In Kansas City bekommst du doch sicher viel größere Bands zu sehen.«

»Wir gehen nicht so oft aus.« Vielleicht vertraue ich ihm nachher die Wahrheit an. Vielleicht auch nicht.

Mia und Elle stoßen zu uns, umgeben von einem Energiefeld aus Begeisterung und Aufregung. Mia hat ein halb volles Glas Ale dabei. In Sachen Abstinenz folgt sie offenbar nicht Tonys Vorbild.

»Ich habe die Achterkugel in der Ecke versenkt«, freut sich Elle. »Oh, wow! Da ist sie ja. Ganz aus der Nähe und in echt. Sie sieht toll aus, findest du nicht?«

Meine Schwester sieht ohne jeden Zweifel großartig aus.

Sie trägt ein schwarzes, eng anliegendes Glitzershirt und eine Elasthanhose zu Cowboystiefeln. Entweder verbringt sie mehr Zeit im Fitnessstudio, als ich es je getan habe, oder sie hat bessere Gene geerbt. Ihr blondes Haar ist zu einem dicken Zopf geflochten. Sie hat eines dieser ausdrucksvollen Gesichter, die für die Bühne wie geschaffen sind.

Die Scheinwerfer erstrahlen hinter ihr, und die Band stimmt ihre Gitarren. Marley sagt nichts. Stellt die Band nicht vor. Spielt nur einen Akkord, nimmt Blickkontakt zu all ihren Bandmitgliedern nacheinander auf und beginnt zu singen.

Die Band ist eine eingeschworene Gemeinschaft und aufeinander eingespielt, aber Marley dominiert die Bühne. Ihre Stimme ist pure Überzeugung. Der Saal gehört ihr. Die Welt gehört ihr.

Sie ist die Tochter, die meine Mutter immer wollte. Die Person, die zu sein ich nie geschafft habe. Unerklärlicherweise ist sie aber zugleich die Tochter, die meine Mutter im Stich gelassen hat.

Es wirft mich völlig um, dass ich wirklich solch eine perfekte Schwester habe. Meine Knie, die vorher schon Wackelpudding waren, lösen sich völlig auf. Sie werden mich fallen lassen.

Ich werde von einer starken warmen Hand in meinem Kreuz gerettet, von einer Stimme, die mir sagt, dass ich mitkommen und mich hinsetzen soll. Tony stützt mich auf dem Rückweg zu meinem Tisch und hilft mir auf einen Stuhl. Anders als alle anderen Menschen im Raum ist er nicht wie gebannt von Marley, sondern konzentriert sich ganz auf mich. Er setzt sich gegenüber von mir hin und lässt die Arme auf dem Tisch ruhen. Seine blauen Augen und seine Aufmerksamkeit gehören mir allein.

Er ist ein Anker, ein Fels in der Brandung. Meine Atmung passt sich an seine an, das langsame Einatmen, das leichte Ausatmen. Nach und nach hören die Bienen auf, in meinen Ohren zu summen. Mein Herzschlag fällt in einen entspannteren Rhythmus.

»Besser?«, fragt er.

»Besser.«

Er schiebt sein Wasserglas über den Tisch. Ich verstehe den Wink mit dem Zaunpfahl und trinke langsam, lasse mich von der kühlen Flüssigkeit auf meiner Zunge in meinem Körper erden, während die Musik weiter versucht, mich mitzureißen.

»Vielleicht war das doch keine so tolle Idee«, meint er zwischen zwei Songs. »Du hast eine stressige Woche hinter dir. Kannst du etwas essen?«

Nein. Die Antwort darauf lautet Nein mit Nachdruck. Mein Magen stellt gerade eine ganze Rebellenarmee auf. Essen kommt nicht infrage. Und auch kein Getränk außer Wasser. Als die Pizza kommt, fange ich an, durch den Mund zu atmen, weil ich den Geruch nach Knoblauch und Tomatensauce nicht ertragen kann.

Mia und Elle kommen herüber, um ein paar Stücke hinunterzuschlingen, und verschwinden dann die Treppe hinab, um der Musik näher zu sein. Es dauert nicht lange, bis die beiden ganz vorn mit dabei sind und tanzen. Ich kann gar nicht anders, als mich zu fragen, wie Marley entgehen kann, dass das bewundernde kleine Mädchen, das zu ihr hoch strahlt, zu ihrer Familie gehört. Blutsverwandt. Vielleicht spürt sie die Anziehung, denn kurz scheint sie direkt für Elle zu singen.

Für mich dauert das Konzert eine Ewigkeit. Tausendmal schwanke ich, ob ich mit Marley sprechen soll, wenn alles vorbei ist, oder ob ich mich besser davonschleiche, ohne ein Wort zu verlieren.

Nicht, dass Elle das zulassen würde. Mitten im letzten Lied kommt sie die Treppe hinaufgelaufen, um mich zu holen. Ihr Gesicht glüht vor Aufregung. Ihr Haar klebt schweißgeringelt um ihre geröteten Wangen.

»Komm schon! Sie sind fast fertig! Ich kann es gar nicht abwarten, sie kennenzulernen!«

Tony zieht fragend die Augenbrauen hoch.

»Anscheinend werden wir uns der Sängerin vorstellen. Es macht dir doch nichts aus, ein wenig zu warten?«

Ich hoffe, dass er mir sagen wird, dass er nicht warten kann, dass er noch einen dringenden Termin hat oder zur Arbeit muss, sodass wir sofort aufbrechen müssen.

Stattdessen lächelt er Elle an. »Cool! Ich warte hier. Mia wird ohnehin noch ewig brauchen.«

Kapitel 18

Marley, die gerade Kabel auf der Bühne zusammenrollt, hört uns kommen. Sie dreht sich um, ein professionelles Lächeln aufgesetzt. Wahrscheinlich rechnet sie mit einem Fan.

Ich öffne den Mund, um ihr zu sagen, wer ich bin. Irgendeine Version von »He, rate mal, wer ich bin? Deine lang verlorene Schwester!«. Aber mein Kehlkopf erstarrt.

Ihr Blick wandert von mir zu Elle und wieder zurück. Sie presst die Lippen zu einer schmalen Linie zusammen. Das ist Moms missbilligende Miene, perfekt auf dem Gesicht einer Fremden widergespiegelt.

Ich schlucke. »Hi, ich heiße Maisey und …«

»Was willst du, ein Autogramm?« Sie wendet uns den Rücken zu und fährt damit fort, das Stromkabel aufzurollen, indem sie es sich um Hand und Ellbogen schlingt.

»Nein, ich … Das klingt vielleicht seltsam, aber ich bin deine Schwester.«

»Ich weiß, wer du bist. Die sagenumwobene Maisey. Und Maisey junior, wenn ich mich nicht irre.«

»Du weißt über mich Bescheid?« Irgendwie kommt mir das schlimmer vor als meine Unwissenheit über sie.

»Glaub mir, ich weiß genug.« Ihr Tonfall ist hart, abweisend, so weit von der warmen, freundlichen Art entfernt, auf die sie mit der Menge umgegangen ist, wie ich außerhalb meiner Komfortzone bin. »Was ich nicht weiß, ist, was du hier machst.«

Elle versteift sich neben mir.

Zorn flammt in mir auf. »Geh Mia suchen«, sage ich zu ihr.

Dieses eine Mal widerspricht sie nicht.

Ich folge Marley über die Bühne. »Wie?«, frage ich sie. »Wie konntest du überhaupt von mir wissen?« Sie lässt das Kabel in eine Kiste fallen und wirbelt zu mir herum. Sie hat die Beine schulterbreit gespreizt. Sie ist etwas kleiner als ich. Ihre Augen haben denselben blaugrünen Farbton wie meine, doch es gelingt ihnen, bestimmend und berechnend zu blicken.

»Ich wusste schon immer über dich Bescheid, dank Grandma und dank Dad. Du warst von jeher der Liebling meiner Mutter. Verwöhnt und in Watte gepackt. Sie hat uns verlassen und dich mitgenommen. Da sind wir nun. Er hat tatsächlich noch ein Bild von ihr auf dem Nachttisch stehen, weiß der Himmel, warum. Was willst du von mir?«

»Was? Nichts! Es ist nur …«

»He, Marl, belästigt die Frau da dich?«

Es ist der Tonmann. Aus der Nähe ist er eine gewaltige Muskelmaschine, die nur aus Testosteron, Tattoos und Furchteinflößung besteht. Er baut sich breitbeinig neben ihr auf, die Arme vor der Brust verschränkt. Schlagartig verändert sich sein Gesicht, als er Zeit hat, mich gründlich anzusehen.

»Sie sieht aus wie du, Marley«, stammelt er. »Auf alle Fälle hat sie die gleichen Augen. Der Rest von ihr ist dir nicht so ähnlich.«

»Sie ist meine Schwester. Genauer gesagt, meine Zwillingsschwester.«

Seine Schlägertypenfassade löst sich bei diesen Worten auf, und er vergisst mich völlig. »Du hast eine Schwester?« Er klingt wie ein kleines Kind, das gerade dahintergekommen ist, dass es den Weihnachtsmann nicht gibt.

Marley sieht ihn nicht einmal an. Ihre Augen brennen nach wie vor ein Loch in mich hinein. »Das ist keine große Sache, JB. Glaub mir. Geh und hilf den Jungs beim Einpacken. Ich bin gleich da.«

Er zögert. Widerstrebend wendet er sich ab, aber er sieht sich über die Schulter nach ihr und nach mir um. Was ich ihm anmerke, ist eher Kränkung als Feindseligkeit.

»Als ich ein kleines Mädchen war, hatte ich eine ausgedachte Freundin«, platze ich heraus. »Sie hieß Marley. Wir haben alles zusammen gemacht. Spiele gespielt. Bücher gelesen. Ich habe sogar einen Platz am Tisch für sie gedeckt.«

Marleys Gesicht wirkt so weich, als wäre es aus Stein gemeißelt.

»Als ich noch ein Kind war, wäre ich für so etwas Dämliches wie eine ausgedachte Freundin halb tot geprügelt worden. Ich habe Türme aus leeren Bierdosen gebaut und Bücher aus der Bibliothek gestohlen. Freut mich zu hören, dass ich irgendwo Spaß hatte.«

Die Worte pulsieren zwischen uns, hässlich und voller Zorn.

»Warum bist du eigentlich sauer auf mich? Ich wusste nicht einmal, dass es dich wirklich gibt.«

»Jetzt weißt du es. Womit hast du denn gerechnet? Mit einem fröhlichen Familientreffen?«

»Vielleicht mit Antworten«, entgegne ich. Das ist zwar wahr, aber nicht die Wahrheit. Ich wollte meine Schwester. Ich will die ausgedachte Marley, die, die mich lieb hatte. Die, die alle spannenden Wörter kannte und lauter gute Ideen hatte. Die Marley, die wüsste, was wir wegen Moms Geheimnissen und Dads Verfall unternehmen müssen.

Diese Marley hier lacht harsch auf. »Du bist am falschen Ort, wenn du nach Antworten suchst. Alles, was ich habe, ist ein ganzes Leben voller Fragen. Frag doch deine Mutter. Was, glaubst du, kann ich dir erzählen?«

»Sie ist tot. Ich kann sie nichts fragen.«

Marley wollte sich gerade abwenden, aber jetzt erstarrt sie.

Ich spüre, dass mir die Tränen kommen, und tue alles, was mir einfällt, um sie aufzuhalten. Balle die Hände zu Fäusten und grabe mir die Fingernägel in die Handflächen. Blinzele. Schlucke. Schaue an die Decke. Ich werde nicht vor dieser harten, sarkastischen Fremden weinen, die zugleich meine einzige Schwester ist.

Aber natürlich fließen die Tränen doch in einem demütigenden Strom. Ich beschließe, sie lieber zu ignorieren als abzuwischen, halte den Kopf hoch erhoben und versuche, mich an ein Minimum von Würde zu klammern.

»Oh, verdammt noch mal!«, faucht Marley. Sie dreht sich wieder zu mir um. Ich kann ihren Gesichtsausdruck nicht deuten, weil sie wegen meiner Tränen völlig verschwimmt. Ihr Atem klingt laut, aber vielleicht ist es auch nur mein eigener. »Hör zu, Maisey. Manche schlafenden Hunde weckt man besser nicht. Wir waren noch nie eine Familie. Wir fangen auch jetzt nicht damit an, bloß weil deine Mutter gestorben ist.«

»Unsere Mutter«, flüstere ich.

Marley schüttelt abstreitend den Kopf. »Nicht meine Mutter. Ich habe keine. Hör zu, ich muss jetzt weg. Wir fahren heute Nacht noch zurück, und wir sind alle keine achtzehn mehr. Und was dich und mich angeht? Jetzt haben wir uns kennengelernt. Du hast deine Pflicht getan und mich aufgespürt. Schreib das in dein Tagebuch oder was auch immer sonst dich glücklich macht, und dann lass es los. Such nicht wieder nach mir. Verstanden?«

»Verstanden.« Ihre Worte fühlen sich wie Boxhiebe in die Magengrube an. Eins-zwei. Eins-zwei. Anschließend noch ein rechter Haken ans Kinn, und Maisey ist am Boden und angezählt. Es gelingt mir, meine wackeligen Beine von ihr wegzubewegen, aber plötzlich ruft sie mir nach: »He, Maisey!«

Ich drehe mich um.

Ihre Bandkollegen gaffen uns jetzt an.

Der Tonmann kommt zurück. Berührt sie am Arm. »Marley«, spricht er sie an. »Ganz ruhig.«

»Ich habe es dir gesagt«, erklärt sie etwas sanfter. »Ich habe dich gewarnt. Geh nach Hause. Lass mich in Ruhe.«

Ich wollte ihr von der Beerdigung erzählen. Ich wollte sie fragen, was für Erinnerungen an unsere Kindheit sie hat, wer unser Vater ist, ob sie weiß, warum – warum nur – Mom sie bei ihm gelassen und mich mitgenommen hat.

Jeder Muskel in meinem Körper fühlt sich an wie zerfetzt. Mein Gehirn dreht sich unentwegt im Kreis und versucht, dem, was überhaupt keinen Sinn ergibt, einen Sinn zu verleihen. Was meine Mutter sich wohl gedacht hat? Wie meine einzige Schwester nur so schön singen kann, während sie so viel giftigen Hass versprüht? Meine Gedanken und Gefühle sind so verwirrt und verletzt, dass ich nicht einmal ansatzweise weiß, was ich denke oder empfinde.

Elle, die Mia doch nicht holen gegangen ist und Zeugin dieses ganzen Gesprächs geworden ist, kommt auf die Bühne gerannt, schlingt die Arme um mich und klammert sich fest. »Ich verstehe das nicht«, murmelt sie. »Überhaupt nicht. Ich dachte, sie würde sich freuen, uns kennenzulernen.«

»Anscheinend nicht besonders.«

Ich kann nicht aufhören zu zittern. Meine Hände, meine Beine, meine Eingeweide beben immer weiter, als hätten wir minus dreißig Grad.

Elle und ich steigen zusammen die Stufen hinauf. Ich falle wie betäubt auf meinen Stuhl.

»Was war da denn los?«, wundert sich Tony. Er zielt auf einen lässigen Tonfall ab und trifft meilenweit daneben. »Die Sängerin mag wohl keine Fans? Ich konnte nicht verstehen, was sie gesagt hat, aber glücklich sah sie ja nicht gerade aus.«

»Marley ist …«

Die Stimme versagt mir. Ich hole Luft und versuche es noch einmal. »Marley ist meine Schwester.«

Die Worte fühlen sich seltsam und vertraut zugleich an. Ich habe früher ständig über Marley geredet, bevor meine Mutter es mir mit Prügeln, Strafpredigten und Besuchen beim Psychotherapeuten ausgetrieben hat. Sie hat mir eingeredet, ich bildete mir Dinge ein. Ich sei nicht gesund.

Sogar jetzt werfe ich verstohlen einen Blick über die Schulter, um zu sehen, ob Mom hinter mir steht und drauf und dran ist, mir schnell einen Klaps auf den Hintern zu geben, weil ich die verbotenen Worte ausgesprochen habe.

Tony blinzelt und sieht verwirrt drein. »Ihr beiden seid Schwestern?«

»Zwillinge.«

»Wow«, grölt Mia. »Ich brauche noch einen Drink.« Sie gießt sich einen aus dem Krug ein und stürzt ihn hinunter.

»Sachte«, warnt Tony im Tonfall eines großen Bruders.

Jetzt, da die Katze aus dem Sack ist, quassele ich wie ein Wasserfall. »Ich habe sie nie kennengelernt, zumindest nicht, soweit ich mich erinnere. Ich wusste bis vor ein paar Tagen nicht einmal von ihr. Ich habe eine Geburtsurkunde unter den juristischen Dokumenten meiner Mutter gefunden. Ich dachte, Marley müsse tot sein oder so, aber jetzt ist sie hier. Aus Fleisch und Blut. Und aus irgendeinem Grund hasst sie mich.«

Tony und Mia glotzen mich beide an, als hätte meine Nase plötzlich ein Eigenleben entwickelt und würde über mein Gesicht spazieren.

»Unfassbar«, ächzt Tony.

»Grandma hat sie bestimmt zurückgelassen, weil sie so eine doofe Zicke ist«, wirft Elle ein.

»Elle! Sag so etwas nicht.«

»Stimmt doch.«

»Marley muss noch ein Baby gewesen sein.«

»Ich wette, sie hat die ganze Zeit geschrien. Auf böse Art. Absichtlich.«

Ich spüre den widersinnigen Drang, meine Schwester zu verteidigen, die mir gerade unmissverständlich klargemacht hat, dass ich verschwinden soll. Die mir die Schuld an ihrer Kindheit zu geben scheint.

Unten hält Marley uns den Rücken zugewandt. Der Soundcheck-Typ hat ihr den Arm um die Taille gelegt. Sie lässt den Kopf kurz auf seiner Schulter ruhen, und er zieht sie in eine Umarmung.

Wie würde ich mich fühlen, wenn meine Mutter mich verlassen hätte, als ich noch ein Baby war? Vor allem, wenn sie mir ein anderes Kind vorgezogen hätte?

Die Schuldgefühle ersticken mich fast, aber ich heiße sie willkommen. Von all meinen Emotionen sind diese hier die vertrautesten. Die behaglichsten. Als sich die schwere Last auf meinen Bauch senkt, kann ich wieder atmen. Meine Beine und Arme hören auf zu zittern, auch wenn das innere Beben noch anhält.

»Lasst uns abhauen«, schlägt Mia vor und legt Elle die Hand auf die Schulter. »Hat noch jemand Lust auf ein Eis?«

»Es hat doch nichts offen«, protestiert Tony.

»Safeway«, erwidert sie. »Eine Packung für jeden. Vier Lieblingssorten, bis wir platzen.«

Vielleicht wörtlich, denke ich, weil mir wieder flau im Magen wird. Aber Elle lebt bei der Erwähnung von Eis auf, und ich muss meines ja nicht essen. Als wir vier unsere Stühle zurückschieben und aufstehen, kann ich nicht anders, als noch einmal hinunter zu Marley zu sehen.

Sie schaut im selben Moment auf. Unsere Blicke treffen sich. Keine von uns winkt.

Ich wende mich als Erste ab, schnell, bevor ich das Gesicht wieder verziehe. Tonys Hand umschließt meine. Ich lasse seine Kraft in mich einfließen, mich stützen, mich durch den Raum und zur Tür hinaus bringen. Aber er wird ernst, und sobald er mich sicher auf dem Beifahrersitz deponiert und die Tür hinter mir geschlossen hat, zieht er sich in sich selbst zurück.

Auf dem Rücksitz unternimmt Mia größte Anstrengungen, Elle zu beschäftigen. Mir selbst überlassen, verliere ich mich in einer nutzlosen Durchsuchung meiner Erinnerungskonten nach irgendeinem Anzeichen von Reue oder Bedauern bei meiner Mutter. Nach irgendeiner Erwähnung eines zweiten Kindes. Irgendeinem Hinweis auf das, was geschehen ist. Aber alles, was ich finde, ist ein weiteres Beispiel dafür, wie sehr sie sich abgerackert hat, Marley aus meiner Welt auszulöschen.

Ich bin fünf. Mom hat mich mit zwei Keksen erwischt, obwohl sie mir nur erlaubt hatte, einen einzigen zu nehmen.

»Nur einen, habe ich gesagt.«

»Ich habe auch nur einen.«

»Maisey, ich weiß sehr gut, dass du den Unterschied zwischen eins und zwei kennst.«

»Ja. Das sind zwei Kekse. Aber bloß einer ist für mich.« Und dann holt mein fünfjähriges Gehirn meine fünfjährige Zunge ein und ich breche ab. Eine Lüge wäre besser gewesen. Ich darf keine Marley-Spiele mehr spielen.

»Und für wen ist der andere?«, löchert mich Mom. Ihre Stimme klingt neugierig, aber es ist eine Falle.

»Für niemanden.«

Moms Hand, die so sanft sein kann, wenn sie mir abends die Haare bürstet, schließt sich fest um mein Kinn und legt mir den Kopf in den Nacken, sodass ich ihr in die Augen schauen muss. »Nuschel nicht, Maisey. Sag mir, für wen der Keks ist.«

»Marley.« Ich kneife die Augen zu und rechne mit einer Ohrfeige.

Sie kommt nicht. Sie lässt mich los. Meine Erwachsenenaugen, die auf die Erinnerung zurückblicken, sehen, dass ihr die Hände zittern. Dass ihre Stimme, als sie mich anweist, in mein Zimmer zu gehen, vor Tränen und nicht vor Wut so angespannt ist.

Ich erwache ruckartig aus der Erinnerung, als Tony auf den Safeway-Parkplatz einbiegt. »Gut, Kinder, dann holt euch euer Eis.«

»Wartet«, sagt Elle. »Telefon.«

Sogar vom Beifahrersitz höre ich, dass es erstens Greg ist und dass er zweitens stinksauer ist. Ich zucke zusammen, als ich sie erklären höre, dass wir gerade mit Tony und Mia auf einem Konzert waren.

Und jetzt brüllt Greg. Ich verstehe keine einzelnen Wörter, aber der Ton ist unmissverständlich.

»Er will mit dir sprechen.« Elle hält mir das Handy hin.

»Sag ihm, dass ich ihm eine SMS schreibe.«

Sie zuckt die Schultern und richtet es ihm aus. »Erschieß mich nicht, ich bin bloß die Botin«, frotzelt sie. »Tut mir leid. Na gut, ich entschuldige mich, dass ich so unhöflich war. Ja. Ich weiß. Ich sage es ihr. Gute Nacht. – Wow«, setzt sie hinzu, nachdem sie aufgelegt hat. »Dad muss sich echt mal entspannen.

Schade, dass wir ihm kein Eis schicken können. Kommst du mit rein, Mom?«

Ich lehne den Kopf gegen den Sitz und schließe die Augen. Das Auto ist sicher und warm. Alle Fenster sind geöffnet, und eine kühle Brise, die nach Flieder duftet, weht herein. Plötzlich bin ich viel zu erschöpft, um auch nur die Augen zu öffnen, geschweige denn, um in den Supermarkt zu gehen.

»Ich warte hier. Du weißt ja, was ich mag.«

»Vielleicht überrasche ich dich stattdessen.«

»Du bist immer für eine Überraschung gut, Elle.« Ich zwinge mich, die Augen zu öffnen, und wühle in meiner Handtasche nach meinem Vorrat an Geldscheinen. »Ich bezahle. Bringt auch etwas für Tony mit.«

Die Autotüren schlagen zu. Eine. Zwei. Dann sausen Elle und Mia über den Parkplatz davon.

»Mia wird nie erwachsen werden«, bemerkt Tony, aber in seiner Stimme liegt die Wärme der Liebe.

»Sie ist großartig. Sie kann wunderbar mit Elle umgehen.« Wieder bekomme ich einen Kloß im Hals. Ich hatte ganze fünf Minuten lang eine Schwester, bevor ich sie wieder verloren habe.

»Sie liebt Kinder«, erklärt Tony. »Die Kinder meiner anderen Schwestern sind immer gern bei ihr. Mia sagt, das sei perfekt, weil sie so all den Spaß mit den Kindern hat, ohne je harte Arbeit oder schlaflose Nächte ertragen zu müssen. Oder einen Mann.«

Mein Handy summt und summt gleich wieder. Eine SMS nach der anderen trifft ein.

»Elles Vater?«, tippt Tony.

»Ja.« Ich scrolle durch eine Reihe Nachrichten. Greg schreibt schon den ganzen Tag SMS. Jede neue Nachricht ist drängender als die letzte. »Ihm gefallen unsere Aktivitäten überhaupt nicht.«

»Wahrscheinlich macht er sich Sorgen. Du solltest ihn vielleicht anrufen.«

»Spinnst du? Wenn ich ihn auf den neuesten Stand bringe, macht er sich erst recht Sorgen.«

»Ihr redet also nicht viel miteinander?« Tonys Tonfall ist neutral. Sein Gesicht liegt im Schatten. Es ist unmöglich einzuschätzen, ob er nur höflich plaudert oder die Antwort wirklich hören will.

»Normalerweise nur über Elle.«

Beziehung hin oder her, die Vorstellung, Greg anzurufen, während ich hier neben Tony sitze, fühlt sich in meinem Bauch falsch an. Ich starre die Fragen auf dem Bildschirm an und denke darüber nach, wie ich eine Zusammenfassung formulieren soll, die ihn nicht aus der Fassung bringt, als das Handy schon wieder summt. Diesmal leuchtet auf dem Display ein Anruf auf.

Ich füge mich ins Unvermeidliche und nehme ab.

Ich hätte mir keine Gedanken darüber machen müssen, taktvoll zu sein. Greg ist schon dabei, mit Überschallgeschwindigkeit die Fassung zu verlieren.

»Wo zum Donnerwetter wart ihr?«

»Hol Luft, Greg. Es besteht kein Anlass …«

»O doch! Es besteht mehr als genug Anlass! Sogar so viel, dass ich damit einen ganzen Schriftsatz füllen könnte!«

»Mir geht es gut. Elle geht es auch gut. Wir waren nur …«

»Unterwegs. Auf einem Konzert. Mit einem Typen, den du noch nicht einmal kennst. Hast du den Verstand verloren?«

Er schreit. Ich weiß, dass Tony jedes einzelne Wort hört, aber es ist zu spät, um aus dem Auto zu steigen und das Gespräch privat zu halten. Greg schreit meines Wissens niemanden sonst an. Er ist ruhig. Beherrscht. Höflich. Die Wutanfälle, die ich bei ihm auslöse, waren stets unser Geheimnis.

Kein gutes Geheimnis wie ein Geburtstagsgeschenk oder eine Überraschung. Unser Geheimnis ist widerwärtig, einengend und erstickend.

Normalerweise trete ich angesichts seines Zorns den Rückzug an, aber die Entfernung zwischen uns und die Anwesenheit eines starken, beschützenden Mannes neben mir im Auto sind unfassbar befreiend. Statt die tobende Bestie in aller Eile zu beschwichtigen, zu besänftigen und zu beruhigen, hebt ein renitenter kleiner Teil von mir die spitzen Ohren und übernimmt die Kontrolle. Ich ertappe mich dabei, wie ich unwillkürlich Gregs üblichen ultraruhigen, nervtötend vernünftigen Tonfall nachahme.

»Wir waren in einer Familienangelegenheit unterwegs. Ich frage mich, warum du so wütend bist.«

»Verdammt, machst du Witze? *Familienangelegenheit*? So nennst du das also, wenn du ein Date hast? Du bist nicht ans Handy gegangen, also habe ich versucht, Walter anzurufen. Eine fremde Frau hat abgenommen. Sie hat mir mitgeteilt, dass du auf einem Konzert bist und mit wem. Elle hat mir die Tatsachen gerade bestätigt. Also lüg mich ja nicht an.«

»Mir war nicht klar, dass ein Konzert dir so ein Dorn im Auge ist. Es war Countrymusik. Noch nicht einmal Hardrock. Keine Fledermäuse, keine Kätzchen, kein Blut.«

Greg senkt die Stimme, aber er betont theatralisch jede einzelne Silbe. Wahrscheinlich klebt Speichel an seinem Telefon. »Ein Konzert ist unter normalen Umständen in Ordnung. Aber du bist zur Beerdigung deiner Mutter da. Du hast Walter mit einer Fremden zu Hause gelassen. Allein. Du hast Elle mitgenommen, als du mit Leuten ausgegangen bist, die du nicht einmal kennst.«

Jeder seiner Sätze facht die ohnehin schon lodernden Feuer aus Schuldgefühlen in meiner Psyche noch weiter an. Ich bin drauf und dran, auf eine allgemein gehaltene Entschuldigung zu verfallen, als er seine ganze Rhetorik mit dem einen Satz ruiniert, der mich unter Garantie in die Rebellion treibt.

»Was sollen denn die Leute denken?«

Meine Mutter hat mir früher auch dauernd diese Frage gestellt. Und meine Antwort an sie war jahrelang dieselbe: »Ich weiß es nicht. Was sollen sie denn denken?«

Ich stelle mir vor, diese Worte zu Greg zu sagen. Ich male mir aus, wie sein Gesicht in Reaktion darauf vor Wut überschäumt und die gewundene blaue Ader an seiner linken Schläfe anschwillt wie sonst nur zur Hauptverkehrszeit. Ich sehe seine Finger am obersten Knopf seines makellosen Hemds zucken und seinen perfekt darauf abgestimmten Schlips zurechtrücken.

Ich denke an die Art, auf die er ständig vage Missbilligung für meine Lebensweise, meinen Erziehungsstil, meine Entschlüsse und dann wiederum meine Unentschlossenheit zum Ausdruck bringt. Wie er mir gefolgt ist, nachdem wir uns getrennt hatten, erst nach Seattle, dann nach Kansas City, mit dem absolut vernünftigen Argument, es sei das Beste für Elle, wenn wir gemeinsam für sie sorgten. Egal, wohin ich gehe oder was ich tue, Greg ist immer da, um meine Unzulänglichkeiten und Fehler hervorzuheben.

Aber jetzt bin ich auf absehbare Zeit hier. Und ich bleibe auch so lange hier, wie mein Dad mich braucht. Greg hat Linda und das Baby. Es wäre nicht vernünftig von ihm, seine Familie und seine florierende Kanzlei einzupacken und zurück in die Pampa zu ziehen, um mich im Auge zu behalten.

Der Gedanke macht mich mutig genug, die Warnzeichen zu ignorieren, mein schlechtes Gewissen zum Schweigen zu bringen und einfach weiter dagegenzuhalten.

Ich ahme seine Sprechweise Ton für Ton nach. »Ich weiß es nicht, Greg, was sollen sie denn denken? Und noch wichtiger: Was sollen sie denken, wenn sie herausfinden, dass Walter nicht mein leiblicher Vater ist und dass ich eine Zwillingsschwester namens Marley habe, die in den Tri-Cities lebt und in einer Countryband singt?«

Schweigen am anderen Ende der Leitung. Sorgsam beherrschte Atemzüge.

Als er wieder spricht, ist er in seinen Gerichtssaalton zurückgefallen, den er gegenüber unzuverlässigen Zeugen zum Einsatz bringt. Ich kann mir vorstellen, wie er der unsichtbaren Jury, die über meinen Fall urteilt, verständnisinnige Blicke zuwirft. Vielleicht ein kleines Kopfschütteln, bevor er sich zu mir beugt und eine ruhige, herablassend mitfühlende Miene aufsetzt.

»Hör zu, Maisey. Ich habe dich hart angefasst. Ich weiß, dass du unter großem Stress stehst. Meinst du nicht, dass deine Fantasie dir vielleicht einen Streich spielt?«

Was er damit ausdrücken will, ist: Hast du jetzt wirklich nicht mehr alle Tassen im Schrank? Bist du komplett verrückt geworden? Brächte es dich vielleicht wieder zur Vernunft, in einer Nervenheilanstalt durchgecheckt zu werden?

Ich hole tief Luft, um mich zu sammeln, und spreche weiter. »Ich habe zwei Geburtsurkunden gefunden, meine und eine für meine Schwester Marley. Walter war nicht der Name des Vaters auf auch nur einer von ihnen. Oh, und ich habe eine Pistole im Strickbeutel meiner Mutter entdeckt, und ja, ich glaube, dass es als Familienangelegenheit zählt, wenn ich zum Konzert meiner Schwester gehe und versuche, mit ihr zu sprechen.«

Wieder dieses Schweigen und die kontrollierte Atmung. »Ich schicke meine Mom zu dir rüber, ja? Damit sie nach dir sieht? Einfach, um sicherzugehen …«

»Ich bin nicht verrückt, Greg. Ich ärgere mich darüber, dass du es auch nur andeutest. Deine Mutter mag mich nicht, und sie war nicht gerade die beste Freundin meiner Mutter. Also lass es bitte.«

»Maisey …« Er wird wieder laut.

Tony ist schnell, zu schnell, als dass ich ihn aufhalten könnte. Er schnappt sich das Telefon aus meiner zitternden Hand.

»Greg? Hi. Hier ist Tony. Du hilfst nicht gerade. Vielleicht rufst du sie noch einmal zurück, wenn du ruhiger bist.« Tony drückt auf »Anruf beenden« und schneidet Gregs Gestammel mittendrin ab. »Du könntest seine Nummer sperren.«

»Ich könnte … was?« Die Vorstellung ist mir unverständlich und völlig fremd.

»Seine Nummer sperren. Wenn er dich belästigt.«

Ich schüttele den Kopf, um ihn klar zu bekommen. »Das ist eigentlich keine Belästigung. Er macht sich Sorgen um Elle. Wir teilen uns das Sorgerecht. Ich kann mich nicht gerade weigern, mit ihm zu reden.«

Die Atmosphäre im Auto fühlt sich trotz der ruhigen Nacht draußen elektrisch geladen an. Mir stellen sich die Nackenhaare auf.

»Gib mir das Handy, Tony. Ich muss ihn zurückrufen und alles erklären.«

»Du musst gar nichts.«

»Du verstehst das nicht! Er ist Anwalt. Er könnte mir Elle wegnehmen.« Mir versagt die Stimme. Ich fächele mir mit der Hand Luft zu, wedele Tränen weg und versuche, mich an einem seltsamen Luftschnappen zu hindern, das mein Körper ausgelöst hast, als wäre aller Sauerstoff der Welt ihm nicht genug.

Tony sackt in sich zusammen. »Entschuldige bitte«, bedauert er. »Es tut mir so leid. Es ist nur … Mein Gott, ich hasse Kerle, die Frauen solchen Scheiß antun. Ich lerne wohl nie, den Mund zu halten.«

»Schon gut. Ich … Es war schön, dass jemand sich für mich eingesetzt hat. Und ich verstehe, warum du das von ihm glaubst. Aber er ist ein guter Vater. Und normalerweise schreit er auch nicht so.«

»Es ist dieser Ton, in dem er gesprochen hat, damit du dir dumm vorkommst. Das hast du nicht verdient.«

Das ist der Moment, in dem die Erinnerung mich trifft, mitten zwischen die Augen und heftig genug, um mich gegen den Sitz zu werfen.

Es ist nicht mehr Tony, der am Steuer sitzt. Es ist Greg.

Es ist spät, winterspät, und schon seit mindestens drei Stunden dunkel. Schnee sammelt sich schneller auf der Windschutzscheibe, als die Scheibenwischer ihn wieder beiseitefegen.

Wir parken in einer Ecke des Parkplatzes. Das grelle Licht der Tankstelle erreicht mich auf dem Beifahrersitz nicht, sondern beleuchtet nur Gregs Gesicht, sodass er körperlos und gespenstisch wirkt.

»Wann, Maisey? Wenn du es ständig weiter aufschiebst, wird das Baby irgendwann noch unser Blumenmädchen.«

Ich fasse mir automatisch an den Bauch. Zur Antwort spüre ich das Strampeln des Babys in meiner Gebärmutter. Die Kleine fühlt sich an wie ein Fisch, ein winziges Fischlein, das an einem dunklen, privaten Ort heranwächst, der bisher nur mir gehört.

Greg will halbe-halbe machen, aber ich bin mir nicht sicher, ob ich ihm etwas abgeben möchte.

»Ich weiß nicht, wann. Bald. Nur … jetzt noch nicht.«

Jeden zweiten Tag fragt er nach der Hochzeit, von der er schon seit der Highschool redet, für die er mir vor Monaten einen Ring geschenkt hat, die er bereits wollte, bevor wir zusammengezogen sind, bevor wir schwanger geworden sind. Die Hochzeit, die er will, weil er sagt, dass er mich liebt.

Ich habe keinen guten Grund, sie aufzuschieben, und doch tue ich es. Wieder und wieder und wieder. Natürlich liebe ich ihn. Wie könnte ich auch nicht? Er kauft mir Blumen und geht mit mir aus. Er ist gut aussehend und klug und wird einmal reich sein. Aber meine Liebe verblasst im Vergleich zu der, die er für mich zum Ausdruck bringt. Seine fühlt sich zu heiß an, zu grell, wie ein Feuer, das mich verzehren könnte, wenn ich mich zu nahe heranwage.

Was auch immer ich ihm gebe, scheint nicht zu reichen.

Er will mich mit Haut und Haaren, einschließlich der Teile, die ich bisher für mich behalten konnte und vor meiner Mutter versteckt habe. Ich habe von ihr gelernt, wie fordernd Liebe sein kann, mit all den Erwartungen, denen ich nie gerecht werden kann. Irgendetwas in mir rebelliert dagegen, mein Inneres – oder das winzige Baby, das in mir wächst – an Greg abzutreten.

Mom will, dass ich ihn heirate. Dabei weiß sie noch nicht einmal von dem Baby. Mein Geheimnis. Bisher noch ein Teil von mir, der niemanden außer mir etwas angeht.

Sie will, dass ich ihn heirate, weil er solide ist, während ich unbeständig bin. Konzentriert, während ich zerstreut bin. Erfolgreich. Verlässlich und gesetzestreu. Er wird einmal mehr als genug Geld verdienen, um mich komfortabel zu versorgen. Sie ist der Ansicht, dass er mir helfen wird, zu der Frau zu werden, die ich sein kann. Was sie damit meint, ist, dass ich dann vielleicht endlich damit aufhöre, wetterwendisch, unentschlossen und verantwortungslos zu sein.

Mein Leben lang hat meine Mutter Entscheidungen für mich gefällt, weil sie nie darauf vertraut hat, dass ich selbst welche treffen kann. Und ich habe es zugelassen. Ich habe sie alles auswählen lassen, von der Farbe meines Haarbands als Kind über meine Universität bis hin zu meinem Hauptfach: Journalismus. Wir wissen alle, dass ich schrecklich schlecht darin bin, mich zu entscheiden. Warum sträube ich mich also jetzt gegen ihre und Gregs Wünsche?

Aber wann immer Greg mich bittet, ihn zu heiraten, bleibt mir das Wort »Ja« in der Kehle stecken. Ich sage »Vielleicht«, und später natürlich »Ich liebe dich«, denn das tue ich ja, muss ich doch, was stimmt mit mir nicht, wenn ich es nicht tue?

Aber jetzt ist da ein Baby oder zumindest die Verheißung eines Babys, das ändert alles.

Greg saugt einen langen, bebenden Atemzug ein, dann noch einen. Seine Schultern beginnen zu zittern. In stillem Entsetzen wird mir klar, dass er weint, dass ich ihn zum Weinen gebracht habe.

Meine Hand landet wie ein Schmetterling auf seiner Schulter und bleibt dort ruhen, zaghaft. Er versteift sich unter meiner Berührung. Der Muskel, der eben noch weich war, wird steinhart, und meine Hand fliegt zurück auf meinen tröstlichen Bauch und zu dem Baby, das insgeheim darin schwimmt.

»Ich kann das nicht«, sagt Greg.

Ich glaube, dass ich ihn falsch verstanden habe. Aber er setzt sich auf und wendet den Kopf, um mich anzusehen. Sein Gesicht ist tränennass. Seine dunklen Wimpern kleben aneinander. Seine Züge sind vor Leid und Entschlossenheit verzerrt.

»Ich frage dich jetzt zum letzten Mal, Maisey. Gib mir heute Abend eine eindeutige Antwort. Sag Ja. Sag wann. Zum Teufel, du musst es nur aussprechen, dann fahre ich uns beide sofort nach Las Vegas, und wir können uns schon morgen trauen lassen.«

Meine Kehle ist trocken, aber das Gefühl, dass winzige Flügel gegen meine Rippen flattern, rührt nicht von Kummer oder Furcht her. Ich antworte nicht. Kann nicht antworten.

»Ich meine es ernst«, droht er. Sein Ton wird hart vor Verzweiflung. »Sag es mir sofort, sonst ist es aus zwischen uns.«

Angst kommt hereingestürmt, als großer, alter, tollpatschiger Bär, dessen Anprall mein Leben in seinen Grundfesten erschüttert. Ich bin mit Greg zusammengezogen, bevor ich meinen Collegeabschluss hatte. Ich habe noch nie allein gelebt.

Ich habe keinen festen Job. Ich bin mir höllisch sicher, dass ich nicht wieder bei meinen Eltern einziehen will. Wie soll ich je für ein Baby sorgen, wenn ich noch nicht einmal in der Lage bin, für mich selbst zu sorgen? Ich muss Ja sagen. Ich werde Ja sagen. Welche Wahl bleibt mir schon?

Ich öffne den Mund zu den Worten, die mich zu ersticken drohen.

»Ich … kann nicht.«

Gregs Gesicht bekommt rote und weiße Flecken. Seine Hände schließen sich um meine Schultern. Die Finger dringen mir so fest ins Fleisch, dass es sich anfühlt, als würden sie gleich aufeinandertreffen und meine Knochen sprengen.

Ich versuche, mich ihm zu entwinden. »Hör auf. Du tust mir weh.«

Er hört nicht auf. Stattdessen spannen sich seine Finger noch mehr an. Er schüttelt mich. »Das kannst du nicht machen. Es ist auch mein Baby. Genauso sehr mein Baby wie deines. Sag Ja. Sag es.«

»Nein.« Meine Stimme ist leise. Es fällt mir schwer, Luft zu bekommen. Ich sage es noch einmal, lauter und mit aller Kraft: »Nein!«

Er lässt mich los. Ich hole zittrig Atem und glaube, dass es vorbei ist. Ich habe die Augen geschlossen und sehe nicht, was auf mich zukommt. Eine Schmerzexplosion reißt meinen Kopf zur Seite. Lichter blitzen hinter meinen Augen auf. Ich höre mich schon schluchzen, bevor ich mir dessen bewusst genug bin, um es zu unterdrücken, die Zähne zusammenzubeißen und gegen den Schmerz anzuatmen.

»Du kannst nicht allein ein Baby großziehen, Maisey. Sehen wir der Wahrheit ins Auge: Du bist ein Dummerchen. Und niemand wird meine Gebrauchtware wollen. Wenn du also glaubst, dass du einen anderen Vater für sie findest, kannst du das vergessen. Du bist ja ganz hübsch für ein Mädchen aus der

Kleinstadt, aber nicht so schön, dass du daraus Kapital schlagen könntest. Das hier ist deine letzte Chance.«

»Maisey?«

Nicht Gregs Stimme. Tonys.

Ich hole Luft, dann noch einmal. Ich hebe die Hand an mein Gesicht, erinnere mich an die Form des Blutergusses, der sich damals wochenlang darin gehalten hat. Ich habe ihn mit meiner Neigung erklärt, gegen Türen zu rennen.

Als ich die Augen öffne, erkenne ich den Ausdruck auf Tonys Gesicht. Ich habe ihn hundertmal auf anderen Zügen wahrgenommen.

»Nicht«, wehre ich ab.

»Was *nicht*?«

»Du bist drauf und dran, mir einen Vortrag zu halten oder gute Ratschläge zu erteilen oder so.«

»Kannst du Gedanken lesen?«

»Ich kenne einfach diese Miene. Komm schon, sag es mir. Was habe ich jetzt wieder getan? Oder nicht getan?«

»Du?« Er wirkt aufrichtig verwirrt. »Du hast gar nichts getan. Ich … mache mir nur Sorgen. Um dich und Elle.«

»Greg wird schon nicht herfliegen und mich zusammenschlagen. So etwas tut er nicht.«

Er hat mich nur ein einziges Mal geschlagen.

Die Worte blitzen vor meinem inneren Auge auf wie eines dieser LED-Schilder. Ich zucke zusammen, weil ich darin einen Satz wiedererkenne, den ich im Fernsehen, auf Facebook und von einigen meiner Freundinnen gehört habe, ohne je zu merken, dass er auch in meiner eigenen Psyche lauert. Ich presse den Rücken an die Tür, ein Knie auf den Sitz hochgezogen. Meine Arme sind eng gegen das Zittern verschränkt, das sich so tief in mir fortsetzt, dass ich es nicht berühren kann.

Tony räuspert sich. »Gut zu wissen. Aber ich wollte dir eigentlich noch etwas anderes erzählen. Ich habe Dienstag auf dem Schießplatz nach deiner Mom und der Pistole gefragt. Der Besitzer hat berichtet, sie sei vor ein paar Monaten das erste Mal dort gewesen. Ist jeden Tag aufgetaucht und hat Fragen darüber gestellt, wie man Eindringlinge aufhält und tödliche Schüsse abgibt.«

»Und?« Er hat diese Information seit ein paar Tagen und hat sie nicht an mich weitergegeben.

»Und wenn man das mit der Feindseligkeit deiner Schwester zusammennimmt …«

»Marley? Du glaubst, dass Mom Angst vor Marley hatte? Zugegeben, sie war kalt, aber ich bezweifle, dass sie eine wahnsinnige Massenmörderin ist.«

»Du hast ganze fünf Minuten mit ihr gesprochen. Wie willst du das wissen? Du sagst, dass sie über dich Bescheid weiß. Was, wenn sie gerade erst deine Mom aufgespürt hatte und hinter ihr her war? Findest du nicht, dass es ein etwas zu großer Zufall ist, dass sie heute Abend ausgerechnet hier ein Konzert gegeben haben? Die Band ist zu gut für das Northern Ales. Sie haben sicher größere Auftritte.«

Mir fällt nichts ein, was ich zur Antwort darauf sagen kann. Das Erste, was mir in den Sinn kommt, ist, dass Tony paranoid ist. Was er andeutet, passt eher in ein Drehbuch. So etwas passiert doch nicht in einem wohlgeordneten, strukturierten Leben wie dem meiner Mutter.

Aber vielleicht war ihr Leben ja gar nicht so wohlgeordnet und strukturiert.

Tony verlagert seine Sitzhaltung. »Hör zu. Ich sage bloß, dass du vorsichtig sein sollst, okay? Schließ die Türen ab. Schlaf mit dem Telefon neben dem Bett. Wenn Marley aus heiterem Himmel bei dir vor der Tür steht, ruf mich an, bevor du sie hereinlässt.«

»Das kann ich dir ohne Weiteres versprechen. Schließlich ist es wahrscheinlicher, dass der Papst bei mir aufkreuzt, als dass meine Schwester mich besucht. Wenn auch nur einer von beiden an die Tür klopft, rufe ich dich an.«

»Ich meine es ernst.«

Er meint es wirklich ernst. Er ist straffer gespannt als eine zu fest angezogene Gitarrensaite. Noch eine Drehung, dann reißt irgendetwas. Er beißt die Zähne so angestrengt zusammen, dass der Kiefermuskel hervortritt. Ein leichter Schweißfilm glänzt auf seiner Stirn. Seine Atmung hat sich dermaßen beschleunigt, dass ihr Tempo fast mit dem meiner mithalten kann.

Das lockt wieder meine Erinnerung an Greg und den Abend, an dem er mich geschlagen hat, hervor. Was hat mich nur geritten, so mit ihm zu sprechen, wie ich es eben am Telefon getan habe? Ich habe Angst vor meiner eigenen Courage, und Tony, mein verlässlicher Beschützer, wirkt plötzlich tödlich. Zu groß. Zu männlich. Zu angefüllt mit unausgeloteten Möglichkeiten. Wo um alles in der Welt stecken Mia und Elle? Bestimmt hatten sie doch reichlich Zeit, jede einzelne Eispackung im Supermarkt genau unter die Lupe zu nehmen. Eine Gruppe von Teenagern strömt lachend und rangelnd aus einem Auto hervor. Die Automatiktür am Eingang des Ladens öffnet sich, speit aber nur einen alten Mann aus, der gebückt davonschlurft und eine braune Papiertüte in der Hand hält.

Keine Mia. Keine Elle.

Mein Atem bleibt wiederholt an etwas Scharfem in meiner Kehle hängen. Greg hat zumindest mit einem recht: Ich weiß wirklich nichts über Mia oder Tony. Ich habe ihm vertraut, zum Teil wegen seines Berufs, zum Teil auch, weil er bis zu diesem Augenblick dafür gesorgt hat, dass ich mich sicher und beschützt gefühlt habe. Aber gewalttätige Männer können durchaus bei der Feuerwehr sein. Stalker bei der Polizei. Vielleicht ist Tony ja sogar der Kerl, vor dem meine Mutter Angst hatte. Ich weiß es nicht. Ich schiebe die Hand in die Tasche, taste nach meinem Handy und umklammere es, bereit, den Notruf zu wählen, wenn es sein muss.

»Ich werde mit zwei Telefonen am Bett schlafen«, sage ich laut, höre, wie angespannt meine Stimme klingt, und hasse es. »Handy und Festnetz. Ich achte darauf, dass alle Türen und Fenster verschlossen sind. Ich wähle den Notruf, bevor ich irgendjemanden einlasse.«

»Gut.« Er entspannt sich ein bisschen. Ich beobachte, wie er es tut. Eine Muskelgruppe nach der anderen. Kinn. Schultern. Hände. »Ich wollte dir keine Angst machen. Manchmal bin ich ein bisschen zu heftig. Es ist nur … Irgendetwas an dieser Situation macht mir Bauchschmerzen. Dein … Greg … hat diesen ganzen Mist ausgelöst.«

»Er ist nicht *mein* Greg. Er war schon vor Elles Geburt nicht mehr mein Greg. Er ist verheiratet.«

Wir sitzen in angespanntem, verlegenem Schweigen da und starren beide in die Nacht vor uns. Er trommelt mit den Fingern aufs Steuerrad. Ich umklammere mein Handy. Noch zwei Minuten, dann mache ich mich auf die Suche nach Elle.

Genau eine Minute und fünfundzwanzig Sekunden nach Beginn meines Countdowns kommen Mia und Elle aus dem Supermarkt. Beide tragen jeweils eine Einkaufstüte. Elle lacht. Mia redet ununterbrochen, selbst noch in dem Moment, als sie die Autotür öffnet.

»Und dann, sagt George, ist ein Bär gegen ihn gerannt. Kannst du dir das vorstellen? Er hat den Bären nicht angefahren. Er saß da bloß auf seinem Quad, und der Bär kam aus dem Wald geschossen und ist einfach über ihn hinweggesaust. Ist nicht einmal stehen geblieben, um sich umzuschauen …«

Eine kühle Brise weht mit den beiden ins Auto, ein frischer Schwung Bergluft mit dem Duft von Bäumen und einem

Unterton von Benzin und Abgasen. Sie bläst mir den Kopf frei. Erdet mich.

»Wir haben eine Packung für alle«, frohlockt Elle. »Sogar für Grandpa und Mias Mom.«

Ich denke daran, wie Tony seine Mutter behandelt, wie sie ihn auf die Stirn geküsst hat, bevor er gegangen ist. Die Art, wie Mia ihn unverkennbar anhimmelt. Er war bisher nichts als hilfsbereit. Ich habe keinen Grund zu glauben, dass er gefährlich ist. Genauso wenig wie einen anzunehmen, dass Marley bald mordlüstern vor meiner Tür auftauchen wird.

Leahs Tagebuch

Als er mich das erste Mal schlug, war ich im sechsten Monat schwanger und schon unbeholfen und schwerfällig. Ich war immer schlank und leichtfüßig gewesen. Jetzt kam ich mir wie ein Sperrguttransporter auf einer zweispurigen Landstraße vor. Der Arzt erklärte, dass ich wegen der Zwillinge besonders dick sei. »Lassen Sie es ruhig angehen«, riet er mir. »Schalten Sie einen Gang runter. Zwillingsschwangerschaften bergen besondere Risiken, und die Babys werden normalerweise zu früh geboren.«

Beim letzten Termin hatte er auch gesagt: »Keinen Sex mehr.«

Ich war erleichtert über das Verbot. Die Babys waren jetzt mehr als eine Fantasievorstellung. Sie bewegten sich in mir wie verborgene unterirdische Kreaturen. Wir drei bildeten eine ganz eigene Welt. Sex fühlte sich wie ein Einbruch an, als könnten wir sie stören, sie verletzen, sie irgendwie besudeln.

Boots teilte meine Erleichterung nicht. Wir stritten uns nach dem Arztbesuch. Seine Wutanfälle wurden immer heftiger. Es ging nicht nur um den Sex. Er drängte mich mittlerweile, andere Dinge zu tun, die ich wegen der Babys nicht mehr machte. Eine Zigarette zu rauchen. Alkohol zu trinken.

»Es ist nur eine einzige Party«, sagte er an dem Abend zu mir. »Wir gehen hin. Kannst du etwas anderes zum Anziehen auftreiben als dieses Zelt? Du siehst wie eine schwangere Oma aus.«

Seine Worte kränkten mich. Er zog schon die ganze Woche über mein Aussehen her. Über meine Gewichtszunahme. Die hässlichen roten Dehnstreifen, die sich auf meinem wachsenden Bauch bildeten. Ich stimmte ihm zu. Meine Jeans waren schon längst keine Option mehr. Ich trug inzwischen Umstandskleider, weil das am einfachsten war. Ich war im Goodwill-Laden gewesen und hatte mitgebracht, was ich hatte finden können. Das Kleid war potthässlich. Ich war potthässlich.

Ich hatte von jeher eine scharfe Zunge gehabt. Das wusste Boots auch zu schätzen, solange sie nicht gegen ihn gerichtet war. Ich war verletzt, und so zahlte ich es ihm heim und zielte auf seine wunden Punkte. »Wenn du dir einen guten Job suchen würdest, statt den ganzen Tag herumzugammeln, könnte ich mir vielleicht etwas Hübsches kaufen.«

»Du bist inzwischen eine richtige Nervensäge«, schimpfte er. »Das gefällt mir nicht.« Sein Blick war kalt geworden. Er betrachtete mich so, wie er sonst Lehrer und Polizisten musterte.

Ich hätte die Warnung ernst nehmen sollen. Aber ich ließ mich nicht einschüchtern. »Und mir gefällt nicht, wie du mich ansiehst. Es geht nicht mehr nur um dich und mich …«

Das waren die magischen Worte, die seine Fäuste entfesselten.

Ohrfeigen gab es bei Boots nicht. Es war ein richtiger rechter Haken gegen meinen Wangenknochen. Er streckte mich nieder. Ich war schwer. Der Sturz verrenkte mir den Rücken. Mein Kopf prallte auf den Boden. Ich sah Lichtblitze. Er stand über mir, starrte nach unten und atmete laut durch die Nase.

»Vielleicht bist du irgendwann wieder zu etwas nütze«, knurrte er voller Hohn. »Ich gehe auf die Party. Du kannst hierbleiben.«

Und dann trat er mich in den Bauch. Es war noch nicht einmal ein sehr heftiger Tritt. Zu dem Zeitpunkt war ich die Energie nicht wert, die er verlangt hätte. Es war eine Geste der Verachtung, so wie jemand ein Stück Müll auf der Straße beiseitetritt. Aber die schönen, glänzenden Cowboystiefel liefen spitz zu, und meine Haut war straff gespannt wie eine Trommel.

Meine Seele und mein Herz taten am meisten weh. Etwas in mir zerbrach damals und ist bis heute zerstört. Man könnte glauben, dass all die Jahre mit dir es wieder hätten heilen lassen, mein Walter. Aber manche Dinge lassen sich wohl einfach nicht reparieren.

Ich hatte mehr Angst um die Babys als um mich selbst. Was, wenn der Tritt etwas in mir beschädigt hatte? Sie verletzt hatte? Wenn es nur um mich allein gegangen wäre, hätte ich ihm entweder weiter die Stirn geboten oder ihn verlassen. Zumindest möchte ich das gern glauben. Aber ich war jung und verängstigt und hochschwanger. Wohin hätte ich gehen sollen? Was hätte ich tun sollen?

Ich hatte meine Lektion gelernt. Als er betrunken nach Hause kam, Entschuldigungen brabbelte und mich um Verzeihung anflehte, hielt ich ihn im Arm und schwor ihm wieder und wieder, dass ich ihn nie verlassen würde, dass wir zwei immer geschlossen gegen die Welt stehen und selbst die Babys keinen Keil zwischen uns treiben würden.

Das war alles gelogen.

Ich wusste schon damals, dass ich mir einen Plan einfallen lassen würde, um ihn zu verlassen.

Kapitel 19

Als wir in die Einfahrt am Haus meiner Eltern einbiegen, brennen dort alle Lichter. Meine Angstsensoren heulen sofort los wie ein Feueralarm. Dad sollte im Bett liegen. Er sollte schlafen. Bestimmt ließe Tonys Mom doch nicht zu, dass er wieder Sachen verbrennt. Aber was weiß ich eigentlich über sie?

Ich springe schon aus dem Auto, bevor es ganz angehalten hat. Kein Anzeichen von Rauch oder Feuer, Gott sei Dank, aber ich haste trotzdem in gewaltigen Sätzen zur Tür, Superwoman ohne Cape.

Dad und Mrs Medina sitzen so bequem wie nur irgend möglich am Küchentisch und halten beide Becher mit heißem Tee in der Hand. Sie ist eine rundliche, gemütlich wirkende Frau mit den gleichen blauen Augen wie Mia und Tony, aber ihr Haar ist heller, mausbraun mit grauen Strähnen. Sie sitzt dicht neben Dad und lässt eine Hand auf seiner Schulter ruhen. Seine Augen sind rot und verquollen, als hätte er geweint.

Die Erleichterung darüber, dass es ihm gut geht, weicht Schuldgefühlen, die mich wie ein Schlag in die Magengrube treffen.

Meine Mutter wird morgen begraben, und die Fremde, mit der ich Dad zurückgelassen habe, tröstet ihn besser, als ich es bisher konnte.

Er versucht dennoch, mich anzulächeln. »Da ist ja mein Mädchen«, freut er sich. »Hannah hat mir gesagt, dass es dir gut geht und dass ich mir keine Sorgen machen soll. Aber ich konnte nicht schlafen.«

»Es tut mir leid, Daddy.«

»Wir haben Eis mitgebracht.« Elle kommt hereingeflitzt. »Ich hoffe, du magst Schokoladeneis, Grandpa. Wir wussten nicht, was du magst, also haben wir uns für etwas Einfaches entschieden. Aber wenn es dir nicht schmeckt, kannst du etwas von meinem Cookies-and-Cream-Eis abhaben.«

Mia stellt sich neben sie an die Theke. Die beiden bauen eine Reihe von Eiskartons auf, holen Löffel sowie Schälchen und suchen in Moms makellos organisierten Besteckschubladen nach einem Eisportionierer.

Ich ignoriere das Eis und ziehe mir einen Stuhl an eine Stelle, von der aus ich Dad direkt in die Augen sehen kann. Er ist traurig und verwirrt. Ich sollte ihn in Ruhe lassen. Aber mein Bedürfnis nach Antworten ist stärker als mein besseres Ich.

»Wir waren in einem Konzert, Dad. Um meine Schwester Marley und ihre Band zu hören. Sie war zu sauer, um mit mir zu reden. Ich möchte nicht behaupten, dass ich es ihr verdenken kann.«

Dads Körper zuckt, als hätte ich ihm mit einem Taser einen Elektroschock verpasst. Tee schwappt über den Rand seines Bechers und auf den Tisch, als er die Hände zurückzieht und in den Schoß sinken lässt.

»Ich habe Mist gebaut«, keucht er.

»Keine Sorge, ich habe das schon im Griff.« Mrs Medina eilt zur Theke hinüber, um Küchenpapier zu holen. Allerdings glaube ich nicht, dass Dad den Tee meint.

»Du hast Papiere verbrannt. Du hast Dokumente geschreddert. Du hast gesagt, du hättest etwas vergessen. Was weißt du, das du mir verschweigst?«

Er schüttelt nur den Kopf und weicht meinem Blick aus.

Ich sehe aus dem Augenwinkel, dass das Eisauffüllen zum Erliegen gekommen ist. Alle starren uns an und warten. Ich komme mir wie eine Tyrannin vor, wie eine Verhörspezialistin, aber ich kann nicht aufhören. Ich muss es wissen.

»Ich habe die Geburtsurkunden gefunden. Ich habe die rosa Decken gefunden. Ich habe den Teil der Liste gefunden, der dich anweist, alle Papiere zu vernichten. Ich habe die erste Seite von Moms Tagebuch entdeckt. Hast du das auch verbrannt?«

Er atmet zittrig ein. »Lass die Sache auf sich beruhen, Maisey.«

»Das kann ich nicht. Verstehst du denn nicht? Du wusstest Bescheid. Du wusstest die ganze Zeit, dass es Marley wirklich gibt. Du hast zugelassen, dass Mom mir eingeredet hat, ich hätte sie mir nur ausgedacht. Dass ich mir etwas einbildete. Sie hat mich zur Therapie geschleift, mich glauben gemacht, ich wäre verrückt.«

Er stößt einen kleinen erstickten Laut in der Kehle aus und lässt den Kopf in die Hände sinken.

»Ich mache dir keine Vorwürfe dafür. Ich weiß ja, wie sie war. Sie hat dir ein Versprechen abgenommen. Aber sie ist jetzt nicht mehr da. Du kannst es mir sagen. Du warst immer ein großartiger Dad. Ich weiß, dass sie dich dazu gezwungen hat. Ich weiß, wie sie ist … war …«

»Hör auf.« Er hebt den Kopf. Sein Blick richtet sich auf mich, laserklar.

»Ich höre nicht auf. Sie hat mich angelogen. Sie hat dich kontrolliert. Sie …«

»Ich sagte, hör auf!« Dad schlägt mit der Hand auf den Tisch. Sein Becher klirrt. Mein Magen unternimmt eine Fahrstuhlfahrt in meine Kehle. Er hat mich noch nie angeschrien. Nie eine Tür zugeschlagen oder eine drohende Geste gemacht. Ich erstarre wie ein verängstigtes Kaninchen.

»Du weißt überhaupt nichts über deine Mutter, Maisey. Das lasse ich mir nicht bieten. Ich werde nicht über sie reden. Nicht über diese Sache. Weder heute Abend noch jemals. Was geschehen ist, ist geschehen und bleibt geschehen. Verstanden?«

Ich gaffe ihn schockiert an. Das tun wir alle. Tony sieht aus, als wäre er aus Stein gemeißelt. Mrs Medina legt einen Arm um Mia und zieht sie eng an sich. Der sonst so unverwüstlichen Elle steht sogar der Mund offen.

Was mich betrifft, möchte ich gleichzeitig zu einem blubbernden kleinen Häufchen Elend zusammensinken, das sich entschuldigt, und Dad an den Schultern packen und schütteln.

»Sag mir nur eines. Sind wir in Gefahr? Mom hatte eine Pistole. Wovor hatte sie Angst? Wenigstens das musst du mir verraten.«

Er blinzelt, reibt sich die Augen und mustert die Gesichter in der Küche, als hätte er sie noch nie zuvor gesehen.

»Feiern wir eine Party? Ich bin sehr müde. Ist es sehr unhöflich, wenn ich jetzt einfach ins Bett gehe?« Ohne auf eine Antwort zu warten, schiebt er seinen Stuhl zurück und steht auf.

Er kommt nur ein paar Zentimeter weit, bevor er schwer wieder zurückfällt.

»Ich bin alt geworden, Maisey«, sagt er sanft, als hätte er mich nicht gerade angebrüllt. »Hilfst du einem alten Mann ins Bett?«

Also tue ich das. Ich reiche ihm beide Hände. Er umklammert sie fest genug, um meine Knochen zusammenzupressen. Unter Einsatz meines Körpergewichts lehne ich mich zurück, während er sich vorbeugt, und zerre ihn so auf die Beine. Er schwankt ein bisschen. Ich registriere aus dem Augenwinkel, wie Tony sich in Bewegung setzt, um ihn aufzufangen, wenn er fällt. Aber auf einmal kommt das Schwanken zum Erliegen.

Rotgeränderte Augen sehen in meine hinunter, und Dad seufzt tief. Er drückt mir einen Kuss auf die Stirn. »Du bist ein gutes Mädchen, Maisey. Das warst du schon immer.« Langsam schlurft er durch die Küche. Ich gehe mit und halte ihm die Hand.

All meine Kindheits-Ichs begleiten uns durch die Küche, den vertrauten Flur entlang und ins Schlafzimmer meiner Eltern. Wie oft sind wir genau diesen Weg Hand in Hand gegangen? Nur, dass er damals der starke und tröstliche Anker in meinem Leben war. Der Mann mit den Antworten. Die Ruhe als Gegengewicht zur Leidenschaft meiner Mutter.

Jetzt ist er gebrechlich, und ich bin stark. Wenn er noch der Mann mit den Antworten ist, dann hat er nicht vor, sie mit mir zu teilen.

Er sinkt voll bekleidet aufs Bett. »Ich bin zu müde, um mich auszuziehen«, entschuldigt er sich. »Ist das schlimm?«

»Gar nicht schlimm, Daddy. Solange du dich wohlfühlst.«

Ich ziehe ihm die Schuhe aus, und er fällt hintenüber aufs Bett und wälzt sich wieder auf die Seite meiner Mutter. »Ich denke immer noch, dass sie zurückkommt«, erklärt er. »Ich warte immer noch.«

»Sie kommt nicht zurück, Daddy.«

»Ich weiß.« Jetzt beginnt er zu weinen. Ich lege mich neben ihn ins Bett und lasse den Kopf auf seiner Brust ruhen. Ich habe selbst keine Tränen mehr, nicht heute Abend, nur einen tiefen, beständigen Schmerz in der Brust, der sich anfühlt, als wäre er von jeher da gewesen und würde nie mehr verschwinden.

Ich liege da, bis er zu weinen aufhört. Bis sein Atmen leichter und langsamer wird und in ein leises Schnarchen übergeht. Er ist auf den Decken eingeschlafen. Deshalb hole ich eine Wolldecke aus Moms Zedernholztruhe und decke ihn zu. Ich küsse ihn auf die Wange und stelle das Licht ab.

Draußen in der Küche spült Mia Schälchen und Löffel in einem Becken voll Seifenlauge. Elle trocknet ab. Mrs Medina und Tony sitzen am Tisch. Niemand spricht. Die Atmosphäre im Raum fühlt sich eher an, als hätte es einen Bombenanschlag gegeben, keine Eiscremeparty.

Alle Blicke, die auf mich gerichtet sind, wirken anklagend und verurteilend.

»Geht es ihm gut?«, bricht Elle das Schweigen.

»Er schläft.«

»Vielleicht sollten wir seinen Blutzuckerspiegel überprüfen«, überlegt Tony. »Nur für den Fall, dass er wieder unterzuckert ist.«

»Ich glaube, wir sollten ihn schlafen lassen.« Ich klinge geradezu herrisch. Es ist mir egal. Die Energie, irgendetwas vorzutäuschen, was ich gerade nicht empfinde, ist mir abhandengekommen.

Tony schiebt seinen Stuhl zurück. »Da hast du natürlich recht. Wir sollten jetzt gehen. Morgen wird ein schwieriger Tag.«

Ich werfe einen Blick auf die Uhr. Mein Gott. Es ist fast Mitternacht. Moms Beerdigung ist erst um elf, aber es bleibt noch so viel zu tun.

»Danke, dass Sie auf ihn aufgepasst haben, Mrs Medina.«

Sie lächelt mich an, trotz meines Benehmens, trotz allem. Sie legt mir die Hände auf die Schultern und küsst mich erst auf eine, danach auf die andere Wange. Ihre Lippen sind weich. Ihr Gesicht fühlt sich an meinem kühl an.

»Ich weiß, dass es mir nicht zusteht, Ihnen Ratschläge zu erteilen«, sagt sie. »Aber ich glaube, wenn Ihre Mutter hier wäre, würde Sie Ihnen vielleicht Folgendes empfehlen: Lassen Sie Walter ein bisschen Zeit. Lassen Sie sich selbst ein bisschen Zeit. Sie stehen unter Schock, alle beide. Am Ende wird schon alles gut.«

Ich will ihr glauben, aber ich kann mir nicht vorstellen, dass irgendetwas hiervon je wieder gut wird. Trotzdem nicke ich.

»Sie glauben mir nicht«, fährt sie fort. »Warum sollten Sie auch? Aber ich habe selbst schwere Zeiten durchgemacht. Es wird wieder gut. Sie werden schon sehen.«

»Gehen wir.« Tony legt ihr den Arm um die Taille.

Sie lässt mich los und marschiert mit ihm zur Tür.

Mia umarmt Elle. »Wir gehen zum Bowling. Oder im Walmart einkaufen. Oder ins Kino.«

»Kommst du morgen?«, springt Elle sofort darauf an.

»Das würde ich mir nie entgehen lassen«, versichert Mia.

Elle gähnt. Ihr fallen schon die Augen zu. »Geh ins Bett, Elle Belle«, rate ich ihr.

»Nacht«, murmelt sie.

Sobald Elle sicher auf dem Weg ins Bett ist, fällt Mia mir stürmisch um den Hals. »Ich kann mir nicht einmal vorstellen, was du gerade durchmachst. Was für ein verdammter Mist, oder?« Und dann umarmt sie mich noch einmal.

»Mia!«, ruft Tony von der Tür her.

Sie lacht. »Einmal großer Bruder, immer großer Bruder.«

Mia ist wie eine frische Brise an einem nebligen Morgen, pustet die Luft frei, lässt die Sonne wieder zum Vorschein kommen. Ich erwidere ihre Umarmung fest und folge ihr den Flur entlang.

Tony wartet an der Tür.

»Alles okay mit dir?«, erkundigt er sich.

Ich nicke, unsicher, ob meine Stimme mir gehorcht, wenn ich zu sprechen versuche.

»Schließ die Tür hinter mir ab«, sagt er. »Überprüf alle Fenster. Schlaf mit dem Telefon am Bett. Nur für alle Fälle.«

Das ist alles andere als tröstlich. Ich schlucke einen säuerlichen Geschmack hinunter, der mir im Rachen aufsteigt.

»Vielleicht solltest du mir die Munition zurückgeben? Für Moms Pistole?«

Es ist, als würde ein Vorhang vor seinem Gesicht fallen. Alle Sanftheit ist von einem Augenblick auf den anderen verschwunden. Der harte, verkniffene Ausdruck kehrt zurück. »Ich bin mir nicht sicher, ob das eine gute Idee ist.«

»Du hast mich auf den Gedanken gebracht. Mom hatte die Pistole nicht ohne Grund. Vielleicht brauche ich auch eine.«

»Du weißt nicht, wie man damit umgeht. Pistolen sind gefährlich …«

»Gib mir einfach die Munition. Okay? Wenn ich sie benutze, dann ist etwas noch Gefährlicheres los, glaub mir.«

Er zögert. »Weißt du was? Ich bleibe einfach hier.«

Ich habe keine Ahnung, wie ich darauf reagieren soll. Bevor ich protestieren kann, schenkt er mir sein lockeres, entwaffnendes Lächeln. »Du schläfst besser, wenn du dir keine Sorgen machen musst. Ich schlafe auf dem Liegesessel. Wenn es irgendeinen Ärger gibt, kümmere ich mich darum.«

Das löst meine Probleme wirklich nicht. Kein einziges.

»Du musst schlafen.«

»Ich kann auf dem Sessel schlafen. Außerdem bin ich es gewohnt, Nachtschichten zu übernehmen.«

Es gibt keine taktvolle Art, ihm zu vermitteln, dass ich mich nicht unbedingt sicherer fühle, wenn er auf derselben Seite der abgeschlossenen Tür ist wie ich.

Er missdeutet die Pause und fährt fort: »Hör zu, es ist nicht so, dass ich glaube, dass du einen Mann brauchst, der dich beschützt, weil du eine Frau bist. Mia kann fast noch besser mit einer Pistole umgehen als ich. Aber du bist nicht in der besten Verfassung, um jetzt etwas über Pistolen zu lernen. Du stehst zu sehr unter Schock und bist zu müde. Wie wäre es, wenn ich dich, die Pistole und die Munition nach der Beerdigung zum Schießplatz mitnehme? Ich zeige dir die Grundlagen im sicheren

Umgang damit, bringe dir bei, wie du einen einfachen Schuss abgibst. Und dann gebe ich dir alles zurück. Einverstanden?«

»Ja? Ich weiß es nicht. Ich war noch nie auf der Beerdigung meiner Mutter. Ich kann nicht einschätzen, wie ich mich danach fühle.«

Sein Gesicht wird sanft. Er streckt die Hand so aus, als wolle er sie mir an die Wange legen. Im letzten Augenblick jedoch lässt er sie mit einem kleinen Klatschen gegen seinen Oberschenkel fallen.

»Nicht morgen. Erst in ein paar Tagen.«

»Und in all den Nächten bis dahin spielst du den Leibwächter? Ich dachte, du hättest einen Job.«

»Da ist ja auch noch Mia«, sagt er. »Nur, dass du dann keinen Schlaf bekämst, weil sie einfach nicht aufhören kann zu reden.«

»Tony, ich weiß nicht …«

»Bitte«, stößt er hervor, so, wie ich es mir bei einem Verhungernden vorstelle, der um ein Stück Brot fleht. Gleich darauf entwaffnet mich dieses blitzschnelle und unerwartete Lächeln komplett. »Mama kriegt einen Anfall, wenn ich meinen Beitrag nicht leiste. Bitte, bring mich nicht in Gefahr, den Hintern versohlt zu bekommen.«

Bei seinen Worten sehe ich vor meinem inneren Auge seine sanfte Mutter, einen Meter fünfzig groß und kugelrund, wie sie einen Gürtel in Richtung ihres hochgewachsenen und kräftigen Sprösslings schüttelt. Ein Auflachen entschlüpft mir, bevor ich es verhindern kann. »Ist sie so gefährlich wie Mia? Denn das klingt wirklich furchteinflößend.«

»Absolut. Warte kurz – ich gebe Mia schnell die Schlüssel. So musst du nicht aufbleiben, um mich reinzulassen. Okay?«

»Ich schlafe auf der Couch.«

»Ich bin ganz leise. Du wirst nicht einmal wissen, dass ich hier bin.«

Mein letztes bisschen Widerstand wird von dem ebenso schadenfrohen wie rebellischen Gedanken an Gregs Missbilligung zerstört.

Ich warte auf der Veranda, während Tony den Gehweg entlangjoggt, um alles mit Mia zu besprechen. Sie winkt mir durchs offene Fenster auf der Fahrerseite zu und legt den Rückwärtsgang ein. Die Reifen drehen durch, als sie aus der Einfahrt setzt.

Tony kommt zurück zu mir. Ich lehne mich ans Geländer, um mich abzustützen. Seine Maskulinität überwältigt mich fast. Allein schon der Gedanke, auf dem Sofa zu schlafen, während er ein paar Meter entfernt auf dem Sessel sitzt und mich vielleicht sogar beobachtet, lässt mein Blut an alle möglichen Stellen strömen, an denen es nichts zu suchen hat.

Es hilft nicht, dass er mir die Tür aufhält und mir bedeutet, als Erste ins Haus zu gehen. Ich ziehe den Kopf ein, um unter seinem Arm hindurchzuschlüpfen. Ein Hauch von Moschusduft, Deo und Schweiß steigt mir in die Nase. Er besteht nur aus Muskeln und Testosteron, und, o mein Gott, es ist so lange her.

Verlegen ziehe ich lediglich meine Socken aus, lege mich in T-Shirt und Jeans auf die Couch und ziehe die Decke bis ans Kinn hoch. Tony schaltet das Licht aus und hüllt uns beide in Dunkelheit. Als meine Augen sich daran gewöhnt haben, erkenne ich dank der einen Spaltbreit geöffneten Vorhänge des Wohnzimmerfensters Schemen und Schatten. Tony ist auf dem dunklen Rechteck sichtbar, das der Sessel meines Vaters ist. Ich stelle ihn mir vor wie einen Sheriff im Film, mit einem Stern am Hemd und einem Gewehr quer über dem Schoß.

Lange Zeit liege ich hellwach da. Mein Körper ist erschöpft, surrt aber vor einer Energie, die mich nicht schlafen lässt. Mein Bewusstsein huscht umher und konzentriert sich dauernd auf kleine Geräusche. Meine Atmung. Tonys Atmung. Das gelegentliche Knarren einer Bodendiele.

»Kannst du nicht schlafen?«, durchbricht Tony die Stille, nachdem ich eine ganze Weile dagelegen und mit weit geöffneten Augen nach oben auf nichts gestarrt habe.

»Ich bin etwas angespannt.« Drei Atemzüge. »Du hattest recht, was Greg angeht. Er hat mich geschlagen. Nur das eine Mal. Nachdem ich ihn provoziert hatte.« Die Erinnerung fühlt sich so frisch an, als wäre es erst heute passiert, nicht vor über zwölf Jahren. Mein Gesicht tut wirklich weh, aber das liegt wahrscheinlich daran, dass ich die Zähne so fest zusammenbeiße, dass mir das Schlucken schwerfällt.

»Mistkerl!«, flucht Tony.

Wieder Schweigen. Mein Atem. Sein Atem.

Die Heizung geht mit einem leisen Summen an. Draußen fährt ein Auto vorbei.

Als ich mich gerade damit abfinde, dass ich heute Nacht nicht schlafen werde und genauso gut aufstehen, Kaffee kochen und etwas Nützliches tun kann, kommt Tonys Stimme aus der Dunkelheit angeschwebt.

»Meine Schwestern und ich haben früher immer ein Spiel gespielt, wenn wir nicht schlafen konnten. Ich könnte es dir beibringen, wenn du willst.«

Etwas an seinem Tonfall – melancholisch, zaghaft – bringt mich dazu, mich aufzusetzen und so angestrengt, wie ich kann, in die Schatten zu starren, um seinen Gesichtsausdruck zu deuten. Aber alles, was ich von ihm erkenne, ist seine Silhouette, eine feste Form in der Dunkelheit.

»Okay«, antworte ich vorsichtig. »Wie es scheint, schlafe ich nicht so bald ein.«

»Es ist ein Kinderspiel«, erklärt er. »Also hab Nachsicht mit mir. Es gibt ein Gedicht dazu. Etwas wie einen Kinderreim.«

»So wie ›Hoppe, hoppe Reiter‹?«

Er lacht. »Eher wie ›Wahrheit oder Pflicht‹. Nein. Warte. Mein Gott, nein. Überhaupt nicht wie ›Wahrheit oder Pflicht‹.

Es gibt ein Schlaflied und … Ach, egal. Ich helfe nicht gerade, oder?«

»Sing es«, bitte ich ihn, schlinge die Decke um mich wie einen Schal und kuschele mich in ihre Wärme.

»Was? Jetzt?«

»Ich kann nicht einschlafen, und du enthältst mir dieses Schlaflied vor.«

»Du meinst es ernst.« Schweigen macht sich zwischen uns breit. Noch ein Auto fährt auf der nächtlichen Straße vorbei. Dann ist es fort, und wir sind wieder beim Klang unserer Atmung. Tonys. Meiner. Beim Rascheln meiner Decke, als ich meine Haltung auf dem Sofa verlagere und mich wieder hinlege. Natürlich wird er nicht singen. Die Vorstellung ist lächerlich.

Ich habe schon den Mund geöffnet, um ihm zu sagen, dass er mir das Spiel einfach erklären soll, als er Luft holt und tatsächlich doch noch zu singen anfängt. Die Melodie ist eingängig, seine Stimme ein klarer, sanfter Tenor. Und bevor er auch nur die ersten beiden Verse gesungen hat, vibriert mein Herz bereits zu der traurigen Weise in e-Moll.

Mein liebster Liebling, flüster mir zu
das Lied von Mondschein und sternklarer Ruh.
Flüster mir Wahrheit und Lügen ins Ohr,
vom Winter so warm, Sommerkälte zuvor.
Flüster von Zorn und Regen, mein Herz,
flüster von Blumen und flüster von Schmerz.
Und wenn ich, mein Liebling, einst sterben muss,
dann flüster, was war, und von einem Kuss.
Flüster, ja flüster, ja flüster zum Schluss
von dem, was gewesen, und vom letzten Kuss.

Stille Tränen steigen mir in die Augen und laufen über, ziehen ihre Bahn über meine Wangen. Aber es ist ein schöner

Schmerz, halb Trauer, halb Genuss. Als der letzte Ton verklingt, ist das Schweigen, das darauf folgt, voll von Emotionen. Seinen. Meinen. Ich will das Zimmer durchqueren, mich auf seinen Schoß setzen und den Kopf an seiner Brust ruhen lassen.

Es ist alles zu viel. Zu viel Traurigkeit, zu viel Schönheit, zu viel Intimität mit einem fast Fremden. Ich tupfe mir das Gesicht mit der Decke ab und versuche, meine bebende Atmung zu beruhigen.

»Das ist ein Schlaflied?«, frage ich und ruiniere die Stimmung.

Er räuspert sich. Ich höre, wie er sein Gewicht auf dem Sessel verlagert. »Meine Mutter hat es uns immer vorgesungen. Ich dachte, es sei ein Wiegenlied. Mir war nie klar, was für ein trauriges Lied es ist.«

»Und es gibt ein Spiel, das zu diesem fröhlichen Lied gehört?«

»›Flüster Mir Zu‹. So heißt das Spiel.«

»Wie spielt man es?«

»›Flüster mir Wahrheit und Lügen ins Ohr.‹ Du flüsterst zwei Dinge, eine Wahrheit, eine Lüge – und ich rate, was was ist.«

»Du fängst an.«

Tony lacht leise. »Na gut. Also …« Er senkt die Stimme zu einem Flüstern. »Der Mond ist in Wirklichkeit ein riesiges Raumschiff. Grashüpfer haben Ohren am Bauch.«

»Warte mal … Wie bitte? Das ist unfair. Das kann beides nicht wahr sein.«

»Du musst flüstern«, erinnert er mich. »Und dich für eines entscheiden.«

»Na gut. Ich entscheide mich für die Grashüpfergeschichte.«

»Gute Wahl. Du bist dran.«

»Okay. Aber stimmt das mit den Grashüpfern wirklich?«

Tony lacht. »Nächte im Bereitschaftsdienst als Notfallsanitäter oder Feuerwehrmann bedeuten, dass man seltsame Dinge im Internet entdeckt. Und ja, das stimmt tatsächlich.«

»Hmmm.« Ich lehne mich zurück und denke über meinen Spielzug nach. »In meinem ganzen Leben hat mir noch kein Mann etwas vorgesungen. Der Mond ist kein Raumschiff; in Wirklichkeit besteht er aus Käse. Aus Camembert, glaube ich.«

»Eindeutig Camembert«, gluckst Tony. »Ich glaube, es gibt irgendwo eine Mondhöhle voller Weinflaschen dazu.«

Mein Lachen ist ein Flüstern. Alle Anspannung driftet aus meinem Körper hinaus, nach oben und davon, wie Nebelschwaden, die morgens über einem See aufsteigen. Meine Gliedmaßen und meine Augenlider werden schwer vor Schlaf.

»Ich bin dran«, sagt Tony, aber seine Stimme klingt wie aus weiter Ferne. »Ich war mal Kandidat bei ›America's Got Talent‹. Meine Lieblingssendung im Fernsehen war …«

Ich schlafe schon ein, bevor er fertig wird.

Kapitel 20

Tony sitzt hellwach im Dunkeln, lauscht Maiseys leisen, gleichmäßigen Atemzügen und fragt sich, welcher Teufel ihn geritten hat. Das Lied, das Spiel, die Verletzlichkeit, beides nach all den Jahren mit jemandem zu teilen, hat tiefe Wunden aufgerissen.

Die Vernunft sagt ihm, dass das Zittern bis in die Knochen, das in seinen Eingeweiden beginnt und in seinen ganzen Körper ausstrahlt, nur Adrenalin ist, nichts weiter als die posttraumatische Belastungsstörung, unter der er schon Ewigkeiten leidet. Aber es ist schlimmer als sonst.

Viel schlimmer.

Jeder Nerv, jeder Erinnerungskreis leuchtet wie ein Neonschild. Er fühlt sich, als läge sein Herz bloß, als wären seine Nervenbahnen sichtbar und strahlten im Dunkeln wie bei einem Projekt eines verrückten Wissenschaftlers. Obwohl er sehr gut weiß, dass das nicht logisch ist, betrachtet er seine Hände und stellt erleichtert fest, dass sie ganz normal sind.

Er versucht, sich in der Gegenwart zu halten. In diesem Zimmer. Bei der Aufgabe, die er sich gestellt hat: als eine Art Leibwächter für Maisey und ihre Tochter zu dienen. Wem will er etwas vormachen? Er ist kein Held. Das war er nie. Er ist nicht einmal tapfer genug, Maisey die Wahrheit über das Spiel »Flüster Mir Zu« zu gestehen.

In Wirklichkeit hat er seit Jahren nicht mehr an das Spiel gedacht und will auch jetzt nicht daran denken. Aber er hat die Tür aufgestoßen, und die Erinnerungen sind entschlossen, durch seinen Kopf und seinen Körper zu toben und den emotionalen Schutt an Furcht, Scham und Verlust mitzuschleifen.

Was er Maisey über das Spiel erzählt hat, war nicht gelogen, aber es war auch nicht die Wahrheit. Es zu spielen, hatte nichts mit dem Einschlafen zu tun, sondern allein damit, verängstigte Kinder zu trösten und sie ruhig zu halten. Das Spiel wurde in Schränken gespielt, hinter verschlossenen Türen, ständig als Kontrapunkt zu den Wutanfällen seines Vaters.

Tony erdet sich, indem er die Füße fest auf den Boden stellt, und umklammert die Armlehnen des Stuhls. Aber nichts, was er tut, kann die Sturzflut seiner Erinnerungen aufhalten.

> Er kauert zusammen mit all seinen Schwestern auf einem schmalen Bett. Vanessa und Jess haben sich unter einer Decke verkrochen. Theresa und Barb sitzen im Schneidersitz da. Barb drückt ein Kissen an sich. Baby Mia schläft in Theresas Armen.
>
> Unten in der Küche brüllt sein Vater herum. Die Stimme seiner Mutter antwortet leise und beschwichtigend. Etwas kracht. Sie zucken alle zusammen. Das Baby wacht erschrocken auf und beginnt zu wimmern. Aber Theresa tröstet und wiegt die Kleine, und sie schläft wieder ein.
>
> Barb, die schon immer mutiger als ihre Geschwister war, schleicht sich auf Zehenspitzen durchs Zimmer, um die Tür zuzuschieben und abzuschließen. Tony weiß, dass das keine echte Sicherheit bietet. Die Tür

zu dem Zimmer, das er sich jetzt mit Mia teilt, ist zerborsten und hängt schief in den Angeln, eine Erinnerung daran, dass Schlösser geknackt und Türen eingetreten werden können.

»Lasst uns ›Flüster Mir Zu‹ spielen«, schlägt Theresa vor und knuddelt das Baby. »Vanessa, du fängst an.«

»Okay.« Vanessas Flüstern ist so leise, dass es, zusätzlich durch die Decke gedämpft, kaum zu verstehen ist.

Tony versucht nicht einmal, hinzuhören. Er stimmt sich auf die Geräusche unten ein. Er kneift die Augen zu und erinnert sich daran, wie das letzte Mal die Fäuste geflogen sind, an den Klang, als sie den Körper seiner Mutter getroffen haben. An ihr Schluchzen. An die Ohrfeige gegen seinen eigenen Kopf, die ihm die Zähne hat klappern lassen und Sterne vor seinen Augen hat aufblitzen lassen.

»Du bist dran, Tony.« Theresa berührt seine Schulter. »Flüster mir Wahrheit und Lügen ins Ohr.«

Er zuckt zusammen, als unten ein dumpfer Knall ertönt. Darauf folgen ein Wimmern und schließlich Weinen und mehr Geschrei. Sein Körper beginnt zu zittern. »Jungen weinen nicht«, sagt sein Vater immer, aber das ist Tonys Augen egal. Tränen strömen ihm über die Wangen. Ihm läuft die Nase.

Zu seiner Überraschung ballt er die Hände zu Fäusten. »Wenn ich groß bin, schlage ich Dad zusammen«, flüstert er und meint es als Wahrheit. »Ich bringe ihn zum Aufhören.«

Seine Schwestern reagieren mit Schweigen auf diese Aussage.

Barb streckt die Hand aus und streicht ihm die Haare glatt. Vanessa und Jess spähen mit weit aufgerissenen Augen über den Rand der Decke. Theresa kneift die Augen zusammen und mustert ihn.

»Das sollte besser deine Lüge sein, Tonio«, sagt sie.

Unten ertönt noch ein Knall. Mehr Gebrüll. Ein schriller Schmerzensschrei.

»Ich tue es«, schwört Tony, jetzt lauter, weil er das Gefühl hat, dass seine Schwestern ihm nicht glauben. »Ich gebe ihm eins auf die Nase, bis er blutet.«

»Dann wärst du wie er«, wispert Theresa. »Willst du so ein Mann sein?«

Tony ist sich nicht sicher, ob er überhaupt ein Mann sein will. Bisher hat er nur Frauen in seinem Leben, seine Mutter und seine großen Schwestern und jetzt die kleine Mia. Dad ist der einzige Mann, den er kennt.

»Komm her«, sagt Theresa, und Tony krabbelt über Vanessa und Jess, um sich direkt neben sie zu setzen. Sie kommandiert ihn schon herum, so lange er zurückdenken kann, und er ist es gewohnt, ihren Anweisungen Folge zu leisten.

»Streck die Arme aus«, sagt sie, und Tony tut es.

Theresa legt ihm das Baby auf den Schoß. Automatisch schlingt er die Arme um Mia, damit sie nicht hinunterrutscht. Er hat sie bisher erst ein einziges Mal gehalten, an dem Tag, als sie aus dem Krankenhaus nach Hause gekommen ist. Es gibt dank der Mädchen so viele bereitwillige Arme, dass er seitdem gar nicht mehr die Chance hatte.

Das stört ihn nicht. Er wollte sie gar nicht wieder halten. Sie weint zu viel und beansprucht übermäßig viel Aufmerksamkeit von allen. Ihr Bettchen steht in seinem Zimmer, und sie weckt ihn nachts. Außerdem muss er besonders leise sein, wenn sie schläft, und sie stinkt nach saurer Milch und vollen Windeln.

Manchmal will er sie schütteln, obwohl er weiß, dass das böse ist.

Jetzt ist er überrascht, wie viel schwerer sie ist, wie sehr sie gewachsen ist. Vielleicht weiß sie, dass er sie nicht besonders mag, denn sie verzieht das winzige Gesicht und stößt einen Laut aus, als wolle sie gleich schreien.

»Wieg sie«, bestimmt Theresa. »Tu so, als wärst du ein Baum im Wind.«

Tony schwankt vor und zurück, spielt einen Baum, blendet die Geräusche von unten aus.

Mia seufzt leise und kuschelt sich an ihn. Eine winzige Hand schlingt sich um seinen Finger.

Genau in dem Moment passiert etwas in Tonys Brust, eine Art Schmelzen, das er schon einmal gespürt hat, als er die Kätzchen des Nachbarn gestreichelt hat. Er will Mia nicht mehr schütteln oder ins Krankenhaus zurückschicken. Er will sie halten und wiegen und sicherstellen, dass sie glücklich und geborgen ist.

Theresa nickt ihm zu. »Solch ein Mann möchtest du sein, Tonio. Vergiss das ja nicht.«

Tony ist sich nicht ganz sicher, was sie meint. Er will seinen Dad immer noch zusammenschlagen, jetzt vielleicht mehr denn je, weil das Baby beschützt werden muss …

Maisey schreit im Schlaf auf, und das holt ihn ruckartig ins Hier und Jetzt zurück.

In dieses Zimmer, auf diesen Sessel, in diesen männergroßen Körper, der immer noch so zittert wie damals, als er ein Kind war. Er hat seine Sache nicht sehr gut dabei gemacht, Mia oder die anderen zu beschützen, denkt er jetzt. Wie oft ist Mia nach dem Abend damals geschlagen worden? Wie oft hat es Theresa und Barb getroffen, Vanessa und Jess? Seine Mutter? Sie alle, wieder und wieder und wieder. Und wie oft hat er sich dann in einer Ecke verkrochen, hinter einen Sessel oder sogar unter ein Bett, als die Fäuste flogen?

Wie oft hatte er selbst einen Wutanfall? Zugeschlagene Türen, Boxhiebe gegen Wände. Sein Zorn fühlte sich jedes Mal wie eine Art böses naturwissenschaftliches Experiment an, etwas, das aus dem sicheren Behälter in jeden Winkel seines Lebens drang und ohne Vorwarnung explodierte. Er erinnert sich noch ganz genau, wie er das erste Mal mit der Faust ein Loch in die Wand seines Zimmers geschlagen hat, als wäre es erst vor fünf Minuten passiert. An den Schock in diesem Moment, die Erkenntnis, dass er trotz all seiner Anstrengungen zu einem Mann heranwuchs, und zwar zu einem wütenden.

Zu einem Mann wie seinem Vater. Nicht zu dem Mann, als den seine Schwestern ihn wollten und brauchten, sondern zu einem gewalttätigen Mann, der zu Grauenvollem fähig war.

Die Pistole in seinen Händen. Der Rückstoß. Das nasse Reißen einer Kugel, die ins Fleisch dringt.

Gott. Er sollte nicht hier sein, hätte Maiseys Vertrauen nicht annehmen dürfen. Das Letzte, was sie in ihrem Leben braucht, ist ein Mann wie er.

Aber es ist zu spät, um davonzulaufen. Eines tut er nun schon sein ganzes Erwachsenenleben lang: Er hält seine Versprechen. Also bleibt er, wo er ist, und wacht, während die langen Minuten ganz allmählich verstreichen. Er ist immer noch da, aufmerksam und hellwach, als das Morgenlicht um die Vorhänge herum einsickert.

Maisey regt sich, sobald das Licht ihr Gesicht berührt. Er will es aussperren, sie vor dem bewahren, was dieser Tag bringen wird. Aber er sieht, wie die Erinnerung an die Trauer über ihr Gesicht huscht, als sie die Augen öffnet.

»Du bist immer noch da«, haucht sie, die Stimme noch heiser vom Schlaf.

»Ich habe es doch versprochen«, antwortet er. Ihre Blicke begegnen sich. Sie sehen sich in die Augen. Die unerträgliche, schöne Intimität des Vorabends ist zwischen ihnen nach wie vor greifbar.

Trotz aller Versprechen, die er seinem besseren Ich in der Nacht gegeben hat, ist er drauf und dran, das Zimmer zu durchqueren und sie zu küssen, als das Geräusch einer aufschwingenden Tür und leise Schritte auf dem Flur ihn erstarren lassen.

Elle kommt hereinspaziert, gähnt und lässt sich neben Maisey aufs Sofa fallen. Tony sucht in Gedanken hektisch nach den richtigen Worten, um die Frage zu beantworten, die ihr sicher durch den Kopf geht. Aber sie stellt keine Fragen.

»Hallo, Tony«, begrüßt sie ihn, als wäre es das Normalste von der Welt, dass er über Nacht geblieben ist. »Willst du Cornflakes? Grandpa hat Froot Loops.«

»Ich glaube, Tony möchte ein richtiges Frühstück.«

»Ich kann Eier machen«, bietet Elle an. »Mom lässt alles anbrennen.«

Elles Anwesenheit hat Tony wieder zur Vernunft gebracht. Er holt Luft und macht gleichzeitig einen Schritt auf die Tür zu. »Danke für das Angebot, aber ich muss jetzt los. Ich habe vor der Beerdigung noch etwas zu tun. Ich rufe Mia an, damit sie mich abholt.«

»Das Mindeste, was ich tun kann, ist, dich nach Hause zu fahren«, protestiert Maisey. »Stör Mia nicht. Sie schläft wahrscheinlich noch.«

Das stimmt. Mia ist keine Frühaufsteherin. Natürlich wird jede seiner Schwestern ihn abholen, wenn er darum bittet, aber dann gäbe es Erklärungen und anzügliche Bemerkungen und Gespräche, auf die er sich gar nicht erst einlassen will.

»Bist du sicher? Du hast doch heute einen großen Tag.«

»Ich bin sicher. Gib mir einen Augenblick, um mich fertig zu machen.«

Sie gähnt und reckt sich. Dann schlurft sie aus dem Zimmer, schlackernd vor Schlaftrunkenheit. Tony kann gar nicht anders, als zu beobachten, wie sie sich bewegt, kann nicht aufhören, sich auszumalen, wie es sich anfühlen könnte, wenn ihr schläfriger Körper sich an seinen schmiegt und er sich gestattet, die Hände in ihrem zerzausten Haar zu versenken und ihr die Lippen auf den Hals zu drücken …

»Du könntest sie bitten, mit dir auszugehen«, schlägt Elle vor. »Mir würde das nichts ausmachen.«

Tony öffnet dem Mund, um in irgendeiner Form zu leugnen, aber ihm fehlen die Worte.

»Ich bin nicht dumm«, fährt sie fort. »Ich merke doch, wie ihr einander anseht.«

Er räuspert sich. »Das ist wirklich nicht der richtige Zeitpunkt, um an ein Date zu denken …«

»Warum?«

»Heute wird deine Grandma beerdigt, schon vergessen? Ich glaube, deine Mutter hat genug andere Sorgen. He, was soll der Blick heißen?«

Das Kind sitzt im Schneidersitz auf dem Sofa, stützt das Kinn auf beide Fäuste und mustert ihn mit einem viel zu wissenden Ausdruck. Er beschließt, nicht auf ihre Antwort zu warten. »Ich bin draußen auf der Veranda.«

»Du kommst doch zur Beerdigung, oder?«, ruft Elle ihm nach. »Und bringst Mia mit?«

»Wir werden da sein.«

Er seufzt vor Erleichterung, als die Tür zwischen ihnen zufällt. Sein ganzes sorgsames System aus Kontrollen, Schutzmechanismen und Maßnahmen löst sich in alarmierendem Tempo auf. Elle hat den Prozess gerade noch beschleunigt.

Was wäre, wenn, fragt er sich. Was, wenn ich sie bitte, mit mir auszugehen? Später. Nach der Beerdigung.

Du vergisst, wer du bist, antwortet sein Gedächtnis. *Du solltest besser einen Weg finden, dich daran zu erinnern.*

Leahs Tagebuch

Ich hatte mir fest vorgenommen, ihn zu verlassen. Aber wie sich herausstellte, war das mit dem Verlassen gar nicht so einfach. Ich musste auch an zwei winzige ungeborene Babys denken. Ich hatte die Highschool abgebrochen. Meine einzigen Fähigkeiten waren meine Wortgewandtheit und meine Beharrlichkeit.

Ich verpasste einen Arzttermin, weil ich abwartete, bis meine Blutergüsse verheilt waren. Beim nächsten Termin verordnete der Arzt mir Bettruhe. In den endlosen, langweiligen Wochen von da an bis zur Geburt der Babys ließ Boots mich überwiegend in Ruhe. Er sagte, er sei damit beschäftigt, Geld für uns zu verdienen. Wenn ja, so bekam ich nie auch nur einen Penny davon zu sehen. Seine Mutter kam manchmal zu uns und half. Sie putzte nicht gern, aber wenigstens spülte sie das Geschirr und machte die Wäsche.

Sie redete nicht viel, aber als ich eines Tages auf dem Sofa lag, mir selbst leidtat und so einsam und müde war, dass ich in Tränen ausbrach, legte sie mir einen kurzen Moment lang die Hand auf die Stirn. Es war eine harte Hand, schwielig und rau, aber die Sanftheit tröstete mich. Ihre Worte taten das nicht.

»Armes Kind. Jetzt bist du wohl endgültig erledigt.«

Ich fragte sie nicht, was sie meinte. Ich glaube, ich wollte es gar nicht wissen.

Kapitel 21

Ich war noch nie auf einer Beerdigung.

Nicht, dass es keine Todesfälle in meinem Leben gegeben hätte. Es ist nur so, dass ich aus irgendeinem Grunde nie bei den Trauerfeiern war, mit denen sie begangen wurden. Dads einzige Schwester, Tante Del, starb an Krebs, als ich zehn war. Einer meiner Klassenkameraden kam kurz vor unserem Highschoolabschluss tragisch ums Leben, ein Opfer einer Quadfahrt auf unebenem Gelände. Mehrere Bekannte aus Moms Kirchenfamilie sind auch »in Jesus entschlafen«, wie sie immer sagte.

Als Kind verwirrte mich dieser Satz hoffnungslos, besonders, weil mindestens einer der Verstorbenen hinter dem Steuerrad seines Pick-ups hinweggerafft wurde. Als Mom, die damit beschäftigt war, alles mit den anderen Kirchendamen zu besprechen, meine Fragen beiseitewischte, tat meine Fantasie dasselbe wie gewöhnlich. Ich habe bis heute ein Bild davon im Kopf, wie Mr Peterson beim Autofahren betet, aus Respekt vor Gott die Augen schließt und versehentlich einschläft. Das ist ein Bewusstseinszustand, mit dem ich schon damals nur allzu vertraut war. So erging es mir schließlich oft während langer Gebete in der Kirche.

Also hatte ich eine klare Vorstellung davon, wie Mr Peterson in Jesus entschlief, aber meine Einbildungskraft versagte vor dem Ausmaß dieses Ereignisses namens Beerdigung. Dieses eine

Mal wollte ich hingehen, weil ich mir irgendwie ausmalte, dass Jesus vielleicht bei der Beerdigung wäre und ich ihn wirklich sehen könnte. Mom wollte davon nichts wissen.

»Beerdigungen sind nichts für Kinder«, entschied sie. Es war ihr Fall-ist-abgeschlossen-Tonfall, dem ich nie zu widersprechen wagte. Also blieb ich mit einer Babysitterin zu Hause, während meine Eltern Abschied von Mr Peterson nahmen. Als Tante Del starb, flogen meine Eltern nach Orlando und ließen mich bei einer Freundin. Zur Beerdigung meines Klassenkameraden wäre ich bestimmt gegangen, aber damals waren wir gerade im Familienurlaub und nicht in der Stadt.

Also habe ich Beerdigungen bisher nur im Fernsehen gesehen und Bücher gelesen, in denen welche vorkamen, aber es ist das erste Mal, dass ich dabei bin, und dann auch noch zugleich mein erstes Mal als enge Angehörige der Verstorbenen. Ich weiß nicht, wie ich mich verhalten soll. Dumpfe Angst mischt sich in meine Trauer und Übermüdung.

Mein Gehirn weigert sich zu funktionieren. Als ich Dad endlich zurechtgemacht und Elle eingefangen habe, kommen wir ganze zehn Minuten nach der von Edna Carlton festgesetzten Zeit in der Kirche an.

Sie wartet auf dem Parkplatz auf uns, flankiert von Nancy und Alison, die ihre Schirmmütze und ihre Bluejeans gegen ein unförmiges schwarzes Kleid eingetauscht hat. Nancy dagegen ist mit modischer Trauerkleidung ausstaffiert, einem schmalen, perfekt sitzenden Bleistiftrock und einem schwarzen Blazer über einer elfenbeinfarbenen Seidenbluse. Ihr silbernes Haar glänzt im Sonnenschein. Mrs Carlton zwischen den beiden trägt ein zeitloses schwarzes Kleid und einen Hut mit Netzschleier, der schon länger auf der Welt ist als ich.

Ich stelle den Motor ab und ziehe den Schlüssel aus der Zündung, aber keiner von uns macht Anstalten, aus dem Auto zu steigen.

»›Wann kommen wir drei uns wieder entgegen, in Donner, in Blitzen oder in Regen?‹«, flüstert Elle.

Ein Lachen bricht zwischen meinen versiegelten Lippen hervor, und ich schlage mir die Hand vor den Mund, zum Teil, um meinen Fauxpas vor dem Empfangstrio zu verbergen, zum Teil aber auch aus einem schlechten Gewissen heraus. Ich dachte immer, Trauer hätte eine einförmige Textur aus Kummer, aber meine besteht aus so vielen Schichten von Schuldgefühlen und Wut und jetzt auch Gelächter.

Ich habe mich gerade wieder unter Kontrolle bekommen und formuliere einen Tadel für meine Tochter, als Dad auf seine unmelodische Art zu singen anfängt: »›Drei Raben saßen auf einem Baum, drei schwärzere Raben gab es kaum …‹«

»Dad!«

Wir sind eindeutig ein Auto voller Verrückter. Wenn die drei schwarzen Krähen auf dem Bürgersteig die Zauberkräfte von Macbeths Hexen hätten, würden wir uns jetzt alle drei auf der Stelle in Kröten verwandeln.

»Ich bin bloß ein verrückter alter Mann«, verteidigt sich Dad mit einem übertriebenen Schulterzucken. »Wer kann mir schon Vorwürfe machen?«

Dann macht er so plötzlich, wie er zu singen begonnen hat, ein langes Gesicht. »Ich will nicht aussteigen. Aber ich vermute, wir müssen das hier durchziehen?«

Ich greife nach seiner Hand. Sie ist im Laufe der Jahre so knochig geworden. Die Knöchel sind rot und geschwollen, die Haut ist empfindlich und durchscheinend. Elle beugt sich vom Rücksitz vor und legt ihre starke, junge Hand darauf. »Einer für alle, und alle für einen«, sagt sie. »Und wir alle für Grandma.«

Wir sitzen da, wir drei, verbunden durch unsere Hände und unsere Trauer.

Mrs Carlton ist das Warten leid oder vielleicht auch überzeugt, dass wir zu unbeholfen sind, um die Türen zu öffnen. Sie nimmt die Dinge selbst in die Hand, tritt aus der Reihe ihrer Schwestern hervor und reißt die Beifahrertür auf. »Ihr kommt zu spät«, schimpft sie. »Wenn wir uns nicht beeilen, verpasst ihr die Aufbahrung.«

»Ich habe sie schon gesehen«, sagt Dad. »Sie war tot, bevor sie sie aus dem Haus geholt haben.«

Mrs Carltons empörter Gesichtsausdruck treibt mein rebellisches schwarzes Herz zum Handeln an. Ich steige aus. Elle folgt mir.

»Ich habe sie auch schon gesehen. Und Elle verzichtet.«

In meinen hochhackigen Schuhen bin ich einen ganzen Kopf größer als Mrs Carlton, und ich nutze meine Länge aus, um sie niederzustarren.

»Na gut. Aber ihr kommt trotzdem zu spät. Folgt mir.«

Sie stapft in die Kirche davon. Alison wirft einen Blick in meine Richtung, macht Anstalten, Edna zu folgen, kehrt schließlich aber doch um und umarmt uns alle drei einen nach dem anderen. Ihr Körper ist warm, aber die Wange, die sie an meine presst, ist kühl und tränenfeucht. »Wir sind alle am Boden zerstört. Edna meint es gut. Seid ihr bereit?«

Ihre Freundlichkeit schnürt mir die Kehle zu. »So bereit, wie ich nur sein kann«, stammele ich, als sie zurücktritt.

»Hier entlang.« Nancy führt unsere traurige kleine Prozession an: Elle, Dad und dann ich, mit Alison als Nachhut. Durch eine Seitentür betreten wir einen Flur, der nach altem Teppichboden, Raumspray und Heiligkeit riecht. Die dünnen Töne einer laienhaft gespielten Orgel sickern durch die Wände sowie die Decke und auch durch den Fußboden herauf.

Elle streut Sand ins Getriebe. Sie bringt die ganze Prozedur zum Stillstand, als sie stehen bleibt und sich zu mir umdreht. »Was, wenn ich Grandma doch sehen will?«

Ich starre sie an und habe einen Kloß im Hals. »Du willst sie nicht so in Erinnerung behalten, Elle Belle. Wirklich nicht.«

Sie starrt zurück. Hocherhobenen Hauptes, die Füße fest auf dem Boden, im Gleichgewicht wie ein Diskuswerfer. »Ich habe keine Angst davor, etwas zu fühlen. Ich will sie sehen.«

Ich öffne den Mund, um Nein zu sagen, absolut nicht, unter keinen Umständen. Dann halte ich mich zurück. Habe ich genau das nicht immer selbst so gehasst? Dass andere Leute mich vor dem beschützt haben, von dem sie glaubten, ich sollte es nicht sehen oder wissen? Zum Beispiel davor, eine Schwester zu haben.

»Sie ist nicht hübsch anzusehen, Süße. Ihr Tod war nicht leicht.«

»Du warst da. Du hast sie sterben sehen. Ich habe sie seit drei Jahren nicht gesehen, ich will sie jetzt sehen.«

»Ich bringe sie hin«, bietet Alison an, »wenn du lieber nicht möchtest.«

»Nein«, höre ich mich ausrufen, »ich gehe!«

Elle sinkt in sich zusammen und beißt sich auf die Unterlippe. Vielleicht habe ich schon wieder die falsche Entscheidung gefällt. Vielleicht wollte sie, dass ich Nein sage, damit sie kein schlechtes Gewissen haben muss. Psychologie ist nicht meine Stärke.

»Ich auch«, meldet sich Dad zu Wort. Er nimmt meine Hand. Elle kommt zurück und tut dasselbe auf der anderen Seite. Der Flur ist gerade breit genug für uns drei.

»Auf in die Höhle des Löwen«, murmelt Elle. Ich drücke ihr die Hand.

»Ich weiß nicht, ob jetzt noch Zeit bleibt, sie anzusehen«, zweifelt Nancy. »Hört doch.«

Die Orgelmusik ist von Hymnen in eine halb klassische Trauermusik übergegangen. »Das ist das Signal für die Familie, in die Kirche zu kommen und Platz zu nehmen«, erklärt sie. »Alle warten sicher schon.«

Es ist eine Rettung in letzter Minute. Elle und Dad schauen mich beide an. Ich öffne den Mund, um mich zu fügen, aber ich schwöre bei Gott, dass plötzlich der Geist meiner Mutter über mich kommt. »Das hier ist eine Beerdigung, keine Party. Sie können warten.«

Nancys Mund öffnet sich und klappt wieder zu. An einem ihrer Zähne haftet Lippenstift. Die Tatsache sorgt dafür, dass ich mich besser fühle, sicher und gewiss, dass ich bösartig und fürs Höllenfeuer bestimmt bin. Ihr Rücken ist straffer denn je aufgerichtet, als sie voranmarschiert. Wenn sie auch nur einen Hauch von Fantasie hätte, sähe sie sich jetzt als Jungfrau von Orléans, die heroisch in den Tod geht, davon bin ich überzeugt.

Der Flur führt an Seminarräumen und einem Arbeitszimmer vorbei, in dessen Tür ein älterer Herr steht und eine abgenutzte Bibel in den Händen hält. Nach dem Blick zu urteilen, den er mit Nancy tauscht, ist er ihr Mann, Pastor McLean. Mein Vater bestätigt das mit einem Nicken und einem gemurmelten »Pastor«.

McLean ist Gottesmann genug, um seine Bibel beiseitezulegen und die Hand meines Vaters warmherzig mit beiden Händen zu umfassen, obwohl wir unpraktischerweise zu spät kommen und den Zeitablauf durcheinanderbringen. Die Orgel kommt zum Ende des Lieds. Ein langes Zögern tritt ein. Dann geht das Lied wieder von vorn los.

Gleich hinter dem Arbeitszimmer führt eine schmale Treppe zu einer offenen Tür. Ich weiß, dass hinter dieser Tür eine Estrade und darauf ein offener Sarg mit meiner Mutter darin warten. Alle in der Kirche sitzen schon und werden uns angaffen. Die Besten unter ihnen werden uns für unsere Trauer bemitleiden, die anderen werden sich Einzelheiten einprägen, damit sie später in ihren Klatschrunden darüber tratschen können.

Meine Füße geraten ins Stocken.

Das ist eine ganz schlechte Idee.

Aber mein Vater, der Mann, der eben noch gesagt hat, dass er das hier nicht tun möchte, lässt meine Hand los und schreitet allein voran. Mit der rechten Fußspitze bleibt er an einer Stufe hängen und stolpert. Elle und ich schnellen beide vor und packen ihn an den Armen. So gehen wir drei doch noch als verbundene Einheit hinein, um meine Mutter zu sehen.

Die Tote im Sarg sieht der Frau, die mich großgezogen hat, ungefähr so ähnlich wie eine dieser Markenpuppen der Prominenten, die sie darstellen soll. Ihre Gesichtsform ist ein bisschen falsch, ihr Haar auf eine Art frisiert, wie sie es nie getragen hätte.

Meine Fantasie taucht in mehrere verschiedene Kaninchenlöcher voller Verschwörungstheorien ein, bevor mir klar wird, dass niemand ihre Leiche hat verschwinden lassen. Es liegt nur am Make-up und an der Frisur.

Mom hat nie Make-up getragen. Ihr Gesicht sieht mit dem braunen Eyeliner und dem Rouge seltsam aus. Ihre Lippen sind etwas röter, als sie im Leben je waren. Sie hat auch noch nie ihr Haar so aus der Stirn gekämmt getragen. Eine dünne weiße Linie verläuft rechts parallel zu ihrem Haaransatz – eine Narbe, die ich nie zuvor bemerkt habe.

Dad sieht sie auch. Er streckt die Hand aus und versucht, ihr Haar zurechtzustreichen, aber es ist steif vor Gel und Spray und rührt sich nicht. Elle steht still wie eine Statue neben mir, ausdruckslos, ohne mir auch nur den geringsten Hinweis auf ihren Gefühlszustand zu geben.

Die Orgel erreicht abermals das Ende des Lieds, und die Organistin, eine kleine Frau, die auf der Kante der Bank sitzen muss, um die Pedale zu erreichen, visiert mich unverwandt finster an, bevor sie umblättert und wieder an den Anfang zurückkehrt.

»Sind wir fertig?«, flüstere ich Elle zu, und sie nickt.

Ich bin mir ziemlich sicher, dass wir jetzt auf dem Weg zurückkehren sollen, auf dem wir gekommen sind, um dann in aller Form durch den Mittelgang hereingestapft zu kommen. Aber da wir das Programm ohnehin schon torpediert haben, erkenne ich darin keinen Sinn. Wir können genauso gut um den Sarg herumgehen und die Stufen der Estrade hinuntersteigen, um zur ersten Reihe zu gelangen, die für die Familie reserviert ist.

Dass ich nach unten blicke, um diese Option abzuwägen, wird mir beinahe zum Verhängnis.

Die Kirche quillt über. Sehr viele Leute sind hier, um Abschied von meiner Mutter zu nehmen, und alle beobachten mich jetzt. Einige Gesichter sind vertraut. Gregs Mom ist da. Der kritische Tratsch, den sie an ihre Freundinnen weitergeben wird, ist fast schon als Wolke über ihrem Kopf wahrzunehmen. Tony und Mia und Mrs Medina sitzen zusammen drei Reihen weiter hinten. Ihre freundlichen Gesichter stärken mir den Rücken.

»Kommt«, flüstere ich Dad und Elle zu. »Lasst uns hier entlang gehen.«

Ich mache einen Schritt, und da sehe ich Marley.

Sie sitzt gleich neben dem Mittelgang, ungefähr auf halber Höhe des Kirchenschiffs rechts. Sie hat sich die Haare zu einem Knoten aufgesteckt und trägt ein sittsames schwarzes Kleid. Eine dunkle Brille verdeckt ihre Augen. Ihre Füße in vernünftigen schwarzen Pumps stehen ebenmäßig auf dem Boden. Ihre Knie berühren sich. Die Schultern sind gestrafft. Das Kinn ist erhoben. Sie ist ein Musterbild der perfekten Haltung, die meine Mutter mir vergeblich beizubringen versucht hat.

Nur ihre Hände verraten sie. Sie hat sie im Schoß ineinandergekrallt, statt locker gefaltet. Sie zerknickt und zerknittert das Programm der Trauerfeier zwischen ihnen.

Leahs Tagebuch

Ob ich nun einen Job hatte oder nicht, ich sagte mir, dass ich gehen würde, sobald die Babys geboren waren und ich mich wieder bewegen konnte. Wenn ich sie in einen Kinderwagen setzen oder im Auto verstauen konnte. Ich glaubte es auch, bis ich mit der Realität von zwei zerbrechlichen, fordernden kleinen Menschen konfrontiert war.

Es war eine Realität, auf die mich niemand hätte vorbereiten können, selbst wenn es jemanden gegeben hätte, der es versucht hätte. Sie schrien. Na ja: Marley schrie. Maisey quiekte. Sie war ein halbes Pfund leichter. Blieb zwei ganze Tage länger auf der Säuglingsintensivstation. Das hatte ich bis eben gerade vergessen: wie viel Angst mir Maiseys Zerbrechlichkeit machte.

Ich erinnere mich an den Tag, an dem das Krankenhaus uns nach Hause schickte. Eben noch waren beide Babys an Monitore in besonderen temperaturregulierten Bettchen angeschlossen gewesen. Im nächsten

Augenblick waren sie in Decken gewickelt, man tätschelte mir den Kopf und schickte mich mit allen möglichen Anweisungen zur Tür hinaus. Füttern Sie sie alle zwei Stunden. Tupfen Sie die Bauchnabel mit Alkohol ab. Baden Sie sie, aber lassen Sie sie nicht auskühlen. Achten Sie auf Gelbsucht.

Schuldgefühle.

Mein Gott, die Schuldgefühle. Vielleicht schreibe ich das Folgende doch nicht auf. Was für einen Zweck hat es schon, diesen Morast so viele Jahre später wieder aufzuwühlen? Es ist ja nicht so, als ob ich zurückkehren und alles in Ordnung bringen könnte. Doch es ist zu spät dafür. Die Büchse der Pandora ist geöffnet. Von jetzt an bis zu meinem Tod werde ich mir diese Fragen stellen. Warum habe ich kein Taxi gerufen und bin sofort geflohen? Ich habe mir immer eingeredet, dass ich keinen anderen Ort hatte, an den ich hätte gehen können. Das stimmt nicht, so wahr mir Gott helfe. Meine Eltern waren noch am Leben. Sie hätten mich und zwei kleine Leute nicht unbedingt mit offenen Armen in ihrem Haus empfangen, aber sie hätten mich auch nicht auf die Straße gesetzt.

Ich hätte wohl sehr viele Dinge tun können. Um mir selbst Gerechtigkeit widerfahren zu lassen, werde ich mir einige Tatsachen ins Gedächtnis rufen. Sie entschuldigen mein Verhalten nicht, aber vielleicht erklären sie es.

Fakt: Ich war erst siebzehn und hatte noch nie mit Babys zu tun gehabt. Mein Herz war voller Liebe zu diesen kleinen Geschöpfen, aber ich hatte Angst vor dem Maß an Fürsorge, das sie benötigten.

Fakt: Ich hatte einen Kaiserschnitt gehabt. Mein Traum, wieder leicht und frei zu sein und meinen Körper zurückzuhaben, sobald sie geboren waren, war eine reine Fantasievorstellung. Ich war immer noch schwer. Mein Bauch tat dort weh, wo man mich aufgeschnitten hatte. Meine Brüste waren heiß und geschwollen und schmerzten. Ich blutete. Einfach nur den Flur von meinem Zimmer bis zum Kinderzimmer entlangzugehen, zehrte alle Energie auf, die ich hatte. Meine Tränen flossen ununterbrochen. Die Krankenschwestern hätschelten die Babys, tätschelten mich, sagten mir, es sei nur der Babyblues und es werde mir bald wieder gut gehen.

Und Boots. Alle Krankenschwestern liebten Boots.

Er kam ins Krankenhaus, golden und schön und nicht von irgendeiner körperlichen Veränderung gezeichnet. Er schenkte mir Blumen. Jeden Tag einen neuen Strauß. Kuscheltiere für die Babys. Schokolade für die Krankenschwestern. Ich hätte mich fragen sollen, woher er das Geld hatte, aber ich war zu überwältigt, um Fragen zu stellen.

»Du bist ein Wunder, Leah«, sagte er zu mir. »Sieh doch, was wir getan haben, wir beide. Wir sind jetzt eine Familie.« Er sprach dieses Wort, »Familie«, voller Ehrfurcht aus. Er küsste mich so zärtlich. Umarmte mich sanft.

Ich glaubte ihm.

In dem Moment, als wir gemeinsam das Krankenhaus verließen und uns an den Händen hielten, während jeder von uns ein Baby trug. In dem Moment, als ich Maisey in ihren kleinen Sitz schnallte, während er dasselbe mit Marley tat. In dem Moment, als er mir die Autotür aufhielt, ganz der Gentleman, und mir half, meinen eigenen Sicherheitsgurt umzuschnallen.

Ihm zu glauben, war meine größte Sünde. Denn bei allem, was danach kam, hatte ich kaum eine Wahl.

Kapitel 22

Sie ist hier.

Meine Schwester. Meine Marley. Sie ist trotz allem doch noch zur Beerdigung gekommen.

Ich kann den Blick nicht von ihrem Gesicht losreißen, und meine Füße, auf die ich nicht achte, verheddern sich ineinander. Einen niederschmetternden Augenblick lang glaube ich, dass ich hinfallen werde, mitten auf der Estrade, während alle mich ansehen. Elle und Dad verankern mich gerade weit genug, um mich das Gleichgewicht zurückgewinnen zu lassen.

Ein Platzanweiser erscheint wie aus dem Nichts und bietet Dad und mir jeweils einen Arm an. Er hilft uns langsam und vorsichtig die Stufen hinunter. Elle folgt uns. Er bleibt am Ende der Familienbank stehen und bedeutet mir, hineinzugehen und mich hinzusetzen.

Die Organistin bricht mitten im Lied ab, als wir alle sitzen, und ordnet ihre Notenblätter. Eine langsame Hymne ist das Signal für Pastor McLean und Edna Carlton, um hereinzukommen. Er geht auf die Kanzel zu und räuspert sich. Edna nimmt Platz.

»Lasst uns mit einer Hymne beginnen«, sagt der Pastor. »Wir haben uns heute für eines von Leahs Lieblingsliedern entschieden, ›Amazing Grace‹. Lasst uns alle aufstehen.«

Die Organistin stimmt ein Vorspiel an, und dann singen alle. Erst forme ich die Worte nur lautlos mit dem Mund, aber dann brechen Erinnerungen über mich herein. Meine Mutter, wie sie dieses Lied singt – als Schlaflied für mich, als ich noch klein bin, am Sonntag in der Kirche, im Auto oder beim Frühstückmachen, als wären die in der Pfanne brutzelnden Eier eine Inkarnation der Gnade, der sie erstaunlicherweise gewahr geworden ist.

Neben mir schlingert der zitternde Tenor meines Vaters auf der Suche nach der Melodie. Ich packe seine Hand und versuche, diesen Worten für meine Mutter, die sie nicht mehr selbst singen kann, eine Stimme zu verleihen. Aber die Stimme bricht mir immer wieder. Ich kann gar nicht anders, als mir zu wünschen, dass Marley neben mir stünde, und frage mich, wie es wohl wäre, wenn wir zusammen sängen.

Der Rest des Gottesdiensts vergeht zäh als langsame Quälerei.

Ich kann nur mit Mühe geradeaus blicken, statt mich über die Schulter nach meiner Schwester umzusehen.

Mrs Carlton hält eine Grabrede, die Stunden zu dauern scheint. Ein Quartett singt eine Hymne. Pastor McLean spricht darüber, wie kurz unser Leben auf diesem Planeten ist, und betont die Wichtigkeit des rechten Lebenswandels, denn wir kennen weder Tag noch Stunde.

Und die ganze Zeit steht der Sarg offen auf der Estrade. Meine Mutter liegt in diesem Sarg, oder zumindest ein annäherndes Abbild von ihr, ein Wachsporträt, dem die endlose Energie und die Willenskraft fehlen, die sie geprägt haben. Sie hat daran geglaubt, dass eine Familie beieinandersitzen muss, und ich habe noch nie in einer Bank dieser Kirche gesessen, ohne sie an meiner Seite zu haben, bereit, mich in den Arm zu kneifen, wann immer ich zu sehr zappelte oder einzuschlafen drohte.

Ich ertappe mich dabei, sie mit erstaunlicher Inbrunst zu vermissen.

All die Jahre, die ich nicht da war, habe ich, abgesehen von unseren regelmäßigen Telefonaten, kaum einen Gedanken an sie verschwendet. Wo ist sie jetzt? Kann sie uns hier sitzen sehen? Wäre sie froh, dass Marley da ist, aus welchem Grund auch immer?

Mir tut der Kopf weh.

Die Minuten schleppen sich dahin.

Endlich stehen wir alle auf, um eine letzte Hymne zu singen, und warten dann, während die Sargträger den Sarg anheben. Unser Platzanweiser erscheint diskret am Ende der Kirchenbank und bedeutet uns, dass wir aufstehen und meiner Mutter durch den Mittelgang zum wartenden Leichenwagen folgen sollen.

Marley ist weg.

Die Stelle am Ende einer Kirchenbank, wo sie gesessen hat, ist jetzt leer. Sie ist nicht in der Menge weiter hinten in der Kirche. Sie ist auch nicht auf dem Parkplatz. Auch bei der Zeremonie am Grab ist sie nirgendwo zu sehen. Als die ersten Schaufeln Erde auf den Sarg treffen, löst das irgendetwas in meinen Kniegelenken aus, und ich falle fast um.

Dads Verstand wird auf halber Strecke wieder weich.

»Warum stehen wir hier?«, flüstert er mir ins Ohr. »Ich habe Durst. Kann ich etwas zu trinken haben?«

»Es ist die Beerdigung, Dad. Das hier ist Moms Grab.«

Ich möchte ihn nur noch nach Hause bringen und uns beide ins Bett stecken. Aber erst müssen wir noch das Essen überstehen, zu dem alle etwas mitbringen sollen.

Ich erhasche einen Blick auf Tony und seine Mutter. Sie steht da und lehnt den Kopf an seine Schulter. Er hat ihr den Arm um die Taille gelegt. Mia fängt meinen Blick auf und lächelt, ein Sonnenstrahl, an den ich mich klammere, während ich die Minuten der nächsten kleinen Predigt, eines Lieds oder eines Gebets zähle.

Gregs Mom ist im Rollstuhl gekommen. Sie nickt mir zu, lächelt aber nicht. Sie war noch nie der Ansicht, dass ich gut genug für ihren geliebten Sohn bin, und als ich die Stirn hatte, seinen Heiratsantrag abzulehnen, wurde aus ihrer Ablehnung offene Feindseligkeit. Ich lasse meinen Blick von ihrem scheinheiligen Gesicht wegwandern und über die Menge schweifen, um Ausschau nach Marley zu halten. Aber sie ist so abwesend wie meine Mutter, genauso plötzlich und ohne jede Erklärung verschwunden.

Keine Vorwarnung. Kein Abschied. Einfach – schwuppdiwupp! – weg.

* * *

Der Leichenschmaus findet nicht in der Kirche statt, sondern in Edna Carltons Haus. Das Gute daran ist, dass es gleich nebenan von zu Hause ist. Das Schlechte daran ist – abgesehen davon, dass ich mich mit Mrs Carlton abgeben muss – allerdings ebenfalls, dass es gleich nebenan von zu Hause ist. Leute gehen in beiden Häusern ein und aus, als wäre Ednas ein Büfett und unseres ein Museum, eine Art Ausstellung über das Leben meiner Mutter mit freiem Eintritt.

Als sich zwischen Umarmungen und gut gemeinten Beileidsbekundungen eine Atempause abzeichnet, flüchte ich in Moms Küche, um dort nach Ibuprofen zu suchen. Zwei Frauen und ein Mann, die alle Pappteller in der Hand halten, stehen schon da und mustern den Boden neben der Kücheninsel.

»Glaubt ihr, hier genau ist sie hingefallen?«, fragt eine der Frauen fast flüsternd, die Augen vor Faszination weit aufgerissen.

Der Mann, mittleren Alters, klein und mit einer Glatze nach dem Muster einer Mönchstonsur, schiebt sich eine Gabel voller Kartoffelsalat in den Mund und benutzt die Gabel dann als Zeigestock. »Natürlich. Da sieht man noch die Blutflecke.«

Beide Frauen neigen die Köpfe und glotzen den Fußboden an. »Bist du sicher? Die Fliesen sind doch rostrot meliert.«

»Die Tochter hat sicher alles inzwischen geschrubbt.«

Ich habe in diesem Moment viel Auswahl. *Lass es, Maisey. Geh weg.* Wie immer ignoriere ich meinen eigenen guten Rat.

»Sollte man meinen, nicht wahr?«, sage ich im selben Ton wie die drei. »Aber ihr wisst ja, was man sich so über die Tochter erzählt. Der Frau gefällt vielleicht sogar Blut auf dem Fußboden. Könnte ja sein.«

Alle drei stieren erst mich an, dann wieder den Boden. Die rechte Wange des Mannes wölbt sich über unzerkauten Speisen und verleiht ihm den verzerrten Gesichtsausdruck eines Gartenzwergs.

Keiner der drei trägt Kirchgänger-Trauerfeier-Kleidung. Er hat Jeans und ein T-Shirt an, dessen Aufschrift verkündet, dass er Budweiser mag – sein Bauch beweist diese Aussage. Die Frauen sind in ärmellose Tops und Caprihosen gehüllt. Eine hat sogar Flipflops an den Füßen.

»Wirklich?«, flüstert die Flipflop-Frau.

Die zweite Frau stellt ihren Teller auf die Kücheninsel, beugt sich vor und fährt mit einem Finger über die Fliesen. »Die sind sauber.« Sie klingt enttäuscht, aber dann lebt sie auf. »Lasst uns das Schlafzimmer ansehen. Ich habe gehört, dass er sie eine Woche in dem Bett hat liegen lassen.«

Der Mann lacht, als wäre das ein großer Witz. Die Flipflop-Frau versetzt ihm einen Rippenstoß mit dem Ellbogen. »Hör schon auf, Bernie. Komm, gehen wir.«

Keiner von ihnen erkennt mich. Ich könnte ihnen hinterherrufen, dass sie aus dem Haus verschwinden sollen, dass es kein Museum ist, aber es hat mir die Sprache verschlagen. Ich sinke rückwärts gegen die Theke und blicke ihnen nach.

Weit kommen sie nicht. Tony steht im Flur und versperrt ihn. Er geht nicht zur Seite.

»Suchen Sie irgendetwas?«, fragt er recht höflich, aber seine Stimme hat einen schneidenden Unterton.

»Wir schauen uns nur um«, antwortet der Mann.

»Das hier ist kein Museum«, erklärt Tony, immer noch in trügerisch liebenswürdigem Ton. »Hier wohnen Leute. Ich glaube sogar, dass Mr Addington gerade ein Mittagsschläfchen hält.«

»Wir wecken ihn nicht.«

»Natürlich nicht. Darf ich Sie zur Tür begleiten?«

»Oh, wohnen Sie hier?« Die Flipflop-Frau legt ihm die Hand auf den Arm. »Könnten Sie uns ein paar Fragen beantworten? Wir sterben vor Neugier.«

»Diese Krankheit ist unheilbar, so leid es mir tut«, sagt er weiterhin höflich, nimmt ihren Arm und schiebt sie zur Tür hinaus.

Ich höre, wie die Tür zufällt und abgeschlossen wird. Tonys Schritte. Ich kann mich nach wie vor nicht rühren.

»Schaulustige«, spuckt Tony verächtlich aus, als er in die Küche zurückkehrt. »Wenn sie an einer Unfallstelle vorbeifahren, halten sie mitten auf der Straße an und verursachen den nächsten Unfall, nur um einen Blick auf die Tragödie zu erhaschen. Ich würde ja den Realityshows im Fernsehen die Schuld daran geben, wenn es keine historischen Vorbilder gäbe. Das römische Kolosseum und so.« Während er noch spricht, holt er schon ein Glas aus dem Schrank, füllt es mit Wasser und reicht es mir.

Mir zittern wieder die Hände. Das wird langsam zur Gewohnheit. Ich muss wirklich abklären lassen, ob ich nicht an irgendeiner Form von Schüttellähmung leide. Vielleicht habe ich auch ein Aneurysma wie meine Mutter. Könnte das solche Symptome verursachen? Eventuell sollte ich Dr. Margoni anrufen.

»Maisey«, erinnert mich Tony an seine Gegenwart.

Ich blinzele. Er hält mir immer noch das Wasserglas hin.

»Ich dachte, sie kämen von der Beerdigung. Diese Leute.«

»Das bezweifle ich«, widerspricht er. »Wir hätten die Polizei rufen und sie wegen Hausfriedensbruchs festnehmen lassen sollen. Trink das. Edna Carlton fragt, wo du bist. Ich bin der Kundschafter.«

»Danke.« Ich versuche zu trinken, aber nach zwei Schlucken rebelliert mein Magen. Ich stelle das Glas auf die Theke. »Ich bin noch nie in meinem Leben so oft gerettet worden.«

»Du hast auch noch nie in solch einem Schlamassel gesteckt. Ich wette, das wird nicht zur Gewohnheit.«

»Ehrlich gesagt mache ich mir da etwas Sorgen«, gestehe ich ihm.

Er lacht. »Wie die typische Jungfrau in Nöten kommst du mir eigentlich nicht vor. Wollen wir?«

Ich nehme den Arm, den er mir anbietet, zögere aber doch. »Ich sollte nach Dad sehen ...«

»Er ist noch drüben. Ich wollte bloß an das Schamgefühl dieser Gaffer appellieren.«

Ich vergewissere mich diesmal, dass ich den Schlüssel dabeihabe, und schließe die Haustür hinter uns ab. »Woher wussten die Bescheid? Diese Leute? Über das, was passiert ist, und meine Mom?«

Tony seufzt. »Mein Gott. Ich hatte gehofft, du würdest es nie herausfinden. Es ist ein Artikel in der Zeitung erschienen. Ziemlich reißerische Spekulationen mit Fragen über den Geisteszustand deines Dads und Angaben darüber, dass er deine Mom hierbehalten hat.«

»Richtig gruselig«, bekräftigt Mia, die den Fußweg entlangkommt, um sich zu uns zu gesellen. »Ich weiß es besser, weil ich deinen Dad ja kenne, aber der Artikel hat mir trotzdem einen Schauer über den Rücken gejagt. Wer auch immer der Reporter ist, jemand sollte in seiner Gefriertruhe mal nach Leichen suchen.«

»Mia!«, ruft Tony. »Das hilft nun wirklich nicht.«

Aber es hilft doch. Mias Bericht nimmt der Begegnung ihren Stachel und erleichtert es mir, sie einzuordnen. Ich ziehe sie an mich, und sie erwidert meine Umarmung voller Begeisterung. »Mom plant, am Montagmorgen die Zeitungsredaktion zu stürmen und jemandem dort die Meinung zu geigen. Du kannst deinen Arsch darauf verwetten, dass es keine sehr positive Meinung ist.«

»Mia!«, warnt Tony noch einmal, aber inzwischen lache ich richtig.

»Vielleicht gehe ich mit«, überlege ich. »Ich könnte ja Greg überreden, die Zeitungsleute wegen übler Nachrede oder so zu verklagen.«

»Diese Edna redet ständig darüber, dass du nicht mehr da bist. Und irgendein Typ ist eben aufgetaucht und hat nach dir gefragt.«

Ich seufze. Draußen ist es schön und friedlich. Nur wir drei. Die Sonnenwärme vertreibt die Kälte aus meinen Knochen. Aber Beerdigungen sind vor allem gesellschaftliche Anlässe, und die Rolle der trauernden Tochter gehört nun einmal mir.

Also nehme ich Mias Hand, und wir beide wagen uns Seite an Seite in die Festung, gefolgt von Tony als Leibwächter. Abermals finde ich mich in Mrs Carltons plastikbezogenem Wohnzimmer wieder, nur dass das Spiel sich diesmal in etwas verwandelt hat, das ich nicht einmal wiedererkenne.

Dad hockt neben Mrs Medina auf dem Sofa. Mrs Carlton führt von ihrem Lehnstuhl aus den Vorsitz, stocksteif, den Mund prüde zusammengekniffen und die Nase in einem Winkel erhoben, der höchstgradige Missbilligung verrät. Und auf dem Zweiersofa sitzt meine Tochter am Rande des Schoßes ihres Vaters, plappert mit Hochgeschwindigkeit und unterstreicht jedes Wort mit Handbewegungen.

Greg.

Hier.

Unmöglich.

Ich bleibe so schlagartig stehen, dass Tony mich von hinten umrennt und mich an den Schultern packt, um uns beide zu stützen. Mia sieht von mir zu Greg und wieder zurück. Ihr Mund öffnet und schließt sich.

»Oh«, sagt sie. »Ich wusste nicht …« Sie errötet, wirbelt herum und flüchtet aus dem Zimmer.

Greg schiebt Elle von seinem Schoß und steht auf. »Ich habe mich schon gefragt, wo du abgeblieben bist.« Seine Worte sind an mich gerichtet, aber seine Blicke nicht. Er hat Tony ins Auge gefasst.

»Was tust du hier?«, stoße ich mühsam hervor. »Ich habe doch erst gestern Abend mit dir gesprochen.« All die Dinge, die ich am Telefon zu ihm gesagt habe, brechen über mich herein, eine Kaskade aus fallenden Ziegelsteinen, die den Wunsch in mir weckt, mich hinter Tony zu verstecken.

»Du klangst so verloren.« Er durchquert das kleine Zimmer, um mich in seine Arme zu ziehen. »Es ist doch so eine unglaublich schwere Zeit für dich. Ich dachte, ich sollte hier sein. Tut mir leid, dass ich es nicht rechtzeitig zur Beerdigung geschafft habe.«

Greg sieht nicht aus wie ein starker Mann. Er ist dünn, mittelgroß und bekommt allmählich eine Glatze. Eine Gleitsichtbrille, ein zugeknöpftes Oberhemd und eine perfekte Krawatte vervollständigen seinen professionellen Auftritt in Businesskleidung. Neben Tony wirkt er wie der klischeehafte Mathestreber. Aber seine Arme um mich sind Bänder aus Stahl. Es ist nichts Weiches an ihnen oder an der Art, wie er mich hält.

Übrigens hat er mich seit der Zeit vor Elles Geburt nicht mehr umarmt. Meine letzte Erinnerung an seine Hände auf mir ist die an Gewalt, Schock und Schmerz. Ich will mich gegen ihn wehren, mich ihm entziehen, fragen: Was zum Teufel machst du da?

Nur, dass hier Leute zusehen. Darunter auch Elle. Es ist die Beerdigung meiner Mutter, und ich bin heute schon von Menschen umarmt worden, die ich nicht einmal kenne. Das macht man nun einmal so, wenn jemand stirbt. Man umarmt andere. Spendet Trost. Ich bin schon wieder paranoid.

Ich rede mir fast ein, dass es bei Gregs Erscheinen hier und der körperlichen Berührung wirklich um den Tod meiner Mutter geht.

Fast.

Ich weiß es besser. All mein sonst immer verschüttetes Wissen scheint heute an die Oberfläche zu drängen. Als Greg einen Arm um meine Taille schlingt, mich eng an sich drückt und mich herumdreht, sodass wir beide Tony ansehen, blubbern Erinnerungen in mir hoch wie Sumpfgas. Eine bricht in mein Bewusstsein ein und hinterlässt Gestank.

Damals, als Greg Elle nach einem Besuch nach Hause gebracht hat und mich dabei ertappt hat, mit einem Architekten, mit dem ich damals ausging, eine Flasche Wein zu trinken. Ein netter Kerl. Sehr intellektuell, aber lieb und süß auf etwas tollpatschige Art.

Die Tür schwingt auf und die beiden kommen herein. Elle, fünf oder sechs und halb eingeschlafen, kuschelt an Gregs Brust.

»Was ist los? Ist sie krank? Ich dachte, sie sollte bei dir und Linda übernachten.« Ich stehe auf, um sie ihm abzunehmen, aber er lässt sie nicht los.

»Sie hat gesagt, dass sie nach Hause will. Sie weint schon seit einer Stunde. Aber wenn du sie nicht willst, kann ich sie mit zurücknehmen.«

»Natürlich will ich sie. Komm her, Elle Belle. Was ist los?«

»Ich habe dich bloß vermisst.« Sie schlingt mir die Arme um den Hals. Greg hält sie einen Augenblick zu lange weiter fest. Wir drei als Menschenkette mit Elle als Bindeglied. Ich rieche das Zimtkaugummi, das Greg andauernd kaut, vermischt mit einem Hauch Eau de Toilette, bevor ich das Gesicht im Haar meiner Tochter berge und alle anderen Gerüche mit gesundem Kinderschweiß und Shampoo übertöne.

Greg lässt Elle los. Sie schlingt mir die Beine um die Hüften und legt den Kopf über mein Herz, zu schläfrig, um auch nur eine Bemerkung über meinen Gast zu machen.

»Danke, dass du sie nach Hause gebracht hast.« Ich schicke Gedankensignale in seine Richtung, jetzt zu gehen und nach Hause zu seiner Frau zurückzukehren. Aber er marschiert stattdessen zum Tisch.

»Oh, da hast du aber etwas Leckeres gekauft. Stört es dich, wenn ich auch ein Glas trinke?«

Ja, es stört mich. Es stört mich sogar sehr. Aber bevor ich mich dazu durchringen kann, etwas zu sagen, stellt Lenny sein Glas ab und rutscht auf seinem Stuhl hin und her.

»Ich sollte gehen«, meint er.

»Nicht nötig.« Greg steuert direkt den Schrank an und holt sich ein Glas, als wäre er der Gastgeber und das hier sein Haus. Er gießt sich und meinem Gast etwas ein, aber nicht mir. »Maisey kommt gleich zurück, wenn sie unser Kind ins Bett gebracht hat.«

Lenny nimmt das Getränk, aber ich erkenne, dass ich ihn verloren habe. Er wird zur Tür hinaus sein, sobald er es höflich bewerkstelligen kann, und er wird mich später nicht mehr anrufen.

Doch Elle ist die Last der Liebe in meinen Armen. Ich atme ihren Duft den ganzen Weg den Flur entlang ein, auch noch, nachdem ich sie ins Bett gebracht habe.

»Es tut mir leid, dass du traurig warst, Süße«, sage ich zu ihr, streiche ihr das Haar hinters Ohr und ziehe die Decke bis an ihr Kinn hoch.

»Ich war nicht traurig«, flüstert sie, die Augen schon geschlossen.

Ihre Wimpern sind trocken. Keine Tränenspuren auf ihren Wangen, keine verstopfte Nase. Kinder erholen sich schnell, sage ich mir. Ich wünschte, ich könnte nach einer Stunde Weinen so ungezeichnet davon sein.

Auf dem Rückweg in die Küche höre ich, wie Greg auf typische Männerart meine Situation erklärt.

»Ich hoffe, Sie nehmen das Maisey nicht übel. Sie ist eine gute kleine Seele, aber es ist eben nicht einfach, alleinerziehende Mutter zu sein. Ich helfe natürlich, wo ich kann, aber ein Großteil der Verantwortung lastet auf ihr. Ich hatte von jeher das Gefühl, dass sie nur deshalb nicht erfolgreicher ist, was ihre Karriere angeht. Aber wie Sie sehen, ist sie eine tolle Mutter.«

»Habt ihr mir ein Glas übrig gelassen?«, frage ich, als ich mir den Stuhl zwischen ihnen hinausziehe, und greife nach der Flasche.

Greg schnappt sie sich. Erst denke ich, dass er mir etwas einschenken wird, aber stattdessen gießt er sich noch einen Schluck ins eigene Glas.

»Hältst du das für klug, Maisey? Du weißt doch, wie du dann immer bist. Lenny? Noch etwas?«

Diesmal schiebt Lenny seinen Stuhl entschlossen zurück und steht auf. »Ich muss jetzt wirklich los. Gute Nacht, Maisey. Danke für den Abend. Hat mich gefreut, Sie kennenzulernen, Greg. Ich hoffe, dem kleinen Mädchen geht es gut.«

Er flüchtet wie ein verschrecktes Kaninchen.

Ich sehe ihm nach. Traurigkeit und Unausweichlichkeit ringen mit der unbestreitbaren Realität, dass dieser Mann nicht gerade ein Held ist, oder zumindest nicht genug an mir interessiert, um sich zum Kampf zu stellen.

»O verdammt. Das tut mir leid, Maisey. Was für ein Armleuchter!«, bedauert Greg. »Hier. Den Drink hast du dir verdient.«

Er schenkt mir ein Glas ein. Ich ertappe mich dabei, dankbar zu sein, bevor mir wieder einfällt, dass ich, wenn er nicht vorbeigekommen wäre, höchstwahrscheinlich mittlerweile nackt und auf dem Weg zu einem bitter nötigen Orgasmus wäre.

»Was zum Teufel sollte das?«, knurre ich. »Konntest du sie nicht einfach nach Hause bringen und dann wieder verschwinden?«

»Ich trage die Verantwortung für die Sicherheit meiner Tochter. Wenn dein neuester Lover nicht Manns genug ist, um eine solche Musterung zu überstehen, bist du ohne ihn wahrscheinlich besser dran.«

Die Tatsache, dass ein Fünkchen Wahrheit an diesen Worten ist, lässt sie mir nur noch tiefer unter die Haut gehen. Ich nippe an meinem Wein und widerstehe der Versuchung, das Glas zu überspringen und direkt die Flasche zu nehmen.

»Na, jetzt sind wir jedenfalls in Sicherheit. Du kannst mit reinem Gewissen nach Hause abdampfen.«

»Ich dachte, du würdest mir dankbar sein«, entgegnet er. »Aber egal. Wie ich deinem Freund schon sagte …«

»Lenny.«

Er rollt die Augen wie ein übergroßer Teenager. »Ach ja. Lenny. Was für ein Name ist das überhaupt für einen Mann? Ich weiß ja, dass du dich bemühst. Aber du kannst etwas Besseres finden.«

»Tony, stimmt's?« Gregs Stimme im Hier und Jetzt reißt mich aus meiner Erinnerung. »Ich glaube, wir haben telefoniert. Danke, dass Sie auf meine Mädels aufgepasst haben.« Er spricht verächtlich und besitzergreifend, als wäre ich ein Hund, den er aus dem Zwinger abholt.

Der Druck seiner Finger zwischen meinen Rippen wird zur Qual. Ich will ihm sagen, dass er aufhören soll, dass er mir wehtut. Ich will mich ihm entziehen. Aber alle schauen zu, einschließlich Elle, und alles, was ich tue, wird für einen Eklat sorgen.

Tony streckt die Hand aus, um sie Greg zu schütteln, aber seine blauen Augen haben sich verdüstert und sind nun fast schwarz. Sein Gesicht hat einen Ausdruck angenommen, der ihn gereizt und gefährlich wirken lässt. Er ist für die Beerdigung fein angezogen. Bei ihm heißt das, dass er ein schönes Hemd und eine frische Jeans trägt. Anders als Greg, der alle Knöpfe geschlossen hat, hat Tony die Ärmel aufgekrempelt. Der oberste Knopf seines Hemds ist offen. Seine Hand ist größer als Gregs, sein Unterarm ungefähr doppelt so dick, die Haut mehrere Farbtöne dunkler.

Nach ein paar Sekunden des Händeschüttelns zuckt Greg zusammen, und als sie mit diesem männlichen Wettbewerb fertig sind, spreizt er die rechte Hand zweimal, bevor er sie in die Jackentasche schiebt. Sein Griff um mich lockert sich nicht.

Tony wippt auf den Fußballen etwas vor, die Hände locker und geöffnet. Seine Augen sind unverwandt auf Gregs gerichtet.

Mein Gehirn macht das Übliche und stürzt sich geradewegs in eine Schlägerei hier in Mrs Carltons Wohnzimmer. Linker Haken von Tony. Greg liegt flach am Boden. Ich zähle die Sekunden wie ein Kampfrichter.

Ich muss das in Ordnung bringen. Die ganze Situation ist irgendwie meine Schuld, obwohl ich vergessen habe, was ich falsch gemacht habe. Wenn Tony Greg schlägt und Greg ihn verklagt, ist das meine Schuld. Wenn Greg sauer wird und mir Elle wegnimmt, weil ich eine unfähige Mutter bin, die sie schädlichen Einflüssen aussetzt, dann ist das meine Schuld. Wenn der Tag der Beerdigung meiner Mutter von einer Schlägerei nach der Trauerfeier entweiht wird, ist das eindeutig meine Schuld.

Aber meine Fantasie, die so gut darin ist, Geschichten derart echt wirken zu lassen, dass ich sie vor meinen Augen sehe, ist eine komplette Niete, wenn es um Lösungen im echten Leben geht. Ich kann offenbar nichts anderes tun, als gegen den Schmerz von Gregs eisernem Griff um meine Rippen anzuatmen, gegen den drohend aufragenden Schatten, den seine Machtspielchen über mein Leben, mein Kind und dieses Zimmer werfen.

Mrs Medina durchbricht die Anspannung.

»Oh, Gott sei Dank, ihr seid da«, ruft sie. »Nimm mir den Teller ab, Tony. Ich habe so viel gegessen, dass ich gar nicht mehr vom Sofa aufstehen kann. Komm und nimm mich in den Arm, Maisey. Wie geht es dir, mein Mädchen? Du bist sicher erschöpft.«

Tony rührt sich nicht, sieht seine Mutter nicht einmal an. Seine Augen richten sich auf meine, stellen eine Frage. Ich habe zu viel Angst, um sie zu beantworten.

»Ich kann Ihnen den Teller abnehmen, Ma'am.« Greg lässt mich los und schenkt Mrs Medina ein entspanntes Lächeln. »Ich weiß genau, was Sie meinen. Edna hat ein wahres Festmahl ausgerichtet. Ich glaube, ich habe selbst zwei Kilo zugenommen.« Er tätschelt sich den flachen Bauch und zwinkert Mrs Carlton zu, die so lächelt, dass sie Grübchen bekommt.

Meine Beine fühlen sich etwas wacklig an, aber es ist die schwankende Realität, die mich wünschen lässt, ich könnte mich auf den Boden sinken lassen, um mich zu vergewissern, dass er noch fest ist. Ich beobachte, wie Greg Mrs Medina den Teller abnimmt und sich bückt, um eine heruntergefallene Serviette aufzuheben. Dann macht er Mrs Carlton noch ein ausgefallenes Kompliment und umarmt schließlich Elle, um ihr einen Kuss auf den Kopf zu drücken.

Ich hole tief Luft. Es tut weh, aber es ist eine Erleichterung und verankert mich wieder in meinem Körper und diesem Zimmer, im Hier und Jetzt.

Vielleicht mache ich aus einer Mücke einen Elefanten. Wieder einmal. Greg ist ein guter Mann, sage ich mir. Er wollte mir nicht wehtun. Ich habe mir die Spannungen zwischen ihm und Tony nur eingebildet. Dennoch ertappe ich mich dabei, wie ich automatisch auf Abstand zu ihm gehe. Ich taste mich am Rand des kleinen Zimmers entlang und schiebe Elle zur Seite, sodass ich mich ans Ende des Zweiersofas setzen und sie als Puffer neben mir haben kann.

Sobald Greg den Raum verlassen hat, stemmt Mrs Medina sich vom Sofa hoch. Hilfe unnötig. »Geh deinen Grandpa umarmen«, sagt sie zu Elle und lässt sich danach neben mich fallen. Ihre Körperfülle beansprucht den leeren Platz.

»Ich mache mich auf die Suche nach Mia«, beschließt Tony und verschwindet. Ich ertappe mich dabei, seinen entschwindenden Schritten zu lauschen, und weiß, dass sie nicht nur den Flur entlang fortgehen, sondern aus meiner Welt hinaus. Mit ihm ist es bestimmt wie mit Lenny und all den anderen – schwuppdiwupp, weg –, und eigentlich ist das auch ganz gut so.

Warum also lässt seine Abwesenheit das Loch in meinem Bauch wachsen und weckt in mir den Wunsch, ihm nachzulaufen, ihn am Arm zu packen und einen Schwall Entschuldigungen und Erklärungen hervorzusprudeln, sogar die Bitte, mein Ritter ohne Fehl und Tadel zu sein und für mich zu kämpfen?

Das ist ein Bild, das in mir den Drang auslöst, zu lachen und gleichzeitig zu weinen.

Ein Ritter kämpft gegen einen Drachen, klar, und vielleicht sogar gegen einen Winkeladvokaten, aber in aller Regel nur für eine Belohnung. Zum Beispiel die Hand der Prinzessin. Ich bin alles andere als eine Prinzessin und eine derartige Versagerin, dass ich es nicht wert bin, um mich zu kämpfen.

Lachen und Traurigkeit weichen beide einer so intensiven Welle der Erschöpfung, dass ich mich gern auf den Boden mitten zwischen alle anderen legen und die Augen schließen möchte. Aber ich kann nicht einmal den Kopf zurücklehnen, denn das Zweiersofa ist das unbequemste Möbelstück auf diesem Planeten. Die Plastikhülle ist ein besonders diabolischer Touch. Ich rutsche dauernd wieder auf Mrs Medina und die Vertiefung zu, die ihre Körperfülle ins Sitzpolster gedrückt hat. Erst kämpfe ich dagegen an, aber am Ende gebe ich nach und lasse meinen Körper an ihrem ruhen.

Sie ist fester, als sie aussieht, Muskeln unter Polstermaterial. Sie tätschelt mir das Knie. Ihre Hand ist warm und beruhigend. Und endlich führt sie, als wüsste sie, was ich brauche, meinen Kopf auf ihre Schulter hinab und streichelt mir das Haar.

Ich höre Schritte im Flur und weiß, dass sie Greg gehören. Mein Herz macht einen Satz zur Seite, und ich reiße die Augen auf. Als ich Anstalten mache, mich aufzusetzen, gibt sie ein tröstendes Geräusch von sich und beschwert meinen Kopf mit der Hand, nicht so fest, dass ich mich ihr nicht mühelos entziehen könnte, sondern gerade genug, um mich zu ermuntern zu bleiben. Ich fühle mich sicher, geborgen, und lasse die Augen wieder zufallen.

Wenn ich ihn nicht sehen kann, kann er mir nicht wehtun.

Vielleicht bin ich ein Strauß, der den Kopf in den Sand steckt, aber im Moment bin ich ein Strauß, der es sehr bequem hat.

»Wie lange bleibst du denn, Daddy?«, flötet Elle. Ich spüre, wie sich meine Schultern verkrampfen, während ich auf die Antwort lausche.

»Ich dachte, ich bleibe ein paar Tage, um deiner Mom zu helfen, ein bisschen Papierkram zu erledigen. Vielleicht nehme ich dich dann mit zurück.«

»Ich bleibe, bis Mom abreist.« Ihr Ton ist entschlossen und furchtlos. Ich spüre eine kleine Aufwallung von Stolz angesichts ihrer Kraft und ihres Selbstbewusstseins. »Nächste Woche ist schon der letzte Schultag. Ich verpasse nichts.«

»Darüber reden wir später noch einmal«, erwidert er, und ich frage mich, ob er ihr schon ein Ticket gekauft hat. »Hast du ein Bett für einen Reisenden auf Abwegen über, Walter?« Streng genommen ist das eine Frage, aber sie ist rhetorisch. Mein Magen hebt sich und tritt den freien Fall an wie ein kaputter Fahrstuhl in einem Hochhaus.

Dad hat seit meiner Ankunft keine einzige Entscheidung gefällt. Manchmal ist er ganz ordentlich bei sich und konzentriert. Im nächsten Moment driftet er dorthin ab, wohin ich ihm nicht folgen kann. Ich bin nicht in der Lage, Nein zu Greg zu sagen. Ich sehe schon all die vernünftigen Argumente vor mir, die er zum Einsatz bringen wird, wenn ich es auch nur versuchen sollte.

»Nein«, lehnt Dad ab. »In dieser speziellen Herberge gibt es keinen Raum, so leid es mir tut.«

Greg lacht. »Wir werden uns doch sicher etwas einfallen lassen.«

»Na ja«, sagt Dad in nachdenklichem Ton. »Elle hat das Bett im Gästezimmer. Maisey hat die Couch. Ich könnte wohl mein Bett abtreten.«

»Ich würde nicht einmal im Traum daran denken, dir dein Bett wegzunehmen«, versichert Greg. »Elle kann auf dem Boden schlafen. Nicht wahr, Ellie?«

»Nein.« Meine Antwort überrascht uns alle, besonders mich selbst.

»Gutes Mädchen«, flüstert Mrs Medina, lässt meinen Kopf los und tätschelt mir die Schulter.

Ich setze mich auf, spanne die Schultern an, straffe die Wirbelsäule. »Niemand schläft auf dem Boden. Und niemand teilt sich ein Bett mit jemandem. Wäre deine Mutter nicht enttäuscht, wenn du nicht bei ihr übernachtest?«

»Sie ist letzten Sommer nach Parkview gezogen. Das weißt du doch. Sie hat keinen Platz für Gäste.«

»Dad auch nicht. Du könntest dir ein Zimmer im Motel nehmen oder auf ihrem Sofa schlafen.«

Greg lacht erneut, auf nachsichtige, herablassende Weise, als wolle er ein altkluges Kind bei Laune halten. »Komm schon, Maisey. Das ist einfach nur albern.«

Mein kurzer Anflug von Mut klingt ab. Wahrscheinlich hat er recht. Was kann es schon schaden, ein paar Tage im selben Haus wie er zu wohnen? Er braucht Zugriff auf die Papiere. Wir haben Essen von der Beerdigung über, das aufgebraucht werden muss. Er kann ein bisschen Zeit mit Elle verbringen, feststellen, dass es ihr gut geht. Dann lässt er sie höchstwahrscheinlich eher bei mir bleiben, zumindest über den Sommer.

Ich will gerade einlenken, als mein Vater das Wort ergreift. »Maisey hat recht. So leid es mir tut, ich kann dich einfach nicht bequem unterbringen. Wie wäre es mit Benny's Inn? Oder diesem neuen Hotel unten neben dem Super One. Wie heißt das doch gleich?«

Dad und Mrs Carlton steigen in eine Diskussion über die Vorzüge der örtlichen Motels ein. Greg bedenkt mich mit seinem Ich-weiß-es-besser-und-du-passt-jetzt-lieber-auf-Blick, den er gern bei seinem Schlussplädoyer gegen die Jury zum Einsatz bringt. Anschließend beteiligt er sich übergangslos an der Moteldebatte.

Mrs Medina beugt sich zu mir und flüstert mir ins Ohr: »Hast du etwas gegessen?«

Ich sehe sie blinzelnd an und schüttele am Ende den Kopf. Ich bin mir nicht sicher, von welchem Zeitraum sie spricht, aber wenn sie heute meint, lautet die Antwort nein.

»Komm mit, Liebes. Sehen wir zu, dass du etwas in den Bauch kriegst.« Sie stemmt sich mit einem schnaufenden Ausatmen hoch, langt nach unten und zieht mich mit. Sie geht vor mir den Flur entlang und spielt den Puffer zwischen mir und allen, die zu tränenüberströmt, zu anhänglich oder zu neugierig sind. Außerdem achtet sie darauf, dass mein Teller nicht nur mit Salat und Gemüse, sondern auch mit zwei Brownies und einem Stück Apfelkuchen gefüllt wird.

»Wage es ja nicht, zu einem Zeitpunkt wie diesem an eine Diät auch nur zu denken. Du brauchst jetzt Seelenfutter. Ich frage mich, wo meine Kinder abgeblieben sind?«

Ich zucke die Schultern, aber wenn Tony und Mia auch nur ein bisschen vernünftig sind, haben sie sich so weit wie möglich von der Katastrophe entfernt, die ich und mein Leben darstellen. Meine Traurigkeit darüber kommt mir so unausweichlich vor wie Regen, und ich schüttele sie ab. Es gibt einen kleinen Hoffnungsschimmer, der mich über Wasser hält. Wenn Greg hier ist, um Elle beschäftigt zu halten und ein Auge auf Dad zu haben, und Tony und Mia aus dem Weg sind, dann kann niemand meinen Plan durchkreuzen, in die Tri-Cities hinunterzufahren und meine Schwester zu zwingen, mit mir zu reden.

Kapitel 23

Ich nehme Dad zum Vorwand, um nach Hause zu gehen.

Er ist sichtlich erschöpft, sein Gesicht verhärmt. Seine Augen sind eingefallen. Er sieht so aus, wie ich mich fühle. Aber nachdem ich ihn zum Mittagsschlaf ins Bett gebracht habe, kann ich mich immer noch nicht ausruhen. Meine Nerven knistern, mein Herzschlag wird einfach nicht langsamer, und das innerliche Zittern fühlt sich an, als ob es mir erhalten bleiben wird.

Elle ist mit Greg losgezogen, um ihre Großmutter zu besuchen. Da Dad im Bett ist, habe ich Platz und Zeit für mich, um zu lesen oder zu schlafen. Aber ich fühle mich zu ruhelos und unkonzentriert, um auch nur eines von beidem zu tun. Mein Körper tut an einer Million winziger Stellen weh.

Mir kommt der Gedanke, dass ein heißes Bad ein Luxus wäre, und gehe ins Badezimmer. Dort betrachte ich mich schockiert in einem Spiegel, der das Gegenteil der Schneewittchen-Magie bewirkt.

Meine Mascara ist unter meinen Augen verschmiert; mein Rouge ist längst verschwunden. Ich sehe blass und elend aus. Bei meinem Anblick fühle ich mich weniger denn je wie die Prinzessin, für die ein Ritter kämpfen würde. Tony hat gut daran getan zu flüchten. Es ist ein Wunder, dass Greg noch mit mir redet.

Ich schüttele mich geistig durch und rufe mir ins Gedächtnis, dass die Beleuchtung in diesem Badezimmer mich schon potthässlich hat aussehen lassen, als ich sechzehn war. Erstens sind die Wände grün. Und zweitens haben meine Eltern einen Satz greller und gnadenloser Glühbirnen direkt über dem Spiegel installiert.

Zum Glück gleicht das Bad seinen Mangel an schmeichelhafter Beleuchtung und Spiegelausstattung durch die Badewanne aus. Irgendwann nach meinem Auszug haben meine Eltern eine riesige Wanne mit Wasserdüsen einbauen lassen. Ich bin mir nicht sicher, ob auch nur einer von beiden sie je benutzt hat, aber ich werde es jetzt gleich tun.

In einem perversen Anflug von Selbstkasteiung ziehe ich mich vor dem Spiegel aus und zwinge mich, jeden Makel, jedes Zeichen der Alterung zu bemerken. Den weichen Speck an meinem Bauch, die Cellulitisgrübchen an den Rückseiten meiner Oberschenkel, das einsetzende Absacken meiner Brüste.

Und auf der rechten Seite meines Brustkorbs vier lila angelaufene, ovale Flecken, die sich grell von der Winterblässe meiner Haut abheben. Fassungslos schaue ich sie an. Mein Gehirn ist erstarrt und kann nichts verarbeiten, bis ich mich umdrehe und den fünften Fleck auf meinem Rücken erspähe.

Fingerabdrücke.

All meine vernünftigen Einwände huschen davon wie Küchenschaben, wenn das Licht angeht. Ich habe mich nicht nur mit Beschlag belegt, beansprucht und zum Objekt degradiert *gefühlt*; es ist wirklich passiert. Die Beweise für Gregs besitzergreifendes Verhalten sind in mein Fleisch eingeprägt.

Lange Zeit stehe ich da und atme eine neue Realität ein. Erkenntnisse gehen mir durch den Kopf, räumen den Schutt fort. Erinnerungen erscheinen in neuem Licht. Glaubenssätze wandeln sich. Binnen weniger Momente werde ich zu einer brandneuen Maisey. Ich sehe sogar in meinen eigenen Augen im Spiegel anders aus.

Stärker.

Tapferer.

Mehr wie meine Mutter.

Die Wanne ist jetzt voller Wasser, aber bevor ich hineinsteige, tue ich noch eines: Ich fotografiere mit meinem Handy die Abdrücke auf meinem Körper aus mehreren Perspektiven, eine Gedächtnisstütze für den Fall, dass ich zu vergessen beginne.

Ich bleibe in der Wanne liegen, bis das Wasser nur noch lauwarm ist, und lasse zu, dass all meine neuen Einzelteile sich zusammensetzen. Als ich aus der Wanne steige, male ich mir aus, wie emotionaler Unrat in den Abfluss hinabwirbelt.

Mir wird klar, dass ich am Verhungern bin. Sehnsüchtig denke ich an den vollen Teller, den ich in Mrs Carltons Haus so gut wie unberührt habe stehen lassen. Aber es ist reichlich Essen da. Ich muss es nur aufwärmen. Dad muss daran erinnert werden, etwas zu essen, und ich gehe in sein Zimmer, um ihn zu wecken. Er ist nicht da.

Mein Herz beginnt von Neuem, nervös zu flattern. Was, wenn er davonspaziert ist und vergisst, wo er ist? Was, wenn er beschlossen hat, meiner Mutter zu folgen, und sich gezielt etwas angetan hat?

Ich habe nicht viel Zeit, um mich in meine Aufregung hineinzusteigern, denn er sitzt an seinem Schreibtisch im Arbeitszimmer und sortiert Papiere.

»Ich dachte, du schläfst«, sage ich zu ihm. Er dreht sich zu mir um.

»Jedes Mal, wenn ich die Augen geschlossen habe, habe ich …« Er schluckt und bricht ab. »Na, du weißt sicher schon.«

»Ich weiß, Daddy.«

Er wendet sich wieder dem Schreibtisch zu und sortiert Papiere auf perfekt ausgerichtete Stapel. Er sieht besser aus, wenn er am Schreibtisch sitzt. Konzentrierter. Mehr wie er selbst.

»Ich war nicht für dich da«, bedauert er. »Das tut mir sehr leid.«

»Machst du Witze? Du hättest auch dann kein besserer Vater für mich sein können, wenn …«

»Das meine ich nicht. Sondern Greg. Ich war nicht für dich da, was Greg betrifft.«

Meine Knie fangen wieder mit diesem Gewackel an. Zum Glück ist niemand da, der es sieht oder den es kümmert, und ich lasse mich einfach mitten im Arbeitszimmer fallen.

»Das verstehe ich nicht«, flüstere ich.

Er dreht den Stuhl zu mir herum. »Ich habe es auch nicht verstanden. Bis heute. Hat er dir wehgetan?«

Mein Mund öffnet sich und bleibt so stehen, ohne dass irgendwelche Worte zum Vorschein kommen. Ich bin mir nicht sicher, wonach genau er fragt.

»Heute«, sagt mein Vater. »Bei Edna. Komm her, Maisey.«

Mein Gehorsam setzt von selbst ein. Ich stehe auf und gehe zu seinem Schreibtisch hinüber. Er hebt mein Sweatshirt gerade hoch genug, um die Abdrücke zu erkennen, dort, wo Greg seinen Besitzanspruch abgesteckt hat. »Habe ich es mir doch gedacht«, grollt er leise. »Lass mich deinen Rücken sehen.«

Also zeige ich ihm auch noch den anderen Bluterguss. Danach sagt er nichts, und ich lasse mich wieder zu Boden sinken, die Beine untergeschlagen wie beim Yoga. Meine Wangen brennen vor Scham, Wut und sogar Verleugnung.

Ich habe nichts getan. Es war nicht meine Schuld.

»Ich mochte ihn nie«, unterbricht Dad meine Selbstvorwürfe. »Seit du ihn das erste Mal mit nach Hause gebracht hast. Mein allererster Gedanke, als er zur Tür hereinstolzierte, war: Das ist ein hübscher junger Hahn, dem man den Schnabel stutzen muss.«

»Dad!«

»Das stimmte doch, nicht wahr?«

»Du hast nie etwas gesagt. Ich dachte, du würdest ihn mögen. Alle lieben Greg.«

»Deine Mutter hat ihn geliebt«, erwidert Dad sehr leise. »Sie dachte, er sei gut für dich – beständig, ausgeglichen, entscheidungsfreudig.«

Ich zupfe am Teppich, wie ich es früher so oft gemacht habe, als ich noch ein kleines Mädchen war. Eine Faser löst sich. Ich verdrehe sie zwischen den Fingern und wünsche mir, Mom wäre noch hier, um mir einen harmlosen Klaps auf den Hinterkopf zu geben und zu schimpfen, dass ich aufhören soll, Sachen kaputt zu machen.

»Ich dachte immer, mit mir stimmt etwas nicht«, murmele ich am Ende. Ich schaue ins Gesicht meines Vaters auf und wende rasch den Blick wieder ab. »Irgendetwas an mir macht ihn so. Er tut es niemand anderem an.«

»Das ist nicht wahr«, widerspricht Dad heftig. »Lass dir das nicht von ihm einreden, Maisey. Glaub das ja nicht. Für das, was er heute auf der Beerdigung getan hat, gibt es keine Entschuldigung. Auch dann nicht, wenn du mit dem netten jungen Feuerwehrmann schläfst.«

»Dad …«

»Tust du das eigentlich?«

»Was? Nein!«

»Schade. Ihn mag ich nämlich. Und seine Mutter auch. Gregs Mutter … Sagen wir es so: Ich bin froh, dass sie es nicht zum Essen geschafft hat. Ich fand immer, dass du das Richtige getan hast, als du dich geweigert hast, ihn zu heiraten. Das habe ich dir nie gesagt, und ich wollte, dass du weißt, dass es mir leidtut.«

»Schon gut, Daddy.«

»Wenn ich gewusst hätte … Wenn mir klar gewesen wäre, dass er dir auch nur ein Haar krümmt … Natürlich hätte ich dann etwas gesagt. Deine Mutter auch. Wenn sie es gewusst hätte …«

»Dann wäre sie mit dem Besen auf ihn losgegangen. Oder mit der Bratpfanne. Sie wusste es nicht. Du wusstest es auch nicht.« Ich senke die Stimme. »Ich wusste es ja selbst nicht.«

»Oh, Maisey«, seufzt Dad. »Es tut mir so leid. Ich wünschte, ich könnte alles wieder gut werden lassen. Es ist so ein hilfloses Gefühl, ein alter Mann zu sein und nichts tun zu können.«

»Eines kannst du tun.«

»Ich weiß nicht, was. Aber verrate es mir.«

»Rede mit mir über Marley. Erzähl mir, was Mom mit der Pistole vorhatte. Wie hat sie sich all die Knochen gebrochen?«

Alle Klarheit sickert aus ihm heraus. Vor meinen Augen wird sein Blick verschwommen. Sein Kinn wird schlaff, seine Schultern sacken ab. Er dreht den Stuhl von mir weg und legt die Hand auf die Papiere. »Das kann ich nicht.«

Ich richte mich auf die Knie auf und drehe den Stuhl wieder um, sodass Dad mich anschauen muss. »Es hat keinen Sinn, mir etwas vorzumachen. Marley war auf der Beerdigung. Du musst sie bemerkt haben. Und wenn Mom plötzlich losgezogen ist und eine Pistole gekauft hat, dürfte dir auch das nicht entgangen sein.«

Er seufzt und reibt sich gereizt die Stirn mit beiden Händen, wie Elle es tut, wenn sie zu lange auf war und zu viel Zucker hatte.

»So viele Geheimnisse, Leah«, flüstert er. »So verdammt viele.«

Erst glaube ich, dass er wieder aus der Realität weggedriftet ist, aber dann lässt er die Hände sinken und wendet sich mir zu. Ich merke, dass er im Hier und Jetzt ist.

»Sie war erst zwanzig, als ich sie kennengelernt habe. Du warst drei. Sie hat sich für einen Job als Rezeptionistin in meinem Büro beworben, und ich habe sie sofort eingestellt.« Er lebt bei der Erinnerung etwas auf. »Weißt du, warum ich ihr die Stelle gegeben habe, Maisey? Sie hatte keine Erfahrung damit, ein Büro zu führen, und keine Ausbildung, die über einen nachgeholten Schulabschluss hinausging. Du denkst vielleicht, dass es Mitgefühl mit der jungen Alleinerziehenden war. Mitgefühl war nichts, was ich empfand. Ich stellte sie ein, weil sie mir erklärte, dass ich es tun würde. Sie sah mir unverwandt in die Augen – du kennst diesen Blick – und prophezeite mir, sie werde eine hervorragende Empfangsdame für mich sein und es wäre ein Fehler, wenn ich sie ›um der trügerischen Vorteile von Alter und Erfahrung willen‹ überginge.«

Ich stelle mir meine Mutter vor, jung und grimmig und entschlossen. Wo war ich, als sie dieses Vorstellungsgespräch hatte? Wo war Marley?

»Vom ersten Tag an hat sie mein Büro furchtlos geführt«, fährt Dad fort. »Hat mein Betriebssystem geändert. Hat neue Klienten für mich aufgetrieben. Hat Bücher aus der Bibliothek über Büromanagement gelesen. Bis dahin waren meine Geschäfte ganz ordentlich gelaufen. Einen Großteil meiner jährlichen Einnahmen hatte ich während der Steuersaison. Den Rest der Zeit über schnallte ich den Gürtel enger. Ich war schüchtern und verlegen, hatte keine Ahnung von Geschäftstüchtigkeit. All das wurde dank Leah anders.«

Er versinkt in Schweigen und verläuft sich in seinen Erinnerungen. Ich rufe ihn zurück.

»Dad? Wie ist sie von der Sekretärin zur Ehefrau geworden?«

»Was?« Sein Blick richtet sich auf mich, als wäre er erstaunt, mich in seinem Arbeitszimmer zu finden, und wird dann wieder klar. Er lacht. »Sie hat mir gesagt, dass ich sie heiraten würde. So ist das passiert. Nicht, dass ich etwas dagegen einzuwenden gehabt hätte, abgesehen davon, dass ich etwas besorgt war, was die Leute denken würden. Ich war fast vierzig. Etwas wunderlich. Einsiedlerisch. Und sie war schön und noch keine einundzwanzig. Ich hätte nicht einmal im Traum daran gedacht, sie auch nur zu bitten, mit mir auszugehen.

Aber deine Mutter wusste, wie man Dinge in die Wege leitet. Sie hat Kaffee für uns beide gebracht und sich in mein Büro gesetzt, um ihren zu trinken. Und dann haben wir geredet. Sie hatte eine Art, mich aus meinem Schneckenhaus zu locken und mich dazu zu bringen, ihr alles Mögliche über mein Leben, meine Familie und meine Gedanken über die Welt zu erzählen. Irgendwie fiel mir nie auf, dass sie mir umgekehrt nichts über ihre berichtete.

Eines Tages fragte ich sie sogar danach. ›Meine Familie ist die Worte nicht wert, die es braucht, um über sie zu reden‹, meinte sie. ›Der Teil von mir existiert nicht mehr. Wir müssen nicht unbedingt darüber sprechen.‹

Und damit hatte es sich. Ich hakte nicht nach, Maisey, Gott möge mir verzeihen. Ich gab mich damit zufrieden, dass sie eben jung war, und das traf ja zu. Sie muss siebzehn gewesen sein, als du geboren worden bist. Ich habe mir keine Fragen über ihre Eltern oder ihren ersten Mann gestellt, auch nicht darüber, warum sie die Tür zwischen sich und ihnen zugeschlagen hatte. Sie war so wild entschlossen. Sie konnte mich alles glauben machen.«

Das stimmt, das weiß ich selbst. Das Wort meiner Mutter war Gesetz. Wenn sie etwas aussprach, dann war es die Wahrheit. Punktum. Sogar, wenn sie einem weismachte, dass ein echter, lebendiger Mensch – zum Beispiel die eigene Zwillingsschwester – imaginär war, wurde das zur Wahrheit.

»Allmählich glaubte ich«, fährt Dad fort, »wirklich dein Vater zu sein. Ich meine, ich wusste natürlich immer, dass ich es nicht sein konnte. Ich war bei deiner Zeugung und bei deiner

Geburt nicht dabei. Aber irgendwie verblasste die Bedeutung dessen in meinem Bewusstsein. Also ja, ich half deiner Mutter bei etwas, das, wie ich jetzt weiß, eine Täuschung war. Aber war es wirklich so schlimm, dass du nicht wusstest, dass du einen anderen leiblichen Vater hattest?«

Das ist eine Frage, auf die ich die Antwort noch nicht kenne. Diese Lüge kann ich als beschützend erachten. Was hätte es schon genützt, mich wissen zu lassen, dass ich irgendwo einen anderen Vater hatte?

Die andere Lüge ist viel niederschmetternder.

»Aber du wusstest von Marley«, konfrontiere ich ihn erneut mit meiner Schwester und spreche damit den größten Verrat von allen aus. »Du hast zugelassen, dass Mom mir eingeredet hat, ich sei verrückt.«

»Nein!« Er schüttelt den Kopf. »Damals wusste ich es noch nicht. Ich schwöre es dir, Maisey. Leah hat mir erst etwas von Marley erzählt, nachdem die Ärzte das Aneurysma entdeckt hatten. In der Rückschau ist mir klar, dass es zu Anfang Augenblicke gab, in denen ich es hätte erraten sollen. Du hast immer wieder von Marley geredet und Leah hat mit irrationaler Verzweiflung darauf reagiert. ›Haben denn nicht alle Kinder ausgedachte Freunde?‹, fragte ich jedes Mal. Ich hatte kein Verständnis für ihre überzogene Reaktion.

Und dann, in den Tagen des Schocks, unmittelbar nachdem wir die MRT-Ergebnisse erhalten hatten, bekam Leah einen Albtraum. Sie schrie nach Marley. Als sie aufwachte, bestand ich darauf, dass sie mir alles schilderte. Sie sagte, Marley sei ihr Baby und sie habe sie verloren. Das war alles. Als ich versuchte, ihr Fragen zu stellen – war es eine Adoption? War das Baby gestorben? –, antwortete sie: ›Der Teil meines Lebens existiert nicht. Wir sprechen nie wieder davon.‹

Aber ich war erschüttert, Maisey. Jetzt erinnerte ich mich an deine imaginäre Freundin und an Leahs Reaktion darauf. Ich dachte, sie sei wahrscheinlich gezwungen gewesen, ein Kind zur Adoption freizugeben. Die Neugier packte mich wie jetzt dich. Ich habe gegoogelt, ohne damit zu rechnen, wirklich etwas zu entdecken. Aber ich fand Marley. Und daraufhin kam ich ins Grübeln. Leah hätte nie eine Entscheidung, die sie gefällt hatte, noch einmal überdacht, aber jetzt war doch sicher alles anders. Sie würde sterben. Sie musste ihre Tochter kennenlernen, oder zumindest sollte ihre Tochter Gelegenheit haben, sie kennenzulernen. Ich versuchte, ihr das zu erklären, aber sie wollte immer noch nicht hören. Ich versuchte auch, ihr klarzumachen, dass sie es dir mitteilen sollte. Zum ersten Mal in unserer Ehe hatten wir heftigen Streit. Ich ging gegen sie an. Am Ende schrieb ich an Marley. Sie schrieb zurück – direkt an deine Mutter. Der Brief war nicht … hilfreich.«

»Ich habe sie kennengelernt. Ich kann es mir vorstellen.«

»Leahs Wut verwandelte sich in Paranoia. Vielleicht lag es an dem Ding in ihrem Gehirn, ich weiß es nicht. ›Du ahnst nicht, was du getan hast‹, sagte sie.

›Dann erklär es mir‹, flehte ich sie an. ›Was ist so schlimm daran, dich bei deinen Kindern zu melden, bevor du stirbst?‹ Aber sie weigerte sich, darüber zu reden. Sie kaufte die Pistole. Sie war plötzlich besessen davon, Türen abzuschließen, sie fünfmal zu überprüfen, bevor sie ins Bett ging, und dann mitten in der Nacht aufzustehen, um noch einmal nachzusehen.

Etwas wie ein Anruf von einer falschen Nummer ließ sie recherchieren, wem die Telefonnummer gehörte. Ich wusste nicht, was ich mit ihr machen sollte. Sie sagte mir nur, es sei das Beste, wenn ich nicht Bescheid wüsste. Das Beste, wenn du nicht Bescheid wüsstest. Und eindeutig das Beste, wenn sie nie und nimmer mit Marley spräche.«

Er verstummt. Ich lasse zu, dass er den Stuhl von mir wegdreht. Er lässt den Kopf in die Hände sinken und stützt beide Ellbogen auf den Tisch. »Und jetzt fühle ich mich schuldig, als hätte ich ihr Vertrauen enttäuscht. Glaubst du, dass sie hier spukt, Maisey, und mir jetzt gerade mit Gespensteraugen Löcher in den Rücken brennt?«

Ich stehe auf, stelle mich hinter ihn, lege ihm die Arme um den Hals und schmiege die Wange von oben an seinen Kopf. »Ich glaube, dass sie mehr Glück als jede andere Frau auf der Welt hatte, dich zu finden, und dass sie es wusste. Ich glaube, sie ruht in Frieden in ihrem Grab. Ich glaube, du und ich werden beide unsere liebe Not damit haben herauszufinden, wie wir selbstständig Entscheidungen fällen können.«

Er seufzt tief. »Meinst du?«

»Ich weiß es.«

»Mein Gott, ich bin so müde. Ich glaube, ich gehe wieder ins Bett.«

»Erst brauchst du etwas zum Abendessen.«

»Ich habe keinen Hunger.«

»Ich auch nicht. Aber das ist eine der Entscheidungen, die wir von jetzt an treffen müssen. Essen. Mindestens dreimal am Tag. Einverstanden?«

»Wenn du es sagst.«

Wir lachen beide darüber. Was für ein winziger Moment der Erleichterung! Er stützt sich auf mich, als er aufsteht. Ich lege ihm den Arm um die Taille. Gemeinsam machen wir uns auf den Weg in die Küche, wo wir beide die Aufläufe verschmähen und uns stattdessen für zuckrige Cornflakes und Milch entscheiden, eine kleine, gemeinsame Rebellion.

Ich denke, dass wir mit dem Thema Marley fertig sind, aber als Dad seine Schale in die Spüle stellt, dreht er sich ernst und konzentriert zu mir um. »Lass Marley in Ruhe. Das ist das Beste. Wir haben ihr die Tür geöffnet, und sie hat sie zugeknallt. Das sollten wir respektieren.«

»Ja, das sollten wir. Brauchst du Hilfe, um zurück ins Schlafzimmer zu kommen?«

»Es gibt Wände, an denen ich mich ganz prima abstützen kann. Ich schaffe das schon. Wo ist Elle?«

»Sie übernachtet bei Gregs Mom. Besonders glücklich ist sie nicht darüber.«

»Sie wird es überleben.« Er drückt mir einen Kuss auf den Kopf und schlurft den Flur hinunter.

Als er außer Sichtweite ist, hebe ich meine Cornflakesschüssel mit beiden Händen hoch und trinke die Zuckermilch aus. Dabei schlürfe ich laut und fordere den Geist meiner Mutter heraus, über mich herzufallen.

Was ich tun sollte und was ich tun werde, sind zwei verschiedene Paar Schuhe. Ich bin mir ziemlich sicher, dass Dad das weiß.

Leahs Tagebuch

Das Verhältnis zwischen Boots und mir verschlechterte sich, sobald die Babys zu Hause waren.

Es war einfach, Entschuldigungen für ihn zu finden. Wir waren beide erschöpft. Zwei Leute mussten rund um die Uhr arbeiten, um das Füttern und Wickeln und Trösten zu bewältigen, ganz zu schweigen vom Haushalt, vom Essen und all solchen Dingen.

Meine Mutter befand sich in einer Phase heftiger Depressionen. Sie tauchte in den ersten paar Wochen zweimal auf, ungekämmt, hager und mit übertrieben langsamen Bewegungen. Ihre Enkelkinder auf dem Arm zu halten entzündete kein Feuer in ihr. Sie musterte sie aus toten Augen und weinte stumm.

»Ich war nicht für dich da, Leah«, flüsterte sie. »War keine gute Mutter.«

»Dann sei jetzt eine«, sagte ich zu ihr. Ich hatte nicht die Energie, mich um sie zu kümmern. Ich brauchte sie, damit sie sich dieses eine Mal um mich kümmerte …

Heute verstehe ich, dass sie klinisch depressiv war. Ich bin sicher, sie hätte Medikamente und eine Therapie gebraucht. Mein Vater war damals Alkoholiker im Endstadium und nie nüchtern. Er kam nicht einmal vorbei, um sich die Kleinen anzusehen. Ich ging auch nicht zu ihm.

Meine Schwiegermutter erschien täglich, um mit den Babys zu kuscheln, etwas Ordnung ins Chaos zu bringen und sogar den Kühlschrank aufzufüllen. Aber sie musste auch noch ihren Beruf als Kellnerin stemmen und war nicht mehr jung. Nachtschichten kamen nicht infrage. Und die Nachtschichten waren die härtesten.

Es war 01:03 Uhr, als Boots das erste Mal durchdrehte. Die roten Digitalziffern der Uhr auf dem Nachttisch sind in mein Gehirn eingebrannt.

Maisey und Marley schrien beide. Ich weiß nicht, warum. Ich hatte sie gefüttert, gewickelt, gewiegt. Und am Ende, als ich so erschöpft war, dass es mir egal war, legte ich sie ins Bettchen und brach als milchdurchtränktes Häufchen Elend auf dem Bett zusammen.

Boots setzte sich auf, als ich mich hinlegte. Wenn ich wach genug gewesen wäre, um irgendetwas wahrzunehmen, hätte ich erkannt, dass er fast vor Empörung platzte.

»Was machst du da?« Seine Stimme war weißglühende Wut, aber sogar das reichte nicht aus, um durch die tiefe Erschöpfung zu dringen, die mich hatte ins Bett sinken lassen.

»Ich schlafe«, murmelte ich, verkroch mich unter der Decke und zog mir ein Kissen über den Kopf.

»O nein, das tust du nicht!« Er riss mir das Kissen weg. »Du sorgst jetzt dafür, dass der Lärm aufhört, und zwar sofort!«

Adrenalin verscheuchte den Schlaf so weit, dass ich bemerkte, in was für einer Verfassung er war. Aber ich konnte nach wie vor nicht vernünftig denken. »Du bist dran«, murmelte ich. »Bitte. Ich bin so müde.« Mir kamen die Tränen und liefen mir seitlich in die Ohren.

»Du bist eine beschissene Mutter«, wütete er, »weißt du das? Ich habe ja versucht, dir zu helfen, aber mehr kann ich nicht tun. Steh auf und bring sie dazu, nicht mehr zu schreien.«

»Ich brauche …«

Er setzte sich rittlings auf mich, die Knie rechts und links von meinen Beinen, das Gesicht gerade noch sichtbar im Licht, das von den Straßenlaternen vor dem Fenster ins Zimmer drang. »Es geht nicht darum, was du brauchst. Du wolltest Kinder. Jetzt hast du Kinder. Und du kannst verdammt noch mal aufstehen und dich um sie kümmern.«

Ich war nicht dumm. Ich erinnerte mich gut genug an den ersten Fausthieb in mein Gesicht, den Stiefeltritt in meinen Bauch. Aber ich war durcheinander und mein Leben lang scharfzüngig gewesen. Seine Vorwürfe und sein Ton brachten mein eigenes Temperament in Wallung.

»Wenn du nicht so ein lächerlicher Möchtegernvater wärst …«

Kapitel 24

Greg kommt um genau 9.00 Uhr morgens hereinspaziert. Ohne anzuklopfen. Ohne Vorwarnung.

Er stürmt energisch in die Küche, als wäre sie ein Gerichtssaal, frisch rasiert, perfekt frisiert, die Aktentasche in der Hand. Ich lümmele am Tisch und habe meinen zweiten Becher Kaffee halb ausgetrunken. Mein zerknittertes T-Shirt und meine Yogahose stehen im Kontrast zu seinem makellos gebügelten Hemd und der perfekt passenden Krawatte.

Elle huscht an ihm vorbei, umarmt mich und lässt sich vor dem Cornflakesregal auf den Boden fallen. Sie schnappt sich einen Karton Froot Loops und drückt ihn an sich.

»Du hast schon gefrühstückt«, erinnert Greg sie.

Sie rümpft die Nase in seine Richtung. »Ich hatte Obst. Und Haferflocken. Ein Mädchen braucht etwas Handfestes.«

»Pack das wieder zurück! Das ist nichts als Zucker.«

»Meine Güte, Greg, nun lass sie doch ein paar Cornflakes essen.«

Greg stellt seine Aktentasche etwas fester als nötig auf den Tisch. Er funkelt erst Elle, dann mich böse an. Aus gutem Grund. Ich habe seine Autorität vor unserer Tochter untergraben. Unwillkürlich greife ich an meine Rippen voller Blutergüsse, und die Benommenheit der Übermüdung verschwindet aus meinem Kopf. Ich bin wach. Ich bin aufmerksam. Ich bin vollkommen auf seine Augen und Hände konzentriert. Jeder Muskel in meinem Körper ist kampfbereit.

»So ernährt sie sich also? Kein Wunder, dass sie pummelig wird. Meinst du …«

»Ihr Gewicht ist perfekt! Fang gar nicht erst damit an. Außerdem haben wir gerade eine Beerdigung. Die üblichen Regeln gelten nicht.«

»Die Beerdigung war gestern.«

»Genau.«

Ich staune über meine eigene Dreistigkeit. Derselbe Teil von mir, der es gestern Abend genossen hat, Cornflakesmilch zu schlürfen, genießt es heute, Greg zu widersprechen, auch wenn mein Frühwarnsystem schon die Sirenen in meinem Gehirn und Körper aufheulen lässt, um mich gegen die Gefahr zu wappnen.

Sei klein. Sei still. Füg dich einfach.

Das habe ich bisher immer getan. Seit Jahren.

Offen gesagt bin ich stinksauer. Ich bin auf meine Mutter sauer, weil sie gestorben ist und Geheimnisse hatte. Ich bin sauer, dass sie mich angelogen hat, dass sie mich bedrängt und bekniet und beschworen hat, Greg zu heiraten. Und ich bin auf Greg unbeschreiblich, unermesslich sauer, weil er überhaupt Greg ist.

»Kaffee?«, frage ich ihn. »In der Kanne ist noch mehr. Oder Elle könnte dir eine Schüssel Cornflakes machen.«

Ich stähle mich gegen die mögliche Gewalt, aber es ist ja nicht so, dass er mich wirklich schlagen würde. Nicht in Dads Haus. Nicht vor Elle. Er wird seine Wut anders an mir auslassen.

Im Augenblick schließt er sehr gezielt und präzise die Aktentasche auf und lässt sie mit einem lauten Klacken aufschnappen. »Wir haben viel Arbeit vor uns. Du bist noch nicht einmal angezogen.«

»Ich bin angezogen.« Wenn er vorher angerufen hätte, dann hätte ich mich vielleicht umgezogen. Vielleicht auch nicht. Fairerweise muss man sagen, dass Elle weiß, wo der Schlüssel unter der Fußmatte versteckt ist. Mir ist klar, dass sie die Tür für beide aufgeschlossen hat. Und wenn ich mir die Mühe gemacht hätte, darüber nachzudenken, hätte ich wissen müssen, dass sein Verhalten sehr vorhersagbar ist. Aufstehen um sechs, Frühstück, Sport, um neun zur Arbeit.

Sein Blick huscht verächtlich über mich und richtet sich betont auf die Uhr. Er setzt sich an den Tisch, tut aber sonst nichts.

Es ist jetzt 9.05 Uhr. Ich halte mich nicht an den Plan. Er erwartet allen Ernstes von mir, von diesem Stuhl aufzustehen und mir allermindestens richtige Kleidung anzuziehen. Mir die Haare zu kämmen. Ich hätte mich vorbereiten sollen. Hätte alle relevanten Akten bereitlegen sollen, damit er sie inspizieren kann.

Die üblichen Schuldgefühle brechen über mein kindisches Aufbegehren herein. Greg versucht doch bloß, mir zu helfen. Er ist nicht verpflichtet, auch nur einen Finger zu rühren, aber er ist hier. Er opfert Zeit, die er bei seiner Familie oder bei der Arbeit verbringen könnte, um uns zu helfen, und ich benehme mich schlecht.

Elle zieht sich einen Stuhl heraus und knallt eine Schale sowie einen Löffel auf den Tisch. Sie hat drei verschiedene Sorten Cornflakes gemischt. Die Milch ist rosa. Mir dreht sich ein bisschen der Magen um, wenn ich lediglich daran denke, so eine Mischung zu essen, aber sie summt beim ersten Bissen wohlig.

Ich trinke noch einen Schluck Kaffee und fülle mir danach den Becher auf. »Was brauchst du?«, wende ich mich an Greg. »Vielleicht sollten wir ins Arbeitszimmer umziehen.«

»Jetzt habe ich hier schon alles vorbereitet. Ich habe mit der Polizei, dem psychiatrischen Dienst und dem Sozialdienst gesprochen. Sie haben deinen Dad sozusagen hintangestellt, weil niemand ihn angezeigt hat. Aber jemand sollte eine Vollmacht bekommen. Das würde ich gern erledigen, bevor ich abreise.«

Beim Gedanken an all die Verantwortung durchläuft mich ein kleines Zittern. »Was umfasst sie? Diese Vollmacht?«

»Du wärst verantwortlich für seine Finanzen. Für das Erbe. Du könntest ihn aus diesem Haus in ein Heim bringen.«

»Das will ich nicht.«

Greg rollt die Schultern und seufzt geduldig. »Er kann nicht allein hierbleiben, ich glaube, das sehen wir alle ein.«

»Ich nicht. Er ist dann und wann ein bisschen durcheinander, aber was erwartest du? Meine Mom ist gestorben, Greg. Wir haben sie gestern begraben, falls dir das nicht aufgefallen sein sollte.«

Er verlangsamt seine Sprechweise und betont die einzelnen Satzteile übertrieben. »Du musst den Tatsachen ins Auge blicken, Maisey. Ich weiß, dass das nicht gerade deine Lieblingsbeschäftigung ist, also lass mich dir helfen. Fakt: Walter ist ein alter Mann und ist jetzt allein. Fakt: Er hat keine Hilfe gerufen, als deine Mutter plötzlich zusammengebrochen ist. Drei Tage lang nicht, Maisey. Drei Tage. Denk darüber nach. Sie lag ohnmächtig im Bett, und er hat sie einfach da liegen lassen. Fakt: Er hat irgendetwas im Kamin verbrannt und dabei ein so großes Feuer ausgelöst, dass es angebracht war, den Notruf zu wählen.«

»So groß war das Feuer nun auch wieder nicht«, wiegelt Elle mit vollem Mund ab.

»Fakt«, fährt Greg unbeirrt fort. »Er hat Papiere in dem Feuer verbrannt. Vielleicht wichtige Dokumente wie eine Patientenverfügung.«

»Einspruch. Spekulation. Wir wissen nicht, was er verbrannt hat.«

»Ich finde dein Verhalten pubertär und nicht hilfreich«, schimpft Greg. »Willst du einen Anwalt bezahlen, um das alles zu regeln? Besser gesagt: Kannst du dir einen leisten?«

Ich presse die Hände im Schoß zusammen und senke den Blick. »Es tut mir leid. Bitte rede weiter.«

»Ich denke Folgendes: Wenn die Vollmacht dir zu viel ist, bin ich bereit, sie selbst zu übernehmen. Es ist sinnvoll, jemanden zu haben, der etwas … Abstand von den Gefühlen hat. Zum Beispiel muss das Haus verkauft werden.«

»Nein!«

Vor meinem inneren Auge sehe ich, wie Fremde an diesem Tisch sitzen, in Dads Arbeitszimmer arbeiten und im Winter am Kamin Kaffee trinken. Es fühlt sich an wie ein Messerstich in meine Eingeweide.

»Ich verkaufe das Haus nicht.«

»Siehst du? Du kannst einfach nicht vernünftig an die Sache herangehen. Du brauchst jemanden, der es tut.«

»Ich bin vernünftig. Ich werde hier leben.«

»Mach dich nicht lächerlich. Ich wohne in Kansas City. Wir können uns nicht das Sorgerecht über solch eine Distanz teilen.«

Trotz seines abfälligen Tonfalls schwingt eine implizite Drohung in seinen Worten mit und bringt mich dazu, mir auf die Unterlippe zu beißen, um den Mund zu halten.

Ein Räuspern lenkt meinen Blick zur Küchentür. Dad steht da. Er trägt ein T-Shirt und eine Pyjamahose. Seine Füße sind nackt. Sie wirken verletzlich und erbärmlich. Die Zehen krümmen sich umeinander wie Ranken, als versuchten sie, in neue und ungewöhnliche Richtungen zu wachsen.

»Das hier ist Leahs Haus«, sagt Dad. »All ihre Sachen sind hier.«

Er macht Anstalten, sich einen Becher Kaffee einzugießen, aber ihm zittern die Hände, und er lässt den halb vollen Becher fallen. Er zersplittert auf dem Boden. Kochend heißer Kaffee spritzt überallhin. Er steht weiter da, gießt immer noch Kaffee aus der Kanne in seiner linken Hand und starrt den zerbrochenen Becher an, als wäre das ein sonderbares Ereignis, das sich seiner Kontrolle vollkommen entzieht.

Mein Stuhl fällt polternd um, als ich aufspringe, um Dad zu helfen.

»Hier, lass mich das nehmen. Rühr dich nicht. Sonst schneidest du dir noch in den Fuß.«

Sein Blick unternimmt eine langsame Fahrstuhlfahrt vom Boden bis zu meinen Augen. »Ich habe den Kaffee verschüttet.«

»Ja, hast du. Wir können neuen kochen.« Ich bücke mich, um die Scherben wegzuräumen. Elle kommt mit Papierhandtüchern angelaufen. Dads Füße sind gerötet, wo die heiße Flüssigkeit darauf gespritzt ist, aber ich sehe keine Blasen. Gregs Miene ist ein schieres »Ich habe es dir ja gleich gesagt«.

Ich möchte die Verbrennungen küssen, damit sie besser werden, wie früher bei Elle, als sie noch klein war. Alles, was ich tun kann, ist, Dad an die Hand zu nehmen und Seite an Seite mit ihm den Flur entlang zu seinem Zimmer zu gehen.

»Komm, wir suchen dir etwas Trockenes zum Anziehen, okay?«

Moms Schubladen sind nach wie vor voller präzise gefalteter Kleidungsstücke. Dads Schubladen sind unordentlich. Schmutzige Socken und Unterwäsche sind zwischen die sauberen Sachen gestopft.

»Meine Güte, Dad, du hast hier ja eine Ordnung wie ein Collegestudent.«

»Verkauf das Haus nicht, Maisey.« Er lässt sich schwer aufs Bett fallen.

»Oh, Daddy, das will ich doch nicht.« Ich knie mich auf den Boden vor ihm und umschließe seine Hände mit meinen. Sie sind so kalt, so steif.

»Es ist Geld da«, flüstert er. »Verrat das Greg nicht. Du kannst hier wohnen. Ich gebe dir eine Vollmacht für alle Bankkonten.«

»Ich kann nicht gut mit Geld umgehen. Vielleicht wäre es besser …«

»Nein!« Seine Heftigkeit erschreckt mich. »Lass das nicht zu. Lass es nicht Greg machen. Du musst dich gegen ihn durchsetzen.«

»Elle.« Die Kehle schnürt sich mir um ihren Namen herum zu. Alles läuft immer wieder auf Elle hinaus. Wenn ich mir Greg zum Feind mache, nimmt er sie mir vielleicht weg.

Dad entzieht mir seine Hände und reibt sich das Gesicht. »Es ist Leahs Haus«, wiederholt er. »Sie ist hier. Sie ist überall.«

»Ich weiß, Daddy.«

Er scheint seit dem Tod meiner Mutter geschrumpft zu sein. Sein T-Shirt hängt viel zu weit wie ein Sack an ihm. Das untere Ende seiner Hosenbeine ist kaffeegetränkt.

»Wie geht es deinen Füßen? Tun sie weh?«

»Ich habe nicht viel Gefühl in den Füßen. Diabetes.«

»Wir müssen sie im Auge behalten. Darauf achten, dass sie heilen.«

Es tut zu weh, ihn anzusehen, und ich wende mich wieder den Schubladen zu, werfe offensichtlich schmutzige Kleider auf einen Haufen auf den Boden und wühle nach sauberen.

»Die Wäsche steht eindeutig auf der Tagesordnung. Da wären wir: eine saubere Jeans und ein Hemd. Diese Socken haben den Schnuppertest bestanden. Brauchst du Hilfe beim Anziehen?«

»Ich bin kein Kind«, lehnt er ab, was ich als Versicherung nehme, dass er sich anziehen kann.

»Okay. Ruf laut, wenn du noch etwas brauchst.«

Meine Füße schleppen mich zurück in die Küche und zu Greg.

Elle kniet auf dem Boden und schrubbt ihn mit dem Geschirrhandtuch.

»Danke, Baby.« Ich behalte Greg aus dem Augenwinkel im Blick, während ich den Filter für eine frische Kanne Kaffee befülle. Greg beugt sich über Papiere, die er auf dem Tisch ausgebreitet hat, und redet weiter, als hätte es nie eine Unterbrechung des Gesprächs gegeben. Als wäre die schreckliche Szene mit Dad nicht passiert.

»Es stehen ein paar Maklerbüros zur Auswahl. Ich habe mit Karen bei Frontier gesprochen, und sie klang, als wüsste sie, was sie tut. Ich gebe dir ihre Nummer.«

»Wir verkaufen das Haus nicht.«

Mir war nicht klar, dass ich die Entscheidung schon gefällt habe, bis die Worte aus meinem Mund gekommen sind, aber sie klingen nach der Wahrheit.

»Mein Gott, Maisey. Ernsthaft?«

»Er will nicht.«

»Natürlich nicht. Aber er ist kaum in der Verfassung, Entscheidungen zu fällen. Er kann sich unter keinen Umständen allein versorgen.«

»Gestern Abend war er bei völlig klarem Verstand.« Ich richte meine Aufmerksamkeit auf den Wasserstrahl, der in die Kaffeekanne strömt, als wäre er das Wichtigste im ganzen Universum.

»So ist das normalerweise mit Demenz im Anfangsstadium. Lichte Momente und Phasen der Verwirrtheit und Desorientierung. Es wird schlimmer, nicht besser.«

»Das wissen wir noch nicht, Greg. Dr. Margoni sagt, dass er jetzt möglicherweise nur vor Trauer und Schock verwirrt ist.«

»Und vielleicht willst du es bloß nicht wahrhaben.« Seine Worte hängen zwischen uns in der Luft, hart und kompromisslos.

Ungewollte Tränen lassen mir alles vor den Augen verschwimmen. Ich kann kaum genug sehen, um das Wasser in den Behälter zu gießen. Ein Teil davon geht daneben und bildet eine Pfütze auf der Theke.

»Hör zu, es tut mir leid«, entschuldigt sich Greg, während ich die Schweinerei aufwische. »Natürlich willst du es nicht wahrhaben. Deine Mom ist plötzlich gestorben. Das Letzte auf der Welt, was du willst, ist, beide Eltern zu verlieren. Deshalb wäre es ja auch das Beste, wenn du mich alles regeln ließest.«

»Nein.«

Ich drehe mich zu ihm um und lehne mich an die Theke, um mich abzustützen. »Meine Eltern. Meine Aufgabe. Ich bin dankbar für deinen Rat und für deine Hilfe, aber mein Vater will, dass ich mich um alles kümmere, und das werde ich tun.«

»Maisey …«

»Lass mich ausreden, Greg. Nur dieses eine Mal. Lass mich sprechen. Es hat keine Eile, das Haus zu verkaufen oder Dad umziehen zu lassen. Hier geht es ihm besser. Es ist nur sinnvoll, dass ich eine Weile hierbleibe, bis die Dinge sich wieder eingespielt haben. Ich gebe meine Wohnung auf, sodass ich keine laufenden Kosten anderswo habe.«

»Und Elle?«

»Ich bleibe hier«, flötet sie. »Grandpa und Mom brauchen mich.«

»Du hast Schule.«

»Nächste Woche ist schon letzter Schultag. Weißt du, was in der letzten Schulwoche passiert? Nichts. Reine Beschäftigungstherapie.«

»Das hier ist ein Gespräch unter Erwachsenen, Elle. Bitte widersprich nicht.«

»Es ist ein Gespräch über mich. Ich finde, ich habe ein Recht …«

»Es reicht. Wenn du nicht still sein und uns reden lassen kannst, musst du das Zimmer verlassen.«

Er brüllt nicht, hebt noch nicht einmal die Stimme, und an seinen Worten ist nichts fürchterlich verkehrt. Aber in jeder Hinsicht verkehrt ist der Ton, in dem er spricht, auf dieselbe herablassende Art wie mit mir, als wäre meine Meinung etwas Unwichtiges und seiner Beachtung nicht wert. Ihn so mit Elle reden zu hören, lässt mich innerlich verdorren.

Elle, stärker als ich, baut sich breitbeinig auf, hebt das Kinn und sagt: »Ich mag es nicht, wenn du so mit mir sprichst.«

Die Ohrfeige kommt aus dem Nichts. Keine Wut, keine Vorwarnung, so schnell ausgeführt, dass ich blinzele und meinen Augen nicht traue. Aber nichts sonst ruft dasselbe dumpfe Klatschen von Fleisch auf Fleisch hervor, und auf Elles Wange erscheint ein leuchtend roter Fleck.

Greg wendet sich wieder seinen Papieren zu, als wäre nichts Weltbewegendes passiert. »Ich schlage vor, dass du für Walter einen Termin beim Psychologen für einen vollständigen Test ausmachst«, schwadroniert er weiter, »aber wenn wir ihn dazu bringen können, in einer klaren Phase die Vollmacht zu unterzeichnen, wäre das vielleicht einfacher. Die Chancen stehen gut, dass niemand allzu genau überprüft, ob er geschäftsfähig war, als er sie unterzeichnet hat. Zumindest solange die Polizei ihn weiter in Ruhe lässt.«

Als mein Schock nachlässt, steigert sich meine Wut.

Elle hat sich keinen Zentimeter weit gerührt. Ihr Rücken ist kerzengerade, ihr Kinn immer noch erhoben, aber sie zieht die Nase hoch, obwohl sie sich bemüht, die Tränen wegzublinzeln. Das Letzte auf der Welt, was sie jetzt will, ist Mitgefühl oder eine Retterin.

»Elle, würdest du bitte nach Grandpa sehen?«

Sie macht Gebrauch von dem Ausweg, den ich ihr biete, und saust aus der Küche und den Flur entlang.

Greg schaut auf und zieht überrascht die Augenbrauen hoch, als er meinen finsteren Blick auffängt. »Was?«

»Schlägst du sie häufiger?«

»Nur, wenn sie so unverschämt ist.«

Ich versuche, meinen Tonfall ruhig zu halten. »War das unverschämt? Für mich klang das nach einer angemessenen Bitte.«

»Oh, um Himmels willen, Maisey. Irgendjemand muss dieses Kind disziplinieren. Wenn ich nicht wäre, dann wäre sie entsetzlich verwöhnt.«

»Ich habe nicht nach Disziplin gefragt. Ich habe dich gefragt, ob du sie oft so ohrfeigst.«

Greg seufzt schwer, schiebt seine Papiere von sich und wendet sich mir zu. »Ich kann nicht fassen, dass wir dieses Gespräch führen. Es gibt doch jetzt wirklich Wichtigeres zu bedenken.«

»Nichts ist wichtiger als meine Tochter.«

»Und genau das ist der Grund dafür, dass sie eine Ohrfeige bekommen muss. Du lässt zu, dass sie zu eingebildet wird. Ich musste ihr einen Dämpfer aufsetzen. Und hör auf, mich so anzusehen. Sie ist nicht verletzt. Das ist gut für sie.«

»War es damals auch gut für mich, als du mich geschlagen hast?«

»Willst du jetzt wirklich darauf herumreiten? Wie lange ist das her, zwölf Jahre?«

»Vor zwölf Jahren hatte ich eine Wurzelbehandlung. Die war gut für mich. Ich frage mich, welchen therapeutischen Wert es hat, wenn man von seinem Geliebten geohrfeigt wird. Oder von seinem Vater.«

»Wenn du darauf bestehst, die Nacht noch einmal aufzuwärmen, dann betrachten wir sie doch einmal realistisch, ja? Du warst schwanger. Mit unserem Baby. Ich wollte das Richtige tun und dich heiraten. Du hattest Wahnvorstellungen und warst zu rationalen Gedanken gar nicht fähig.«

»Also hast du mich geschlagen.«

Als ich es ausspreche, strömt das Verständnis in mich ein. Jemand hat die Sonne heller gedreht. Das Licht wird vom Fliesenboden zurückgeworfen, leuchtet aus den Wänden. Licht überall. Ich kann fast die Engel singen hören.

Es war nicht meine Schuld, dass er mich geschlagen hat. Seine Wut ist nicht meine Schuld. Ich bin nicht für sein Verhalten verantwortlich, weder damals noch heute.

»Du bläst diesen einen hochaufgeladenen Moment zu etwas auf, das er gar nicht war«, meint Greg.

»Meine Wange war lila angelaufen. Mein Auge war zugeschwollen. Ich habe den Leuten erzählt, ich sei gegen eine Tür gerannt.«

»Nun sei nicht so theatralisch, Maisey. Ich habe dich doch kaum angetippt.«

Meine Antwort scheitert daran, dass Dad zurück in die Küche geschlurft kommt und auf die blubbernde Kaffeekanne zuhält. Er hat die Kleider angezogen, die ich ihm herausgelegt habe, aber sein Hemd ist schief zugeknöpft. Ich halte hinter ihm nach Elle Ausschau und bin erleichtert, als ich merke, dass sie ihm nicht gefolgt ist.

Greg mustert das zerzauste Äußere meines Vaters von oben bis unten, mit einem übertriebenen Augen-als-Filmkamera-in-Zeitlupe-Blick, der sein Argument unterstreichen soll. »Können wir jetzt wieder aufs Wesentliche kommen? Du kannst das alles nicht länger aufschieben.«

Dad nimmt die Kaffeekanne und einen Becher. Ich halte den Atem an, wünsche mir mit aller Macht, dass sein Gehirn und seine Hände den Vorgang diesmal koordinieren können. Er zögert, stellt den Becher auf die Theke und gießt ein.

»Ich hatte immer meine Zweifel an Maiseys Geschichte, dass sie gegen eine Tür gelaufen ist«, sagt Dad. »Das passte nicht. Die Blutergüsse sahen nicht so aus.« Er stellt die Kanne erfolgreich wieder ab, dreht sich zu uns um und hält den Becher unsicher mit beiden Händen. An seinen Augen ist dagegen nichts Unsicheres, auch nicht an den Worten, die er jetzt an Greg richtet.

»Du musst mein Haus verlassen. Du bist hier nicht willkommen.«

Greg lacht, ein misstönendes Geräusch, das in der dramatischen Atmosphäre in der Küche fehl am Platze ist. »Bei allem Respekt, Walter, das meinst du doch wohl nicht ernst.«

»Ich erinnere mich an den Abend, als du uns mitgeteilt hast, du seist schwanger und aus Gregs Wohnung ausgezogen«, fährt Dad fort und schaut mich an. »Deine Wange war grünschwarz. Du hast uns die Geschichte mit der Tür erzählt. Und weißt du was? Ich wurde nachdenklich. Ich habe mir damals Gedanken gemacht, als du sagtest, es habe zwischen euch geknallt und es sei aus. Du hast dich stets präzise ausgedrückt. Du hast nicht das Wort ›Streit‹ verwendet. Du hast keinen Begriff wie ›Meinungsverschiedenheit‹ oder ›Auseinandersetzung‹ benutzt. Ein Knall. Das hast du gesagt, und das hast du gemeint. Er hat dich geschlagen. Wir hätten es wissen können. Hätten es wissen *sollen.*«

»Vor zwölf Jahren«, beschwichtigt ihn Greg. »Eigentlich sogar dreizehn. Ich habe einen Fehler gemacht.«

»Und jetzt versteckt sich meine Enkeltochter in ihrem Zimmer und bekommt einen Bluterguss. Ist sie gegen eine Tür gelaufen? Oder war das auch ein Fehler?«

Greg knallt die Papiere hin, die er in der Hand hat. »Können wir jetzt wieder auf das zu sprechen kommen, was wichtig ist? Zum Beispiel darauf, deine Angelegenheiten zu regeln und zu verhindern, dass du im Gefängnis landest?«

Dad zuckt die Schultern. »Ich habe einen Anwalt. Ich habe Geld. Ich brauche keinen Mann, der Frauen schlägt, in meinem Haus.«

»Maisey«, dreht sich Greg zu mir. »Bitte rede ihm zu, Vernunft anzunehmen.«

In meinem Bauch tobt eine Wildkatze, faucht und geifert. Meine Hände haben Krallen. Ich will mich auf diesen Mann stürzen, der meine Tochter geschlagen hat, um ihm das selbstgefällige Gesicht mit den Fingernägeln zu zerkratzen, um zu schreien und kreischen und ihn bluten zu sehen.

Was mich so schlimm machen würde, wie er ist. Ich atme durch. Einmal, zweimal, dreimal, bevor ich antworte.

»Du hast gehört, was er gesagt hat. Es ist sein Haus.«

»Du machst Witze. Sag mir, dass du Witze machst.«

Ich starre ihn nieder. Er wendet den Blick tatsächlich von meinen Augen ab, und seine Hände packen die Papiere wieder in die Aktentasche.

»Na gut. Sobald du wieder zu Verstand kommst, lass es mich wissen. Du hast diesen einen Tag. Mein Flug geht morgen früh, und ich fahre heute Abend nach Spokane. Ich habe übrigens ein Ticket für Elle und komme heute Abend um sieben Uhr her, um sie abzuholen. Bitte sorg dafür, dass sie fertig ist.«

Das Klicken der Schnallen klingt endgültig.

»Sie bleibt bei mir, Greg. Ich bin die Erziehungsberechtigte.«

»Bist du sicher, dass du das Spiel mit mir spielen willst, Maisey? Ich würde mir das an deiner Stelle sehr gut überlegen. Ich komme um sieben Uhr vorbei, um sie abzuholen.«

Wir lassen ihn allein zur Tür gehen.

Dad steht an der Theke und hält weiterhin den Becher, den er bisher kein einziges Mal an den Mund gehoben hat. Ich stehe auf, nehme ihm den Becher ab und trage ihn zum Tisch.

»Trink aus«, sage ich dann zu Dad. »Ich muss zu Elle, um mit ihr zu reden.«

* * *

Elle sitzt im Schneidersitz mitten auf dem Bett und kritzelt wütend etwas in ein Tagebuch. Als die Tür sich öffnet, schaut sie auf, um zu sehen, wer es ist, und schreibt dann weiter, ohne ein Wort zu sagen. Ihr Haar verdeckt ihr Gesicht. Ich schiebe es ihr hinters Ohr, um ihre Wange begutachten zu können.

»Ich glaube nicht, dass daraus ein Bluterguss wird«, murmele ich, halb an mich selbst gerichtet, und zeichne mit den Fingern die Rötung nach.

»Mir geht es gut«, grummelt sie, ohne dass der Stift auch nur einen Moment zur Ruhe kommt. »Und ich brauche auch keinen Vortrag.«

»Warum um alles in der Welt sollte ich dir einen Vortrag halten?«

»Weil ich widersprochen habe und lernen sollte, wann ich den Mund halten muss, und dann auch nicht geschlagen werden würde.«

»So funktioniert das also?«

Sie zuckt die Schultern. Weicht meinem Blick aus.

»Schlägt er dich oft?« Ich wähle meine Worte sorgfältig, als wären sie kostbare Gegenstände, die zum Verkauf stehen und von denen ich mir nur wenige leisten kann.

Der Stift verharrt in seiner wilden Hast. Elle schüttelt den Kopf, sodass ihr die Haare wieder offen vors Gesicht fallen.

»Elle.« Ich lege die Hände über ihre und bringe das Kratzen des Stifts auf dem Papier zum Erliegen. Sie ist unter meiner Berührung starr. Als sie aufschaut, um mir in die Augen zu sehen, erkenne ich erleichtert feurige Rebellion, die so hell brennt wie der Tiger in Blakes Gedicht. Greg hat weder sie noch ihr schönes, außergewöhnliches Selbstbewusstsein gebrochen. Noch nicht.

»Es ist mir egal, ob er mein Vater ist. Er hatte kein Recht, mich zu schlagen. Nicht so.«

»Das finde ich auch.«

»Linda nicht.«

»Sie findet das in Ordnung?«

Elle senkt den Blick und klappt ihr Tagebuch zu, hält es zwischen ihren Handflächen zusammengepresst. »Nicht unbedingt in Ordnung. Sie hat gemeint, dass es manchmal beschissen ist, ein Mädchen zu sein, aber dass man schlau sein muss. Und wenn man schlau ist und auf die Signale achtet und den Mann nicht provoziert, dann schlägt er einen auch nicht.«

»Das hat sie dir erzählt?« Ich male mir aus, wie Gregs sanfte Frau, die immer so liebenswürdig und warmherzig zu Elle ist, ihr diesen Rat gibt. Das Bild lässt mich erschauern. »Ich glaube nicht, dass sie da recht hat, Elle Belle.«

»Es ist genau das, was du tust«, widerspricht Elle.

Treffer versenkt.

Die Welt verengt sich auf diesen einen Augenblick, auf die gewaltige Verantwortung, die richtigen Worte zu wählen, um meiner Tochter den Kopf zurechtzusetzen. Mich überkommt Trauer um mein eigenes schönes Selbstbewusstsein, das vor so vielen Jahren zertrümmert wurde, dass ich mir nicht einmal mehr vorstellen kann, alle Stücke wieder zusammenzusetzen. Vielleicht ist es zu spät für mich, aber Elle hat noch die Chance, frei von dieser gebrochenen Denkweise zu bleiben.

»Ich glaube, es ist so«, sage ich am Ende. »Wenn du richtig reich wärst, so eine Art Multimilliardärin, dann könnte ein Dieb kommen und dein Geld stehlen. Und hinterher würden die Leute vielleicht sagen: ›Sie hätte bessere Sicherheitsmaßnahmen ergreifen sollen. Sie hätte das Geld in einen Safe wegschließen und einen Leibwächter engagieren sollen.‹ Vielleicht stimmt das, vielleicht auch nicht. Aber auf jeden Fall ist der Typ, der gekommen ist und dir dein Geld gestohlen hat, ein Dieb und ein Krimineller. Verstehst du das?«

»Ich schätze, ja. Was hat das mit Daddy zu tun?«

»Ein Mann, der eine Frau schlägt, ist wie dieser Dieb.«

»Du hast mir den Hintern versohlt, als ich klein war.«

»Vielleicht war es falsch von mir, das zu tun. Du musstest ein paar Dinge lernen, und ich hatte keine Ahnung, wie ich sie dir sonst beibringen sollte.«

Elle legt sich aufs Bett, das Tagebuch auf die Brust gepresst, und lässt den Blick über die Decke schweifen, als wären dort alle Antworten zu finden.

»Und vielleicht tut Dad dasselbe. Bringt mir etwas bei.«

Gott steh mir bei! Meine Mutter meinte früher immer, Erziehungslehrgänge sollten verpflichtend sein, bevor man den Leuten erlaubt, Kinder zu bekommen. Natürlich bezog sie das nicht auf sich selbst, sondern auf die ignoranten Massen, deren Kinder wild durch den Walmart tobten, Schokoriegel stibitzten und Wutanfälle bekamen. In diesem Moment denke ich, es sollte vielleicht einen verpflichtenden Universitätsabschluss geben, der nicht nur Psychologie, sondern auch Existenzphilosophie umfasst.

Ich lege mich neben meine Tochter und schaue mit ihr an die Decke. In der Ecke gibt es einen Wasserfleck, aber sonst keine Antworten, die ich erkennen kann.

»Kommt dir das wahr vor?«, will ich von ihr wissen.

»Es fühlt sich … anders an.« Ihr stockt die Stimme, als ihre krampfhafte Beherrschung endlich Risse bekommt. Ihr Atem geht unregelmäßig, weil sie das Schluchzen nicht mehr unterdrücken kann.

Ich liege vollkommen still, widerstehe dem Drang, sie in den Arm zu nehmen. Das will sie nicht, braucht sie nicht, und in diesem Gespräch geht es nicht um das, was *ich* brauche.

»Und wie fühlt es sich an?«, frage ich sie oder die Decke oder vielleicht auch das Universum.

»Nicht gut«, antwortet sie, und ich glaube, dass das alles ist, was ich bekommen werde. Trotz all ihrer Frühreife und ihres erwachsenen Benehmens ist sie schließlich erst zwölf. Aber da überrascht sie mich wie gewohnt. »Ich fühle mich dann wie … Kaugummi. Altes Kaugummi von einem Parkplatz. An einem Schuh. Unpraktisch. Lästig. Ekelha…«

Sie kann das Wort nicht beenden, weil sie nun heftig weint. Ich muss mich anstrengen, um zu übersetzen, was verzerrt von ihrem Schluchzen aus ihr hervorsprudelt.

»Was stimmt nur nicht mit mir? Früher hat er mich nicht so angesehen.«

Ich drehe mich zu ihr und lege ihr eine Hand auf die Schulter. Sie birgt das nasse Gesicht an meiner Brust und klammert sich mit beiden Händen an meinem Shirt fest. Ich streichele ihr den Rücken, langsam und stetig. Ich wiege sie, bis das Weinen nachlässt.

»Oh, Süße. Mit dir stimmt alles.«

Elle löst sich ein bisschen von mir, um sich die Nase zu putzen, und wirft anschließend das zusammengeknüllte Taschentuch wie einen Schlagball nach dem Papierkorb. Es landet zehn Zentimeter davon entfernt, ein zerdrücktes Häufchen Rotz und Scheitern. Aber Elle gibt sich nie geschlagen. Sie schleudert das zweite Taschentuch. Diesmal ist es ein Treffer.

»Siehst du? Du bist gut im Taschentuch-Basketball. Absolut perfekt.«

»Du bist ein bisschen parteiisch.« Sie lacht, nur ein winziges bisschen, und das lässt mein Herz noch mehr wehtun, als sie mit leicht zitternder Stimme fragt: »Muss ich heute Abend mit ihm zurückfliegen?«

»Du bleibst genau hier bei mir.«

Als ich die Worte ausspreche, ragt ein schattenhafter Greg drohend über mir auf, allwissend, allmächtig. *Bist du sicher, dass du das Spiel mit mir spielen willst, Maisey?*

Meine Antwort? Ich hatte nicht den Mumm, sie laut auszusprechen. Nein. Nein, Greg, ich will es nicht spielen. Aber ich werde es tun. Um dieses starken, schönen Kindes willen werde ich alles tun. Alles geben. Mich jeder Herausforderung stellen, jedem Stein, den du mir in den Weg legst.

Ich habe nur Angst, dass alles, was ich habe, niemals genug sein wird.

Leahs Tagebuch

Schmerz ist das Erste, woran ich mich erinnere. Weiße Lichter in meinem Kopf. Ein tiefer Schmerz in meiner Augenhöhle, der in mir den Drang weckte, mich zu übergeben – nur, dass ich auf dem Rücken lag und mich nicht rühren konnte.

Festgehalten, dachte ich, weil ich mich erinnerte, wie Boots rittlings auf mir gesessen hatte. Aber er war nicht mehr da. Das Gewicht war verschwunden. Mein Körper wollte einfach nicht auf mein Gehirn reagieren.

Es gelang mir, mich auf die Seite zu wälzen, und das lodernde Feuer der Qual, das die Bewegung auslöste, ließ mich würgen. Ich hatte nicht viel im Magen – ich glaube, ich hatte das Abendessen übersprungen –, es war allerdings genug, um mein Kopfkissen zu beschmutzen.

Noch eine Aufgabe. Das war mein erster bewusster Gedanke. Jetzt würde ich Wäsche machen müssen.

Die Babys schrien immer noch.

Boots war nirgendwo zu sehen. Sein Truck stand nicht vor dem Haus.

Irgendwie gelang es mir, diese Nacht zu überstehen. Die Zwillinge zu füttern. Den stinkenden Kopfkissenbezug abzustreifen und in die Wäsche zu werfen.

Die nächsten paar Tage waren eine feurige Hölle jenseits jedes bewussten Gedankens. Als seine Mutter herüberkam, wirkte sie nicht schockiert, nur traurig. Sie fragte nicht einmal, was mir zugestoßen war. Sie machte mir einen Eisbeutel fertig, den ich mir aufs Auge und auf die Wange legen konnte. Wickelte die Babys, hielt sie im Arm.

»Steaks sind gut gegen Blutergüsse«, meinte sie. Aber wir wussten beide, dass keine von uns sich den Luxus eines Steaks leisten konnte. Noch nicht einmal zum Essen.

Kapitel 25

Trotz meiner allerbesten Absichten bin ich nicht gerade eine Kriegerin. Ich werde den Kampf von Angesicht zu Angesicht gegen Greg ausfechten, wenn es sein muss. Allerdings besteht Phase eins des Plans, zu verhindern, dass Elle mit ihm zurückfliegt, darin, nicht da zu sein, wenn er auftaucht, um sie abzuholen. Da Dad und Elle beide eingeweiht sind, verlassen wir das Haus am frühen Nachmittag, nur für den Fall, dass Greg eher als angekündigt erscheint.

Elle und ich stellen unsere Handys ab, um die Schuldgefühle zu minimieren, die sich mit jeder ignorierten SMS oder Sprachnachricht einstellen werden. Dad hatte noch nie ein Handy.

Sich in Colville zu beschäftigen ist nicht so einfach, wie es in der Großstadt wäre, aber wir gehen in die Nachmittagsvorstellung im einzigen Kino. Zum Glück ist der Film für Kinder freigegeben. Wir essen bei Ronnie D's Hamburger. Wir kaufen im Walmart neue Socken und T-Shirts für Dad. Und wir besorgen Lebensmittel.

Wir stehen im Cornflakesgang im Safeway – Dad, Elle und ich – und streiten uns darüber, was zum Verzehr geeignet ist, als Dad die Bombe platzen lässt.

Elle fühlt sich von den bunten, zuckrigen Sorten magisch angezogen. Dad murmelt etwas über die gute alte Zeit und Haferflocken. Ich betrachte einfach bloß die Kartons und wünschte, es gäbe einen Entscheidung-Fällen-Knopf, sodass ich nicht nachdenken müsste.

Es ist 18.45 Uhr, und mein Verstand ist voll und ganz mit Filmclips von Greg angefüllt, der vor Dads Haustür auftaucht und bemerkt, dass sie abgeschlossen ist. Er klingelt. Redet mit Edna. Vielleicht macht er sich sogar auf die Suche nach uns und erkennt Dads Auto auf dem Parkplatz. Meine Augen sind ständig in Bewegung, behalten beide Seiten des Ganges im Blick.

»Die hier!« Elle drückt mir einen grellbunten Karton in die Hand. »Guck mal. Vollkorn.«

»Und Zucker ist die erste Zutat auf der Liste.«

»Nein, die zweite. Warum zählt Zucker nicht als Getreide?«

»Weil …«

»Ich hatte unrecht. Ich glaube, wir müssen Marley besuchen.« Dad sagt es, als lese er den Text auf dem Karton mit Raisin Bran, den er durch seine Gleitsichtbrille mustert.

Ich hole Atem, um mich zu sammeln. »Sendet Raisin Bran mittlerweile telepathische Signale aus?«

Dad ignoriert mich. »Wir sollten noch heute Abend die Stadt verlassen. In die Tri-Cities fahren. Uns ein Hotel nehmen. Und am Morgen gehen wir dann zu ihr und reden mit ihr.«

»Wir drei. Einfach so.«

»Das würde das Dad-Problem lösen«, fällt Elle ein.

Der Cornflakeskarton in meinen Händen fühlt sich außergewöhnlich schwer an. Ich stelle ihn zurück ins Regal.

»Ich brauche einen Tapetenwechsel«, erklärt Dad. »Wie nennt man das doch gleich – Urlaub von der Trauer?«

»Was?«

»Ich habe das im Fernsehen gehört. Bei Oprah oder so. Deine Mutter hat die Sendung gesehen.«

Elle wirft ihre Cornflakespackung in den Einkaufswagen, gefolgt von Dads Raisin Bran und etwas Langweiligem aus der goldenen Mitte. »Wir brauchen Milch. Und Plastikschälchen. Wir können im Hotelzimmer Cornflakes essen. Aber wir brauchen Snacks für die Fahrt. Kommt schon.«

Sie schiebt den Wagen den Gang entlang.

»Elle …«

Sie geht weiter. Dad und ich setzen uns in Bewegung wie zwei Roboterspielzeuge, die darauf programmiert sind, in der Nähe des Einkaufswagens zu bleiben.

Dad lebt sichtlich auf. Sein Blick ist klarer, als ich ihn je wahrgenommen habe, seit ich hier angekommen bin, seine Schritte sind fester.

Trotzdem.

Wenn ich Marley besuche, ist das eines. Dad und Elle – besonders Elle – all der Feindseligkeit auszusetzen, ist etwas ganz anderes.

»Was, wenn es gefährlich ist?«, frage ich ihn. »Mom hat sich eine Pistole besorgt, nachdem du Marley kontaktiert hattest. Wir können Elle nicht mitnehmen, wenn ein Risiko besteht.«

»Ich bin sicher, dass nichts passiert«, winkt er ab. »Bitte doch diesen Mann mitzukommen. Zum Schutz.«

»Welchen Mann?«

»Tony!«, ruft Elle über ihre Schulter. »Das ist eine tolle Idee. He, kann Mia auch mit?«

»Tony und Mia sind berufstätig, falls das irgendjemandem noch nicht aufgefallen sein sollte. Und die meisten Menschen – zumindest die meisten Erwachsenen – hüpfen nicht einfach spontan ins Auto und fahren los.«

»Du warst noch nie wie die meisten Erwachsenen, Mom«, kichert Elle. »Bitte fang jetzt nicht damit an.«

»Was soll das denn heißen?« Aber zur Antwort bekomme ich nur das unregelmäßige Rumpeln der Einkaufswagenräder und die hoch aufgerichtete, kerzengerade Wirbelsäule meiner unbeugsamen Tochter, die in Richtung Kartoffelchips und Nussmischungen voraneilt.

Laut Elle, die nicht widerstehen kann, einen Blick auf ihre SMS zu werfen, als wir zurück zum Auto kommen, parkt Greg immer noch vor Dads Haus und wartet darauf, dass wir uns blicken lassen. Mir fällt kein Ort mehr ein, an dem wir noch herumbummeln könnten. Selbst wenn wir heute Abend noch in die Tri-Cities fahren – ich sage nach wie vor *wenn*, obwohl wir alle drei ganz genau wissen, dass wir hinfahren –, gibt es Dinge im Haus, die wir brauchen. Zum Beispiel Dads Medikamente. Kleidung zum Wechseln.

Mia und Tony zu besuchen bietet eine Zuflucht und einen Aufenthaltsort, bis Greg aufgibt und zurück in sein Hotel fährt.

Ich rede mir ein, dass wir ihm einfach die Stirn bieten könnten. Er wird unsere Tochter schon nicht gewaltsam ins Auto zerren, während sie sich wehrt und um sich tritt. Zumindest glaube ich das nicht. Aber der Gedanke, ihm gegenüberzutreten, mich vor ihm aufzubauen und Nein zu sagen, macht mir Angst.

»Willst du das wirklich tun?«, wird er mich fragen, mit diesem undefinierbaren Unterton von Hohn und Verachtung. Es wird ihm gelingen, ganz der Anwalt zu sein, mich ohne weitere Worte daran zu erinnern, dass er Beziehungen und Macht hat und mir Elle wegnehmen wird. Natürlich nur, wenn er muss. Zu ihrem eigenen Besten. Nicht, dass er je den Wunsch hätte, mir wehzutun.

Meine Hände treffen die Entscheidung für mich, lenken das Auto um die Abbiegungen, die mich zu Tony führen. Ich habe ihn am Morgen vor der Beerdigung nach Hause gefahren. Ich weiß, wo er wohnt. Elle schreibt Mia eine SMS, um sie auf den neuesten Stand zu bringen und sie wissen zu lassen, dass wir kommen. Sie nimmt uns an der Tür in Empfang und umarmt uns alle nacheinander erst einmal, dann noch einmal. Von Tony keine Spur.

Nicht, dass ich nach ihm Ausschau halte.

Nicht, dass ich ihn sehen will.

Nicht, dass mein verräterisches Herz bei dem Gedanken, ihn zu umarmen, ein bisschen schneller schlägt.

»Kommt rein«, sagt Mia. »Wir hatten schon seit Tagen keinen Besuch. Ich verstehe ja so gut, dass ihr einmal aus dem Haus wollt, um alles hinter euch zu lassen. Wie war das jetzt mit dieser Reise?« Sie nimmt Dad an die Hand, als wären sie alte Bekannte, und er belohnt sie mit einem Lächeln.

Das Zimmer, in das sie uns führt, besteht nur aus schönem Holz und Licht. Oberlichter in der Decke rahmen blaue Rechtecke und lassen warme Sonnenstrahlen den auf Hochglanz polierten Holzfußboden vergolden. Das Skelett des Raums liegt bloß, statt von Rigipswänden verdeckt zu sein: Gefirnisste Baumstämme dienen als Ständer, Säulen und Balken. Teppiche und Möbel in Erdtönen lassen das Holz weicher wirken.

Meine Füße werden langsamer und bleiben irgendwann von selbst stehen. Ich habe den Drang, den Hals zu recken, um in den Himmel aufschauen zu können, die Arme auszubreiten und mich wie ein Kind um mich selbst zu drehen.

»Schön, nicht wahr?«, höre ich Mia hinter mir. Ihre Stimme spiegelt mein Staunen wider. »Egal, wie lange ich hier wohne, ich möchte immer in einer Pfütze aus Sonnenschein stehen bleiben und mich wie eine Katze zu einem Schläfchen zusammenrollen. Aber die Terrasse ist auch richtig toll.«

Ich folgte ihr durch eine Glastür auf eine breite Terrasse. Eine Fülle von Blumenampeln hängt über meinem Kopf. Holzgartenstühle sind so aufgebaut, dass man einen unverstellten Blick aufs Tal von Colville hat: Bäume, Häuser und Straßen sind unter uns angeordnet. Dahinter erheben sich die Berge.

»Ich hole euch etwas zu trinken«, verkündet Mia. »Ich bin gleich wieder da.«

Sie flitzt zurück ins Haus. Dad und Elle machen es sich auf Stühlen bequem, aber meine rastlosen Füße wollen mich nicht still sitzen lassen. Ich gehe am Rand der Terrasse entlang und steige ein paar Stufen hinab auf eine Rasenfläche, die im Schatten hoher Bäume liegt. Um die Ecke, seitlich vom Haus, bietet ein riesiger Ahorn Schatten und Privatsphäre. Tony lehnt am Stamm. Sein Gesicht befindet sich im Schatten, und ich kann seinen Ausdruck nicht erkennen. Allerdings erinnere ich mich nur zu gut, wie er nach Gregs Auftritt auf der Beerdigung dreingesehen hat.

Mein Gesicht wird heiß vor Scham. Ich will so tun, als hätte ich ihn nicht bemerkt und zurück in die Sicherheit von Mias Geplauder und der Unbestimmtheit meines Vaters fliehen. Aber unsere Blicke begegnen sich, und es ist zu spät. Er wird nicht mit mir reden wollen. Trotzdem muss ich mich bei ihm entschuldigen.

Ich gehe auf den Baum zu und werde mir bewusst, wie abrupt ich aus der Sonnenwärme in die Kühle des Schattens unter den ausladenden Zweigen wechsele.

»Tut mir leid, wenn ich dich störe.«

»Wobei denn? Bei meinen tiefen, philosophischen, weltbewegenden Gedanken über die Natur des Universums? Komm schon rein. Du hast meinen Lieblingsplatz entdeckt.«

Sein Tonfall ist heiter, allerdings hält er die Arme vor der Brust verschränkt und lächelt nicht. Ich komme mir wie ein Eindringling vor.

»Ich bleibe auch nicht lange. Ich wollte mich entschuldigen.«

»Wofür?«

»Das Drama.«

»Du bist also verantwortlich für Gregs Benehmen?« In Tonys Stimme liegt ein scharfer Unterton, der mich verstört.

Ich stähle mich für eine deutlichere Spitze, die jetzt sicher gleich auf mich einprasselt, für Vorwürfe und Verurteilung. Aber er verlagert nur seine Haltung, um sich bequemer an den Baum zu lehnen. Er langt nach oben, um ein Blatt zu pflücken und es zwischen Daumen und Zeigefinger hin- und herzurollen. Er wartet.

»Nein. Aber es tut mir leid, dass du ins Kreuzfeuer geraten bist.«

»Mir war nicht klar, dass ihr beiden immer noch … zusammen seid.« Tonys Aufmerksamkeit ist voll und ganz auf das Blatt gerichtet, das er jetzt zwischen den Fingern zerdrückt.

»Wir sind nicht zusammen. Er ist Elles Vater. Das ist alles.«

»So sieht es aber nicht aus.« Und jetzt ruht Tonys Blick auf mir, und ich wünschte, es wäre nicht so. Musternd, fragend, forschend.

»Manchmal sind die Dinge nicht so, wie sie aussehen.« Auf der Suche nach einem Zufluchtsort wenden meine Augen sich den grünen Zweigen über uns zu und entdecken ein Haus. Es ist so von Laub und Ästen getarnt, dass es fast so aussieht, als wäre es ein Teil des Baums selbst. Eine Holzleiter, in derselben Farbe wie die Baumrinde gestrichen, lehnt am Stamm.

»Für deine Nichten und Neffen?«, frage ich. »Wenn Elle das sieht, bekomme ich sie nie mehr nach Hause.«

»Für mich«, erwidert Tony. Die Anspannung weicht aus seiner Stimme. Er schenkt mir ein Lächeln, halb Mann, halb schelmisches Kind. »Auch wenn die Kinder meiner Schwestern es sehr wohl benutzen. Möchtest du es sehen? Wir können uns für eine Minute vor den anderen verstecken.«

Mein Kindheits-Ich hat von so etwas geträumt. Meine unsichtbare Freundin Marley und ich haben in Dutzenden von Zelthöhlen gehaust, die aus einer Mischung aus Fantasie, Möbeln und Decken bestanden. Wir malten uns aus, einige von ihnen lägen auf Bäumen, ganz hoch oben, wo niemand sonst uns finden konnte.

Eine Regung, die ich aus meiner Kindheit wiedererkenne, aber nicht benennen kann, überläuft mich, als ich hoch hinauf in die grünen Blätter und zu dem in die Zweige eingebetteten Holzhaus schaue.

»Ja, ich möchte es sehen.«

»Nach dir. Ladys first.« Er verneigt sich förmlich.

Ich setze den Zeh auf eine der Sprossen und greife mit den Händen nach einer anderen. Jeder Schritt führt mich weiter weg von der Erde. Hoch, hoch hinauf ins Staunen.

Das ist das Wort, das Etikett für dieses Gefühl, als ob mein Herz und meine Seele zu groß für meinen sterblichen Körper wären. Da sind dieser Baum, die Rinde und eine vorbeihuschende Ameise. Die Leiter. Mein Körper, Hände, Arme, Beine. Ich bewege mich nach oben, Sprosse um Sprosse, als wäre ich diesen Weg schon tausendmal geklettert. Hoch, hoch hinauf, während all meine Sorgen und Verpflichtungen und sogar meine Trauer von mir abfallen.

Mein Kopf schiebt sich durch eine runde Öffnung. Ich lache laut vor schierem Entzücken, als ich mich überrascht und staunend umsehe. Sitzkissen auf dem Boden. Eine Schatztruhe, die sogar mit einem Totenschädel und gekreuzten Knochen bemalt ist, und darüber eine grobe Landkarte, die mit Heftzwecken am Holz befestigt ist. Ich erkenne den Zusammenfluss des Colville River mit dem Lake Roosevelt und errate, dass das große weiße X ungefähr an derselben Stelle liegt wie dieses Baumhaus. Ein Stapel Taschenbücher, die darauf warten, gelesen zu werden. Ein Pappkarton voller Snacks.

Ein Klopfen gegen meinen Fuß und eine Stimme von unten, die fragt: »Schaust du dir nur die Sehenswürdigkeiten an, oder willst du hinein?« Das erinnert mich daran, dass ich haltgemacht habe. Ich klettere hinauf, um Tony Platz zu machen.

Ich kann hier nicht aufrecht stehen, ohne mir den Kopf an der Decke zu stoßen. Also setze ich mich auf eines der Kissen und spähe durch ein Fenster ins laubgrüne Licht und zu einem Hauch von Blau. Tony kommt auf allen vieren herein, kriecht zu dem zweiten Kissen und lässt sich mit einem befriedigten kleinen Ächzen darauf nieder.

»Ich werde zu alt dafür«, stöhnt er, obwohl er ganz offensichtlich nicht zu alt ist.

»Was ist in der Schatztruhe?«

»Wenn ich dir das verrate, kommen mich ganz bestimmt die Piratengeister holen.« Er lacht, öffnet den Deckel und enthüllt noch mehr Bücher, ein ordentlich zusammengerolltes Seil und eine Reihe Wasserflaschen.

»Durst?«

»Ja.«

Das Wasser, das er mir reicht, ist warm, aber kein Getränk hat mir je besser geschmeckt.

Aus irgendeinem Grund entheben mich das Dämmerlicht, das leichte Schwanken und das Raunen des Winds in den Blättern ringsum der Verpflichtung, höflich zu plaudern. Wir sitzen stumm da, er mit untergeschlagenen Beinen, ich mit an die Brust gezogenen Knien.

Mein Wasser ist ausgetrunken, Tonys auch, bevor auch nur einer von uns ein Wort sagt. Er ist derjenige, der das Schweigen bricht.

»Also, du und Greg.«

»Wir sind nicht zusammen.«

»Weiß er das?« Der schneidende Unterton ist zurück in seiner Stimme. »Nicht, dass es mich etwas angeht.«

Ich drücke mir die Knie enger an die Brust und klammere mich an das brüchige Gefühl der Geborgenheit, das mir das Baumhaus spendet. Tony hasst mich wenigstens nicht, sonst hätte er mich nicht hier heraufgebracht. Das Baumhaus bietet sich für Geheimnisse an. Dennoch zittere ich innerlich, als ich flüstere: »Mir ist gerade erst klar geworden, wie es zwischen uns steht. Wie auf der Beerdigung. Er ist mit einer anderen verheiratet, aber wenn er glaubt, dass ich jemanden mag, taucht er trotzdem plötzlich wieder auf wie ein bösartiger Dschinn.«

»Sag lieber ›Arschloch‹. Dschinn klingt zu sehr nach Disney und Robin Williams.«

Ein trocknes Auflachen wird in meiner Kehle zu Staub, und ich huste stattdessen. Mein Körper ist feucht vor kaltem Schweiß, eine Reaktion darauf, meine Gedanken laut auszusprechen.

»Wirklich, Maisey. Ich kenne dich nicht gut, aber warum lässt du dir das von so einem Typen bieten?«

»Das tue ich nicht. Normalerweise nicht. Ich meine, ich versuche, es nicht zu tun.«

Tonys Schweigen spricht für ihn. Ich rede mich um Kopf und Kragen.

»Ich spreche nur mit ihm, wenn ich muss. Über Elle. Ich wusste nicht einmal, dass er zur Beerdigung kommen wollte. Ich habe beim besten Willen nicht damit gerechnet, dass er plötzlich in Mrs Carltons Wohnzimmer hocken würde.«

Tony verlagert sein Gewicht und richtet die Augen auf mich, statt auf die Wand. Noch vor einer Minute wollte ich das. Jetzt winde ich mich unter seinem forschenden Blick, und es verlangt mir alle Willenskraft ab, den Kopf erhoben zu halten und seiner herausfordernden Miene zu begegnen.

»Er glaubt, dass du ihm gehörst.«

»Ja«, flüstere ich, als es auch mir klar wird. Meine Kehle schnürt sich zu, eine unsichtbare Kette, die stetig enger und enger wird. »Ich gehöre ihm.«

»Ich bin so verwirrt.« Tony lehnt sich gegen die Wand. Ich hole tief Luft, als er mich aus dieser intensiven Musterung entlässt. »Nimm das nicht als Kritik«, verbessert er sich schnell.

»Ich verstehe es. Meine Mutter wurde auch misshandelt, bis …« Das Abbrechen ist so abrupt und heftig wie eine Kollision. Glas splittert, Metall kreischt.

Als der Staub sich legt, fängt er noch einmal von vorn an. »Meine Mutter wurde misshandelt. Sie konnte keine Entscheidungen darüber treffen, was zu tun war, weil er sie geistig die ganze Zeit kontrolliert hat. Es ist schwer, davon loszukommen.«

»Greg misshandelt mich nicht gerade …«

Jetzt ist es an mir, mit dem zu kollidieren, was ich soeben äußern will. Anzuhalten. Zu spüren, wie die neue Realität um mich herum stärker wird.

Greg hat mich geschlagen. Er hat unsere Tochter geohrfeigt. Er demütigt mich, kontrolliert meine Entscheidungen und treibt Männer in die Flucht, die sich für mich interessieren.

»Es ist wegen Elle«, sage ich sehr leise. »Ich habe Angst, dass er sie mir wegnimmt, wenn ich ihm die Stirn biete. Sie ist das Beste in meinem Leben und sie ist zugleich mein Käfig.«

»Das tut mir leid.« Er meint es ernst. Ich bin mir nicht sicher, was ihm leidtut, oder ob er nur allgemein sein Mitgefühl bekundet. Es klingt eher teilnahmsvoll als mitleidig, und das geht in Ordnung. Besonders, als er einen Moment später hinzusetzt: »Ich glaube, ich habe meinen eigenen Käfig. Meine Mutter. Meine Schwestern.«

Jetzt bin ich damit an der Reihe, die Röntgenbrille aufzusetzen und ihn zu durchleuchten. Und es ist an ihm, rot zu werden und den Blick abzuwenden.

»Wieso?«, wundere ich mich. »Sie sind alle erwachsen.«

»Ich war der einzige Junge«, antwortet er, als würde das alles erklären, obwohl es doch überhaupt keine Antwort ist.

Als ich nichts sage, setzt er hinzu: »Er hat sie alle geschlagen. Meine Mom, meine Schwestern. Also mache ich es jetzt für immer bei ihnen gut, schätze ich. Das … schränkt mich ein.«

Mathe war nie meine beste Freundin, aber sogar für mich geht die Rechnung nicht ganz auf. »Sie sind alle älter als du«, überlege ich laut, »bis auf Mia. Warst du nicht noch ein Kind? Hat er dich auch geschlagen?«

Er schaudert und reibt sich mit beiden Händen das Gesicht, wie mein Vater es tut, wenn er nicht klar denken kann. »Wir sind aus Seattle weggezogen, hierher, meinetwegen. Haben die Mädchen aus der Schule und aus ihrem Freundeskreis gerissen. Weil ich …« Ihm versagt die Stimme. Er holt Luft, atmet langsam wieder aus und fragt: »Warum bist du hier? Heute Abend? Was führt dich her?«

»He, nun mal ganz langsam. Jetzt bist du damit dran, verhört zu werden.«

»Könnten wir stattdessen übers Wetter reden? Oder vielleicht über die Seahawks. Die sind ein schönes Gesprächsthema.« Er hat nach wie vor die Hände vors Gesicht geschlagen.

Ich lege die Hände über seine und ziehe sie nach unten und weg. Er hält den Blick gesenkt. Ich zeichne die Narbe auf seiner Stirn mit dem Finger nach. Und danach den Höcker auf seiner Nase. Er erschauert unter meiner Berührung, bewegt sich aber nicht.

»Das hier«, sage ich. »Dein Vater hat dir das angetan.«

»Nicht.« Er packt meine Hand und zieht sie von seinem Gesicht weg, lässt sie an seiner Brust ruhen. Ich spüre, wie sein Herz unter seinen Rippen hämmert. »Schlafende Hunde soll man nicht wecken, Maisey. Du willst es gar nicht wissen.«

Er hat recht. Ich spüre den Zorn, der unter seiner Haut brodelt, die Art, wie er die Muskeln anspannt, wie seine Atmung sich beschleunigt.

»Greg hat Elle heute Morgen geohrfeigt«, platze ich heraus, um das Thema zu wechseln. »Ohne guten Grund. Er war nicht einmal wütend. Er hat es getan, weil er es konnte.«

Tony holt Luft. Hält den Atem an. Atmet in einem langen Seufzen wieder aus. »Ich habe dir doch gesagt, dass er ein Mistkerl ist.«

»Er will Elle mitnehmen, aber sie fliegt nicht mit. Deshalb verstecken wir uns in deinem Haus. Außerdem wollen wir uns morgen auf die Suche nach meiner ach so netten Schwester machen. Elle ist wild entschlossen, dich zu bitten, als Leibwächter mitzukommen.«

»Betrachte mich als eingestellt.«

»Einfach so? Kein Vortrag? Kein guter Rat?« Meine Hand ist immer noch unter seiner gefangen, die Finger über seinem Brustmuskel ausgebreitet. Die Hitze seiner Handfläche reicht fast aus, um mich zu verbrennen.

»Würdest du es dir anders überlegen, wenn ich dir doch einen Vortrag hielte?« Er beugt den Kopf über meinen, so nahe, dass sein Atem die zarten Haare vor meinem Ohr bewegt.

»Vermutlich nicht.«

Seine Lippen streifen meine Wange. Ich spüre die Anspannung seines Körpers. Seine Muskeln sind steinhart. Wir zittern beide.

»Das ist eine sehr schlechte Idee, Maisey. Wir sind …«

Ich bringe ihn zum Schweigen, indem ich die Lippen auf seine drücke. Erst nur sacht, ein Streifen, ein Kosten. Endlich schließen seine Arme sich um mich, und er zieht mich fest an sich. Unsere Lippen bewegen sich in einen so tiefen Kuss, dass mir schwindlig wird.

Er ist derjenige, der sich daraus löst. Er packt mich an den Schultern und hält mich auf Armeslänge von sich weg. Wir keuchen beide, als wären wir einen Marathon gelaufen. Ich glaube, da sind Tränen auf meinen Wangen. Allerdings spüre ich mein Gesicht nicht richtig.

»Ich kann das nicht.« Tonys Stimme ist rau. Seine Hände sind fest, unerbittlich, aber es graben sich keine Finger in mich.

Kein Schmerz, abgesehen von dem, der in meinem Herzen aufflammt.

»Warum genau?«

»Aus allen möglichen Gründen. Greg ist einer davon.«

Er hat recht. Natürlich. Was habe ich mir nur gedacht? Scham lässt meinen Körper heiß werden.

»Ich sollte jetzt gehen«, stoße ich hervor, aber das kann ich nicht, weil Tony immer noch meine Schultern festhält.

»Wann brechen wir zu dieser Fahrt auf?«

»Ich dachte, du hättest gerade gesagt …«

»Ich kann dein Leibwächter sein«, sagt er eindringlich. Hält inne. Schenkt mir ein halbes Lächeln. »Und du kannst mein lang verlorener Kumpel sein.«

Ich brauche einen Moment, bis mir die Anspielung auf »You Can Call Me Al« auffällt. Ich fahre mir durchs Haar. Konzentriere mich darauf, normal zu atmen. Er versucht nicht, mich komplett loszuwerden. Ich schaffe das schon. »Na gut, Paul Simon, aber wage es ja nicht, mich Betty zu nennen.«

Er lacht, aber es blitzt kein Schuljungenunfug darin auf. Er sieht aus, wie ich mich fühle – in sich zusammengesackt wie ein Luftballon, den man aufgestochen hat. Das Baumhaus ist kein magischer Ort mehr. Nur ein Kasten auf einem Baum. Als ich mich die Leiter hinunterarbeite, ergreift die Schwerkraft von mir Besitz. Mein Körper scheint mit jeder Sprosse mehr zu wiegen. Als meine Füße das Gras berühren, bin ich mir nicht sicher, ob ich in der Lage sein werde, zurück zur Terrasse zu gehen.

»Komm schon, Betty«, ruft Tony, und sein Lächeln ist eine mutige Tat. »Es gibt keine Regel, die besagt, dass wir keine Freunde sein können.«

Leahs Tagebuch

Boots tauchte zwei Tage später wieder auf, geschniegelt und gebügelt, gut ausgeruht und reuig. Er brachte mir Blumen aus dem Supermarkt mit. Er kaufte mir ein blutiges Steak und hielt es mir mit eigener Hand an die Wange.

»Arme Leah«, bedauerte er mich. »Bitte tu das nicht wieder. Ich hasse es, dir wehzutun.« Er hatte Tränen in den Augen, als er es sagte.

In Gedanken war ich immer noch frech wie eh und je. *Was soll ich nicht wieder tun? Erschöpft sein? Dich um Hilfe bitten?* Aber ich war gezähmt. Der Kopf tat mir weh, die Müdigkeit versenkte mein Gehirn und meine Seele in einen grauen Nebel, der bis in alle Ewigkeit anzudauern drohte.

Du wirst das nicht verstehen, Walter. Ich bin mir nicht sicher, ob ich es selbst verstehe. Aber wenn ich an den nächsten kurzen Zeitraum zurückdenke, dann war Boots mein Lichtblick. Er war immer noch solch ein schöner Mann. So pervers es auch ist, ich glaube, ich betrachtete ihn als eine Art Gnadenengel. Geduldig mit meiner Schwäche. Er half mir mit den Aufgaben, die ich selbst nicht erledigen konnte. Blieb bei mir, obwohl mein Bauch vernarbt war und Milch aus meinen Brüsten leckte. Trotz des Schwangerschaftsgewichts, das ich nicht verloren hatte, und meiner Unfähigkeit, irgendetwas anderes zu machen, als die Kleinen zu versorgen, leer dazusitzen und nichts zu tun oder zu schlafen.

Es gab diese ständige Litanei. Seine Stimme war das Prasseln von giftigem Regen. »Nicht, dass es deine Schuld ist«, sagte er andauernd, »aber das mit diesen Narben ist schon schade. Wie gut, dass du einen Mann hast, der dich trotzdem liebt.«

So etwas. Immer in meinem Kopf, und ich war so müde und glaubte ja selbst schon, ich sei hässlich und ruiniert.

Ich liebte ihn damals, mehr, als ich ihn je zuvor geliebt hatte. Klammerte mich an ihn. Vergaß, ihn zu verlassen.

Sogar, als er mich wieder schlug.

Kapitel 26

Wir können nicht einfach vor Marleys Tür aufmarschieren und eine Audienz verlangen, also wählen wir wieder den Weg über ein Konzert. Es ist ja nicht so, als ob sie mitten im Stück von der Bühne stapfen könnte, wenn sie uns alle dort sieht.

Wahrscheinlich.

Vielleicht.

Mia und Elle zusammen sind ein Logistikkommando, für das selbst das Militär dankbar wäre. Sie brauchen keine fünf Minuten, um Informationen über Marleys nächste Auftritte zu sammeln und uns zu verkünden, dass wir morgen Abend im Emerald of Siam in Richland essen werden. Dort werden wir wieder das Vergnügen mit Marleys Band haben.

Sie stöbern auch ihre nirgendwo gelistete Wohnanschrift und die ihres Freundes auf. Ich weiß, dass ich meine Tochter dafür ausschimpfen sollte, dass sie sich wie eine Stalkerin benimmt. Ihr Verhalten geht über den Wunsch nach einem Familientreffen und normale Fanverehrung weit hinaus. Aber ich bin zu schlapp und erschöpft, um es auch nur zu versuchen.

Dad ist auf einem Liegesessel im Wohnzimmer eingeschlafen, die Beine hochgelegt, den Kopf zurückgelehnt. Er schnarcht. Ich bin neidisch. Es ist Tage her, dass ich wirklich erholsamen Schlaf hatte, und ich habe keine Ahnung, ob und wann wir heute Abend gefahrlos nach Hause können. Ich habe ganz bestimmt nicht die Energie, nach Richland zu fahren. Doch mit Mia und Tony schaffen wir das.

Und so sitze ich weiter einfach da, halb in der Realität, halb außerhalb davon, lasse das Gespräch um mich herumwirbeln und achte nicht wirklich darauf. Als mein Handy klingelt, springe ich vor Schreck fast aus dem Sessel. Es ist eine Nummer aus dem Ort, nicht Greg, und ich kann gerade noch unbeholfen abnehmen, bevor der Anrufbeantworter sich einschaltet.

»Hi, hier ist Karen Porter vom Maklerbüro Frontier Realty. Wie geht es Ihnen heute Abend?«

Ich bin müde, will ich ihr sagen. Verdammt müde. Gebrochenes Herz. Verzweifelt, vielleicht. Keine Lust auf Werbeanrufe.

»Hören Sie, ich weiß nicht, wie …«

»Greg hat mir Ihre Nummer gegeben. Er wollte Ihnen sagen, dass ich anrufe. Ist es gerade ein ungünstiger Zeitpunkt?«

Ich hole tief Luft, zügle mein galoppierendes Herz. »Ein ungünstiger Zeitpunkt wofür?«

»Ich bin schon am Grundstück Ihres Vaters vorbeigefahren. Was für ein schönes Haus! Sie sind sicher beide traurig, dass er es nun verlassen muss, aber so ist das nun einmal, wenn wir alt werden.«

Weit davon entfernt, traurig zu klingen, zwitschert sie so munter wie das erste Rotkehlchen, das den allerersten Wurm entdeckt hat. Ich habe keine Energie für munteres Gezwitscher. »Das Haus steht nicht zum Verkauf.«

»Oh, sind Sie sicher? Greg sagte …«

»Es ist nicht Gregs Haus. Wir verkaufen nicht.«

Ich höre fast, wie ihre Gehirnzellen sich am anderen Ende der Leitung umgruppieren. »Was für ein Missverständnis! Es tut mir schrecklich leid. Ich gebe Ihnen einfach meine Nummer, und falls Sie sich je entschließen sollten, können Sie …«

Ich klicke einfach auf »Beenden« und sitze da, starre mein Handy an, fordere es heraus, wieder zu klingeln, diesmal, weil ein Psychologe anruft, der Hausbesuche zur Bewertung des Geisteszustands anbietet. Greg hat seine Wartezeit offenbar gut genutzt.

Mir kommt eine Idee, wie ich meine gut nutzen könnte. Gregs Frau und ich müssen uns unterhalten.

Ich entschuldige mich und gehe auf die Terrasse hinaus. Lindas Stimme am anderen Ende der Leitung sorgt dafür, dass mich ein stärkender Adrenalinstoß durchzuckt. *Alle Sensoren eingeschaltet, Kapitän. Waffensysteme geladen und einsatzbereit.*

»Maisey. Was ist passiert? Geht es Greg gut?«

»Wie oft hat er Elle schon geschlagen?«

»Oh«, keucht sie.

»Wie oft, Linda?«

Ein langes Schweigen breitet sich aus. »Er hat gesagt, dass er sie mit herbringt«, berichtet sie am Ende und weicht der Antwort auf meine Frage völlig aus.

»Nein. Das tut er nicht.« Ich beiße jedes einzelne Wort ab und spucke es aus. »Antworte mir, Linda. Wenn du sie schon nicht beschützen kannst, solltest du mir wenigstens die Wahrheit sagen.«

»Manchmal provoziert sie ihn. Er bestraft sie. Ein Vater hat ein Recht, sein Kind zu züchtigen.«

»Züchtigt er dich auch?«

Ihr stockt der Atem und setzt schließlich abgehackt und unregelmäßig wieder ein. »Ich muss jetzt auflegen, Maisey. Es wird Zeit, das Baby zu füttern.«

Das sagt mir alles, was ich wissen muss. Linda kann mir nicht helfen, kann Elle nicht beschützen. Sie hat Angst. Ich hole Luft und spreche in sanfterem Ton weiter, rede ihr gut zu wie einem verängstigten Tier.

»Warte kurz, Linda. Er ist nicht da. Er wird nie erfahren, dass wir dieses Gespräch geführt haben. Ich lasse nicht zu, dass Elle geschlagen wird. Er wird gegen mich vor Gericht ziehen, das weiß ich. Ich brauche deine Hilfe.«

Sie lacht darüber. Zittrig und leise, aber trotzig. »Ich habe dir doch schon erklärt, dass er ein Recht hat …«

»Vergiss deine Rede nicht. Jetzt stell dir vor, wie dein Sohn groß wird. Was erwartet ihn? Eine Ohrfeige und Demütigungen? Oder Fäuste? Du glaubst, er sei immun, weil er ein Junge ist. Zum Teufel, vielleicht hast du recht. Aber willst du, dass er dieses Verhalten lernt? Findest du das wirklich in Ordnung?«

»Ich bin nicht bereit, dieses Gespräch zu führen. Greg ist mein Mann. Er …«

»Erspar mir das. Tu eines. Sag ihm, dass du Elle nicht die ganze Zeit bei euch haben willst. Du weißt, dass es das Richtige ist.«

»Tut mir leid, Maisey. Das kann ich nicht.«

Die Leitung ist tot, aber ich habe weiterhin Lindas Stimme im Ohr, leise etwas murmelnd, das wie Bedauern klingt. Wilde Gedanken branden auf mein Gehirn ein. Ich werde mit meiner Tochter fliehen. Unsere Identitäten auslöschen. Im Auto hausen.

Nichts davon ist praktisch umsetzbar, das weiß ich. Mir fehlt das Geld, um eine Flucht in dieser Größenordnung zu finanzieren. Früher oder später muss ich Elle zu Greg zurückkehren lassen. Selbst wenn ich Dad in ein Altersheim gebe und nach Kansas City zurückkehre, muss ich immer noch zulassen, dass sie ihn besucht. In einem Auto zu leben und auf der Flucht zu sein, würde ihr wahrscheinlich mehr schaden, als gelegentlich von ihrem Vater »gezüchtigt« zu werden.

Ich ringe gerade damit, mich mit der Realität abzufinden, als die Schiebetür sich öffnet und Tony auf die Terrasse herauskommt.

»Wie lautet der Plan?«, erkundigt er sich. »Wir fahren gern heute Abend noch los, wenn du willst, aber dein Dad sieht völlig fertig aus.«

Ich reibe mir das Gesicht mit den Händen und stöhne. »Ich weiß. Ich auch. Aber ich bin heute Abend einfach nicht in der Lage, mich mit Greg zu streiten.«

»Du vergisst, dass du einen Leibwächter hast«, sagt er. »Oder ihr könntet hier übernachten.«

»Dad braucht seine Medikamente. Und wir können hier doch nicht einfach so eindringen. Ich mache mich lächerlich, ich weiß. Ich muss mich ihm stellen. Es ist nur so, dass ich verdammt müde bin.«

Tony lässt die Hand auf meiner Schulter ruhen. Sein Gesicht wird sanfter. Er beugt den Kopf zu meinem, und einen Augenblick lang glaube ich, dass er mich wieder küssen wird. »Mia und ich fahren die Medikamente holen. Ich wette, Elle würde liebend gern im Baumhaus schlafen. Du vielleicht auch.«

Ich schmiege mich in seine Version eines Plans wie in die verbotene Umarmung eines Geliebten. Sie ist warm, einladend – und falsch.

»Ein andermal.« Ich straffe die Schultern. »Ich verstecke mich nicht länger vor Greg. Wir fahren heute Abend noch nach Hause zurück. Ich sage Greg, dass Elle nicht mitkommt, als wäre ich eine Erwachsene und kein verängstigtes Kind. Und morgen fahren wir in die Tri-Cities, wenn ihr dann immer noch Lust darauf habt.«

»Absolut.« Er öffnet die Schiebetür für mich und hält inne, die Hand noch auf dem Griff. »Du schaffst das, Maisey. Du bist stärker, als du glaubst.«

Marley war die Starke, sage ich beinahe und schnappe hastig nach Luft, als die Erkenntnis mich überfällt. All die imaginären Eigenschaften, die ich Marley zugeschrieben habe – ihre Furchtlosigkeit, ihre Sprachbegabung, ihre Abenteuerlust –, sind meine. Ich erinnere mich nicht an Marley, nicht an ein echtes Kind. Ich habe sie aus dem Stoff meines eigenen Wesens erschaffen.

Tony hat recht. Ich packe das schon.

Einen Moment denke ich daran, Elle hierzulassen, sicher und außer Reichweite. Aber da wird mir klar, dass sie wissen muss, dass ich mich für sie einsetze. Sie muss wissen, dass eine Frau gegen einen Mann Stärke demonstrieren kann.

Ich bin mir nicht sicher, ob ich das selbst auch weiß, aber eine innere Gewissheit habe ich: Ich kann nicht den Rest meines Lebens damit verbringen, mich vor Greg zu verstecken.

Doch als wir in Dads Straße einbiegen, halte ich trotzdem die Luft an, weil ich hoffe, dass Gregs Auto nicht mehr da ist. Dass er weitergefahren ist. Es wäre ein grandioses Glück, das bestärkende Wissen zu haben, dass ich bereit war, ihm die Stirn zu bieten, ohne es wirklich tun zu müssen.

Das Glück ist gegen mich. Greg ist gegen mich.

Vorhin war er gereizt. Jetzt ist er stinksauer. Zorn strahlt von ihm ab wie Hitze von einem Großfeuer. Er steigt aus dem Auto, versengt mich mit einem bösen Blick und wendet sich direkt an Elle.

»Steig ein. Deine Mutter holt deine Sachen.«

Ins Kreuzfeuer geraten, zögert Elle. Ich drücke ihr den Hausschlüssel in die Hand. »Geh ins Haus, Elle. Nimm Grandpa mit und schließ die Tür hinter euch ab.«

Sie huscht die Auffahrt entlang und davon.

Als Dad ihr nicht folgt, dreht sie sich nach uns um und zögert.

»Bitte«, sage ich zu dem einzigen Vater, den ich je gekannt habe. »Sie soll das nicht hören.«

Er nickt und folgt Elle den Gehweg entlang ins Haus.

Ich schöpfe Kraft aus der inbrünstig schützenden Liebe, die ich für meinen Vater und meine Tochter empfinde, und wende mich an den Mann, der seit so vielen Jahren auf die eine oder andere Art mein Leben kontrolliert.

»Wir verkaufen das Haus nicht, Greg. Das habe ich dir schon gesagt. Also wüsste ich es zu schätzen, wenn du nicht mehr versuchtest, mich in Kontakt mit Maklern zu bringen.«

»Und ich wüsste es zu schätzen, wenn du meine Autorität Elle gegenüber nicht untergraben würdest. Ich habe ihr ein Flugticket gekauft. Geld ausgegeben. Und wir müssen los. Es ist schon spät, und unser Flug geht früh.«

So soll es also sein. Wir kommen direkt auf den Punkt.

Ich ziehe Mut aus der Erde unter meinen Füßen. »Sie kommt mit mir zurück. Wenn ich bereit bin.«

Greg holt tief Luft und atmet prustend durch die Nase aus. Er zügelt sich, ganz ruhige Beherrschung, und lächelt tatsächlich. Herablassend, überheblich und trügerisch ruhig.

»Maisey. Du denkst nicht vernünftig nach. Das ist vollkommen verständlich. Du trauerst. Es war eine schwierige Woche. Unsere Tochter muss in ihren normalen Alltag zurückkehren. Sie muss wieder zur Schule. All dieses Chaos ist nicht gut für sie.«

»Sie will bleiben.«

»Sie ist ein Kind, Maisey. Sie darf keine Entscheidungen fällen.«

»Ich aber, Greg.« Ich sage es sanft und überrasche mich damit selbst, als wäre er, Greg, ein Kind, das einen Wutanfall hat und gutes Zureden braucht. »Ich bin die Erziehungsberechtigte. Ich bin eigentlich ziemlich gut darin zu erkennen, was sie braucht. Die Schule ist kein Problem. Es gibt absolut keinen Grund, warum sie nicht hierbleiben kann.«

»Außer, dass ich sie mitnehme.«

»Nein. Das tust du nicht. Gute Nacht, Greg. Fahr nach Hause. Und hör auf mit den Maklern. Wenn ich einen will, weiß ich, wo ich einen finde.«

Ich wende ihm den Rücken zu und gehe den Fußweg entlang.

»Was zum Teufel ist in dich gefahren?«, ruft Greg mir hinterher. »Das sieht dir gar nicht ähnlich.«

»Du. Du bist in mich gefahren. Du hast mir wehgetan, Greg.«

Er öffnet den Mund, aber ich rede einfach weiter. »Fang gar nicht erst damit an, wie lange es her ist, dass du mich geschlagen hast. Du demütigst mich immer noch bei jeder Gelegenheit. Du sorgst unablässig dafür, dass ich mir dumm vorkomme. Du bist mir durchs ganze Land gefolgt und hast dich in meine Beziehungen eingemischt. Ich habe mich damit abgefunden, habe es geduldet, bemerke es manchmal gar nicht. Warum? Wegen Elle. Und jetzt ...« Mir versagt die Stimme, und die verräterischen Tränen brechen als Sturzflut aus mir hervor.

Greg hält meine Emotionalität für Schwäche und macht Anstalten, über den Gehweg zu mir zu kommen. »Ist es das?«, fragt er ach so sanft. »Du glaubst, dass ich Elle wehtue?«

Mein Atem geht stoßweise. Ich kann die Tränen nicht aufhalten und vertraue meiner Stimme nicht.

Greg streckt mir die Hand hin, die Handfläche nach oben gewandt. Macht noch einen Schritt auf mich zu. »Komm schon, Maisey. Du weißt doch, dass es nicht so ist. Ich würde ihr nie etwas antun.«

»Ich habe es gesehen. Du kannst nicht ...«

»Oh, Maisey.« Jetzt klingt er bekümmert. »Ich weiß nicht, was du gesehen zu haben glaubst, aber Disziplin ist notwendig. Kommt sie dir wie ein misshandeltes Kind vor? Denk darüber nach.«

Elle. Die schöne, selbstbewusste, unverwüstliche Elle. Vielleicht hat er recht. Ich weiß sehr gut, dass meine Fantasie mir manchmal Streiche spielt und Dinge echt wirken lässt, die ich mir nur einbilde. Nur, dass Marley echt ist. Echt war.

Keine Fantasievorstellung, egal, was meine Mutter und die Therapeuten mir eingehämmert haben.

Ich schlinge mir die Arme um die Brust, halte mich selbst zusammen.

Und zucke zurück, als meine Finger auf den Bluterguss auf meinen Rippen drücken. Ich presse sie fester auf die schmerzende Stelle, beschwöre absichtlich das Leid und die Erinnerung, die damit einhergehen, herauf. Greg, wie er einen Besitzanspruch auf mich erhebt und Tony provoziert. Den Ausdruck auf Elles Gesicht, nachdem er sie geschlagen hatte. Seine hemdsärmelige Lässigkeit.

Ich strecke ihm beide Handflächen hin, nicht, um zu kapitulieren, sondern um ihn abzuwehren.

»Hör auf!«

Das tut er nicht. Seine selbstsicheren, geduldigen Schritte bringen ihn den Weg entlang zu mir. Seine Brust berührt meine Hände. Vor allem Knochen. Ich bin überrascht, wie schmächtig er im Vergleich zu Tony ist.

Ich pflanze meine Füße fest auf den Boden, stemme mich mit meinem ganzen Gewicht gegen ihn, stoße ihn von mir. Er stolpert etwas, gewinnt die Balance zurück.

Sein Schock gibt mir den Raum, um das Kinn zu heben. Meine Stimme unter Kontrolle zu bringen. Ihm in die Augen zu sehen.

»Vielleicht glaubst du selbst, was du sagst. Das ist die gnädigste Interpretation, die mir einfällt. Aber es ist die Wahrheit. Du hast mir damals wehgetan. Du hast mich auch beim Essen nach Moms Beerdigung verletzt. Ich habe Blutergüsse, Greg.«

»Weil du mit diesem …«

»Siehst du? Das ist eine Entschuldigung. Aber es gibt keine Entschuldigung für dieses Verhalten, genauso wenig wie dafür, dass du Elle geohrfeigt hast. Ich bin fertig. Ich werde nicht mit dir streiten oder versuchen, es dir zu erklären. Flieg nach Hause zu deiner Frau. Versuch, das hier nicht an ihr auszulassen.«

»Maisey. Du kannst doch nicht …«

»Ich kann. Und lass außerdem Dad in Ruhe.« Als ich mich diesmal zum Gehen wende, laufe ich vor nichts davon. Jeder Schritt fühlt sich fest und richtig an. Mein Körper gehört mir, statt wie eine Marionette an unsichtbaren Fäden zu tanzen.

»Du kannst in nächster Zukunft ein Schreiben vom Anwalt erwarten.«

Meine geschmeidigen Schritte stocken. Mein rechter großer Zeh neigt sich ein bisschen zu tief und bleibt am Gehweg hängen. Ich fange mich in Zeitlupe. Die Oberschenkelmuskeln spannen sich an. Das Gehirn konzentriert sich aufs Gleichgewicht.

Ich richte mich auf und schreite weiter. Drehe mich nicht um und nehme seine Worte auch nicht zur Kenntnis. Dad wartet auf der anderen Seite der Tür und öffnet sie mir. Als ich hindurchgehe, steht Elle dort neben ihm. Eine Minute lang rührt sich niemand oder sagt etwas.

Elles Augen haben einen anderen Ausdruck als sonst, als sie mich ansieht. Ich bin mir nicht ganz sicher, aber ich glaube, es könnte Respekt sein.

Leahs Tagebuch

Ich vergaß ganz, dass ich ihn verlassen wollte.

Mein Leben drehte sich nur noch um Boots und die Babys. Ich wurde dankbar dafür, dass es mir erlaubt war, dieses Leben zu führen. Dankbar, dass er mich duldete. Dankbar, dass er die Mädchen nicht schlug. Ich ertrug meine Prügel, wenn sie zu mir kamen. Ertrug die Zeit, die mit mir zu verbringen mein Mann sich herabließ.

Natürlich gab es andere Frauen. Warum auch nicht? Ich war schadhafte Ware, nicht mehr schön. Niemand sonst würde mich wollen, und doch liebte er mich weiterhin. Das glaubte ich. Während ich jetzt hier sitze und an meine Jahre mit dir zurückdenke, Walter, kommt mir der Gedanke, dass ich einen Weg finden sollte, dir zu schildern, wie du mich geheilt und wiederhergestellt hast. Mir meine Seele zurückgegeben hast. Das Gefühl, dass ich etwas wert bin. Aber das sind Dinge, die auszusprechen ich nie über mich bringen werde. Der Teil von mir wird wohl ewig gebrochen bleiben.

Es ist komisch, wie das Leben verläuft, wie wir lange Zeit einfach weitermachen, während sich nichts ändert. Und dann, ganz plötzlich, in einem einzigen Moment, wird alles anders.

Die Dinge waren etwas einfacher geworden. Die Zwillinge waren zwei Jahre alt. Sie schliefen nachts durch, gingen aufs Töpfchen, konnten allein essen. Ich schlief nachts. Stillte sie nicht mehr. Und als mein Körper allmählich wieder mein eigener wurde, als der Nebel der Übermüdung aus meinem Kopf verschwand, wurde ich rastlos. Ich hatte zumindest einen blassen Schimmer, dass meine Beziehung zu Boots falsch war.

Es war ein gefährlicher Schimmer. Es war, als sähe er ihn meinen Augen an und empfände dann sofort das Bedürfnis, mich kleinzuhalten. Zu dem Zeitpunkt brach er mir die ersten Knochen. Mein Schlüsselbein. Meine Rippen. Beide fielen einem brandneuen Paar glänzender Stiefel und seiner brandneuen Kokainsucht zum Opfer.

Woher er das Geld für die Drogen hatte, weiß ich nicht. Er hatte nie länger als ein paar Monate am Stück einen Job. Vielleicht dealte er. Solche Fragen stellte ich nicht. Aber während er weg war und tat, was auch immer er tat, unternahm auch ich etwas. Zum Beispiel holte ich meinen Schulabschluss nach. Und dann bekam ich fast zufällig einen

Job. Ich machte in der Kanzlei einer Anwältin Telefondienst.

Boots war nicht froh darüber, dass ich arbeitete. Was sollte aus den Babys werden? Und aus ihm? Glaubte ich wirklich, dass er nicht genug Geld heimbringen konnte, um seine Familie zu ernähren? Vielleicht kannte er im Stillen die Antwort auf letztere Frage, denn ich behielt den Job und bekam zur Strafe nur ein blaues Auge.

Meine Chefin war eine Frau – Novum Nummer eins. Sie war Anwältin. Sie trug kurze Röcke und Blazer, und niemand schlug sie, so viel steht fest. Sie hieß Hetty Johnson, und sie wurde mein Idol. Dank Hetty wurden mir ein paar Wahrheiten bewusst.

Nicht alle Frauen werden geschlagen. Sie können klug und unabhängig sein und eigene Entscheidungen fällen. Sie können ohne Mann auf dieser Welt leben.

Natürlich glaubte ich nicht, selbst so eine Frau sein zu können. Das habe ich auch später nie geglaubt, Walter. Ich habe stattdessen den Weg zu dir gefunden. Und ich bereue es nicht. Ich wollte nie aufs College gehen oder Geschäftsfrau werden. Aber sie brachte mich zum Nachdenken.

Allerdings war es nicht Hetty, die mich befreite. Es war eine ihrer Mandantinnen.

Kapitel 27

Tony sitzt in seinem Pick-up im matten Licht vor Anbruch der Morgendämmerung und ringt mit seinem Gewissen und seinem Mut. Das ganze Gewebe seiner sorgsamen Beherrschung, das Gleichgewicht zwischen Buße und Familienpflichten, löst sich auf, und Maisey Addington hat am Faden gezogen.

Was er will, ist, seinen Truck zu starten und direkt zu ihrem Haus zu fahren, um auf der Türschwelle zu sitzen, wenn Maisey aufwacht – wie ein streunender Kater, der darum bettelt, hereingelassen zu werden. Er ist müde, nicht nur aus Schlafmangel, sondern aus ständiger Wachsamkeit.

Vergiss nicht, wer du bist, Tony.

Vergiss nicht, was du getan hast.

Aber die Erinnerung daran verblasst an den Rändern. Er sieht sich im Moment manchmal in einem anderen Licht, als wäre er vielleicht doch ein Mann, der mit einer Frau wie Maisey zusammen sein könnte. Als wäre er vielleicht sogar gut für sie.

Er war diese Woche zweimal auf dem Schießplatz, aber sein Ritual mit der Pistole reicht anscheinend nicht mehr aus, um zu verhindern, dass er vom rechten Weg abkommt.

Also ist er hergefahren, um in einen neuen Kreis seiner privaten Hölle hinabzusteigen.

Die Sonne ist noch nicht über den Bergen aufgegangen. Im schwachen Licht wirkt der Friedhof trostlos und gespenstisch. Tony fürchtet sich nicht vor Geistern, aber ein kleiner Schauer streicht wie mit Fingern an seiner Wirbelsäule entlang. Wenn es eine Geisterstunde gäbe, dann wäre sie jetzt.

»Feigling«, flüstert er sich selbst zu. »Tu, das, warum du hergekommen bist.«

Die Morgenluft ist kühl genug, um ihm eine Gänsehaut auf den nackten Armen zu bescheren. Die Moskitos sind hungrig und finden ihn binnen weniger Sekunden. Er ignoriert die Kälte sowie die Insekten und marschiert zwischen den Reihen von Grabsteinen hindurch, bis er einen entdeckt, der richtig aussieht.

Natürlich ist es nicht der seines Vaters. Dessen Grab liegt jenseits der Berge in Seattle. Aber Tony wählt einen Grabstein, der ähnlich aussieht, und wenn er die Augen schließt, ist es ganz leicht, die Inschrift vor sich zu sehen. Sie lautet:

Anthony Medina
Geboren 1945
Gestorben 1990

Das ist alles. Kein »Geliebter Mann und Vater«. Nicht einmal »Möge er in Frieden ruhen«. Nicht die kleinste Einzelheit über den Mann, der Tonys Vater war, ist in den Granit gemeißelt.

Aber Tonys Körper erinnert sich. Siebenundzwanzig Jahre ist es her, dass das Grab seines Vaters ausgehoben worden ist. Siebenundzwanzig Jahre, seit Anthony Medina senior zum letzten Mal zugelassen hat, dass die Flasche seinen stets glimmenden Zorn anfachte. Und Tony spürt immer noch den Faustschlag, der ihm die Nase gebrochen hat. Schmeckt das warme Salz des Bluts, das seinen Mund füllt, ihm in die Kehle läuft. Erinnert sich, wie er würgt und sich daran verschluckt.

Er hört den Klang von Fäusten auf dem Fleisch seiner Mutter, hört seine Schwestern schreien, schmeckt den durchdringenden Geruch des Schießpulvers.

Deshalb ist er hergekommen. Um sich zu zwingen, sich zu erinnern.

Daran, wer er ist. Woher er kommt. Wie oft er daran gescheitert ist, seine Mutter und seine Schwestern zu beschützen. An all den Zorn, der sich in ihm während der Jahre vor und nach dem Tod seines Vaters aufgebaut hat. An in Wände geboxte Löcher. Kämpfe mit Jungen in der Schule. Endlose Stunden des Holzhackens und des Nägelhämmerns bei Bauprojekten. Die Lösung seiner Mutter dafür, seine Wutanfälle in den Griff zu bekommen.

Er will jetzt weglaufen, als wäre er wieder zwölf und kurz davor, verprügelt zu werden. Aber seine Beine scheinen nicht ihm zu gehören. Ihm zittern die Hände. Und sein Herz, oh, sein Herz gehört eindeutig ihm, schlägt aus Angst und Schmerz und Reue bis an die Rippen.

Der Schmerz ist körperlich, ein tiefes Ziehen, das ihn fast dazu bringt, sich zu krümmen.

Kein Herzinfarkt, ruft er sich wieder und wieder ins Gedächtnis. Nur Panik. Nur die Erinnerung. Das geht vorbei.

Aber jetzt hat der vertraute Schmerz eine neue Intensität. Er hat zugelassen, dass Maisey ihm unter die Haut geht. Er ist seine Rituale und Regeln leid. Die Barriere aufrechtzuerhalten fällt ihm so schwer. Vor Jahren hat er sich geschworen, nie zu riskieren, zu seinem Vater zu werden und eine Frau solch einer Behandlung auszusetzen.

Er wird seinen Schwur halten. Wenn er Maisey helfen kann, wird er es tun. Sie beschützen, sie unterstützen, so, wie er seine Mutter und seine Schwestern beschützt und unterstützt. Ganz gleich, was sein verräterisches Herz ihm zuraunt. Ganz gleich, mit wie viel Begehren sein Körper sogar jetzt auf den Gedanken an sie reagiert.

»Ich bin der Sohn meines Vaters«, flüstert er. »Ich schwöre bei seinem Grab, dass ich das nicht vergesse.«

Kapitel 28

Diesmal kein Versteckspiel.

Wir haben einen Tisch im Emerald of Siam, ganz vorn in der Mitte, wo Marley uns nicht übersehen kann. Wieder kommen wir sehr früh, um unseren Tisch mit Beschlag zu belegen und Essen zu bestellen.

Das Warten ist für mich das Fegefeuer, aber alle anderen scheinen zufrieden zu sein.

Mia und Elle sitzen gegenüber von mir, stecken die Köpfe zusammen und plaudern. Die beiden sind gefährlich. Ich will gar nicht wissen, was sie diesmal planen. Ich habe einen Platz auf der Bank zwischen Dad und Tony. Mein Herzschlag kann mit dem schnellen Tempo der Musik mithalten, die aus den Lautsprechern schallt.

Dad ist heute Abend durcheinander und verwirrt.

»Das war aber eine ganz schön lange Fahrt, nur um thailändisch essen zu gehen«, staunt er und versucht mit begrenztem Erfolg, die Essstäbchen zum Einsatz zu bringen. »Warum haben wir nicht in Spokane gegessen?«

»Marley«, sage ich zu ihm. Ich mag es, ihren Namen auszusprechen. Das macht mich traurig, aber es lässt sie zugleich real werden. Keine Einbildung. Nichts, was ich mir ausgedacht habe. »Wir sind hier, um Marley singen zu hören.«

Und um wiedergutzumachen, dass sie zurückgelassen worden ist, wenn wir das können. Aber das behalte ich für mich.

Tonys kräftiger Körper neben mir hilft nicht besonders. Ein kleiner Schauer der Furcht durchläuft mich. Nein, kein Schauer. Ein Frösteln. Was für ein wunderbares kleines Wort. Wird viel zu selten benutzt.

Ein Frösteln der Furcht. Und ein ganzer Kübel Übelkeit.

Normalerweise bekomme ich beim Duft von Zitronengras und Curry einen Bärenhunger. Heute verwandelt beides meinen Magen in schiere Säure. Ich nippe an einem Glas weißem Hauswein und warte, warte, warte. Es kommt mir wie eine Ewigkeit vor. Als die Band endlich auf die Bühne marschiert, muss ich mich zwingen, sitzen zu bleiben.

Zuerst sieht Marley uns nicht. Sie ist damit beschäftigt, die Menge prüfend zu mustern, als sie den ersten Song anstimmt. Aber unweigerlich finden ihre Augen uns. Ihr Blick bleibt an dem kleinen blauen Bären hängen, der auf einer rosa Decke sitzt. An dem zusammengeklebten Foto unserer Mutter, die ein rosafarbenes Bündel auf jedem Arm hält. Einen einzigen Augenblick lang bekommt die harte Schale Risse, und ihr Gesicht wird weich.

Ich halte den Atem an. Zu spät wird mir klar, dass es wie ein emotionaler Hinterhalt wirken könnte, sie mitten in einem Konzert damit zu überfallen. Ich wünsche mir, dass sie weitersingt und nicht hier vor Publikum zusammenbricht. Bisher sind die Sünden, die sie mir zur Last legt, die meiner Mutter. Aber wenn ich ihren Song ruiniere, wird sie mir das nie verzeihen.

Ich hätte mir keine Sorgen zu machen brauchen. Ihre Stimme gerät nicht ins Stocken. Ihre professionelle Fassade kehrt zurück. Sie richtet ihre Aufmerksamkeit auf andere Teile des Saals. Den Rest ihres Auftritts über vermeidet sie es, auch nur einen flüchtigen Blick auf unseren Tisch zu werfen. Der

Tonmann dagegen funkelt mich so gut wie ununterbrochen böse an.

Als die Band eine Pause macht, kommt Marley zu uns.

»Wird das jetzt langsam zur Gewohnheit? Groupies?« Ihre rechte Hand greift nach dem blauen Bären, als hätte sie ein Eigenleben, hält inne und fällt an ihre Seite zurück.

»Wir müssen reden.« Ich höre den Tonfall meiner Mutter in meiner Stimme und mache sie sanfter. »Bitte.«

»Ich verstehe nicht, was du willst.«

»Du siehst aus wie sie«, meldet sich Dad zu Wort. Seine Augen füllen sich mit Tränen. »Wie Leah. Ich dachte, du würdest Maisey ähneln. Ich hätte nicht gedacht …«

»Keiner von euch hat nachgedacht«, blafft Marley. »Sonst wärt ihr gar nicht hier. Was braucht es, um euch zu überzeugen, dass ich das hier nicht will?«

»Du bist zur Beerdigung gekommen«, wende ich ein. »Wenn du nichts mit uns zu tun haben willst, warum hast du dir die Mühe dann gemacht?«

Marley verlagert ihr Gewicht von einem Fuß auf den anderen. »Ehrlich gesagt wollte ich es wissen. Was für eine Frau verlässt ihr Kind? Das war doch immer die Frage.« Ihr Blick bleibt auf mir ruhen. »Ich habe mir früher Sorgen um dich gemacht, verschleppt von einer Mutter, die imstande war, ihr eigenes Baby zu vergessen. Kannst du dir das vorstellen? Ich, besorgt um dich. Und du hattest die ganze Zeit deinen tollen neuen Dad und dein schönes Leben …«

»Sie hat mir eingeredet, du wärst ein Fantasieprodukt! Sie hat mich zu Therapeuten geschickt, die mir eingeimpft haben, ich hätte mir dich nur ausgedacht. Wie hätte ich wissen sollen, dass ich nach dir suchen muss? Dass ich mich um dich sorgen muss? Du musst mir eine Chance geben.«

Sie öffnet die Lippen. Ihr Blick wird weicher. Sie streichelt dem Bären mit den Fingerspitzen die Ohren. Und dann schüttelt sie den Kopf, mehr wie beim Fliegenverscheuchen als wie beim Neinsagen, aber die Bedeutung ist dieselbe.

»Es ist zu spät. Nicht deine Schuld. Das verstehe ich. Aber ich kann das jetzt nicht. Damit musst du dich einfach abfinden.«

»Marley …«

»Weißt du was? Du willst diese Seite der Familie kennenlernen? Ich stelle dich unserem Vater vor. Und anschließend lässt du mich in Ruhe. Abgemacht?«

»Ich weiß nicht, ob das klug ist«, flüstert Dad.

Auf einmal ahne ich, wie schwierig das alles für ihn in vielerlei Hinsicht sein muss. Er ist der einzige Vater, den ich je gekannt habe. Jetzt ist Mom nicht mehr da, und ich lerne diese andere Schattenfamilie kennen. Vielleicht glaubt er, dass ich ihn nicht mehr brauche. Natürlich brauche ich ihn, werde ihn immer brauchen.

Aber das Bedürfnis, hinter die Geheimnisse meiner Mutter zu kommen, ist zur Triebfeder meines Handelns geworden. Außerdem muss ich noch eine Chance bei Marley bekommen. Noch eine einzige Gelegenheit, sie dazu zu bringen zuzustimmen, dass wir versuchen sollten, wieder Schwestern zu sein.

Also nicke ich, ob klug oder nicht. »Abgemacht.«

Sie kritzelt eine Adresse auf eine Serviette. »Seid morgen um elf da. Ich mache euch miteinander bekannt.«

Ohne ein weiteres Wort wendet sie mir den Rücken zu. Ich bin entlassen.

Leahs Tagebuch

Sie kam mit drei ernsten Kindern im Schlepptau in die Kanzlei. Auf ihren Wink hin reihten sie sich auf den Stühlen im Wartebereich auf, während sie an den Empfangstresen schritt, um mit mir zu sprechen. Die Älteste, ein Mädchen von höchstens zehn Jahren, nahm das Kleinkind auf den Schoß und wiegte es.

Der verblassende Bluterguss auf der Wange der Frau war mir nur allzu vertraut. Ohne danach zu fragen, wusste ich, was ihr Problem war. Dennoch hielt ich mich an das professionelle Protokoll, das Hetty mir beigebracht hatte. »Wie kann ich Ihnen helfen?«

»Ich muss meinen Mann verlassen«, sagte sie. »Ich brauche Hilfe bei der Scheidung.«

Hetty führte sie rasch ins Büro und ließ mich mit den Kindern allein. Keines von ihnen lächelte. Die Kleinste, die geborgen auf dem Schoß ihrer Schwester saß, musterte mich aus großen Augen und nuckelte am Daumen. Keines der Kinder zappelte oder quengelte.

Ich hörte Bruchstücke des Gesprächs durch die geschlossene Tür. Zwei dieser Satzfetzen blieben mir im Kopf hängen.

Der erste bezog sich auf einen Sicherheitsplan: »Wohin gehen Sie, wo kommen Sie unter, wie schwer verletzt er Sie, wenn er erfährt, dass Sie ihn verlassen wollen?«

Statt mich zu belasten, sangen diese Worte zu mir, auf die Art, wie wenn man einen Ohrwurm hat. Wieder und wieder, den ganzen Rest des Tages lang, bis in die Nacht und in den folgenden Tagen.

Wohin gehen Sie, wo kommen Sie unter, wie schwer verletzt er Sie, wenn er erfährt, dass Sie ihn verlassen wollen?

Vielleicht hätten diese Fragen schon ausgereicht, um mich zu befreien. Aber es war die nächste Frage – über die Kinder –, die alles änderte. Da saßen sie, unnatürlich in ihrer stummen Wachsamkeit, wie kleine Tiere, die hoffen, nicht gesehen zu werden, wenn sie sich nicht rühren.

Und im Büro fragte Hetty die Frau: »Schlägt er die Kinder?«

Und sie antwortete: »Nein. Ich habe ihnen beigebracht, wie man vermeidet, geschlagen zu werden.«

Das waren die Worte, die mir den Atem so sicher verschlugen wie ein Boxhieb in die Magengrube. Drei wachsame Augenpaare waren auf mich gerichtet, waren sich jeder meiner Bewegungen bewusst. Drei wachsame Augenpaare aus einem Zuhause, in dem sie die

Verantwortung dafür trugen, nicht geschlagen zu werden.

Ich war so gefangen in meinem eigenen Albtraum, dass ich es vielleicht trotzdem nicht gewagt hätte, den Ausbruch in die Freiheit zu riskieren. Aber Boots' Timing war perfekt. Ausgerechnet an dem Abend kam er berauscht und gereizt nach Hause. Wahrscheinlich hatte er nicht mehr geschlafen, seit ich ihn zuletzt gesehen hatte. In seinen Augen stand unverkennbar ein Anflug von Wahnsinn.

Die Mädchen waren müde. Ich hatte sie bei Boots' Mom gelassen, während ich bei der Arbeit gewesen war. Sie hatte die beiden kein Mittagsschläfchen halten lassen. Sie rochen nach abgestandenem Zigarettenqualm und waren schlecht gelaunt und quengelig. Das Abendessen war noch nicht ganz fertig, als er hereinkam. Marley quakte, Maisey weinte.

»Das ist doch lächerlich«, schimpfte Boots. »Du gehst nicht wieder zurück zur Arbeit.«

Die Welt verlangsamte sich.

Ich beobachtete, wie meine beiden kleinen Mädchen auf seinen Tonfall reagierten. Sie wurden ganz still und stumm. Die Tränen versiegten. Das Wimmern endete in einem Schluckauf. Sie erstarrten. Und in dem Moment, schon bevor der erste Schlag auf mich zusauste, sah ich wieder die in der Kanzlei wartenden Kinder vor mir und wusste – wusste! –, dass ich die Mädchen vor ihm in Sicherheit bringen musste.

Kapitel 29

Wir folgen den GPS-Anweisungen. Je näher wir unserem Ziel kommen, desto langsamer fährt Tony.

»Das kann nicht stimmen«, meint Mia, als die überfröhliche GPS-Stimme uns informiert, dass wir da sind. »Vielleicht hat sie es falsch aufgeschrieben.«

Elle wirft einen Blick auf die Serviette, auf der Marley die Adresse notiert hat. »Genau das steht hier aber.«

Tony hält am Straßenrand. Wir alle stieren einen heruntergekommenen schmalen Trailer an, der auf einem Grundstück steht, auf dem Unkraut und Müll sich den Platz streitig machen. Der Trailer selbst ist windschief und ausgeblichen. Eines der Fenster ist mit Brettern vernagelt.

Zwei Autos parken in der ungepflasterten Einfahrt voller Spurrillen. Eines ist weinrot mit einer schwarzen Tür und einer schief hängenden hinteren Stoßstange. Das andere ist eine unauffällige Fließhecklimousine, alles andere als neu. Aber wenigstens hat sie eine einheitliche Farbe und sieht nicht wie die verrückte Zeichnung eines Vorschulkinds aus.

Wir können den Blick nicht von dem Trailer wenden. Ich spüre, wie Tony den Rest der Umgebung einzuschätzen versucht. Wir sind außerhalb der Innenstadt, aber das hier ist kein typischer Vorort. Wir sind an Weiden voller Pferde, Ziegen und

Hühner vorbeigekommen. Sogar an einer kleinen Schafherde. Zahlreiche Trailer, viele davon gepflegt mit sauberen Gärten und gesunden Tieren. Wenn wir in einem Film wären, würde auf diesem Grundstück der psychotische Mörder hausen.

»Sieht ganz passend aus«, sagt Dad. »Sollen wir reingehen?«

Er hat einen Gesichtsausdruck, den ich noch nie gesehen habe. Fast so, als hätte Mom ihren eisernen Willen herumliegen lassen und Dad hätte ihn hochgehoben und aufgesetzt. Die starre, entschlossene Miene lässt seine sonst so milden Züge fremd und seltsam wirken. Ich fühle mich wieder losgelöst, ohne Anker, aber bevor ich mein Gleichgewicht wiederfinden kann, hat er schon die Tür geöffnet und macht Anstalten, aus dem Auto zu steigen.

»Warte«, rufe ich ihm nach und öffne meine eigene Tür. »Vielleicht müssen wir ja nicht alle reingehen. Du und Elle könntet warten …«

»Oh, ich gehe rein«, widerspricht er.

»Elle, du bleibst hier bei Mia«, rufe ich über meine Schulter und renne ein paar Schritte weit, um Dad einzuholen, der sich schneller bewegt, als ich es seit meiner Heimkehr jemals erlebt habe.

Tony ist direkt hinter mir. Das sollte tröstlich sein, aber die Verantwortung für seine Anwesenheit lastet schwer auf mir. Was Elle betrifft, hört sie wieder einmal nicht auf mich. Sie und Mia marschieren hinter uns her.

Die Tür öffnet sich, als Dad gerade auf die Palette steigt, die als Veranda dient.

Marley steht da. Jetzt, da sie nicht für einen Auftritt zurechtgemacht ist, ähnelt sie einer jüngeren Version von Mom mehr denn je. Kein Make-up, die Haare zu einem lockeren Pferdeschwanz zurückgebunden. Sie trägt eine ausgeblichene Jeans und ein Westernhemd, die Ärmel bis zu den Ellbogen hochgekrempelt.

Sie kommt heraus und schließt die Tür hinter sich. Eine Welle von abgestandenem Tabakgeruch begleitet sie, zusammen mit dem Dröhnen des Fernsehers.

»Das ist wirklich keine gute Idee«, begrüßt sie uns. »Es tut mir leid. Vielleicht …«

»Ich will mit ihm reden«, bestimmt Dad.

»Er ist nicht in der richtigen Verfassung zum Reden. Normalerweise geht es ihm um diese Tageszeit besser. Morgen?«

»Jetzt!« Wieder Dad. Ich kann mir nicht vorstellen, was in ihn gefahren ist, aber ich bin dankbar. Nun, da wir so nahe dran sind, kann ich es nicht ertragen, wieder zu gehen, ohne meinen leiblichen Vater getroffen zu haben, ohne die andere Seite meiner Herkunft zu kennen.

»Bitte, Marley. Wir hatten eine Abmachung.«

Sie zuckt die Schultern. »Na gut. Auf eure Verantwortung. Sagt nicht, ich hätte euch nicht gewarnt.«

Sie öffnet die Tür und tritt beiseite, um uns hineinmarschieren zu lassen.

Wir sind zu viele Leute für den engen Raum, das ist sofort klar. Wir stehen unbeholfen in einem Grüppchen beisammen und tauschen neugierige Blicke mit einem alten Mann, der in einem Liegesessel ruht. Er hat eine Dose Bier in einer Hand und eine halb gerauchte Zigarette in der anderen. Zwei leere Dosen stehen samt einem überquellenden Aschenbecher auf einem unordentlichen Beistelltisch neben ihm.

»Wer ist das denn?«, grunzt er. »Hast du irgendwelche Kirchenleute reingelassen, Marley?« Seine Stimme muss gegen eine Lachkonserve aus dem Fernseher ankämpfen.

Sie geht zu ihm, nimmt die Fernbedienung von der Armlehne des Sessels und schaltet den Fernseher stumm.

»Das ist deine Tochter – die andere. Maisey. Sie wollte dich kennenlernen.«

Er späht aus zusammengekniffenen Augen in unsere Richtung. »Da brat mir einer einen Storchenarsch! Hätte nie damit gerechnet, dein Gesicht zu sehen, so viel steht fest. Komm rüber und lass dich anschauen.«

Er vermasselt seinen ersten Versuch, den Liegesessel so einzustellen, dass er sich aufsetzen kann. Offenbar verwirrt ihn das Problem, dass er beide Hände voll hat. Am Ende stellt er das Bier ab, zieht noch einmal an der Zigarette und betätigt schließlich den Hebel, der ihn in eine aufrechte Sitzhaltung befördert.

Seine Arme sind dünn und knochig, sein Bauch ist aufgequollen. Er erinnert mich an eine Spinne.

Ich nähere mich ihm so, wie ich mich totem, stinkendem Aas nähern würde, um das sich jemand kümmern muss. Ich habe einen scharfen, bitteren Geschmack im Rachen. Aus der Nähe rieche ich Bier, Rauch und einen nur unregelmäßig gewaschenen Körper. Er sieht alt aus. Viel älter als Dad. Er hat eine Glatze. Was von seinen Haaren noch übrig ist, liegt ungekämmt in schmierigen Strähnen. Seine Schneidezähne fehlen. Graue Bartstoppeln wuchern aus seinem Kinn.

»Du siehst nicht wie sie aus«, stellt er fest. »Marley kommt nach Leah. Du ähnelst eher mir.«

Das ist widerwärtig, aber wahr. Ich erkenne die Form meiner Züge in seinem runzligen Gesicht. Und seine Augen, so gerötet und eingefallen sie auch sein mögen, haben immer noch dieselbe Farbe wie meine Augen und Marleys.

»Hat es dir die Sprache verschlagen?«, bellt er. »Du musst doch wohl einen Grund haben, hier aufzukreuzen.«

»Nehmt Platz«, mischt Marley sich ein. »Setzt euch. Ich hole noch ein paar Stühle aus der Küche.«

Ich will mich nicht hinsetzen. Ich will geradewegs zur Tür hinaus flüchten. Aber ich hocke mich auf die Kante eines verschlissenen alten Sofas und hebe eine Zeitung auf, um Platz zu schaffen. Dad lässt sich neben mich sinken. Tony bleibt stehen. Ich registriere aus dem Augenwinkel, dass er in höchster Alarmbereitschaft ist.

»Ich wusste nichts von dir«, sage ich. »Ich habe ein paar Nachforschungen angestellt, nachdem Mom gestorben war.«

»Also ist sie wirklich tot.« Er drückt seine Zigarette in den Aschenbecher, aber sie geht nicht aus. Rauch kringelt sich weiter in die Luft, blau und schlangengleich.

»Ich habe es dir doch erzählt, Boots«, verkündet Marley. »Du hörst nie zu.«

»Dachte, du hättest vielleicht nur geflunkert«, entgegnet er abfällig. »Weiber.« Das richtet sich an Tony. »Will irgendwer ein Bier? Eine Zigarette? Was kann ich für euch tun?«

Mir fällt nichts ein, was ich noch äußern könnte. Meine Fantasie, die sonst immer so schnell in Gang kommt, scheitert vollkommen daran, diesen Mann mit meiner Mutter zusammenzubringen, selbst wenn ich ihn mir jung und womöglich gut aussehend ausmale. Er ist geschmacklos, billig und niederträchtig.

»Sie haben Sie geschlagen«, sagt Dad im Plauderton. »Oft.«

Boots lacht. »Hat sie dir das erzählt? Hatte von jeher viel Fantasie, die gute Leah. Hat sie an Marley vererbt. Wie ist das mit dir, Maisey? Hast du auch Fantasie?«

»Leah hat Sie nie erwähnt«, fährt Dad fort. Sein ausdrucksloser Tonfall lässt mir die Wirbelsäule kribbeln. So alt und gebrechlich er auch sein mag, seine Sprechweise hat etwas Bedrohliches. »Fast vierzig Jahre Ehe. Und sie hat Sie nie erwähnt. Mit keinem einzigen Wort.«

Die alte Spinne – ich kann ihn einfach nicht als meinen Vater betrachten – bedenkt Dad mit einem Blick, der schieres Gift ist. »Ich hatte ihren Saft«, knurrt er. »Du hast bloß die Überbleibsel bekommen. Wie war sie? Immer noch nach deinem Geschmack, möchte ich wetten, wenn du so lange bei ihr geblieben bist.«

Ich werde mich übergeben. Genau hier, mitten in diesem schäbigen Raum, vor diesem schrecklichen Mann und der Schwester, die mich hasst. Ich presse mir eine Hand auf den Mund, um es zu verhindern, aber dann muss ich durch die Nase atmen. Das trägt nicht gerade dazu bei, meine Übelkeit zu lindern.

Dad ist aus härterem Holz geschnitzt. »Wir haben die Knochenbrüche entdeckt, als sie im Sterben lag«, sagt er. »Rippen. Ein Schlüsselbein. Ein Wangenknochen. Haben Sie ihr die alle gleichzeitig gebrochen, oder einen nach dem anderen?«

Boots trinkt einen tiefen Zug Bier. »Leer. Hol mir noch eine, Marley.«

Marley rührt sich nicht. Sie steht auf der anderen Seite des Zimmers, die Hände in die Hüften gestemmt, und mustert ihn, als wäre er ihr ebenso fremd wie mir. »Du hast sie geschlagen?«, keucht sie.

Er knallt die Dose auf den Tisch und wird laut. »Ich habe ein Bier von dir verlangt!«

Sie hält stand. »Und ich habe dir eine Frage gestellt.«

»Hetz sie ja nicht gegen mich auf«, pöbelt er und zeigt mit dem Finger auf Dad. »Du. Kommst einfach her in mein Haus und bringst meine Tochter gegen mich auf. Raus. Alle miteinander!«

Keiner von uns rührt sich.

Ich habe jetzt beide Hände vor Nase und Mund geschlagen und versuche, sie als Maske einzusetzen.

Marley geht quer durchs Zimmer, nur ein paar Schritte weit, von denen sie jeden präzise ausführt, um sich direkt vor Boots aufzubauen. »Niemand hat mir je gesagt, dass du sie geschlagen hast.«

»Sie hat uns verlassen«, grummelt er. »Hat mich und dich einfach im Stich gelassen, als du noch ein ganz kleines Ding warst. Hat an keinen von uns mehr einen Gedanken verschwendet. Lass dich ja nicht von diesen Leuten dazu bringen, das zu vergessen.«

»Ich neige nicht dazu, etwas zu vergessen«, erwidert Marley.

»Was für eine Mutter lässt ihr Kind im Stich?« Boots lächelt sie mit seinem Mund voller Zahnlücken an.

Schweigen senkt sich herab. Jeder von uns sieht ein, dass es keine Entschuldigung dafür gibt, ein Kind zurückzulassen. Mom hat mich mitgenommen. Warum nicht Marley?

In diesem Moment verstehe ich den Zorn meiner Schwester. Wie würde ich mich fühlen, wenn ich zurückgelassen worden wäre? Und das nicht einfach nur irgendwo, sondern bei diesem alten Arschloch von einem Mann? Ich frage mich, wie oft Marley verprügelt worden ist. Ich kann gar nicht anders, als mir auszumalen, wie Fäuste hart genug aufs Fleisch meiner Mutter treffen, um ihr die Knochen zu brechen.

Mein Gott.

Mich überfällt ein Würgen, das ich nicht mehr unter Kontrolle habe. Ich kämpfe mich auf die Beine, eine Hand vor den Mund gepresst, die andere auf die Lehne des durchhängenden Sofas gestützt, um mich hochzustemmen. Ich schmecke die Säure. Ich werde es nicht schaffen.

Aber Tony ist gerade noch rechtzeitig da, mit einer Plastikeinkaufstüte, die er vom vermüllten Boden aufgehoben hat. Als ich sie ihm abnehme, hält er mir die Haare aus dem Gesicht. Seine Hände sind ganz sanft; seine Gegenwart fühlt sich wie eine schützende Festung an. Als der Krampf endet, nimmt er die Tüte, knotet sie zu und stellt sie draußen vor die Tür. Marley bringt mir ein Glas Wasser, stumm, wortlos, ein Akt der Gnade.

Boots lacht röchelnd. Er klopft sich eine Zigarette aus der halb leeren Packung und zündet sie an.

»Ich erinnere mich an den Tag, als wäre er ein Gemälde an meiner Wand …« Er bläst einen Rauchstrom aus, der eine Wolke um seinen Kopf bildet. »Es war um diese Jahreszeit. Blauer Himmel. Die ganze Welt grün vor Verheißung, aber was tut Leah? Genießt sie es? Natürlich nicht. Ihr war nie etwas gut genug.

›Ich gehe‹, sagte sie zu mir. Einfach so. Kein ›Wenn es dir recht ist‹, keine Vorwarnung. ›Ich gehe und nehme Maisey mit.‹

›Wie soll ich denn ein Kind großziehen?‹, fragte ich sie. ›Ein Mann hat schließlich seine Arbeit und so.‹

›Dir fällt schon etwas ein‹, antwortete sie. ›Du hast deine Mutter. Sie kann dir helfen. Ich schaffe das nicht allein mit beiden auf einmal.‹

Sie hat Marley nicht einmal einen Abschiedskuss gegeben. Ich weiß, dass das meiner Tochter immer noch wehtut, aber eines versichere ich euch: Ich habe sie großgezogen, und sie ist gut und stark geworden, also war es ein Glück, dass Leah weg war, das habe ich immer gesagt.«

Seine Worte erfüllen den Raum mit Endgültigkeit.

Ich sitze da und lasse das Ausmaß all dessen auf mich wirken. Meine Mutter hat das getan. Sie hatte jedes Recht, ihn zu verlassen. Das sehe ich ein. Er ist ein abscheulicher Mensch. Aber ein Baby zurückzulassen … Ich versuche, mir vorzustellen, Elle zu verlassen, und kann es nicht. Wenn ich muss, kehre ich mit ihr nach Kansas City zurück. Ich ertrage Greg den Rest meines Lebens lang, wenn es das ist, was ich tun muss, um ihre Sicherheit zu gewährleisten.

Aber ich wünschte, sie wäre jetzt nicht hier. Sie ist zu jung dafür. Ich bin zu jung dafür.

Plötzlich beugt Dad sich vor, stützt beide Hände auf die Oberschenkel und sagt: »Genug der Lügen! Wie wäre es, wenn Sie ihnen erzählen, was wirklich passiert ist?«

Leahs Tagebuch

Und da sind wir nun endlich, bei dem Moment, den ich fürchte und meide und ausweichend umschreibe, seit ich begonnen habe, diese Geschichte zu erzählen. Bei dem Moment, der seinen breiten Schatten über den Rest meines Lebens wirft, auch über deines und Maiseys und Marleys. Und wahrscheinlich sogar über Boots' Leben.

Wenn wir katholisch wären, ginge ich vielleicht zur Beichte, aber ich glaube nicht, dass ich es laut aussprechen könnte. Ich habe mir unermüdlich eingeredet, dass ich das Einzige getan habe, was ich tun konnte. Wahrheit? Oder eine tröstliche Lüge, die mir hilft, auf Distanz zur Vergangenheit zu bleiben?

Ich weiß es nicht. Ich werde es nie wissen. Hier kommen also die Tatsachen, wie ich sie in Erinnerung habe.

Es war ein Sonntagmorgen unmittelbar nach der Dämmerung. Boots war die ganze Nacht unterwegs gewesen und hatte gefeiert.

Ich schlief in jener Nacht nicht. Ich verbrachte sie damit zu packen. Sehr sorgfältig, weil ich wusste, dass ich alles, was wir brauchten, in einem einzigen ramponierten alten Koffer mitnehmen musste. Ich packte die Lieblingsdecken der Mädchen und ihre blauen Bären ein, das einzig Schöne, was Boots ihnen je geschenkt hatte. Ich nahm die kleine Geldsumme, die ich mir von dem aufgespart hatte, was ich ihm für Lebensmittel und Miete abschmeichelte.

Wir waren in ein Apartment in Pasco gezogen, nicht weit von der Greyhoundbusstation entfernt. Ich hatte die Tickets schon gekauft. Ich musste uns lediglich noch dorthin bringen. Es war kein langer Weg, nur knapp ein Kilometer, aber angesichts meiner schmerzenden Rippen, des schweren Koffers und der Mühe, die Mädchen zum Laufen zu drängen, erstreckte er sich vor mir wie ein Marathon.

Die ganze Zeit hatte ich Angst, Boots würde nach Hause kommen, bevor wir weg waren, oder zum falschen Zeitpunkt die falsche Straße entlangfahren und uns verschwinden sehen. Ich redete mir wieder und wieder ein, dass es nicht passieren würde. Es war zu früh für ihn, von einer Party nach Hause zu kommen. Er würde bis mittags schlafen. Es war erst sechs Uhr morgens.

Ich erzählte den Mädchen, es sei ein Spiel und ich würde ihnen nach unserem Spaziergang ein Eis kaufen. Sie waren erst zwei, aber klug genug, Ursache und Wirkung zu verstehen. Sie bekamen nicht oft Eis, und sie liebten es. Wir brachen auf. Ich hatte den Koffer in einer Hand und hielt mit der anderen Maisey fest. Marley klammerte sich an Maisey. So gingen wir den Bürgersteig entlang, eine kleine Menschenkette auf dem Weg in die Freiheit.

Es klappte nicht. Boots hatte eine Frau gefunden, die ihm seine Liebe zum Kokain finanzierte. Statt irgendwo auf einer Couch zu liegen und seinen Alkoholrausch auszuschlafen, war er hellwach und energiegeladen.

Er fand uns, bevor wir auch nur ein paar Hundert Meter weit gekommen waren.

Der Moment, in dem sein Pick-up auf der falschen Straßenseite auf den Kantstein holperte und er ausstieg, um sich auf dem Bürgersteig aufzubauen und uns den Weg zu verstellen, läuft wieder und wieder in meinen Albträumen vor mir ab. Er hatte diesen niederträchtigen Gesichtsausdruck. Er stand da wie ein Revolverheld im Western, breitbeinig, die Hand in die Hüfte gestützt.

Ich dachte, er spielte sich bloß auf. Angst hatte ich allein davor, wieder verprügelt zu werden. Aber auf einmal zog er etwas aus der Tasche, und ich sah, dass es eine Pistole war. Seit wann er sie hatte und woher, werde ich nie erfahren, aber ich werde niemals den Augenblick vergessen, in dem mir klar wurde, was er in der Hand hielt. Den entsetzlichen Schrecken, als ich erkannte, welche Macht er in dem Moment hatte, mich zu töten. Uns alle drei zu töten.

»Und was genau wird das?«, fragte er. Sein Tonfall war zu ruhig. Er passte nicht zu dem wahnsinnigen Ausdruck seiner Augen. Es war etwas zu viel von ihrem Weiß zu sehen. Seine Haare waren ungekämmt. Er hätte sich rasieren müssen. Er sah aus wie ein Obdachloser an einer Straßenecke.

Ich stellte den Koffer ab, kniete mich an Ort und Stelle auf den Bürgersteig und zog beide Mädchen in meine Arme. Es hatte keinen Zweck, mir eine Lüge einfallen zu lassen. Das hätte alles nur noch schlimmer gemacht.

»Ich gehe«, sagte ich zu ihm. »Ich nehme die Mädchen mit.«

»Tatsächlich.« Das war keine Frage. Er drehte die Pistole zwischen den Händen, richtete sie erst auf Marley, dann auf Maisey, und zielte schließlich auf mich. »Ich dachte, du und ich für immer, Leah. Alles hat sich verändert, als die Mädchen kamen. Vielleicht könnte es wieder wie früher werden, wenn sie nicht mehr da wären.«

Ihm meine Angst zu zeigen, wäre das Schlimmste gewesen, was ich hätte tun können. Das wusste ich, aber was macht man, wenn ein Wahnsinniger das Leben der eigenen Kinder in der Hand hat? Meines war mir zu dem Zeitpunkt egal. Ich wusste, dass ich zurückkehren musste, um den Rest meines Lebens in seinem Gefängnis zu verbringen, weil ich nie mehr den Mumm haben würde, es noch einmal zu versuchen.

Also dachte ich nur an die Mädchen, ihre Sicherheit. Ihr Leben. Wenn es einzig um mich gegangen wäre, wäre es mir lieber gewesen, er hätte mich erschossen und allem ein Ende gesetzt. Aber für die Kleinen war ich bereit, im Staub zu kriechen.

»Es tut mir leid«, sagte ich zu ihm. »Ich war dumm. Tu den Mädchen nichts. Ich gehe direkt wieder nach Hause. Ich tue es nie wieder.«

»Was bringt dich auf den Gedanken, dass ich dich noch will?« Er spuckte auf den Bürgersteig, als hätte er einen schlechten Geschmack im Mund. »Du bist ein Wrack, falls dir das noch nicht aufgefallen ist. Dehnstreifen und fett und im Bett zu nichts nütze. Das macht keinen Spaß mehr. Ich habe eine neue Frau, die es wirklich wert ist, gefickt zu werden. Also versuch gar nicht erst, wieder nach Hause zu kommen.«

Er trat vom Bürgersteig auf die Straße.

Ich starrte ihn an. Die Pistole. Den freien Bürgersteig. Ich stand auf. Hob den Koffer hoch. Nahm Maisey an die Hand. Beide Mädchen wimmerten, aber sie wussten schon damals, dass sie besser nicht offen weinten, wenn er so war.

Er stand reglos da, die Pistole an seiner Seite.

»Aber die Freiheit hat immer ihren Preis«, höhnte er. »Ich lasse nicht zu, dass du mich so behandelst und einfach gehst, ohne dass ich dafür etwas vorzuweisen habe.«

»Was willst du?« In dem Moment starb meine übel zugerichtete Hoffnung einen plötzlichen, fürchterlichen Tod. Ich wusste, dass er nichts so Einfaches wollte wie Geld oder meinen Koffer oder einen letzten erkauften Kuss.

Aber ich hätte mir nie vorstellen können, was für einen teuflischen Handel er mir gleich anbieten würde.

Kapitel 30

»Du nennst mich einen Lügner?«, brüllt Boots. »In meinem eigenen Haus. Vor meinen Töchtern. Ihr könnt gehen. Alle. Raus!«

»Klar«, erwidert Dad sehr leise. »Wir können nach draußen gehen. Da atmet es sich ohnehin leichter. Möchtest du mitkommen, Marley? Dann erzähle ich dir den Rest von dem, was dein Vater getan hat.«

Er macht Anstalten aufzustehen, aber das lässt Boots nicht zu.

»Wenn du weiter Lügen über mich verbreitest, will ich sie hören. Du bleibst genau da, wo du bist.«

Dad zuckt die Schultern. »Ganz, wie Sie wollen.« Seine Augen suchen Marley, und er redet, als wäre sie der einzige Mensch im Raum, auf den es ankommt. »Sie wollte euch beide mitnehmen. Zunächst musst du wissen, dass sie verletzt war. Er hatte schon jahrelang ihr Selbstwertgefühl vernichtet. Als er sie das erste Mal schlug, war sie mit euch beiden schwanger. Und erst sechzehn. Sie hatte keine Eltern, die tatkräftig genug waren, um etwas dagegen zu unternehmen.

An dem Tag also – an dem Tag, als sie dich zurückließ, Marley … Es gibt Dinge, die du über sie wissen musst. Sie hatte euch beide mehr oder minder im Alleingang großgezogen und litt die Hälfte der Zeit an Schlafmangel oder an Verletzungen, während euer Vater auf eine Party nach der anderen ging.

An dem Tag, an dem es ihr gelang zu fliehen, hatte sie gebrochene Rippen – er hatte sie getreten, nachdem er sie niedergeschlagen hatte. Ihr wart zwei Kinder. Sie konnte euch nicht beide tragen.«

»Ach, komm, Marley!«, protestiert Boots. »Hör dir dieses Lügenmärchen gar nicht an. Kein Wort davon ist wahr. Wenn Leah Knochenbrüche hatte, ist er derjenige, der sie ihr verpasst hat.«

»Das Tagebuch«, rufe ich. Plötzlich geht mir ein Licht auf. »Du hast das Tagebuch gelesen. Ich dachte, du hättest es verbrannt.«

»Gott steh mir bei, erst musste ich es lesen«, bekennt Dad. »Ich weiß, dass sie darauf vertraut hat, dass ich es vernichten würde, aber ich habe mir auch Fragen gestellt. Wie konnte die starke Frau, die ich kannte, ein Baby zurücklassen? Das konnte ich einfach nicht mit meinem Bild von ihr in Einklang bringen. Und so las ich alles, was sie geschrieben hatte.«

»Hast du es noch?« Ich beuge mich vor und hoffe. Ich will es selbst lesen. Vielleicht würde es auch Marley irgendwie helfen.

Dad schüttelt den Kopf. »Ich habe es verbrannt. Nachdem der Aktenvernichter einen Papierstau bekommen hatte, habe ich es ins Feuer geworfen.«

Zum ersten Mal, seit ich sie kenne, bekommt Marleys Beherrschung Risse. »Also hat sie sich für Maisey entschieden.« Tränen laufen ihr über die Wangen. Sie wischt sie sich grob ab. »Ich verstehe, warum sie gegangen ist. Aber du hilfst mir nicht gerade. Wie konnte eine Mutter ihr Kind bei … bei … einem Monster lassen?«

»Sie hatte keine Wahl«, erklärt Dad. Seine Stimme ist jetzt so kalt, dass mir ein Schauer den Rücken heraufläuft und sich an meiner Schädelbasis einnistet.

Leahs Tagebuch

»Du kannst gehen«, bestimmte Boots. »Aber du musst eines der Mädchen dalassen.«

Entsetzen kroch über mich hinweg. Wie Ameisen, so fühlte es sich an. Ameisen in meinem Bauch und in meinem Herzen. Ameisen, die mir in die Lunge herein- und wieder hinauskrochen.

»Du bist verrückt. Was willst du mit einem Kind anfangen?«

»Das ist meine Sache, oder?«, giftete er. »Du wolltest weg. Alles, was hier passiert, geht dich nichts mehr an.«

»Ich kann nicht. Wie könnte ich das tun?«

»Das hättest du dir früher überlegen sollen. Entscheide dich für eine!«

»Nein. Bitte!« Ich faltete sogar die Hände und flehte ihn an. Ich ließ die Mädchen los und kroch auf den Knien zu ihm. »Tu das nicht, Boots. Ich mache alles, was du willst. Lass mich einfach nur zurückkommen.«

Das liebte er. Es sorgte dafür, dass er sich mächtig und gottgleich fühlte. Ich sah es seinem Gesicht an. Aber er war kein gütiger Gott.

Ein Tritt gegen meine Schläfe warf mich auf den Bürgersteig. Ich lag da. Die Welt drehte sich, der Schmerz loderte, und ich konnte nicht denken. Seine Worte hämmerten weiter auf mich ein.

»Entscheide dich für eine, Leah. Und zwar, bevor ich bis zehn gezählt habe, sonst bekomme ich beide.«

Ich konnte nicht einmal klar sehen, Walter, geschweige denn denken. Ich hatte Angst, dass er uns alle erschießen würde, so wahnsinnig war er in diesem Augenblick.

Er begann zu zählen. Seine Stimme knüppelte mein Gehirn, meine Gefühle, mein Herz nieder. Jede Zahl brachte mich der absoluten Katastrophe näher. Ich war gelähmt.

Aber dann kam er zur Acht. Neun.

»Maisey«, wimmerte ich. »Ich entscheide mich für Maisey.« Sie war nicht so stark wie Marley. Das gab am Ende den Ausschlag. Sie war oft krank. Sie war sensibel. Ich dachte wohl, wenn eine von ihnen das Leben bei Boots überstehen würde, dann Marley.

Ich redete mir auch ein, dass ich zurückkommen und sie holen würde. Es war nicht für immer. Nur für den Augenblick. Heute. Ich würde zur Polizei gehen. Ich würde irgendwoher Geld beschaffen und mir einen Anwalt nehmen. Ich würde sie zurückbekommen.

»Perfekt«, entgegnete er. »Das sieht dir ähnlich. Du bekommst den Kümmerling, ich die Starke. Marley, komm her!«

Zu dem Zeitpunkt gelang es mir, mich aufzusetzen. Sie wollte nicht zu ihm. Sie schlang mir die Arme fest um den Hals und erwürgte mich halb, als sie sich festklammerte. Marley war kein Schreikind, aber jetzt begann sie aus voller Kehle zu heulen. Ich dachte, er würde sie vielleicht schlagen, um sie zum Schweigen zu bringen. Aber anscheinend gefiel es ihm, sie weinen zu hören, oder er genoss zumindest die Wirkung, die es auf mich hatte.

Er kam zu uns herüber und packte sie um die Taille. Sie schrie und trat um sich und hielt sich fest, aber er riss sie von mir weg.

Ich werde nie den Moment vergessen, in dem ihre kleinen Hände losließen, die plötzliche Kühle an meinem Hals und meinem Gesicht, den Klang ihres Geschreis. Er hielt sie fest. Dann setzte er ihr die Pistole an die Schläfe.

Man behauptet oft, etwas sei wie in Zeitlupe abgelaufen, aber ich sage dir eines: In dem Moment erstarrte die ganze Welt. Nichts rührte sich. Alles war eine Serie von Schnappschüssen.

Boots, der Marley hielt. Ihr tränennasses Gesicht. Die Pistole an ihrem Kopf. Maisey, die wimmernd auf dem Bürgersteig kauerte.

»Wenn du kommst und nach ihr suchst, bringe ich sie um«, drohte Boots. »Wenn du mit den Bullen redest oder dir einen Anwalt nimmst, bringe ich sie auch um. Du nimmst keinen Kontakt zu ihr oder zu mir oder zu deinen Eltern oder sonst jemandem in dieser Stadt auf. Wenn doch, dann bringe ich erst Marley um und mache mich danach auf die Suche nach Maisey und dir. Verstanden?«

Ich konnte nicht einmal daran denken zu atmen. Es fühlt sich immer noch wie ein Albtraum an, das aufzuschreiben. Jeden einzelnen Tag, seit es geschah, habe ich versucht, aufzuwachen und das Ende des Traums zu verändern. Damals, als ich auf der Straße kniete, dachte ich, ich könnte irgendwie an sein besseres Ich appellieren.

»Das meinst du nicht ernst«, schluchzte ich. »Du bist ihr Vater.«

»Sehe ich aus wie ein Mann, der es nicht ernst meint?«

Er sah aus wie der Teufel persönlich. Auf seinem Gesicht stand ein Grinsen. In dem Moment ging die Sonne auf und verwandelte sein Haar in Gold. Er war schön und böse, alle Vernunft war ihm von den Drogen und vom Alkohol ausgebrannt worden.

Ich wollte ihn töten. Ich glaube, ich hätte es getan, wenn ich diejenige gewesen wäre, die eine Pistole in der Hand gehabt hätte.

Aber die Pistole zielte auf mein Baby. Mir war übel vor Schmerz und Angst, und ich glaubte ihm. Ich glaubte, er hätte die Macht zu wissen, ob ich seinen Anweisungen folgte. Ich glaubte, er würde tun, was er sagte.

Und so gelang es mir, mich auf die Beine zu kämpfen. Die Welt drehte sich. Jeder Atemzug war wegen meiner Rippen eine Qual. Ich hob Maisey hoch. Und ich ließ ihn stehen, ihn und meine schöne Marley, die immer noch in seinen Armen schrie.

Kapitel 31

Dad versagt die Stimme, da er an seinen eigenen Emotionen fast erstickt.

Sogar Boots wirkt verhalten, geschrumpft. Aber er ist niemand, der so leicht aufgibt. »Das ist nicht wahr«, behauptet er. »Hör nicht auf ihn, Marley! Glaub ihm ja kein Wort, das er sagt. Diese Leute versuchen, dein Verhältnis zu mir zu vergiften.«

Marley scheint ihn nicht zu hören. Sie steht wie eine Statue in der Mitte des Zimmers. Und dann … »Ich erinnere mich«, flüstert sie.

»Ach, das ist doch lächerlich«, höhnt Boots. »Du warst kaum mehr als ein Baby.«

Sie dreht sich langsam zu ihm um, als wäre sie gerade aus einer Trance erwacht. »Ich habe mich immer daran erinnert. Ich dachte nur, es müsste ein Traum sein. Ein Albtraum. Ich träume ihn bis heute von Zeit zu Zeit, aber ich erinnere mich nur an einzelne Augenblicke. Eine Frau am Boden. Ein Stiefel, der sie an den Kopf tritt. Eine Pistole. Und ich schreie, schreie, schreie und versuche, mich an etwas festzuhalten, das weggerissen wird. Das ist alles wirklich passiert, nicht wahr? Es ist real.«

Elle birgt das Gesicht an Mias Schulter und beginnt zu schluchzen. Tony steht auf, wendet uns den Rücken zu und schaut aus dem Fenster. Dad wirkt erschöpft.

Was mich betrifft, fühle ich mich so, als wäre mein Herz zu solch einer Größe angeschwollen, dass es mein ganzes Inneres ausfüllt. Ich will das Kind umarmen, das Marley war, und die Frau, die sie jetzt ist. Ich will meinen Vater umarmen – nicht den Teufelsvater, Boots, sondern den Mann, der mich als sein eigenes Kind großgezogen hat, den Mann, der mitgeholfen hat, meine Mutter zu heilen.

Mehr als alles andere will ich, dass meine Mutter am Leben ist, damit ich ihr sagen kann, dass ich sie jetzt verstehe. Ich sehe ein, warum sie mich so unter Druck gesetzt hat, besser zu sein und mehr zu erreichen, warum nichts, was ich getan habe, ihr je genügt hat. Ich musste ihr Marley ersetzen, gut genug für zwei Mädchen sein, obwohl ich nur eines war.

Für mich ist das zu groß für Tränen.

Ich stehe auf und gehe durchs Zimmer zu Marley. »Ich habe denselben Traum«, sage ich zu ihr. »Die Frau am Boden. Das Aufblitzen einer Pistole. Ich schreie. Nur ist es in meinem Traum so, dass ich von dir weggezerrt werde.«

Wir stehen uns gegenüber und schauen einander an. Die Barriere zwischen uns zerbricht. Wir setzen uns im selben Moment in Bewegung, fallen uns in die Arme, pressen die Wangen aneinander, klammern uns fest an dem, was sich wie die fehlende Hälfte anfühlt, die ich immer gebraucht habe, um vollständig zu sein.

»Ich unterbreche ja nicht gern dieses Märchen«, zischt Boots. Seine Stimme trieft vor Sarkasmus. »Aber hättet ihr alle etwas dagegen, jetzt mein Haus zu verlassen?«

Marleys Körper versteift sich beim Klang seiner Stimme. Sie löst sich aus unserer Umarmung, aber ihre Hand findet meine. Wir verschränken die Finger, sind verbunden, als wir uns beide zu ihm umdrehen.

»Ist das alles, was du zu sagen hast?«

»Es hat doch keinen Zweck. Du hast mich verurteilt. Kann irgendetwas, das ich sage, das ändern?«

Sein Blick wandert von meinem Gesicht zu ihrem und wieder zurück. »Habe ich es mir doch gedacht. Hol mir noch ein Bier, bevor du gehst, ja? Und mach unbedingt die Tür hinter dir zu.«

»Du kannst dir selbst dein Bier holen«, faucht Marley. »Du bist auf dich allein gestellt. Vielleicht solltest du darüber nachdenken, den Arsch hochzukriegen und jemanden zu finden, der dir Lebensmittel kauft. Ich komme nicht wieder.«

Sie zieht an meiner Hand und führt mich aus der verräucherten Jauchegrube ins Licht eines schönen Frühlingsnachmittags.

Kapitel 32

Drei Tage vor Ablauf eines Monats nach Moms Beerdigung kommt ein junges Mädchen den Fußweg entlang zur Haustür.

Ich öffne lächelnd, weil ich damit rechne, dass sie mir irgendeine Schulspendenaktion schmackhaft machen will.

»Maisey Addington?«, fragt sie.

»Das bin ich«, bestätige ich, bevor ich mich fragen kann, woher sie meinen Namen kennt. Sie hält mir einen braunen Briefumschlag hin. Ich nehme ihn. Erst jetzt wird mir klar, dass sie keinen Katalog voller Schokolade oder Popcorn dabeihat. Sobald ich den Umschlag in der Hand halte, trabt sie die Einfahrt entlang davon und saust mit dem Fahrrad los, ohne sich noch einmal umzusehen.

Ich weiß schon, was in dem Umschlag ist, bevor ich ihn aufreiße.

Greg hat den Fall selbst übernommen. Er klagt auf das alleinige Sorgerecht für Elle. Er legt auf mehreren Seiten meine Unfähigkeit als Mutter dar. Als ich damit fertig bin, die Anschuldigungen gegen mich zu lesen, bin ich selbst schon beinahe davon überzeugt, Elle in einen Bus zu setzen und sie nicht einmal mehr zu besuchen.

Aber Greg hat nicht mit meiner Familie gerechnet. Oder mit seinem Timing. Die Offenbarung, was Boots meiner

Mutter, Marley und mir angetan hat, ist noch frisch. Wir sind voller Kampfgeist, der ein Ziel braucht.

»Was ist los?«

Marley kommt auf die Veranda und lässt sich neben mich fallen. Sie hat diesen sechsten Sinn, der ihr verrät, wann immer mir etwas zu schaffen macht. Mir geht es bei ihr genauso. Es ist faszinierend, wie das funktioniert, da wir in unserer Kindheit ja gar kein spezielles Zwillingsradar hegen und pflegen konnten. Aber es ist trotzdem da.

Ich reiche ihr die Papiere. Sie liest sie durch und flucht die ganze Zeit.

»Was für ein absolutes Stück Scheiße von einem Arschloch«, wettert sie.

»Wer ist ein Stück Scheiße von einem Arschloch?«, erkundigt sich Elle hinter uns.

Marley und ich tauschen einen Blick, der Bedauern ihrerseits und Panik meinerseits verrät. Es geht nicht um den Kraftausdruck. Ich will nicht, dass Elle davon erfährt. Sie darf es nicht wissen.

Aber Marley dreht sich um und antwortet ganz ruhig: »Dein Vater, Süße.«

Elle lässt sich auf die Stufe unter mir fallen, sodass sie zu uns beiden hochschauen kann. »Was hat er denn jetzt schon wieder angestellt?«, fragt sie trügerisch gelassen.

»Früher oder später muss sie es erfahren«, meint Marley. »Da können wir es doch gleich hinter uns bringen.«

Das ist das Problem mit logischen, entscheidungsfreudigen Leuten. Ich wäre mit den Papieren davongelaufen, hätte mir eine Lüge einfallen lassen. Meine Tochter so lange beschützt, wie ich gekonnt hätte. Aber dafür ist es nun zu spät. Also lasse ich sie die Papiere lesen.

Inzwischen ist Marley schon damit beschäftigt, einen Schlachtplan zu entwerfen. »Natürlich gehen wir dagegen an.

Hat Walter nicht einen Anwalt? Vielleicht hat ja auch dieser Tony ein paar Beziehungen. Er ist Feuerwehrmann, stimmt's? Die sind doch immer ganz dicke mit den Bullen. Wir brauchen einen Richter, den wir bestechen können. Oder …«

»Habe ich auch etwas dazu zu sagen?«

Elles Stimme unterbricht uns. Sie legt den Briefumschlag auf die Stufe und die Papiere darauf, richtet den Stapel ganz exakt aus, bevor sie zu mir hochsieht.

Ihr Gesicht wirkt ausdruckslos, ihr Blick kalt. Mein Herz gefriert. Was, wenn ich mir die ganze Zeit über etwas vorgemacht habe? Was, wenn die Dinge, die Greg über mich als Mutter sagt, zutreffen und Elle lieber bei ihm wohnen will?

»Vielleicht«, stammele ich und achte genau auf ihre Reaktion. »Der Richter fragt dich bestimmt. Aber das ist wahrscheinlich nicht der entscheidende Faktor.«

»Das ist einfach nur dumm«, erklärt sie. »Diese ganze Sache ist dumm.«

»Elle. Er ist dein Vater.«

Sie schaut mich an. »Was zum Teufel …? Du willst mir jetzt den Du-sollst-deinen-Vater-ehren-Vortrag halten, obwohl er gerade diesen Scheiß abgezogen hat? Dann bist du auch einfach nur dumm.«

Ich erstarre. Der Mund steht mir offen. Ich weiß nicht genau, womit ich anfangen soll, mit dem Fluchen, dem mangelnden Respekt vor ihrem Vater oder dem mangelnden Respekt vor mir.

Marley dagegen applaudiert ihr. »Gut so, Mädchen! Du lässt dich garantiert nie von einem Arschloch reinlegen, das andere misshandelt.« Bevor ich Einwände erheben kann, legt sie mir die Hand auf die Schulter. »Sachte, Maisey. Glaubst du etwa, dass das Mädchen keine Schimpfwörter kennt? Wenn es je einen richtigen Zeitpunkt gab, sie zu benutzen, dann jetzt.

Und wenn du auch nur ein Wort von dem Mist glaubst, den er über dich geschrieben hat, dann hat Elle recht. Du bist dumm.«

In Kombination mit dem, was ich gerade gelesen habe, machen die beiden mich völlig fertig.

Elle setzt sich neben mich. »Tut mir leid«, bedauert sie. »Ich hätte nicht sagen sollen, dass du dumm bist.«

Ich lege einen Arm um sie, und sie schmiegt den Kopf an meine Schulter. »Ich habe ihn lieb«, meint sie, »aber ich verstehe ihn nicht. Und ich will bei dir bleiben.«

Ihre Worte tauen die gefrorene Stelle in mir auf. Ich drücke ihr einen Kuss aufs sonnenwarme Haar, atme ihren Duft ein – Shampoo und Seife und Baumwolle. In dem Moment verflüchtigen sich alle vernünftigen Einwände. Zum Teufel mit der Vorstellung, dass ein Mädchen seinen Vater braucht. Wenn er sich benimmt, dann gern. Aber sie soll nicht in dem Glauben aufwachsen, dass es in Ordnung ist, nicht ernst genommen, gedemütigt oder geschlagen zu werden, nur weil sie eine eigene Meinung hat.

Ich werde mit ihr fliehen, wenn es sein muss.

* * *

Dad hat zufällig tatsächlich einen Anwalt und lädt ihn ein, um einen Schlachtplan zu entwerfen. Geoff Jenkins ist ungefähr so alt wie mein Vater, aber an seinen Augen und seinem Gesicht ist nichts Weiches. Er tritt aufrecht und selbstbewusst auf und lehnt das Stück Pizza ab, das Elle ihm anbietet.

»Das ist kein Freundschaftsbesuch«, sagt er. »Wenn es euch nichts ausmacht, würde ich gern gleich zum Geschäft kommen.«

»Eine Sekunde«, erwidere ich. »Marley?« Sie versteht, worum ich sie bitte, ohne dass ich es aussprechen muss.

»Komm, Elle. Die Pizza schmeckt draußen besser.«

Elle wirkt hin- und hergerissen. »Vielleicht sollte ich hierbleiben.«

»Du musst gehen«, sage ich zu ihr. »Bitte, Elle.« Ich sage zwar Bitte, aber sie weiß, dass es mir ernst ist und dass ich darauf bestehen werde. Zu meiner Erleichterung insistiert sie nicht. Vielleicht will sie genauso wenig zwischen den Fronten stehen, wie ich sie dort haben möchte.

»Na gut«, lenkt sie am Ende ein. »Aber tut nicht erst so, als wolltet ihr mich nicht loswerden. Sind Sie wirklich sicher, dass Sie nichts abhaben wollen, Mr Jenkins?«

»Ja. Vielen Dank.«

Sobald die Tür zufällt, wendet Dad sich an ihn. »Na, Geoff, was meinst du?«

»Ich glaube, dass wir einen guten Stand haben werden. In Sorgerechtsfällen wird meist die Mutter bevorzugt, und Maisey war von Anfang an die Erziehungsberechtigte. Die Eltern sind nicht verheiratet und waren es nie. Außerdem habe ich mir die Freiheit genommen, mir die ursprüngliche Sorgerechtsabmachung vorlegen zu lassen, die hier beurkundet wurde. Also fangen wir damit an, dass wir darum bitten, dass der Gerichtsstand hier in Colville ist.«

»Hat es denn Aussicht auf Erfolg?«, frage ich. »Greg ist Anwalt und hat Beziehungen.«

»Ich bin auch Anwalt und habe Beziehungen«, kontert Geoff trocken. »Zudem habe ich den Vorteil, ältere und tiefere Beziehungen zu unterhalten als er. Ich gehe davon aus, dass die Richterin nicht daran interessiert sein wird, den Gerichtsstand zu ändern.«

Ich verdaue diese Informationen mit dem ersten echten Hoffnungsschimmer, den ich empfinde, seit mir die Vorladung zugegangen ist.

Geoff fährt fort: »Dein Job ist es, schriftliche Aussagen von Lehrern und Freunden einzuholen, die voraussichtlich der

Meinung sind, dass du deiner Tochter eine gute Mutter warst. Steht sein Name auf der Geburtsurkunde?«

»Nein.«

»Gut.« Er notiert sich etwas. »Besteht die Chance, dass sie das Kind eines anderen sein könnte?« Er späht über seine Brille hinweg zu mir hoch.

»Was? Nein. Mein Gott, nein. Greg ist ihr Vater.«

»Hier geht es nicht um Moral«, erklärt er. »In diesem Fall wäre es wünschenswert, dass du wechselnde Partner gehabt hättest. Aber er wird die Vaterschaft erst beweisen müssen. Noch etwas?«

»Gewalt«, sagt Dad. »Erzähl es ihm, Maisey.«

Geoffs Miene hellt sich auf. »Er schlägt dich? Häusliche Gewalt kann sich zugunsten der Mutter auswirken, zumindest, wenn du das Kind beschützt hast.«

»Er hat mich lediglich ein einziges Mal geschlagen. Bevor Elle auch nur geboren war.«

»Trotzdem«, beharrt er und macht sich Notizen. »Was ist mit dem Kind?«

»Er hat sie geohrfeigt. Er wird behaupten, dass er ihr Disziplin beibringt.«

Der Blick des alten Mannes wird sanft. »Ich habe mich schon gefragt, was sie wohl will, und ob sie bereit wäre, als Zeugin auszusagen. Aber wenn er ihr gegenüber gewalttätig wurde, erleichtert das unsere Aufgabe.«

All meine Glaubenssätze über Greg wirbeln mir durch den Kopf. *Ein Kind braucht seinen Vater. Er war ihr ein guter Vater. Disziplin ist etwas Gutes. Als sie klein war, hat er ihr einen Klaps auf den Hintern gegeben. Jetzt ohrfeigt er sie. Das ist nicht weiter wild, wenn sie den Rest der Zeit über genug Liebe bekommt.*

Oder?

Ich erinnere mich an den Moment. Es war nicht der Schlag, der den Schaden angerichtet hat. Es war die Art, wie er sie missachtet, gedemütigt und herabgesetzt hat. Vielleicht ist eine gelegentliche Dosis davon am Wochenende nicht allzu schlimm. Aber ich zucke bei dem Gedanken zusammen, dass sie ihm in Zukunft die ganze Zeit ausgesetzt sein könnte.

Dennoch.

»Er ist ihr Vater, sie hat ihn lieb. Ich will nicht, dass sie zwischen die Fronten gerät. Es ist nicht fair, ein Kind so gegen seine Eltern auszuspielen.«

Geoff schaut über seine Lesebrille zu mir hoch und nickt. »Das hilft dir in der Sache zwar vielleicht nicht weiter, aber ich heiße die erzieherische Entscheidung gut, junge Dame. Notiert. Ich würde mich aber gern unter vier Augen mit ihr unterhalten, wenn das in Ordnung ist. Nur um festzustellen, was sie möchte.«

»In Ordnung.«

»Dann in meiner Kanzlei.« Er scrollt durch den Kalender auf seinem Handy. »Ich habe am Montag um fünfzehn Uhr noch einen Termin frei. Passt das?«

»Das passt sehr gut.«

»Prima. Es war mir ein Vergnügen, dich kennenzulernen.« Er steht auf und schüttelt meinem Vater die Hand. »Pass auf dich auf, Walter.«

»Danke, dass du vorbeigekommen bist, Geoff. Vor allem, weil es so plötzlich kam.«

»Oh, ich schicke dir eine Rechnung.«

»Wie wäre es, wenn ich dich auf einen Drink einlade?«

»Besser gleich auf drei.«

Sie verlassen gemeinsam das Zimmer, zwei alte Freunde. Geoffs Hand ruht auf Dads Schulter. Ich sitze auf dem Stuhl, auf dem sonst manchmal meine Mutter gesessen hat, wenn Dad gearbeitet hat. Sie war immer beschäftigt. Schrieb Briefe, strickte Decken für ungewollte Babys, gab Dad Ratschläge für ein Geschäft, das er kannte und sehr gut beherrschte.

Meine Hände sind leer und ruhig. Ich schließe die Augen und versuche, mich in den Körper meiner Mutter zu versetzen, diese Kraft und diesen Ehrgeiz zu spüren, die ihr ermöglicht haben, ein völlig neues Leben aus der Asche einer Erfahrung zu erschaffen, die mich zerstört hätte. Ich brauche sie jetzt, nach all den Jahren, die ich sie ausgeblendet habe und ihr ausgewichen bin.

Was würde sie in Sachen Greg unternehmen?

Was auch immer nötig ist. Und dazu bin auch ich bereit.

Kapitel 33

Tonys Albträume sind außer Kontrolle. Mittlerweile wacht er jede Nacht in einem schweißgetränkten Bett auf, nicht mehr nur einmal im Monat oder in der Woche, schwer atmend und mit hämmerndem Puls. In der Hälfte aller Fälle erinnert er sich nicht einmal mehr, was genau er geträumt hat, sondern nur an den Knall von Schüssen in seinem Kopf, in seinen Ohren, an ihre Vibration in seinem Körper. Manchmal riecht er das Schießpulver.

Die letzten paar Nächte war alles so echt, dass er aus dem Bett aufstehen musste, um durchs Haus zu gehen, das Licht anzuschalten und Türen sowie Fenster zu überprüfen.

Mit Maisey »Flüster Mir Zu« zu spielen hat seinen Flashbacks eine neue Intensität verliehen. Der Besuch bei dem bösen alten Mann, der sie gezeugt hat, hat ihn völlig aus der Bahn geworfen.

Als er an dem Tag in dem schäbigen, verräucherten Zimmer Walters Geschichte über das lauschte, was Boots getan hatte, wollte Tony töten. Er stierte aus dem Fenster, atmete, ließ sein Beruhigungssystem ablaufen. Aber alles, was er die ganze Zeit über wollte, war eine Pistole in der Hand. Das geschmeidige Gleiten des Abzugs. Den Rückstoß.

Das Blut des alten Dreckskerls.

Für Leah. Für Marley. Aber vor allem für Maisey.

Er hat sie seit dem Tag nicht gesehen, aber seine Vermeidungsstrategie ist dank Mia immer schwieriger durchzuhalten. Und dank seiner Mutter. Die beiden haben die ganze Familie Addington adoptiert. Elle strolcht im Rudel mit Tonys Nichten und Neffen herum und geht mit ihnen regelmäßig hier ein und aus. Tony hat schon Extraschichten bei der Arbeit eingelegt, um sich vor dem Abendessen bei seiner Mutter zu drücken, wenn er weiß, dass Maisey auch da sein wird.

Wenn er kein Feigling wäre, könnte er die Situation besser bewältigen. Aber er hat Angst, dass er Maisey wieder küssen wird, wenn er auch nur einen Blick auf ihr Gesicht wirft. Das darf er nicht tun. Wird er auch nicht tun.

Sie hat ihn angerufen und ihm Sprachnachrichten hinterlassen, einmal, um sich zu bedanken, einmal, um zu fragen, ob alles in Ordnung ist. Er hat sie nicht zurückgerufen. Sie braucht keinen Mann wie ihn in ihrem Leben. Sie braucht noch nicht einmal mehr einen Leibwächter. Vielleicht war Boots früher einmal gefährlich, aber jetzt ist er zahnlos.

An diesem speziellen Tag hat sich das Problem so intensiviert, dass es unerträglich wird. Mias Geplauder dreht sich ständig um Greg und seinen juristischen Kampf um das Sorgerecht für Elle, also ist Tony bestens über die Situation informiert. Sein Beschützerinstinkt läuft auf Hochtouren, doch er kann ihn nirgendwo abreagieren. Er ist erschöpft und zu nichts nütze und tigert wortwörtlich im Wohnzimmer auf und ab, von einer Seite zur anderen, als die Tür sich öffnet und seine Familie hereinspaziert kommt.

Mia. Seine Mutter. All seine Schwestern. Keiner ihrer Männer oder Sprösslinge, und alle haben diesen Gesichtsausdruck, der bedeutet, dass ihm irgendeine Strafpredigt bevorsteht. Sie sind auch viel zu still. Kein Lachen. Kein Geplapper.

»Gott steh mir bei!«, stöhnt er, als er beobachtet, wie sie auf den Sesseln ringsum Platz nehmen. »Was wird das?«

Mia steht in der Tür und verschränkt die Arme vor der Brust wie ein Türsteher im Dienst. »Das«, erklärt sie, »ist eine Intervention.«

»Setz dich, Tony«, sagt seine Mutter. »Wir müssen mit dir reden.«

»Ich glaube, ich bleibe lieber stehen.« Er lehnt sich mit dem Rücken an eine Wand und mustert die Streitmacht, die gegen ihn aufgezogen ist. Er hat sie alle lieb, aber er weiß sehr gut, dass sie zum Fürchten sind, wenn sie mit vereinten Kräften auf ein Ziel hinarbeiten. Seine Mutter. Seine älteste Schwester Theresa, vierzehn Jahre älter als er und in vielerlei Hinsicht eher Mutter als Schwester. Er ist jetzt einen Kopf größer als sie und hat über vierzig Kilo mehr an Muskelmasse, aber innerlich zittert er nach wie vor, wenn sie ihn so anvisiert wie jetzt.

Vanessa und Jess, nur ein Jahr auseinander und von jeher wie siamesische Zwillinge. Als kleine Kinder haben sie alles miteinander geteilt und hatten sogar eine Weile eine besondere Sprache, die der Rest der Familie nicht verstand. Sie haben Brüder geheiratet, wohnen in derselben Straße, teilen sich die Kinder und die Hausarbeit. Gemeinsam organisieren sie Schulspendensammlungen, Blutspendeaktionen für die Gemeinde, zwei Ehemänner und sieben Kinder. Es gibt kein Projekt, das sie nicht in Angriff nehmen, und ihr aktuelles Projekt scheint Tony zu sein.

Barb, still und nachdenklich. Normalerweise kümmert sie sich nur um ihre eigenen Angelegenheiten. Er weiß, dass sie um diese Jahreszeit sehr beschäftigt ist. Sie arbeitet mit Pferden, behält die Rinder im Auge und hilft, die Felder der Ranch zu bepflanzen. Die Tatsache, dass sie jetzt in seinem Haus sitzt, das Haar zurückgeflochten und mit Matsch an den Stiefeln, ist vielleicht das unheilverkündendste Zeichen von allen.

»Ich habe Angst«, spottet Tony leichthin. »Ihr seid alle viel zu ernst, als dass es etwas Gutes für mich bedeuten könnte.«

Er hat wirklich Angst, obwohl er sich selbst für diese Furcht verabscheut. Das Blut rauscht laut in seinen Ohren. Der Atem stockt ihm in der Kehle. Seine Knie sind sogar ein bisschen wacklig. Er wünscht sich, er hätte sich doch dafür entschieden, sich hinzusetzen.

»Es wird Zeit, dass wir ein kleines Gespräch über deinen Vater führen«, fängt seine Mutter an. »Höchste Zeit!«

Tonys Kehle schnürt sich zu. »Und wenn ich höflich ablehne?«

»Kommt nicht infrage.« Theresa beugt sich auf ihrem Sessel vor und stützt die tüchtigen Hände auf die Knie, stählt sich. »Das fällt keinem von uns leicht, Tonio. Aber es gibt Dinge, die gesagt werden müssen.«

»Warum jetzt?«, fragt er. »Es ist uns doch gelungen, seit – wie vielen? – siebenundzwanzig Jahren nicht darüber zu reden. Manche Gesprächsthemen sollten einfach verjähren.«

»Du hast Albträume«, mischt sich Mia ein. »Glaubst du, dass ich dich nicht im Schlaf reden höre? Dass ich es nicht bemerke, wenn du aufstehst und überprüfst, ob die Türen abgeschlossen sind?«

»Meine Schlafprobleme sind allein meine Sache«, weist er sie schroff zurück. »Bitte. Ich weiß, dass ihr es alle gut meint, aber das hilft mir nicht weiter.«

»Dann ist da ja auch noch Maisey«, bleibt Mia hartnäckig.

»Was hat sie denn damit zu tun?«

»Tony. Sieh mich an.« Seine Mutter ist so unglaublich ruhig. Sie erinnert ihn an den Ahorn mit seinem Baumhaus im Garten. Ihre Wurzeln reichen tief in die Erde. Sie schwankt im Wind, zerbricht aber nie.

Und, ja, es ist ihre Stimme, die er in den Flashbacks und Albträumen schreien hört. Sie. Theresa. Vanessa. Jess. Barb.

Mia. Alle waren an dem Abend da. Alle wissen, was er getan hat. Das, worüber sie nie gesprochen haben. Das, worüber sie unerklärlicherweise jetzt reden wollen.

»Ich war zu gebrochen, um gleich danach mit dir zu sprechen«, sagt seine Mutter jetzt. »Ich habe dich zum Therapeuten geschickt und den tun lassen, was ich selbst hätte tun sollen. Das tut mir leid.«

»Dir muss nichts leidtun«, entgegnet er. Seine Stimme fühlt sich in seiner Kehle rau an wie Schmirgelpapier. Die Worte tun ihm weh. Das Atmen auch. All die Blicke auf ihm und die Last ihrer gemeinsamen Erinnerung schmerzen.

Vanessa und Jess schlingen die Arme umeinander. Mias Gesicht ist tränennass. Sogar Barbs sonnengebräuntes Gesicht ist kummervoll verzogen.

Aber seine Mutter fährt vollkommen ruhig fort: »Mir ist nie der Gedanke gekommen, dich zu fragen, welche Erinnerungen du an den Abend hast. Was du glaubst. Du warst noch ein Kind, Tony. Ich bin mir nicht sicher, ob dir das klar ist.«

»Ich war zwölf!« Seine Stimme klingt wütend. Der Zorn, den er auf sich selbst empfindet, fegt seine Vorbehalte beiseite. »Alt genug, um zu wissen, was ich tat.«

»Im selben Alter wie Elle jetzt«, sagt Mia ganz leise. »Denk daran, Tony.«

»Noch nicht einmal groß für einen Zwölfjährigen«, stimmt Barb zu. »Ich konnte mich bei einer Rangelei locker gegen dich durchsetzen.«

»Wir waren alle größer als du«, fügt Vanessa hinzu. »Bis auf Mia.«

Tony schließt die Augen. In seiner Erinnerung, in seinem Traum ist er immer so groß wie heute. Eins neunzig, neunzig Kilo sehr leistungsstarker Muskeln. Bei ihren Worten sieht er sich plötzlich wieder als Zwölfjährigen vor sich. Ein schmächtiges Kind. Eine Leseratte. Schüchtern.

Es ist ein zu heftiger Perspektivwechsel für ihn. Er schüttelt den Kopf. »Alt genug, um mir etwas anderes einfallen zu lassen.«

Theresa steht auf und geht durchs Zimmer zu ihm, nimmt seine Hände. Er lässt es zu, ist überrascht zu entdecken, dass die ihren Altersflecken haben. Sie ist dreiundfünfzig und war an dem Abend, als es passierte, sechsundzwanzig.

Das ist noch ein Streich, den seine Erinnerung ihm gespielt hat. Er sieht sie immer als verängstigtes Kind, das mit dem Rest seiner Schwestern in einer Ecke kauert. Sie war zu Hause, weil Thanksgiving war, erinnert er sich jetzt. War am Tag nach ihrem Highschoolabschluss ausgezogen.

»Ich habe mich immer schuldig gefühlt«, flüstert Theresa. »Ich bin abgehauen, sobald ich volljährig war, und habe euch andere zu Hause zurückgelassen. Ich hatte nicht den Mumm, zu tun, was du getan hast. Ich wünschte bei Gott, ich wäre diejenige gewesen, die den Abzug gedrückt hat.«

Ihre Worte versetzen ihn zurück in das beengte Wohnzimmer in dem heruntergekommenen Haus in Seattle. Seine Schwestern weinen alle leise, drängen sich in einem kleinen Häuflein am Ende des Sofas zusammen, so weit entfernt von seinem Vater wie nur möglich.

Der Fernseher dröhnt laut, kann aber nicht die Stimme seiner Mutter übertönen, die fleht – und auch nicht die seines Vaters, die droht.

Sie liegt auf den Knien, und ihr Auge schwillt zu, weil er sie geschlagen hat.

Tony, groß wie ein Mann und stark, hält eine Pistole in der Hand. Als tödlicher Scharfschütze richtet er sie auf die Brust seines Vaters und drückt den Abzug. Der Rückstoß. Das Blut. Der Geruch nach Schießpulver.

Aber Theresa redet weiter, und ihre Worte verändern das Bild.

»Du warst solch ein mageres kleines Kind«, erinnert sie sich. »Sogar mit zwölf noch. Du hattest deinen Wachstumsschub noch nicht gehabt.«

»Und diese Brille!«, fällt Barbs Stimme mit ein. »Zu groß für sein Gesicht. Wie Harry Potter.«

»An dem Abend konntest du nicht richtig sehen, weil er dir das Auge blau geschlagen und die Nase gebrochen hatte, bevor er über Mom hergefallen ist. Dir lief das Blut aus der Nase übers ganze Hemd.«

»Nein«, widerspricht Tony. »Nein, so war das überhaupt nicht.«

»Es war genau so«, sagen Vanessa und Jess einstimmig.

»Trotzig«, fügt Barb hinzu. »Wir Mädchen haben alle versucht, uns zu verstecken. Aber du nicht. Du bist aus dem Zimmer marschiert, ein bisschen wacklig auf den Beinen von den Schlägen gegen den Kopf, und mit der Pistole zurückgekommen.«

Erinnerungsbruchstücke prasseln aus allen Richtungen auf Tony ein. Er kann keines davon sehr lange betrachten, als wären sie Stroboskoplichter. Schmerzen im Auge. Verschwommene Sicht. Blut, das aus seiner Nase über sein Hemd sprudelt. Übelkeit, die ihm den Magen umdreht.

Und das undeutliche Bild seines Vaters, der den Kopf seiner Mutter an den Haaren in den Nacken reißt.

Tony keucht, lehnt sich an die Wand hinter sich. »Er hatte ein Messer«, fällt ihm ein. »Ich hatte das Messer ganz vergessen.«

»Du hast mich gerettet«, sagt seine Mutter. Ihre ruhige Stimme durchschneidet den Nebel seiner wachsenden Panik. »Vielleicht uns alle. Er war betrunken und von Sinnen und hatte, glaube ich, auch irgendwelche Drogen genommen. Ich weiß es nicht, aber an dem Abend war er schlimmer denn je. Paranoid. Er behauptete, ich hätte ihn betrogen. Sagte, er würde erst mich umbringen und dann euch alle, einen nach dem anderen.«

Tonys Knie geben unter ihm nach. Er rutscht an der Wand hinunter, lässt den Fußboden und die Wand Muskeln stützen, die nicht mehr wissen, was sie tun sollen. Er weint auf eine Art, von der er nicht wusste, dass sie möglich ist, so, als würde etwas, das tief in seinen Eingeweiden steckt, versuchen, sich loszureißen.

Und im nächsten Moment sitzt Theresa auf dem Boden neben ihm und legt die Arme um ihn, und auch sie weint. Nach und nach kommen all seine Schwestern dazu, als wäre das hier ein Footballspiel und er der Quarterback, auf den sich alle werfen. Er ist unter einem Haufen aus weichen Armen und Haaren und Parfüm und Tränen begraben, aber das macht nichts. Sie sind da, weil sie ihn lieb haben.

Lange Zeit später, als die Tränen versiegen und die Mädchen auf dem Boden um ihn herum sitzen, sagt er: »Ich hatte alles ganz anders in Erinnerung.«

»Ich wünschte, ich hätte gefragt«, meint seine Mutter. »Du schuldest uns nichts, mein Sohn. Du hast uns gerettet. Wir schulden dir etwas.«

»Ich weiß nicht, was das heißt«, antwortet er.

»Es heißt«, verkündet die unverwüstliche Mia, die schon wieder unter Tränen lacht, »dass du aufhören kannst, so ein Idiot von einem Märtyrer zu sein. Du kannst mit Maisey ausgehen.«

»Du bist ein verrücktes Mädchen«, erwidert Tony. Aber im Herzen beginnt er zu denken, dass er vielleicht, womöglich, genau das tun könnte.

Kapitel 34

Ein Tag fließt in den anderen, und wir fließen mit.

Marley und JB sind in ein Haus unmittelbar außerhalb der Stadt gezogen, eines mit ein paar Hektar Land und ihrem eigenen kleinen Privatwald. Sie sagt, dass sie dort draußen atmen kann und daran arbeitet, zu viele Jahre der Hässlichkeit auszuräumen. Wie sich zeigt, ist JB eher ein Teddybär als ein Rausschmeißer, solange nichts eine Bedrohung für Marley darstellt.

Was den Rest ihrer Band betrifft, konnte niemand sich für Colville begeistern. Sie meint, damit müssen sie leben. Sie kann neue Leute entweder hier oder in Spokane finden. Es ist nicht so, dass sie ein großer Star werden möchte. Sie macht einfach gern Musik. Sie gibt Gitarrenstunden und arbeitet jetzt als Kellnerin, aber sie redet davon, aufs College zu gehen. Sie erklärt, ihr sei egal, was sie studiere, solange sie nur irgendetwas studiere. Sie wollte schon immer einen Collegeabschluss.

Geoff hat es geschafft durchzusetzen, dass Gregs Sorgerechtsfall hier in Colville verhandelt wird. Es ist ihm auch gelungen, den Termin dafür in die erste Oktoberwoche zu legen. Dann, darauf spekuliert er, entspricht es dem Kindswohl eher, das Schuljahr hier fortzusetzen, besonders, wenn alles gut läuft.

Die Ferien sind jetzt seit zwei Wochen vorbei. Bisher ist Elle glücklich. Sie findet zwar, dass die Schule immer noch langweilig ist und sie lieber zu Hause lernen möchte, aber sie versteht, dass es für die Gerichtssache besser ist, wenn sie vorerst den regulären Unterricht besucht. Sie hat neue Freunde und ist in der Band, im Chor und im Theaterkurs.

Was mich betrifft, weiß ich immer noch nicht weiter. Dads Geisteszustand ist im Allgemeinen ziemlich gut, auch wenn er nie wieder angefangen hat zu arbeiten. Er liest viel, schläft viel und unternimmt lange Spaziergänge in der Nachbarschaft. Also braucht er nicht unentwegt Betreuung durch mich, abgesehen davon, dass ich das Haus putze und Essen koche.

Früher oder später werde ich etwas unternehmen müssen, um mir meinen Lebensunterhalt zu verdienen. Aber im Moment habe ich das Gefühl, dass es für uns beide ein Segen ist, genug Zeit zu haben, neu anzufangen und uns zu erholen.

Ich gehe inzwischen zu einer Therapeutin, um ein ganzes Leben voller Glaubenssätze durchzuarbeiten, die sich ändern müssen. Es ist ein Prozess, der mich dauernd staunen lässt, aber allmählich verstehe ich, dass ich meiner Mutter beim besten Willen nie hätte gut genug sein können, ganz gleich, was ich erreicht hätte. Selbst wenn ich Politikerin und die erste Frau im Weißen Haus geworden wäre, hätte sie stets noch mehr von mir verlangt.

Für den Augenblick arbeite ich daran, mir selbst genug zu sein.

Ich sitze mit meinem Tagebuch auf der Veranda vor dem Haus und atme den Nachmittagssonnenschein ein, der noch nach dem Frost der letzten Nacht riecht. Der Himmel ist wolkenlos und unvorstellbar blau. Der Ahorn im Vorgarten ist scharlachrot. Ich habe vergessen, meine Gedanken niederzuschreiben, weil ich mich in dem Kontrast zwischen dem Scharlachrot und dem Blau verliere, und darin, wie schön alles ist. Wie ruhig.

In dem Moment biegt ein Pick-up in die Einfahrt ein.

Tony.

Mein Herz macht einen Satz seitwärts, erst in eine Richtung, dann in die andere. Ein Schwarm Schmetterlinge, der offenbar in meinem Bauch gesessen hat, fliegt in einer Choreografie auf, um die ihn die Kunstflugstaffel der Blue Angels beneiden würde.

Ich habe Tony zuletzt an dem Tag gesehen, an dem Walter uns die Geschichte erzählt hat, wie es kam, dass meine Mutter Marley zurückgelassen hat. Mia und Mrs Medina gehen seitdem regelmäßig bei uns ein und aus. Mehr als einmal war ich auch bei Mrs Medina zum Abendessen, aber Tony musste jedes Mal arbeiten. Er hat nicht angerufen, um zu fragen, wie es mir geht, irgendeinen Kommentar über Boots abzugeben oder ein paar tröstende Worte zu Gregs Versuch, mir Elle wegzunehmen, zu äußern.

Er hat mich nicht zurückgerufen.

Ich sehe zu, wie er den Fußweg auf mich zukommt, und mir fällt nichts ein, was ich sagen könnte.

»Das ist jetzt etwas peinlich«, beginnt er. Die Sonne lässt sein Haar glänzen und seine Augen blau wie den Himmel leuchten. Obwohl er so wunderschön ist, lässt er mich an Mittelstufenbälle denken, als hätten wir beide zu viele Hände und Füße und wären nicht wortgewandt genug.

»Du könntest dich hinsetzen, wenn du willst«, antworte ich ihm. »Die Stühle kosten nichts.«

Er setzt sich auf den Holzstuhl neben mir. So ist es besser, denn jetzt können wir beide statt einander den Baum und den Himmel betrachten. Das Schweigen zieht sich zwischen uns in die Länge, bis es straff gespannt ist und einen Punkt erreicht, an dem es an meiner Lunge und meinem Herzen zerrt und ich etwas sagen muss, irgendetwas.

Ich öffne den Mund, aber bevor irgendwelche Worte herauskommen, sagt Tony: »Würdest du … Ich meine, dürfte ich dich zum Essen einladen?«

Ich schaue ihn an. Es wäre die Art von Stille, in der man eine Stecknadel fallen hören kann, wenn über uns nicht die Blätter rauschten und nicht ein Auto die Straße entlangführe. Der Mund steht mir offen. Diese völlig unerwartete Frage hat den Stromkreis in meinem Gehirn lahmgelegt.

Ein Tropfen Speichel auf Erkundungsfahrt gleitet über meine Unterlippe. Das bringt mich ruckartig wieder zur Besinnung – genug, um den Mund zu schließen und zu schlucken.

Tony schenkt mir ein Lächeln, das genauso liebenswert wie entschuldigend ist. »Tut mir leid. Du darfst mich gern Mr Charmebolzen nennen.«

»Heißt das, dass wir nicht mehr Betty und Al sind?«

Er grinst. Sein ganzes Gesicht erwacht auf eine Art zum Leben, die mein Herz dahinschmelzen lässt. »Ich dachte, du wärst sauer.«

»Das bin ich auch.« Aber meine Stimme klingt nicht sauer, und ein Lächeln zupft an meinen Mundwinkeln. »Du bist mir vielleicht ein schöner Leibwächter.«

Sein Gesicht verdüstert sich; er wendet den Kopf ab, um auf die Straße zu blicken, sodass ich nur sein Profil sehen kann.

Ich will, dass er wieder lächelt und mich ansieht, aber er hat einiges zu erklären.

»Es ist nicht so, dass ich nicht hier sein wollte«, sagt er am Ende. »Ich hatte nicht das Gefühl, dass du …, dass ich … Ich dachte, das Letzte, was du brauchst, ist ein Typ, der so ein Päckchen zu tragen hat wie ich.«

»Kommt mir vor, als wäre das eher meine Entscheidung. Sofern du hier sein willst, meine ich.«

»Da hast du recht. Tut mir leid. Aber das ist es ja. So sehr ich mich auch bemühe, nicht wie mein Vater zu sein, das Nächste, was ich tue, sieht ihm schon wieder ähnlich. Zum Beispiel, dass ich glaube, dass eine Frau nicht selbst solch eine Entscheidung fällen kann.«

»Tony.«

Er wendet den Kopf, um mich anzusehen, und ich merke ihm an, dass es ihn Mühe kostet.

»Ich muss dir ein paar Dinge gestehen. Ich war bisher zu feige, um sie dir anzuvertrauen«, erklärt er. »Deshalb war ich nicht hier. Habe es einfach nicht über mich gebracht. Ich wollte nicht erleben, wie du mich danach ansehen würdest. Besonders nach allem, was Boots sich geleistet hat. Und dann Greg.«

Ich lege ihm die Hand auf den Arm. Er ist unter meiner Berührung starr und unnachgiebig. »Du bist überhaupt nicht wie dein Vater. Oder wie Boots.«

Er holt so Luft wie Elle, wenn etwas ihr wehtut. Eine Verbrennung. Eine Ohrfeige.

»Ich war im Jugendarrest.«

»Ich weiß.«

»Ich …« Er hält die Luft an, und als er ausatmet, reiten die Worte darauf, strömen in aller Eile aus ihm hervor. »… habe meinen Vater getötet.«

»Auch das weiß ich.«

Der Muskel unter meiner Hand wird unmerklich weicher. Als Tony wieder spricht, klingt es wie eine Frage. »Ich habe Albträume?«

»Weiß ich.«

Er lässt den Kopf in die Hände sinken. Seine Schultern zittern. Ich bin mir nicht sicher, ob er lacht oder weint oder beides. »Und woher weißt du all das über mich?« Seine Stimme klingt ganz gedämpft.

»Mia.«

»Natürlich. Mia. Mein Gott. Der ist nichts heilig.« Er holt bebend Luft und lässt die Hände sinken, sieht mich aber weiterhin nicht an.

»Mia hält dich für einen Helden. Lass dir das ja nicht zu Kopf steigen.«

»Mia ist … etwas Besonderes. Ich erwarte nicht, dass der Rest der Welt es auch so sieht.« Was er meint, ist, dass er nicht erwartet, dass ich es auch so sehe.

Aber ich tue es. Seit Mia mir von Tony erzählt hat, davon, wie er sie alle an dem Abend gerettet hat, als ihr Dad beschlossen hatte, sie zu töten, kann ich gar nicht anders, als mich zu fragen, wie anders alles wohl gewesen wäre, wenn jemand Boots einfach eine Kugel in die Stirn gejagt hätte. Vielleicht wäre meine Mutter dann in der Lage gewesen, mich einfach so zu nehmen, wie ich bin, statt von mir zu verlangen, auch noch Marley zu sein. Vielleicht wäre Marley aufs College gegangen, hätte einen großartigen Abschluss gemacht und wäre eine brillante Anwältin geworden. Vielleicht hätte sie auch in einer berühmten Band gespielt und Tourneen durch die ganze Welt unternommen. Vielleicht hätte ich Romane geschrieben oder Bilder gemalt.

Oder vielleicht wäre all das nicht geschehen.

Vielleicht hätte ich Elle nie bekommen. Und das ist unvorstellbar.

»Ja«, sage ich und schaue in den Himmel auf.

»Ja wozu?«

»Ja zum Essengehen. Ja, ich möchte gern mit dir ausgehen.«

Ich sehe immer noch in den Himmel, aber ich höre, wie Tony tief Luft holt und sie wieder ausseufzt. Und dann finden seine Hände meine. Unsere Finger verflechten sich ineinander und wir sitzen da, getrennt, aber zusammen, und schauen beide in den Himmel. Obwohl ich Tony nicht ansehe, weiß ich, dass sein Gesicht ein Lächeln zeigt, das mit dem auf meinem mithalten kann.

Leahs Tagebuch

Verurteilst du mich schon, mein Walter? Ich urteile über mich selbst und befinde mich für unzulänglich. Nicht wegen der Dinge, die ich an jenem Tag getan habe – dem Tag, an dem ich mit Maisey und dem schweren alten Koffer die Straße hinunterhumpelte. Sogar jetzt, in der Rückschau, weiß ich nicht, was ich hätte anders machen können.

Ich vertraute nicht darauf, dass die Polizei mich beschützen würde oder dass eine einstweilige Verfügung mir etwas nützen könnte. Und ich glaubte damals und glaube auch heute noch, dass Boots getan hätte, was er angekündigt hatte. Ich hätte in mein Leben mit ihm zurückkehren und meinen Töchtern beibringen können, dass es in Ordnung ist, zur Unterwerfung und Unterwürfigkeit geprügelt zu werden – von einem Mann, der in Bezug auf Intelligenz, Anstand und Wert nichts – nichts! – gegen dich ist.

Oder ich konnte eine von ihnen retten und ihr beibringen, dass eine Frau alles tun kann. Dass sie alles sein kann, was sie sein will.

Ich bin stolz, dass ich ihn verlassen habe. Stolz auf das Leben, das ich mir hier in diesem Haus mit dir aufgebaut habe.

Ich bin stolz auf Maisey und das, was aus ihr geworden ist, obwohl ich weiß, dass sie noch viel mehr aus sich hätte machen können.

Aber ich sehe jetzt ein, dass ich hätte zurückkehren sollen.

Ich hätte Maisey hierlassen sollen, in Sicherheit bei dir, und zurückkehren sollen, um meine Marley zu retten. Aber ich glaubte – und ich kann dir gar nicht sagen, wie inbrünstig –, dass Boots seine Drohung wahr machen würde, wenn ich meine Geschichte auch nur jemandem zuflüsterte. Dass er, wenn ich von ihm sprach, wissen würde, dass ich meinen Teil der Abmachung nicht erfüllt hatte, und dass er mein Baby töten würde.

Ich glaubte, er würde uns hier überfallen und dich töten, Walter. Und Maisey. Und dann mich.

Und so habe ich all die Jahre geschwiegen und mich ferngehalten.

Als du mir erzähltest, du hättest Marley kontaktiert, hatte ich furchtbare Angst. Ich verstehe, warum du getan hast, was du getan hast. Ich weiß, dass du helfen wolltest. Und ich hatte dir nichts von Boots berichtet. Ich hatte große Angst, dass er es erfahren und Jagd auf mich oder auf die Mädchen machen würde. Und Marley war immer noch dort bei ihm.

Was sollte ich tun? Ich wartete angstvoll darauf, von dem Mord an ihr zu hören. Ich hoffte, er würde Maisey nicht finden, weil sie deinen Nachnamen trägt. Ich hoffte, er würde mich – und dich – nicht finden, aber ich habe die Pistole gekauft, nur für alle Fälle.

Und ich suchte im Internet nach Nachrichten über meine Marley. Da sah ich, was sie aus sich gemacht hat, trotz ihres Vaters und der Erziehung, die sie genossen haben muss. Sie macht Musik, Walter. Sie hat mehr erreicht, als nur zu überleben.

Du willst, dass ich die Hand nach ihr ausstrecke, dass ich versuche, mit ihr zu reden. Dafür ist es zu spät. Es ist besser, die Dinge so zu belassen, wie sie sind. Wenn ich in der Lage wäre, es zu erklären, wenn sie ihrerseits in der Lage wäre, es über sich zu bringen, mir zu verzeihen, dass ich sie im Stich gelassen habe – wozu wäre das gut? Dazu, mich sterben zu sehen?

Der Tod ist ein schwieriger Gefährte. Er ist jetzt unentwegt bei mir, fordert mehr Aufmerksamkeit, als Boots es je getan hat. Diesmal kann ich nicht davonlaufen. Und ich habe keine Aufmerksamkeit mehr dafür übrig, neue Beziehungen anzuknüpfen oder alte zu kitten.

Ich habe meine Töchter immer geliebt – beide, die, die ich mitgenommen habe, und die, die ich zurückgelassen habe. Ich habe dich geliebt. Und ich habe versucht, das wiedergutzumachen, was ich falsch gemacht habe, die Entscheidungen, die ich gern rückgängig machen würde.

War es die Sache wert, meine Geschichte aufzuschreiben? Mich zu zwingen, durch all das Herzzerreißende, die Angst und die Schuld zurückzugehen? Ich glaube ja. Ich empfinde etwas, das Frieden sehr nahekommt. Nicht mit dem Tod, o nein. Er wird mich nur unter heftiger Gegenwehr aus diesem Leben schleifen. Und ich habe auch keinerlei Mitgefühl oder Vergebung für Boots entwickelt.

Aber ich sehe meine eigenen Entscheidungen jetzt aus dieser neuen Perspektive, und das wird mir das Sterben etwas erleichtern.

Morgen werde ich diese Seiten vernichten, um dir den Schmerz dieser Aufgabe zu ersparen. Mein letzter Herzenswunsch ist der, dass ich dir alles leichter machen könnte. Aber das kann ich nicht. Ich nehme an, mein Tod ist ein Teil deiner eigenen Reise und der Entscheidungen, die du gefällt hast. Und näher, mein lieber Walter, werde ich der Weisheit nie kommen.

Leah

Epilog

Ein Jahr nach dem Tod meiner Mutter besuchen wir drei – Marley, Elle und ich – ihr Grab. Dad kommt regelmäßig her, das weiß ich. Aber als wir ihn gefragt haben, ob er heute mitkommen will, hat er nur lächelnd den Kopf geschüttelt.

Ich bin nicht sehr für Friedhofsbesuche – ich sehe keinen Sinn darin.

Meine Mutter ist in jedem Zimmer ihres Hauses präsent. Sie ist immer in meinem Kopf. Ihr Grab ist der letzte Ort auf der Welt, an dem ich mich ihr nahe fühle. Aber heute geht es um eine Art symbolischer Geste, wie Elle es ausdrückt. Und das hier war Elles Idee.

Wir drei stehen in einer Reihe, die Frühsommersonne auf den gesenkten Köpfen, und betrachten einen grasbewachsenen Hügel, der irgendwie für eine Frau stehen soll, die nie still war und ruhte.

Ich bin verlegen und voller Hemmungen. All meine Trauer, oder was auch immer sonst ich empfinden soll, treibt sich wohl an einem anderen Grab herum. Nachdem ich meinen Blumenstrauß niedergelegt habe, weiß ich nichts mit meinen Händen anzufangen. Ich beobachte, wie eine Ameisenparade über die Ecke ihres Grabsteins marschiert. Verlagere mein Gewicht, um einen plötzlichen Schmerz zu lindern, der aus heiterem Himmel meine rechte Wade durchzuckt. Kann mich kaum davon abhalten, mein Handy aus der Tasche zu ziehen, um nachzusehen, ob Tony mir eine SMS geschickt hat.

Wie üblich ist Marley die Erste, die das Wort ergreift.

»Sollen wir jetzt irgendetwas machen?«, erkundigt sie sich. »Denn wenn es nur darum geht, hier zu stehen und das Grab anzusehen, haben wir das ja nun getan. Können wir gehen?«

Elle funkelt sie böse an. »Es schadet dir schon nicht, ein paar Minuten hier stehen zu bleiben.« Ihr Blick wandert zu mir. »Und dir auch nicht.«

Marley rollt die Augen und zwinkert mir zu. Ich erwidere ihr Grinsen. Plötzlich fühlt es sich an, als wären wir die Dreizehnjährigen, denen eine Erwachsene einen Vortrag hält.

Aber da kommen meiner Tochter die Tränen und laufen über, und mein Herz zieht sich zusammen.

»Ach du Scheiße!«, ruft Marley. »Scheibenkleister, wollte ich sagen. Was ist los, Kleines?«

Elle antwortet nicht, das Gesicht vor Anstrengung, die Tränen zurückzuhalten, zu einer Grimasse verkrampft.

Ich muss es nicht erst von ihr hören. Ich bin schlau genug, selbst dahinterzukommen.

»Es tut mir leid, Elle Belle«, entschuldige ich mich und greife nach ihrer Hand. »Tante Marley und ich sind nicht so gut in Gefühlen und symbolischen Gesten. Aber wir benehmen uns. Du musst uns nur sagen, was wir tun müssen.«

Elle schnieft. »Es ist nur ... Ich dachte, Grandma sollte es erfahren. Dass wir Tante Marley gefunden haben. Dass du mit Tony zusammen bist. Und dass Dad den Prozess nicht gewonnen hat.«

Und plötzlich dämmert mir, was Elle uns begreiflich machen will.

Marleys Gesicht spiegelt meine Gedanken wider, und ich weiß, dass auch sie es versteht.

Meine Mutter – unsere Mutter – hat irgendwie die Kraft gefunden, die Ketten ihrer eigenen Familie zu sprengen. Ihre

Mutter, ihre Großmutter und ihre Schwiegermutter waren allesamt unterdrückt und vom Leben und von ihren Männern geprügelt. Die Liebe zu ihren Töchtern hat Mom die Kraft verliehen, sich aus der Indoktrination und Gewalt loszureißen und eine Wirklichkeit zu schaffen, in der ihre Töchter und ihre Enkelin heute frei und unabhängig an ihrem Grab stehen.

Marley hat den Kontakt zu Boots abgebrochen. Und ich bin endlich fertig mit Greg.

Die Richterin in unserem Sorgerechtsprozess hat entschieden, den Sorgerechtsplan nicht zu ändern. Das heißt, dass ich Elle behalte. Greg darf sie an Wochenenden zu sich holen, aber da sie bei mir wohnt, muss er sie dazu irgendwie nach Kansas befördern. Die Richterin sagt, das sei sein Problem. Sie sagt auch, dass sie in dem Fall, dass ihr je dargelegt wird, dass Greg Elle auch nur einmal geschlagen hat, die Besuchsrechte streicht.

Er sagt, das kann sie nicht machen. Aber sie sagt, buchstäblich, Wort für Wort: »Warten Sie's ab, Mr Loftis. Nur zu, machen Sie mir die Freude.«

Elle besucht ihn diesen Sommer für ein paar Wochen. Es geht für sie in Ordnung. Sie will Linda und ihren kleinen Bruder sehen. Sie will Greg sehen.

Und sie will, dass ihre Grandma das alles erfährt. Nur, dass es seltsam ist, an einem Grab zu stehen und mit einer Toten zu sprechen, besonders, wenn Mutter und Tante sich wie dumme Teenager aufführen. Ich versuche, mir etwas einfallen zu lassen, um die Lage zu retten. Ich bin sogar schon bereit, laut mit meiner Mutter zu reden, obwohl ich ahne, dass sie mich in ihrer Küche eher hören wird. Da löst Marley plötzlich das Problem.

Mitten auf dem leeren Friedhof stimmt sie an einem Dienstagmorgen im Juni »Amazing Grace« an.

> Die süße Gnade wundersam,
> die meine Rettung war …

Ihre Stimme schwebt in den blauen Himmel empor, stark und klar. Ich singe zu den nächsten Versen die zweite Stimme.

> … fand mich, als ich vom Weg abkam.
> Blind einst, seh ich nun klar.

Und dann fällt Elle mit ein, die zwar selten in der Kirche war, es aber geschafft hat, dieses Lied irgendwo zu lernen. Wir fassen uns an den Händen, stehen im Kreis, als vollzögen wir ein geheiligtes Ritual.

Und vielleicht tun wir das auch, denn es fühlt sich an, als hätten wir Mom heraufbeschworen, um in dem Raum zwischen uns zu stehen.

Mit geschlossenen Augen kann ich sie sehen. Sie trägt dasselbe triumphierende Lächeln zur Schau wie immer, wenn ich tatsächlich einmal mit einer Eins im Zeugnis nach Hause kam, am Tag meines Highschoolabschlusses, meines Collegeabschlusses oder damals, als mein allererster Artikel in einer Zeitung veröffentlicht wurde.

Unsere drei Stimmen erheben sich alle triumphierend zur nächsten Strophe, und wenn ich es nicht besser wüsste, könnte ich schwören, dass auch die Stimme meiner Mutter dabei ist und einen schwachen Kontrapunkt hinzufügt:

> Viel Mühe, Ränke und Gefahr
> stand ich bisher schon aus.
> Die Gnade mir ein Schutzschild war
> und führt mich nun nach Haus.

Der Klang unseres Gesangs wird von der Brise davongetragen, aber wir bleiben schweigend stehen, verbunden durch unsere Hände und unsere Herzen. Drei starke Frauen, die ihr Leben noch vor sich haben, und eine starke Frau im Boden. Ich fühle mich seltsamerweise, als wären wir Bäume, verwurzelt in der Erde, der meine Mutter mit ihrem Leben Kompost hinzugefügt hat.

»Ist es jetzt gut?«, fragt Marley. Ihr Tonfall ist ruppig. Daran erkenne ich, dass sie über das, was passiert ist, genauso gerührt ist wie ich.

»Perfekt«, antwortet Elle und lässt meine Hand los. »Hat jemand Lust auf ein Eis?«

»Ist Eis dein Patentrezept, um alles wieder in Ordnung zu bringen? Wie Tee für die Briten?«

»So ziemlich. Und erzähl mir ja nicht, dass du kein Eis isst, wenn du nicht gut drauf bist. Ich habe dich gesehen.«

Ich höre, wie ihre Füße durchs Gras streifen, als sie sich von mir entfernen. Ihre Stimmen verklingen schon zu einem Hintergrundrauschen.

»Kommst du, Mom?«, ruft Elle.

»Eine Sekunde noch!«, brülle ich zurück.

Ich muss meiner Mutter etwas anvertrauen, etwas, das nur für ihre Ohren bestimmt ist. Vielleicht habe ich mich geirrt, was diesen Ort angeht, denn zumindest in diesem Moment habe ich das Gefühl, dass sie mich sehr gut hören kann.

»Flüster mir Wahrheit und Lügen ins Ohr«, murmele ich. Tonys Melodie geht mir durch den Sinn. »Alles, was du falsch gemacht hast, hast du genau richtig gemacht.«

Natürlich antwortet sie mir nicht. Selbst wenn sie mich hört, hat sie keine Ahnung, was ich meine.

Sonnenlicht scheint mir warm ins Gesicht. Eine kühle Brise berührt mein Haar. Elles Lachen driftet zu mir zurück. Ich höre Vergebung in all diesen Dingen. Und Liebe. Und ich bin in der Lage, den Moment loszulassen und einen Schritt auf den Rest meines Lebens zu zu machen.

Danksagung

Dieses Buch ist aus einer Diskussion entstanden, die der Wikinger und ich über eine Bekannte hatten, die in einer Beziehung festsitzt, in der sie misshandelt wird. Der Wikinger stellte folgende Frage: Was braucht es, damit jemand sich aus solch einer Situation befreit? Eine plötzliche Eingebung? Eine unverhoffte Erkenntnis? Ein Ereignis? Was?

Genau in dem Moment keimte in mir die Idee zu »Flüster mir zu« auf.

Nur, dass das Buch damals noch nicht »Flüster mir zu« hieß. Ich nannte es ehrlich gesagt auch dann noch »Das Buch, das noch immer keinen Titel hat«, als ich es abgab. Der Text für den kleinen Song »Flüster mir zu« fiel mir ein, als ich über Kommentare von Jodi nachdachte, die die Crème de la Crème der Lektorinnen ist. Ich wusste sofort, dass das der Titel des Romans sein würde.

Mein Sohn Brandon baute die Magie noch weiter aus, indem er eine Melodie zum Text von »Flüster mir zu« schrieb und ihn mir bei der Releaseparty meines Vorgängerbuchs »I Wish You Happy« vorsang. Das ist eines der schönsten Geschenke, die ich je bekommen habe.

Ich hatte unterwegs auch auf anderen Gebieten viel Unterstützung. Also danke ich herzlich meiner Kritikpartnerin

Susan Spann dafür, dass sie das Manuskript gelesen und mir wertvolles Feedback gegeben hat, und noch einmal dem Wikinger dafür, dass er es auf Kontinuitätsfehler überprüft hat.

Vielen Dank an den Orthopäden und Chirurgen Dr. William MaGee, der meine Detailfragen zur forensischen Datierung verheilter Knochenbrüche beantwortet hat, an den Sozialdienstarbeiter Monty Jones, der mir geholfen hast, die Einzelheiten von Walters rechtlicher Situation zu klären, und an Chuck Harrelson, der mit mir über die Verhaltensvorschriften für Feuerwehrleute gesprochen hat.

Und zuletzt ein lautes und von Herzen kommendes Dankeschön an die vielen guten Männer in meinem Leben, begonnen bei meinem Vater und meinem Bruder. Dank euch bin ich erwachsen geworden, ohne je auch nur zu ahnen, was es heißt, einen Mann zu fürchten, weil ich eine Frau bin. Mir wird erst ganz allmählich klar, was für ein außergewöhnliches Geschenk das ist.